BESTSELLERWORLDBOOK 35

지와 사랑

헤르만 헤세 지음 | 서치헌 옮김

소담출판사

서치헌

한국외국어대학교 경영정보학과 및 동교 동시통역대학원 졸업.
각종 국제회의, 삼성전자 등에서 통역 일을 했으며, 현재는 프리랜서로 번역 일을 하고 있다.

BESTSELLERWORLDBOOK 35

지와 사랑

펴낸날 | 1993년 3월 15일 초판 1쇄
　　　　2002년 12월 5일 초판 17쇄

지은이 | 헤르만 헤세
옮긴이 | 서치헌
펴낸이 | 이태권
펴낸곳 | 소담출판사
　　　　서울시 성북구 성북동 178-2 (우)136-020
　　　　전화 | 745-8566~7 팩스 | 747-3238
　　　　e-mail | sodam@dreamsodam.co.kr
　　　　등록번호 | 제2-42호(1979년 11월 14일)

ISBN 89-7381-035-9 00850
● 책 가격은 뒤표지에 있습니다

www.dreamsodam.co.kr

BESTSELLERWORLDBOOK 35

Narziß und Goldmund

Hermann Hesse

나르치스는 음울하고 마른 편이었으나
골드문트는 꽃처럼 눈부셨다.
나르치스가 명상가요 분석가라고 한다면,
골드문트는 몽상가이며 동심의 소유자였다.
하지만 그 상반되는 사람들 사이를
연결해 주는 공통점이라면
두 사람이 다 같이
고귀한 성품을 지닌 인간이라는 것,
눈에 띄게 두드러진 재능과
특징이 다른 어떤 사람들보다 우월하다는 점,
그리고 두 사람이 모두 특이한
운명적 사명을 지니고
이 세상에 태어났다는 점이었다.

Narziß und Goldmund

차례

나르치스와 골드문트의 만남 9 page

골드문트, 사랑에 눈뜨다 26 page

우정의 한계 41 page

골드문트의 비밀 57 page

어머니의 영상 77 page

리제의 유혹 97 page

외로운 방랑자 골드문트 114 page

여자라는 강물 _131 page_

잃은 것과 얻은 것 _165 page_

예술가의 눈 _185 page_

새로운 생활 _204 page_

고개 든 방랑벽 _226 page_

방랑 속에서 _245 page_

주검의 대열에서 _268 page_

변한 것과 변하지 않은 것 _290 page_

남아 있는 열매 _310 page_

재회 _329 page_

두 가지 세계 _348 page_

나르치스의 번뇌 _367 page_

골드문트의 죽음 _383 page_

작가와 작품 해설 _397page_

작가 연보 _405page_

나르치스와 골드문트의 만남

　이중의 둥근 기둥이 받쳐진 아치형의 입구를 가진 마울브론 수도원, 그 앞의 길가에 바짝 잇대어 밤나무 한 그루가 서 있다. 고대 로마의 어떤 순례자가 남국에서 가져온 외로운 아들을 닮은 나무로, 줄기가 튼튼하고 늠름한 밤나무이다. 그 둥근 수관을 다정하게 길 위에 드리우고 바람이 불 때마다 가슴을 펴고 숨을 들이마신다. 나무는 봄이 되어 주위의 온갖 것이 녹색으로 변해 수도원의 호두나무들조차 이미 그 불그레한 잎을 뿜낼 때도 아직 잎이 피어나기를 기다리다가 어둠이 가장 짧은 여름에 이르러서야 잎 사이로 약간 흐릿한 녹색의 선이 보이는 이상스러운 꽃을 피워 무언가 예감하는 듯하고 가슴을 졸이게 하는 냄새를 풍긴다. 그리고 10월이 되어 과일과 포도의 수확이 끝날 때가 되면 가을바람으로 인해 누렇게 단풍이 든 그 수관에서 가시투성이인

밤송이를 떨어뜨린다. 하지만 그 밤송이는 해마다 그렇게 익어서 떨어지는 것을 찾아보기란 힘들다. 수도원 원생들이 채 익기도 전에 다투어 따거나 남국 출신인 그레고르 부원장이 자기 방 난롯불에 구워 먹기 때문이다.

그 수려한 나무는 수도원 입구 위에 걸려 다정하면서도 어딘지 낯설게 그 수관을 바람에 나부낀다. 나무는 온난의 정도가 다른 이국에서와 추위에는 무척 약하지만, 그래도 날씬한 이중의 화강암 원주와 석조의 아치와 장식물들, 그리고 서까래나 다른 기둥들과 어울려 어딘가 조화를 이룬다. 나무는 라틴계의 사람들에게는 무척 사랑을 받았겠지만 이곳 타향에 와서는 낯선 손님과 마찬가지의 대접을 받는다.

그 이국의 나무 밑으로는 이미 여러 세대에 걸쳐 원생들이 지나갔다. 석판을 끼고 재잘거리며 웃고 장난을 치면서, 가끔씩은 싸움질도 하면서 그들은 그 아래를 지나갔다. 철따라 어떤 때는 맨발로, 어떤 때는 구두를 신고 혹은 꽃을 입에 물고 혹은 호두를 깨물면서, 아니면 눈을 뭉쳐 만든 공을 들고 가기도 했다. 언제나 새로운 학생들이 오가고 몇 년마다 그 얼굴이 바뀌었지만 대개의 경우 그 모습들은 서로 엇비슷했다. 모두가 갈색이 아니면 곱슬머리였다. 상당수의 학생들이 거기에 그대로 남아 수도사가 되고 수련 신부가 되어 머리를 깎고 수도복에다 띠를 두르고 책을 읽기도 하고, 학생들을 가르치다가 마침내 나이 들어서 죽는다. 그리고 그 외의 학생들은 학업을 마치면 부모의 손에 이끌려 기사의 성이나 상인이나 직공들의 집으로 되돌아갔다가 사회 속에서 나름대로의 생활을 영위한다. 하지만 그들은 한번쯤은 수도원을 찾는다. 어른이 되어 어린 자식들을 새로운 학생으로 신부님들에게 맡기기 위해서 찾아왔다가 미소를 머금고 생각에 잠겨 잠깐 동안 그 밤나무를 쳐다보고는 곧 사라지고 만다.

수도원의 크고 작은 방들과 기도실과 육중한 둥근 창문과 붉은 석조의 장엄한 원주 사이에는 생활과 교육과 연구가 있으며 또한 경영과 다스림이 존재해 이어져 내려왔다. 거기서는 또한 온갖 예술과 학문이 전수되어 전 세대에서 차세대로 계속 이어져 갔다. 종교적인 것도, 세속적인 것도, 밝은 것도, 어두운 것도 모두 그러했다. 거기서는 또한 책의 저술이 이루어졌고 주석(註釋)이 행해졌으며 학문의 체계가 세워졌고 옛사람들의 문헌이 수집되었고 서화가 쓰여졌으며 민족의 신앙이 보호되기도 혹은 멸시당하기도 했다. 학식과 신앙, 단순함과 심원함, 복음서의 지혜와 그리스인들의 예지, 희고 검은 갖가지 마술, 그 모든 것이 거기서 번창해 갔다. 그곳은 모든 것을 받아들이고 포용하고 계승시켰다. 은둔 생활과 참회는 물론 사교 생활과 안락함도 허용되었다. 단지 어떤 것을 더 우위에 두느냐 하는 것은 그때그때의 수도원장의 사람 됨됨이와 시대 조류에 의해 결정되었을 뿐이다.

수도원은 시대에 따라 그 유명도의 원인도 변했다. 어떤 때는 마귀를 쫓아내는 주술에 능한 사람 때문에 유명했고, 어떤 대는 천재적인 음악가 때문에, 어떤 때는 치료와 이적(異蹟)을 행하는 신부 때문에, 어떤 때는 잉어 수프나 사슴의 간으로 만든 만두 때문에. 그럴 때마다 수도원은 유명해졌다. 신부들과 원생들 중에는 깊은 신앙심을 가진 자도, 경박한 자도 있었고, 단식하는 자도, 살이 피둥피둥한 자도 있었다. 그리고 그곳을 찾아 거기서 살다가 죽어 간 인물 중에는 어느 시대이건 언제나 특별한 인물이 존재했었다. 그중 누구는 모든 사람으로부터 사랑을 받았는가 하면 누구는 경원을 당했고 누구는 선택된 인물처럼 보여 그의 동시대 사람들이 모두 잊혀져 버린 먼 훗날까지 계속해서 화제에 오르내리는 인물도 있었다.

그러한 어느 세대에 이 수도원에는 두 사람의 특이한 인물이 있었다. 한 사람은 나이가 지긋한 노인이었고 또 한 사람은 젊은이였다. 그들은 성당과 강당을 가득 메운 수많은 수사들이나 동료 모두에게 다 알려졌으며 모두의 시선을 끄는 인물이었다. 그 두 인물은 나이 많은 원장 다니엘과 그의 젊은 제자 나르치스였다. 아직 젊고 수도사가 된 지 얼마 되지 않았음에도 불구하고 여러 가지 분야에서 뛰어난 재주, 특히 희랍어에서의 유능한 재질로 인해 벌써부터 교사직을 맡고 있었다. 원장과 수사, 그 두 사람은 수도원 안에서 어느 정도 세력도 가졌고 관심의 대상이었으며, 호기심의 표적이기도 했고 존경과 흠모도 받았으나 그들에 대한 은근한 시기도 없지 않았다.

원장을 싫어하는 이는 거의 없었다. 그는 선량함과 순수함과 겸손으로 사람을 대하는 인물이었으므로 그에겐 적이 없었다. 단지 수도원의 학자들이 원장을 좋아하는 마음속에는 약간의 조소와 멸시가 섞여 있을 뿐이었다. 원장은 성인일지는 모르나 결코 학자는 아니었기 때문이었다. 그는 지혜라고 하는 편이 어울릴 소박성을 지닌 그런 인물이기는 하나, 그의 라틴어 실력은 그리 뛰어나지 못하여 희랍어에 관한 한 그는 완전히 문외한이었다.

원장의 순진함에 대해 조소하는 소수의 몇몇 사람들도 나르치스에 대해서는 그만큼 더 매력을 느꼈다. 산뜻하고 멋진 희랍어를 구사할 줄 아는 신동, 흠잡을 데 없는 기사 같은 태도, 잔잔하면서도 스며드는 듯한 시선과 아름답고도 결의에 찬 입술……. 그는 또한 천재적이라 할 만큼 희랍어를 잘한다는 것으로 해서 학자들은 그를 사랑했고, 그토록 고귀하고 섬세하다고 해서 거의 모든 사람들이 그를 사랑했으며 심지어는 그에게 완전히 미쳐 있기까지 했다. 하지만 그가 지나칠 정도로 묵묵하고 그 행동 하나하나가 너무나 예의바르다는 이유로 더러는 그를 꺼려하는 사람도 있었다.

원장과 수도사, 그들은 제각기 자기 나름대로 선택된 자의 운명을 짊어지고 지배도 했고 괴로움을 당하기도 했다. 두 사람은 서로에 대해서 수도원의 그 어느 사람보다 닮은 점이 많았고 서로에게 애착이 가기도 했으나 그렇다고 특별히 친하다거나 다정하지는 않았다. 원장은 그 젊은이에게 더할 수 없는 심려와 배려를 갖고 대했으며 그 젊은이를 고귀하고 부서지기 쉬운, 어쩌면 지나친 조숙으로 인해 위험스러운 형제처럼 대했다. 그리고 젊은 수도사 역시 원장의 어떤 명령이나 충고에도 고분고분했으며 칭찬에 대해서는 겸손한 태도로 받아들였고, 단 한 번도 거역하려 했거나 불만을 가진 적이 없었다. 그리고 만일 그에 대한 원장의 판단이 틀림없고 그의 유일한 결점으로 오만을 말한다면 그는 그 결점을 훌륭히 감출 줄 아는 그런 젊은이였다. 그는 모든 점에서 완벽하게 갖춰진 인물이었으며 어느 누구보다도 뛰어난 사람이었다. 하지만 그는 극소수의 학자들 외에는 진실된 친구가 없어서 그의 고귀한 품성이 오히려 차가운 공기가 되어 그를 감쌀 뿐이었다.

참회가 끝난 어느 날 원장이 그에게 말했다.

"나르치스, 나는 가끔 자네를 상대로 지나친 판단을 내린 말을 고백해야겠네. 나는 자네가 가끔 너무 오만하다고 생각했는데, 아마 그 이유 때문에 자네를 그릇되게 판단했을 걸세. 젊은 형제여, 자네는 너무 고독해. 흠모하는 사람이 많다고는 하나 진정한 친구가 없는 것 같아. 나는 가끔 자네를 나무랄 구실이 있으면 했으나 그럴 구실이 없었어. 그리고 자네 또래의 다른 젊은이들이 그러는 것처럼 자네도 좀 버릇없이 굴어 주었으면 하고 바랐으나 자네는 결코 그런 적이 없었어. 그래서 오히려 자네가 조금은 걱정이 된다네."

젊은이는 그 검은 두 눈을 들어 원장을 바라보았다.

"원장님, 걱정을 끼쳐 드려서 죄송합니다. 제 마음속엔 지나친 오만이 숨어 있는지도 모르겠습니다. 그렇다면 제게 벌을 내려 주십시오. 가끔씩 저도 저 자신에 대해 벌주고 싶을 때가 있습니다. 제발 저를 은둔자의 암자로 보내 주시거나 아니면 좀더 천한 봉사를 할 수 있는 자리로 보내 주십시오."

"젊은 형제여, 그 어느 것이나 그런 일을 하기에는 자네의 나이는 너무나 어리네. 더구나 언어와 사색에 있어서의 자네의 뛰어난 재능을 뒤로하고 자네에게 천한 봉사를 하도록 하는 것은 하느님이 내려 주신 재능을 모독하는 것이 될 걸세. 아무래도 자네는 교사가 아니면 학자가 되겠지. 그리고 스스로도 그렇게 되기를 바라고 있지 않은가?"

"원장님, 용서하십시오. 저는 아직 저의 소망에 대해 자세한 것은 알 수 없습니다. 저는 언제나 학문에 대해 즐거움을 가지고 대하지만 학문이 반드시 저의 유일한 영역이 되리라는 생각은 없습니다. 한 인간의 운명과 사명을 정하는 것은 그 인간이 소유하고 있는 소망이라기보다는 미리부터 정해진 숙명 같은 것이 아닐는지요?"

원장은 그 말에 귀를 기울이며 심각해졌다. 그러면서도 그의 얼굴에는 미소가 스쳐 지나갔다.

"내가 알고 있는 인간이란 범주 안에서는, 특히 젊은 시절에는 그 누구든 소망이란 것과 하느님의 섭리를 분별하지 못하는 경향을 지닌다는 말일세. 그러나 자네는 자네의 천직이란 것에 대해 어느 정도 지식을 갖고 있는 것 같아서 말인데, 그 점에 대해서 한마디 해주게나. 도대체 자네는 어떤 종류의 천직이 맡겨졌다고 믿는 건가?"

나르치스는 검은 두 눈을 반쯤 지그시 감았기 때문에 그 눈이 그의 길고 검은 속눈썹 아래로 숨고 말았다. 그는 아무런 말도 하지 않았다. 잠시 후 원장이 말문을 열었다.

"어디 말 좀 해보게나."

나르치스는 차분한 목소리로 눈을 아래로 향한 채 말하기 시작했다.

"원장님, 저는 수도원 생활을 하도록 미리 정해진 몸 같습니다. 신부가 되고 주교가 되고 부원장이 되었다가 어쩌면 원장이 될 수도 있겠지요. 그것이 저의 소망이라 해서 그렇게 믿는 건 아닙니다. 저의 소망이 관직을 향하고 있지는 않다고 확신하지만, 어쩐지 그런 일이 제게 맡겨질 것만 같습니다."

두 사람은 한참 동안 침묵을 지켰다.

"자네는 무슨 이유로 그것을 믿는가?" 원장이 잠시 후 머뭇거리며 물었다. "학식을 제외한 자네 내부의 어떤 특성이 자네로 하여금 그런 믿음을 외부로 표출되게 하는 건가?"

"그것은 저 자신 외에도 타인들의 천직이나 성품에 대해 제가 느낄 수 있는 어떤 특이한 인지력을 지녔기 때문입니다. 그 특성이 저로 하여금 다른 사람들을 지배함으로서 그들에게 봉사하도록 강요합니다.

만일 제가 수도원 생활을 하기 위해 태어나지 않았더라면 저는 법관이나 정치가가 될 수밖에 없었을 것입니다."

"그럴지도 모르지." 원장은 고개를 끄덕였다. "인간과 인간의 운명에 대한 자네의 그 능력을 시험해 본 적이 있는가?"

"시험해 본 적이 있습니다."

"한 가지 예를 말해 볼 수는 없겠나?"

"해보겠습니다."

"됐어. 형제들이 없는 곳에서 그들의 의중을 살핀다는 것은 바람직하지 못하니 내게 대해서 아는 바를 말해 줄 수 없겠나? 이 다니엘, 바로 자네의 원장에 대해 말일세."

나르치스는 눈을 떠 원장을 찬찬히 바라보았다.

"그건 원장님의 명령입니까?"

"그러네."

"말씀드리기가 너무 힘들군요."

"자네에게 억지로 말을 시키기도 힘든 일이군. 그래도 나는 그렇게 할 수밖에 없어. 어서 말해 보게나."

고개를 숙인 나르치스는 나직한 소리로 말했다.

"원장님, 제가 원장님에 대해서 아는 바는 거의 없습니다. 제가 원장님에 대해 알고 있는 것은 원장님은 하느님의 종복이시고 양들을 치시거나 은둔자의 암자에서 자그마한 종을 치시고 농부들의 참회를 듣는 게 이렇게 큰 수도원을 다스리는 것보다 좋으리라는 사실뿐입니다. 그리고 원장님께서는 성모님께 특별한 사랑을 가지고 계시며 성모님께 기도드리는 일을 제일 좋아하신다는 것을 저는 알고 있습니다. 원장님께서는 또한 이 수도원에서 장려되는 희랍어나 기타 학문이 당신께 의지하고 있는 사람들의 영혼에 혼란과 위험을 가져오지 않도록 기도드립니다. 가끔 원장님께서 그레고르 부원장님에 대해 조급하지 않기를 기도드리며 당신의 편안한 임종을 위해서도 기도드립니다. 그리하여 당신의 기구에 의해 청허되고 평온한 임종을 맞이하게 도리라 저는 확신을 가집니다."

원장의 아담한 방에는 잠시 침묵이 흘렀다. 이윽고 원장이 부드러운 음성으로 입을 열었다.

"그대는 몽상가이고 환상가일세. 하나 환상이란 그것이 비록 경건하고 순수하다고 할지라도 착각을 일으키기 쉬워. 내가 그런 것에 대한 믿음을 가지고 있지 않은 것과 마찬가지로 자네도 그런 건 믿지 않도록 하게나. 몽상가인 형제여, 내가 지금 한 말에 대해 마음속에 어떤 생각이 있는지 자네는 짐작할 수 있겠는가?"

"물론 알 만합니다. 원장님께서는 그 점에 대해 무척 염려하고 계시리라 생각합니다. 원장님께서는 이렇게 생각하고 계십니다. '이 젊은 제자 녀석은 아무래도 위험한 상태야. 이 녀석은 환상을 갖고 있어. 아마도 명상이 지나친 거겠지. 이 녀석에게 참회를 시켜도 괜찮으리라. 적어도 해롭지는 않으리라. 그렇지만 이 녀석에게 지우는 참회를 나 자신도 짊어져야지.' 지금 당신께서는 이런 생각을 마음에 품고 계시겠지요."

원장은 미소 띤 얼굴로 자리에서 일어나 수도사더러 이제는 물러가도 좋다고 눈짓을 했다.

"좋아, 이젠 자네의 그런 환상을 지나칠 정도로 심각하게 생각하지 말게나. 하느님은 그런 일말고도 우리들에게 다른 많은 것들을 요구하시다네. 자네는 늙은이에게 평온한 임종을 하리라고 듣기 좋은 말을 했다고 치세. 그리고 그 늙은이는 한때라도 그 말을 듣고 기뻐했다고 하세. 그걸로 됐네. 자네는 내일 아침 미사 후에 묵주를 돌리며 기도드려야 하네. 경건하게 헌신적으로 기도드리게나. 나도 그리할 것이니. 이젠 가 보도록 하게. 나르치스, 이것으로 우리의 대화는 충분했네."

그 후 어느 날 다니엘 원장은 교수직에 있는 제일 젊은 신부와 나르치스가 교안(敎案)을 두고 의견이 일치되지 않는 점이 있어 그 두 사람 사이를 중재하게 되었다. 나르치스는 강의에 있어 모종의 변화를 도입해야 한다고 열의를 가지고 주장하면서 거기에 합당한 근거를 내세웠지만, 로렌츠 신부는 일종의 질투심에 사로잡혀 거기에 동의하려 하지 않았다. 때문에 각자의 새로운 의론은 유쾌하지 못한 침묵 속에서 며칠을 보내다가 어느 날 나르치스는 끝까지 자기 주장의 정당성을 믿고 그 문제를 다시 거론하기에 이르렀다. 그러자 약간 화가 난 로렌츠 신부가 이런 말을 했다.

"이보게, 나르치스, 논쟁은 여기서 끝내자고. 자네도 알겠지만 결정은 자네가 아니라 내가 하는 거야. 그리고 자네는 나의 동료가 아니라 어디까지나 나의 조수야. 그러니 나의 결정을 따라야만 하네. 하나 이 일은 자네에게는 너무 심각한 것 같고 나로서는 자네보다 높은 직위에 있다고는 하나 학식이나 재능에 있어서는 자네를 따를 수 없으니 내가 결정을 내리기보다 원장님께 이 일을 말씀드려 그분이 판단을 내리시게 하는 것이 좋겠네."

그리하여 두 사람은 그렇게 했다. 다니엘 원장은 문법 강의에 대한 두 사람의 해석을 끈기와 호의를 가지고 들어주었다. 그리고 두 학자가 각기 자신의 주장을 자세히 펴 나갈 수 있는 이론적 근거를 내세운 후에 원장은 미소 띤 얼굴로 약간 희끗희끗해진 머리를 흔들어 보이며 이렇게 말했다.

"형제들, 내가 이 문제에 대해 자네들과 같은 이해심을 갖고 있다고는 생각 말게나. 나르치스로서는 학교 일에 대해 그처럼 마음을 쓰고 또 교안을 조금이나마 개선하려는 노력은 칭찬할 만하네. 하지만 윗사람의 의견이 다르다면 그로서는 당연히 아무 말 않고 거기에 복종해야만 하는 것일세. 학교 문제에 있어서 어떤 개선이라도 그것이 질서와 복종을 파괴하는 일이라면 아무런 소용이 없는 일이라네. 내가 나르치스를 꾸짖어야 할 점은 그의 불복종에 대한 것이네. 그리고 자네들 젊은 학자들에게 언제나 자네들보다 어리석은 윗사람이 자네들 위에 있기를 바라는 바이네. 그것은 오만심을 고치는 가장 좋은 방법이네."

그런 유쾌한 농담으로 원장은 그들 두 사람을 내보냈다. 그러나 원장은 그 이후로도 며칠 동안 그 두 학자들 사이가 다시 예전과 같아지는가 눈여겨보기를 결코 소홀히 하지 않았다.

수많은 얼굴들이 오가는 수도원에 낯선 얼굴 하나가 나타났다. 별로 시선을 집중시키지 못하고 이내 사라져 버리는 그런 평범한 얼굴은 아니었다. 그것은 아직 어린 소년이었다. 그는 이미 오래전부터 아버지가 수도원의 학교에 입학 허가를 신청해 둔 소년으로, 어느 봄날 입학을 하기 위해 나타난 것이었다. 그들 부자가 밤나무에다 말을 매자 수위가 현관 밖에까지 그들을 마중 나왔다.

소년은 앙상한, 아직도 겨울의 모습이 존재하는 그 나무를 쳐다보면서 이렇게 말했다.

"정말 굉장한 나무예요. 이런 나무는 여태 보지 못했어요. 정말 멋지고 진귀한 나무예요! 이 나무를 어떻게 부르는지 알았으면 좋겠어요."

찌들어 보이는 얼굴에 고생의 흔적이 있는 나이 많은 아버지는 아들의 말에 별로 귀기울이지 않았으나 수위가 곧 소년에게 그 나무의 유래에 대해 가르쳐 주었다. 수위는 소년이 마음에 들었던 것이다. 소년은 상냥한 음성으로 수위에게 고맙다는 인사를 하고는 손을 내밀었다.

"저는 골드문트라고 합니다. 앞으로 이 학교에 다니게 되었습니다."

수위도 소년에게 미소를 지어 보이고는 손님들을 앞장서서 현관을 지나 널따란 석조 층계를 올라갔다. 골드문트는 거리낌없이 수도원으로 들어갔다. 친구가 될 만한 두 가지 존재를 거기서 만났다는 기분으로. 그것은 수위와 밤나무였다.

손님들은 우선 교장직에 있는 신부를 만난 다음 저녁에는 원장과 직접 대면을 가졌다. 그 두 곳에서 제국(帝國)의 관리인 아버지는 아들 골드문트를 소개했고, 그 자신은 잠시 수도원의 손님 자격으로 초대를 받았다. 하지만 그로서는 단지 하룻밤밖에 묵고 갈 시간이 없다고 설명하면서 이튿날 아침에는 떠나야 한다고 말했다. 그리고 아버지는 자기들이 타고 온 두 마리의 말 가운데서 한 마리를 선물로 수도원에 기증하겠다는 제의를 했고 그 제의는 바로 수락되었다. 성직자들과의 대담은 건조하고 지나칠 정도의 형식으로 가득한 것이었으나 원장도 신부도 잠자코 얌전히 앉아 있는 골드문트를 만족스런 눈빛으로 바라보았다. 곱살하고 예쁘게 생긴 소년이 이내 그들 두 사람의 마음에 든 것이었다.

그들은 이튿날 아무런 미련도 없이 아버지를 보낸 후 아들을 기꺼이 맞아들였다. 골드문트는 곧 선생님들에게 인사를 드리고 학생들의 침실에 잠자리 하나를 배당받았다. 아버지에게 작별 인사를 하는 소년의 얼굴에는 겉으로 아무렇지 않은 듯했지만 일말의 슬픈 도정이 어려 있었다. 그는 그런 얼굴로 아버지가 아치형의 좁은 문이 있는 수도원 외당을 지나 곡물 창고와 방앗간 사이로 그 뒷모습이 안 토일 때까지 서서 바라보았다. 그리고 몸을 돌렸을 때는 그 긴 갈색 속눈썹에 눈물 한 방울이 어렸다. 하지만 그때는 벌써 수위가 다가와 어루만지듯 어깨를 치면서 그를 맞아들였다.

수위는 달래는 투로 말했다.

"여보게 학생, 그런 슬픈 얼굴을 해서는 안 돼. 누구나 처음에는 어느 정도 향수를 느끼게 마련이야. 아버지도 보고 싶고 어머니도 보고 싶고 형제 자매도 보고 싶어하지. 하지만 곧 여기도 꽤 괜찮은 곳이라는 것, 그리고 그다지 나쁜 곳은 아니라는 걸 알게 될 거야."

"고맙습니다, 수위 아저씨. 저에게는 형제도 어머니도 없는걸요. 아버지뿐이에요."

"그 대신 학생은 여기서 친구도, 학문도, 음악도, 또 학생이 이제까지 알지 못한 놀이도 알게 될 거야. 이것저것 갖가지 것들을 알게 되지. 그리고 언제라도 마음속의 이야기를 털어놓을 친구가 필요하면 바로 나를 찾아오게나."

골드문트는 수위에게 미소를 지어 보였다.

"고맙습니다. 저를 기쁘게 해주시려거든 아버지가 두고 가신 말을 좀 보여 주세요. 말이 어떻게 지내는지 가서 인사나 하고 싶어요."

수위는 곧 소년을 데리고 곡물 창고 옆에 있는 마구간으로 갔다. 어둠으로 가득한 마구간에서는 말 냄새, 말똥 냄새, 보리 냄새가 스며 있었다.

칸막이가 된 어떤 칸에서 소년은 그를 여기까지 태우고 온 밤색 말을 발견했다. 말은 벌써 그를 알아보았는지 머리를 내밀었고, 소년은 두 손으로 말의 목을 껴안은 다음 하얀 얼굴이 있는 넓은 이마를 어루만지면서 말의 귀에다 대고 속삭였다.

"잘 있었니? 씩씩하고 용감한 블레스야, 어떻게 지내니? 넌 아직도 나를 좋아하니? 먹을 건 충분하니? 너도 집이 그립니? 블레스야, 네가 여기 있다는 것이 얼마나 위안이 되는지 모르겠다. 가끔 보러 올게."

그는 소매 속에서 아침에 남겨 둔 빵을 꺼내 잘게 잘라 말한테 주었다. 그런 후 말에게 작별 인사를 하고 대도시의 시장만큼 크고 보리수나무가 잔뜩 자라고 있는 마당을 지나갔다. 거기서 그는 수위에게 고맙다는 인사를 하고 헤어지려고 악수를 했으나, 어제 익혀 두었는데도 교실로 가는 길을 잊어버려서 약간 쓴웃음을 지으며 수위에게 길 안내를 부탁했다. 수위는 기꺼이 인도해 주었다. 그리고 그는 교실로 들어갔다. 교실에는 열두어 명 가량의 소년들과 이미 어른 티가 나는 좀 큰 아이들이 마침 공부를 하는 중이었다. 보조 교사 나르치스가 그에게로 시선을 옮기자 골드문트가 자기 소개를 했다.

"신입생 골드문트입니다."

나르치스는 무표정하게 간단히 인사를 받은 다음, 곧 그에게 뒷자리 하나를 지정해 주고는 이내 수업을 계속했다.

골드문트는 자리에 앉았다. 그는 기껏 자기보다 서너 살 연상으로 보이는 그렇게 젊은 선생이 있다는 사실이 경이로웠고 또한 그 젊은 선생이 그렇게 아름답고 고상하고 진지한 데다 매혹적이고 호감을 주는 것에 한편으로 놀라웠고 동시에 기뻤다. 수위는 친절하게 대해 주었으며 원장은 다정스레 맞아 주었고 마구간에는 다소나마 향수를 달래 주는 블레스가 있다. 그리고 지금 이 교실에는 학자처럼 진실하고 왕자처럼 멋진, 이처럼 젊은 선생이 있지 않은가! 절제 있으면서도 냉담하고 그런가 하면 논리에 순조로운 담담한 저 목소리! 무슨 이야기인지 제대로 이해할 수 없었지만 골드문트는 감사하는 마음으로 강의를 경청했다. 마음이 흐뭇했다. 선량하고 존경할 만한 사람들한테로 찾아온 것이다. 그들을 사랑하고 그들과 우정을 맺을 마음의 준비가 되었다. 아침에 잠자리에서 일어났을 때는 기분이 좀 불쾌했고 긴 여행으로 피로했었으며 아버지와 작별할 때는 얼마간 눈물을 흘리지 않을 수 없었다. 하지만 지금은 상쾌하고 만족스러웠다.

그는 몇 번이나 눈을 들어 한참씩이나 그 젊은 선생을 바라보았다. 날씬하면서도 야무진 매무새, 냉담하면서도 반짝이는 눈, 또렷하고 날카롭게 한마디 한마디를 이루어 가는 야무진 입술, 그리고 나는 듯하면서도 피로를 모르는 목소리, 그는 그런 것들을 쳐다보고 들으며 한없는 포만감을 느꼈다.

그러나 수업이 끝나 학생들이 '와' 하고 떠들썩하게 자리에서 일어났을 때 골드문트는 깜짝 놀랐다. 그러곤 부끄럽게도 자기가 한참씩이나 잠이 들었었다는 사실을 깨달았다. 그 사실을 안 것은그말고도 옆자리의 친구도 알고 있었다. 곧 그 사실은 입에서 입으로 온 교실 안에 퍼졌다. 그래서 선생의 모습이 교실 밖으로 사라지자마자 학생들은 골드문트를 사방에서 마구 끌고 당기기 시작했다.

"다 잤어?"

어떤 놈이 이를 드러내 놓고 웃었다.

"보통이 아닌데." 하고 한 놈이 빈정대면서 계속 말했다. "이 녀석은 첫 시간부터 졸았으니까 훌륭한 종문의 선구자가 될걸."

"얘들아, 이 어린것을 안아서 자리에 눕혀 버려라."

어떤 놈이 그렇게 말하기가 무섭게 사방에서 골드문트의 팔다리를 잡아끌면서 야단스럽게 서로 그를 데려가려 했다.

골드문트는 처음에는 당황했지만 곧 화가 치밀었다. 그는 치고 때리며 어떻게든 몸을 빠져나오려 했으나 이내 몇 대 얻어맞고 결국은 바닥에 드러눕고 말았다. 그렇게 쓰러진 그의 발을 아직도 한 녀석이 잡고 있었으므로 골드문트는 발길로 그를 걷어차고 일어나려고 했다. 당장에 치열한 격투가 시작되었다. 그의 상대는 힘깨나 쓰는 놈이어서 다른 놈들은 모두가 그 싸움을 재미있다는 듯이 구경만 했다. 골드문트가 지지 않고 그놈에게 몇 대 먹이자 그는 아직 이름도 모르는 상태였지만 이미 몇 명의 지지를 얻었다. 그런데 별안간 모두가 황급히 도망을 치기 시작하는 것이었다. 그리고 그들이 다 빠져나가 버리고 혼자 남은 소년 앞에 교장인 마르틴 신부가 들어왔다. 교장은 놀란 얼굴로 소년을 쳐다보았다. 소년의 푸른 눈은 좀 당황한 빛이었고 약간 핏발이 섰으며 얼굴은 얻어맞아서 부은 것 같았다.

"무슨 일이 있었니? 넌 골드문트지? 장난꾸러기들이 네게 무슨 몹쓸 짓을 한 모양이구나. 안 그래?"

"아닙니다. 오히려 제가 그놈을 쳤습니다."

"그놈이라니?"

"누구인지는 알 수 없습니다. 제가 아는 아이라곤 아무도 없으니까요. 그중의 어떤 한 아이와 시비가 있었습니다."

"그래? 그쪽에서 먼저 싸움을 걸어왔느냐?"

"모르겠습니다. 아니 제가 먼저 시작한 것 같습니다. 모두가 저를 놀려댔기 때문에 화가 치밀었으니까요."

"좋아, 그런 것은 상관없다. 하지만 이 점을 명심해라. 다음에도 교실에서 이런 싸움질을 하면 그때는 용서치 않겠다. 됐어. 이젠 점심이나 먹으러 가자. 뛰어, 앞으로!"

교장은 골드문트가 얼굴을 붉히고 달아나면서 흐트러진 금빛 머리칼을 손가락으로 쓰다듬어 올리는 모습을 미소 지으면서 바라보았다.

골드문트 자신도 그가 이 수도원 생활에서 제일 처음으로 한 짓이 버릇없고 바보스러운 짓이었다고 생각했다. 때문에 그는 약간 후회하면서 친구들을 찾다가 점심 먹는 데서 그들을 만났다. 그들은 그를 존경과 우정으로 맞아 주었다. 골드문트도 싸움하던 상대와 기사답게 화해를 했으며 이제 그 분위기에 자연스럽게 휩쓸리게 되었다는 것을 느꼈다.

골드문트, 사랑에 눈뜨다

그 사이에 여러 친구들과도 친하게 되었지만 그들 가운데서 정말로 진실된 벗은 쉽사리 찾아낼 수가 없었다. 동급생들 가운데 특별히 친근감을 느끼게 하는 친구는 없었다. 동급생들은 그가 용감한 싸움꾼이면서도 뜻밖에 모범 학생의 명성을 얻으려 노력한다는 사실을 알고 더욱이나 놀라지 않을 수 없었다.

수도원에는 골드문트의 마음을 끌며 그의 마음을 앗아 가고 찬미와 존경심을 일으키게 하는 두 사람의 인물이 있었는데, 바로 원장 다니엘과 조교사 나르치스였다. 그는 원장을 성자라고 생각했다. 그의 순수함과 선량함, 맑고 자애 넘치는 시선, 태도, 겸허하다고 해야 마땅할 명령과 다스림의 방법, 온화하고 침착한 몸가짐, 그 모든 것이 굉장한 매혹으로 골드문트에게 다가왔다. 골드문트는 헌신과 봉사에 대한 소년다운 충동심에서 그 성자의 가장 가까운 시종이 되어 항상 복종하며 봉사함으로써 끊임없는 희생을 치르고 그의 순결하고 정결한 성자의 생활을 배웠으면 하고 소원했다. 골드문트는 수도원의 학교를 졸업할 뿐만 아니라 가능하다면 수도원에 남아서 일생을 하느님에게 바칠 생각이었기 때문이다. 그것은 그의 의지임과 동시에 아버지의 바람이요, 분부이기도 했으며 하느님으로부터 받은 소명과도 같았다. 아무도 그 아름답고 빛나는 소년을 그렇게 보는 것 같지는 않았으나 무거운 짐이 그의 어깨를 짓누르고 있었다. 그것은 출생의 짐, 죄와 희생의 보이지 않는 숙명이었다.

골드문트의 아버지가 암시를 통해 가능하다면 아들을 언제까지나 그곳 수도원에 남게 하고 싶다는 의사를 넌지시 밝혔는데도 원장은 그것을 알아차리지 못했었다. 골드문트의 출생에는 어떤 보이지 않는 오점으로 인해 그것이 속죄를 필요로 하는 것같이 보였다. 그러나 그의 아버지는 원장의 환심을 사지 못해서 원장은 그 아버지의 언사와 정중한 듯한 태도에 대해 공손한 냉담으로 응하면서 그 암시에 대해서 별다른 뜻을 두지 않았다.

골드문트의 사랑을 눈뜨게 해준 또 한 사람은 원장보다는 훨씬 더 날카로운 관찰력을 가지고 있어서 그 사정을 잘 알고 있었으나 그것을 밖으로 드러내지는 않았다. 나르치스는 그에게 얼마나 고귀한 황금새가 날아 들어왔는지를 잘 알고 있었다. 그 고귀한 품성 때문에 오히려 고독한 나르치스는 여러 가지 면에서 그들 두 사람 사이에는 서로 상충되는 점이 많은 것 같지만 곧 친밀감을 느끼게 되었다.

나르치스는 음울하고 마른 편이었으나 골드문트는 꽃처럼 눈부셨다.

나르치스가 명상가요 분석가라고 한다면, 골드문트는 몽상가이며 동심의 소유자였다. 하지만 그 상반되는 사람들 사이를 연결해 주는 공통점이라면 두 사람이 다 같이 고귀한 성품을 지닌 인간이라는 것, 눈에 띄게 두드러진 재능과 특징이 다른 어떤 사람들보다 우월하다는 점, 그리고 두 사람이 모두 특이한 운명적 사명을 지니고 이 세상에 태어났다는 점이었다.

나르치스는 곧 그 젊은 영혼의 운명을 알아차리고 거기에 열렬한 관심을 갖기 시작했으며, 골드문트는 누구보다 우월하고 아름다운 그의 선생을 존경의 눈으로 바라보았다. 하지만 골드문트는 내성적인 성격 탓으로 교양 있고 조심성 있는 동급생들이 하는 식으로 열심히 공부하는 방법말고는 나르치스의 사랑을 얻는 방법을 알지 못했다. 그러나 그를 그렇게 적극적이지 못하게 한 것은 꼭 수줍음 때문만은 아니었다. 나르치스의 존재가 그에겐 위험할 수 있다는 사실을 지각한 것이 그를 그렇게 엉거주춤하게 만든 것이다. 골드문트는 선량하고 관대한 원장과 지나치게 명석하고 학식이 많으며 예리한 통찰력을 지닌 나르치스를 동시에 사표(師表)로서 우러러볼 수는 없었다. 그럼에도 불구하고 그는 젊음이 갖는 힘과 정신력을 다해서 그 두 사람을 함께 본받고자 노력했다. 그것이 때로는 그를 괴롭히는 것이기도 했다. 수도원에 들어온 처음 몇 달 동안에 골드문트는 정신이 어지럽고 이리저리 갈피를 잡지 못해서 거기서 도망치고 싶었고, 친구들과 사귐으로써 자신의 고뇌와 내심의 분노에서 탈출하고 싶다는 강렬한 욕구를 느꼈다.

마음씨 좋은 골드문트는 자주 하찮은 놀림을 당하거나 학생들 사이에 흔히 있을 수 있는 심한 말을 듣기만 해도 갑자기 열화처럼 화가 치밀어 애써 자제하느라 눈을 감고 창백해진 얼굴로 입을 다문 채 시선을 돌리곤 했다. 그러곤 마구간의 블레스를 찾아가 말의 목덜미에 머리를 파묻고는 입을 맞추며 울었다. 그의 고통은 갈수록 심각해져 급기야는 눈에 띨 정도가 되어 버렸다. 뺨은 수척해지고 눈에서의 총기도 사라졌으며 모든 이들의 사랑을 받던 미소조차 볼 수 없었다.

하지만 그 자신은 자신의 상태를 알지 못했다. 그의 진실한 내면적 소망이란 훌륭한 학생이 되고 이어 수도사로 채용되었다가 신부들의 경건하고 조용한 형제가 되는 것이었다. 그는 자신이 소유하고 있는 힘과 재능이 경건하고 순탄한 목표를 향해서 정진하고 있다는 것을 믿었으며 그 밖의 다른 노력에 대해서는 어떠한 것도 관심이 없었다. 때문에 그렇게 단순하면서도 멋진 그 목표에 도달하기가 얼마나 힘든 일인가 그 점을 인정해야만 한다는 것이 그로서는 얼마나 슬프고도 이해할 수 없었는지 모른다. 나태한 상태와 학업에 대한 혐오감, 헛된 공상, 수업 시간의 졸음, 라틴어 선생에 대한 저항감과 반감, 동료들에 대한 분노와 초조감, 이런 모든 상태가 자기 주위에 도사리고 있음을 알고 그는 얼마나 당황하고 침울했었는지 모른다. 무엇보다도 나르치스에 대한 사랑과 다니엘 원장에 대한 사랑을 함께 할 수 없다는 것은 그의 마음을 산란시키기에 충분했다. 그러면서도 그는 나르치스도 자기를 사랑하고 자기에 대해서 언제나 관심과 기대를 가지고 대한다는 사실에 확신을 가질 때가 많았다.

나르치스의 소년에 대한 생각은 소년 자신의 상상 이상으로 기울어지고 있었다. 그는 이 아름답고 밝고 사랑스러운 소년이 자신의 친구가 되었으면 하는 소원을 품었고, 소년에게서 자신과 상충되는 점과 자신의 미비점을 보완하려고 애썼다. 때문에 소년을 이끌어 그를 발전시키고 성장시켜 꽃피우게 하고 싶었다. 그러면서도 그는 참을성이 있었다. 그리고 그가 참은 것은 그도 어렴풋이 짐작하는 몇 가지 이유에서 비롯되었다. 그를 저지시킨 가장 중요한 이유는 학생들이나 수도사들한테 반한 선생들이나 신부들에 대해 느끼는 골드문트의 혐오감이었다. 그 자신도 나이 많은 사람들이 그에게 쏟는, 타는 듯한 시선이 혐오스러웠던 적이 한두 번이 아니었으며 그들의 호의나 애무에 대해 말없는 반항으로 대한 적도 많았다. 이제는 그 자신도 그것을 충분히 알게 되었다. 골드문트에게 사랑을 주고 그로 하여금 밝은 미소를 짓게 해주고 다정한 손길로 그의 밝은 금발의 머리칼을 쓰다듬고 싶은 강렬한 유혹을 느꼈기 때문이다.

하지만 그는 결코 그런 행동은 하지 않으리라, 절대로. 더구나 나르치스는 비록 교사로서의 직권이나 권위는 없었지만 그래도 교사로서의 서열에 서 있는 조교사로서 특별한 주의와 경계심을 갖고 있었다. 그에게는 비록 그가 실제로는 두어 살밖에는 더 나이를 먹지 않았음에도 불구하고 학생들에 대해 스무 살쯤은 더 나이가 먹은 사람처럼 행동하는 습관이 있었다. 또한 어떤 학생을 유달리 사랑한다든가 하는 일에 스스로 주의했으며, 밉살스럽고 보기 싫은 학생도 공평하게 돌보아 주는 습관이 있었다.

그의 봉사는 정신에 대한 봉사였고 그의 엄격한 생활은 모두가 정신에 대해 바쳐진 것이었다. 다만 그 누구도 알 수 없는 방심한 순간에만 남보다 뛰어난 지식과 지혜에 대한 오만으로 만족할 뿐이었다. 아니, 비록 골드문트와의 우정이 아무리 유혹적이라 할지라도 그것은 위험한 일이어서 생활의 핵심이 되게 해선 안 되었다. 그의 생활의 핵심과 의미는 뭐니뭐니 해도 정신에 대한 봉사며 언어에 대한 봉사였다. 자신의 이득을 포기하고 학생들을—아니, 학생들뿐만 아니라—보다 높은 정신적인 목표를 향해 조용히 인도하는 일이었다.

골드문트가 마울브론 수도원의 학생이 된 지도 벌써 일년이 넘었다. 그는 수백 번이나 보리수나무와 그 아름다운 밤나무 아래에서 친구들과 놀이를 했다. 뛰기, 공차기, 술래잡기, 눈싸움……. 지금 다시 봄이 되었으나 골드문트는 지치고 몸이 아팠으며 자주 머리가 아프고 교실에서 졸지 않기 위해 정신 집중을 하느라 고생을 해야만 했다.

그런 어느 날 아돌프가 그에게 말을 걸어왔다. 첫 대면을 주먹다짐으로 시작했던 동급생으로, 그해 겨울 그 두 사람은 함께 유클리드 기하학을 공부하기 시작했었다. 저녁 식사 후의 자유 시간이어서 그 시간에는 침실에서 빈둥거리거나 자습실에서 장난을 하거나 수도원 마당에서 산책을 하거나 하는 모든 것이 허락되었다.

함께 계단을 내려가던 아돌프가 골드문트를 불렀다.

"재미난 얘기 좀 해줄게. 하지만 넌 모범생이란 것이 탈이야. 언젠가는 주교가 되겠지. 말하기 전에 우선 친구와의 의리로 선생한테 고자질하지 않는다는 약속을 해야겠어."

골드문트는 물론 즉석에서 약속했다. 마울브론 수도원에는 수도원 자체의 명예도 있었지만 학생들의 명예도 있어서 가끔 그 양자 사이의 충돌이 일어날 때가 있었다. 하지만 어디서든 불문율은 성문율보다 오히려 우위에 있는 법이어서 일단 학생이 된 이상 학생끼리의 율법을 어기는 일은 있을 수 없는 노릇이었다.

아돌프는 소곤거리면서 그를 데리고 현관을 지나쳐 나무 밑으로 갔다. 거기서 그는 이야기를 했다. 아돌프도 가입되어 있는 그룹에 대담한 몇 명의 친구들이 있는데, 몇 세대 전부터 대물림해 오는 이 학교의 관습대로 그들이 아직은 신부가 아니라는 사실에 어울리게 가끔 하룻밤쯤 수도원을 빠져나와 마을에 간다는 이야기였다. 그렇게 하는 것은 보통의 사나이로서는 빠뜨려서는 안 될 즐거움이요, 모험이라는 것이었다.

"그렇지만 그때는 이미 문이 잠기지 않니?"

"당연하지. 당연히 잠겨 있지. 그 때문에 더 스릴 있고 재미나는 일이거든. 하지만 누구도 모르게 비밀 통로로 들어올 수가 있어. 처음은 아니니까."

골드문트도 생각이 났다. '마을에 간다.'는 소문은 그도 들은 기억이 있었다. 그것은 말하자면 남들 모르게 이런저런 재미를 보고 모험을 즐긴다는 학생들의 밤나들이로서 수도원에는 그것을 금지하는 엄격한 규칙이 있었다. 그는 깜짝 놀랐다. '마을에 간다는 것'은 죄스런 일이었기 때문이다. 그러면서도 그는 그것이 이른 바 '정상적인 사나이' 사이에는 학생의 명예로 간주되며 그런 모험을 함께 하자는 권유를 받는다는 게 일종의 명예라는 사실도 잘 알고 있었다.

그는 거절하고 거기서 도망쳐 잠자리에 눕고 싶었다. 너무나 지치고 비참한 기분이어서 오후 내내 두통으로 시달렸었다. 그러면서도 그는 아돌프에 대한 약간의 수치심에 사로잡혔다. 혹시 수도원 밖에는 무언가 멋진 일이 있을지도 모른다. 두통과 우울증과 침울한 기분을 해소해 줄 무언가 멋지고 신기로운 일이 말이다. 그것은 이 속세로 나가는 소풍이어서 무언가 음침하고 금지된 것이며 그리 명예롭다고는 할 수 없지만 어떤 의미에서는 해방이고 체험일 수가 있었다. 아돌프가 설득하는 동안 그는 망설이며 서 있다가 갑자기 웃음을 터뜨리고는 자기도 동행하겠다고 승낙했다.

아무도 몰래 그는 아돌프와 함께 이미 어둠이 드리워진 마당의 보리수나무 아래로 몸을 숨겼다. 그 시간이면 이미 마당의 문은 닫혀 있었다. 친구는 그를 수도원의 물방앗간으로 데리고 갔다. 그곳은 지독한 어둠과 쉴새없이 돌아가는 물방아 소음 때문에 몰래 빠져나가기는 안성맞춤인 곳이었다. 그들은 벌써 완연한 어둠 가운데서 창문을 빠져나가 축축하고 미끌미끌한 널빤지 위로 뛰어내린 다음 그 널빤지를 한 장 떼어서 개울에다 걸치고 개울을 건넜다. 그런 다음 검은 숲 속으로 이어지는 희미한 길로 나섰다. 소년은 가슴 두근거리는 신비스런 그 모든 것들이 마음에 들었다.

근처 숲에는 이미 또 한 명의 친구인 콘라트가 기다리고 있었고 한참이 지나 또 한 사람이 발소리를 내며 다가왔다. 키가 큰 에버하르트였다.

네 명의 소년은 숲을 빠져나갔다. 숲 위로는 밤새들이 푸드득 소리를 내고 조용한 구름 사이로 밝고 축축하게 빛나는 밤하늘엔 몇 개의 별이 모습을 드러냈다. 콘라트는 농담을 해가면서 익살을 부렸고 이따금 나머지 소년들도 거기에 맞장구를 쳐서 웃음을 터뜨렸으나, 그들 모두에게는 불안함과 밤이 가져오는 엄숙함으로 가슴이 두근두근 고동치고 있었다.

한 시간 남짓 지나자 숲 저쪽에 있는 마을에 이르렀다. 마을은 이미 잠들어 있어 낮고 흰 슬레이트 지붕들만 희미하게 어둠 속에서 그 모습을 드러내고 있었다. 아돌프가 앞장섰다. 그들은 침묵을 지킨 채 살금살금 몇 집을 돌아 울타리를 넘고 정원으로 들어가 화단의 축축한 땅을 밟고 계단에 넘어져 비틀대면서 어느 집 벽 앞에서 걸음을 멈추었다. 아돌프가 창문을 두드린 다음 잠시 기다렸다가 다시 한 번 두드리자 안에서 인기척이 나고 희미한 불빛이 새어 나오는가 싶더니 곧 창문이 열렸다. 열린 창문을 통해 소년들은 차례로 안으로 들어갔다. 그러곤 검은 굴뚝이 있는 흙바닥 부엌으로 들어갔다. 화덕 위에는 가냘픈 심지에 흐릿한 불빛을 발하고 있는 조그만 석유 등잔이 놓여 있었다. 거기에 한 처녀가 서 있었다. 비쩍 마른 농가의 하녀인 듯한 그 처녀는 침입자들과 돌아가며 악수를 나누었다. 그리고 그 처녀 뒤 어둠 속에서 또 한 명의 처녀 모습이 나타났다. 아직 앳돼 보이는 소녀로 길고 검은 머리칼을 드리우고 있었다.

아돌프는 무언가 선물 같은 것을 갖고 왔다. 수도원에서 가지고 온 흰 빵과 종이 꾸러미로 둘둘 말린 무엇이었다. 골드문트는 그것이 도둑질해 온 향료거나 아니면 성당의 양촛대거나 그 비슷한 종류의 물건이라 생각했다. 긴 머리칼의 앳된 소녀가 등잔도 들지 않고 더듬거리며 밖으로 나갔다가 한참 후에 푸른 꽃무늬가 그려진 항아리를 들고와 콘라트에게 넘겨주었다. 콘라트는 그것을 한 모금 마시고 다음 사람에게로 돌렸다. 네 사람 모두 그것을 마셨다. 독한 사과주였다.

조그마한 등잔불 밑에서 그들은 모두 자리를 잡았다. 처녀들은 딱딱한 의자에 앉고, 학생들은 처녀들을 빙 둘러싸고 그냥 맨바닥에 앉았다. 소곤소곤 이야기가 계속되면서 그들은 술을 마셨다. 이야기는 주로 아돌프와 콘라트가 이끌어 갔다. 이따금 한 사람씩 자리에서 일어나 마른 쪽 처녀의 머리칼과 목덜미를 애무하면서 귓속말로 무어라 속삭였다. 그러는 동안에도 앳된 쪽의 소녀에게는 어느 누구도 손을 대지 않았다. 골드문트는 마르고 키 큰 쪽이 이 집의 하녀이고 앳된 소녀는 이 집의 딸일 것으로 짐작했다. 하지만 그로서는 아무래도 상관없는 일이었다. 이런 곳에는 두 번 다시 올 마음이 없기 때문이었다. 몰래 빠져나와서 밤에 숲 속을 거닌다는 것은 멋지기도 하고 가슴 두근거리는 흥분이 있기도 하고 무언가 신비스러우면서도 그다지 위험한 모험은 아니었다. 물론 그것도 금지된 일이기는 하지만 이 일에는 양심의 가책을 받는 따위는 없었다. 하지만 밤에 처녀들을 찾아온다는 것은 어쩐지 금기를 넘어선 죄악으로 생각되었다. 다른 친구들에게는 이런 일이 그저 약간 샛길로 빠지는 것에 지나지 않겠지만 그로서는 도저히 용납할 수 없는 일이었다. 신부의 생활과 금욕적 생활이 숙명으로 지워진 자기로서는 처녀들과 그런 사소한 재미를 본다는 것조차도 있어선 안 되는 일이었다. 안 돼. 결코 다시 오지 않을 거야. 하지만 그의 가슴은 몹시 두근거렸고 그런 볼품없는 부엌에서 희미하게 비치는 등잔불 아래에서 끝없는 불안감으로 시달렸다.

  동료들은 처녀들 앞에서 무슨 영웅이나 된 것처럼 젠체하고 대화에다 가끔씩 라틴어를 섞어 가면서 뽐냈다. 그들 모두는 하녀에게 호감을 사고 있는 듯 가끔씩 하녀에게로 다가가 치졸한 애무를 하곤 했다. 물론 그런 애무 가운데서 가장 노골적이라 하는 것이 기껏해야 가벼운 키스 정도였지만, 그들은 거기서 허용된 한계를 잘 알고 있는 것 같았다. 대화는 전부 귓속말로 해야 했기 때문에 그 모습에선 익살스런 그 무엇이 있었지만 골드문트는 그렇게 느끼지 않았다. 그는 아무런 말도 없이 등잔불을 응시하면서 쭈그린 채로 그냥 앉아서 때때로 타는 듯한 곁눈으로 그들 사이에 이루어지는 애무를 훔쳐보았다. 그러곤 꼿꼿이 앞만 내다보았다. 긴 머리칼을 드리운 앳된 소녀를 보고 싶어서 견딜 수 없을 지경이었으나 겨우 억제하고 있었다. 하지만 의지가 해이해져 조용하고 그윽한 처녀의 얼굴로 그의 시선이 방황할 때면 처녀의 까만 눈동자가 어김없이 그의 얼굴을 향해서 쏠리고 있다는 걸 알았다. 처녀는 매혹된 듯 그를 바라보았다.

한 시간 남짓 지났을까(골드문트에게 이 한 시간은 난생 처음 느껴보는 긴 시간이었다). 학생들의 이야기도, 애정의 교환도 이미 그 생명을 다했는지 침묵이 흘렀다. 그들은 무언가 어색해진 것처럼 그냥 앉아 있기만 했고 에버하르트는 하품을 하기 시작했다. 그러자 하녀가 그만 가 보라고 재촉했다. 그들은 다시 차례차례 하녀에게 악수를 했다. 제일 마지막으로 골드문트가 악수를 했다. 그 다음은 앳된 처녀 쪽이었는데, 그때도 마찬가지로 골드문트가 제일 마지막이었다. 이어 제일 앞서 콘라트가 창문을 빠져나갔고 그 뒤로 에버하르트와 아돌프 순서였다. 골드문트가 밑으로 뛰어내리려 할 때 누군가가 그의 어깨를 잡은 것 같은 느낌이 들었다. 그래도 그는 멈출 수가 없었다. 발이 땅에 닿았을 때에야 주저하면서 몸을 돌렸다. 바로 그 앳된 소녀가 창문 아래로 몸을 굽혔다.

"골드문트!" 여자가 속삭이듯 불렀고 그는 그자리에 멈춰 서 있었다. "다시 오시겠지요?" 소녀가 그렇게 물었으나, 수줍은 그 목소리는 그저 입김에 지나지 않았.

골드문트는 머리를 저었다. 소녀는 두 손을 뻗쳐 그의 머리를 만졌고 그는 관자놀이에 닿은 그녀의 손이 주는 따스함을 느꼈다. 소녀는 눈이 맞닿을 만큼 허리를 숙여 몸을 아래로 내밀었다.

"또 오세요!"

소녀가 속삭였다. 그러곤 그의 입에 가볍게 키스를 했다.

그는 재빨리 다른 친구들을 뒤따라 조그마한 정원을 지나고 화단에 걸려 넘어져서 축축한 흙 냄새와 거름 냄새를 맡았으며 장미덩굴에 손을 찔리고 울타리를 넘어 다른 친구들과 함께 마을을 빠져나와 숲으로 향했다. '절대로 다시 오지 않으리라.' 그는 그의 의지에 이렇게 명령을 내렸으나 그의 가슴은 헉헉거리면서 '내일 다시 와야지!' 하고 애원하고 있었다.

밤놀이꾼들은 누구에게도 들키지 않고 마울브론으로 되돌아왔다. 개울을 건너고 물방앗간을 지나 보리수나무가 우거진 마당을 거친 다음 지붕을 살짝 넘어 조그마한 기둥으로 이어진 창문을 통해 수도원 안으로, 침실로 들어갔다.

이튿날 아침, 키다리 에버하르트는 몇 대 얻어맞고서야 겨우 자리에서 일어났다. 그토록 곤하게 잠이 들었던 것이다. 아침 미사에도, 아침 식사에도, 수업에도 그 누구도 늦은 사람은 없었다. 하지만 마르틴 신부가 골드문트의 안색이 나쁜 것을 보고 어디가 아픈 건 아니냐고 물었다. 때마침 아돌프의 경계하는 눈초리가 그에게 다가왔기 때문에 그는 아무렇지도 않다고 대답했다. 그러나 점심때쯤 되어 희랍어 시간이 되자 나르치스는 그에게서 눈을 떼지 않았다. 그 역시 골드문트가 앓고 있다고 생각했으나 어떤 말도 않고 그저 주의를 기울일 뿐이었다.

지와 사랑 37

수업이 끝나자 그는 골드문트를 불러 다른 학생들이 알아서는 안 되는 어떤 일을 시켜야겠으니 도서실로 오라고 말했다. 그러곤 그도 골드문트를 뒤따라 도서실로 갔다.

"골드문트, 나의 도움이 필요하지 않니? 네가 곤란을 받고 있다는 걸 나는 알아. 어디 아픈 모양이지. 아프다면 침대에 눕게 하고 환자용 수프와 포도주를 한잔 보내 줄 수 있어. 오늘 희랍어 시간에는 아마 전혀 집중할 수 없었을걸."

나르치스는 한참이나 대답을 기다렸다. 얼굴이 창백해진 소년은 안절부절못하는 시선으로 그를 올려다보다가 고개를 떨구고 다시 고개를 쳐들고 입술을 들먹이면서 무언가 말을 하려고 했으나 아무 말도 하지 못했다. 그러곤 갑자기 옆으로 넘어지면서 참나무로 조각된 두 개의 조그만 천사가 장식된 책상 모서리에 머리를 들이대고 울음을 터뜨렸다. 오히려 나르치스 쪽이 당황해서 한참이나 멍하니 있다가 겨우 울고 있는 소년을 안아서 일으켰다.

"좋아, 좋아." 나르치스는 골드문트가 들어 본 가장 다정한 목소리로 달래었다. "그래, 울어. 울면 이내 좋아질 거야. 여기 앉아. 구태여 말할 필요는 없어. 다 말한 것이나 마찬가지니까. 넌 오전 내내 별일 없다는 듯 잘 견뎌 아무도 눈치채지 못하도록 하느라 무진 애를 썼어. 참 잘했어. 자, 이제는 울어. 우는 것이 최상의 방법이니까. 그럼 병실로 가 보자. 거기 침대에 드러누워 있도록 해. 저녁이면 씻은 듯이 낫게 될 테니까. 자, 어서!"

나르치스는 교실을 피해 빙 돌아서 골드문트를 병실로 데리고 갔다. 그런 후 거기 비어 있는 침대 하나에다 골드문트를 눕혔다. 골드문트가 고분고분 옷을 벗기 시작하자 그는 교장에게 골드문트가 아프다는 것을 알리기 위해 밖으로 나갔다. 그리고 약속대로 주방에다 수프와 환자용 포도주 한잔을 주문해 주었다. 수도원의 오래된 관습인 그 두 가지 은혜는 병의 정도가 가벼운 대부분의 환자들로부터 사랑받는 것들이었다.

환자용 침대에 누운 골드문트는 어지러워진 머리를 정돈해 보려고 애를 썼다. 한 시간 전쯤만 하더라도 그날 그를 그렇게 지독할 정도로 피곤하게 만든 원인이 무엇인지 뚜렷이 말할 수 있었다. 머리는 텅 비고 눈은 불타는 듯 고통스럽게 했던 영혼의 아픔이 어디서 시작되었는지를 밝힐 수 있었을 것이다. 그는 전날 밤의 일을 기억에서 지우려고 매분마다 힘든 노력을 계속했다. 아니, 잊어버리려고 애를 쓴 것은 어쩌면 전날 밤의 사건 자체는 아니었다. 그것은 또한 이미 문이 닫힌 수도원에서 어리석고도 멋진 도주도, 숲 속을 치나던 일들도, 검은 내를 건널 목적으로 걸쳐 놓았던 널빤지를 뛰어넘던 일도, 울타리나 창문이나 골목길을 넘나들던 일도 아니고 오직 하나, 어두컴컴하던 그 부엌 창가에 섰던 순간 소녀의 숨결을 느끼고 속삭이고 두 손을 잡고 그 입술에 키스하던 바로 그 순간뿐인지도 모른다.

그러나 지금은 또 새로운 것이 더해졌다. 즉 새로운 공포, 새로운 체험, 그것은 나르치스가 자기를 돌보아 준 것이다. 멋지고, 고귀하고, 비웃는 듯한 섬세하고 가는 입술을 가진 바로 그 영민한 나르치스가 자신을 사랑해 주고 자신을 위해 애써 주었던 것이다. 그런데 자신은 그 나르치스 앞에서 주저하며 부끄러워했고 뒤뚱대다가 결국에는 울음을 터뜨리지 않았는가! 희랍어와 철학, 정신적인 영웅주의나 스토아적인 평정, 그런 고귀한 무기를 지닌 사람과 싸워서 승리하는 대신 자신은 그 앞에서 무력하고 비참하게 패배하지 않았던가! 자신은 그것을 결코 용서치 못하리라. 그리고 나르치스의 눈을 들여다보는 것만으로도 틀림없이 수치심을 느껴야만 하리라.

하지만 울었기 때문에 크나큰 긴장은 풀어지고 말았다. 조용한 병실의 고독, 편안한 침대로 기분이 유쾌해졌으며 절망의 반쯤은 이미 그 세력을 잃어버렸다. 한 시간쯤 지나자 심부름을 맡은 수도사 한 사람이 밀가루 수프와 빵 한 조각과 명절날에나 겨우 얻어먹을 수 있는 붉은 포도주를 한잔 갖고 왔다. 골드문트는 먹고 마셨다. 그는 접시를 반쯤 비운 다음 옆으로 밀어 놓고 생각에 잠기려 했으나 머리가 어지러워 다시 접시를 끌어당겨 몇 숟갈 더 떠 넣었다. 잠시 후 환자를 보기 위해 나르치스가 조용히 문을 열고 들어왔을 때, 소년은 잠이 들어 편안한 모습을 하고 있었으며 뺨에는 불그스름한 생기가 돌았다.

나르치스는 한참 동안 잠자는 소년을 들여다보았다. 사랑과 호기심과 약간의 선망의 시선으로. 나르치스는 골드문트가 병을 앓고 있는 것이 아니라는 것을 알았다. 내일이면 이미 그에게 포도주를 가져다 줄 필요도 없으리라는 것을 알게 된 것이었다. 그리고 두 사람 사이에 존재했던 장막은 이제 사라지고 그들은 진정한 친구가 되리라는 사실도 깨달았다. 지금은 골드문트가 자신을 필요로 하고 자신의 봉사를 받고 있지만, 다음 번에는 자기 자신이 연약해져서 골드문트가 자신에게 봉사와 사랑을 주게 될 수도 있으리라. 그리고 언젠가 그런 때가 오면 그는 이 소년에게서 그것들을 받아들이게 되리라.

우정의 한계

　나르치스와 골드문트 사이에 시작된 이 새로운 우정은 실로 기묘한 것이라고 말할 수 있다. 그것을 좋은 시선으로 보는 사람은 아무도 없었다. 그리고 때로는 두 사람 스스로도 바람직하지 못하다고 여기는 때가 많았다.

　이 일로 인해 누구보다 괴로워하는 사람은 바로 사색가인 나르치스였다. 그에게는 일체의 모든 것이 정신이어서 사랑마저 그러했다. 때문에 아무런 생각도 없이 끌리는 대로 몸을 맡긴다는 것은 있어서는 안 되는 일이었다. 이 우정에 있어서 그의 역할은 어디까지나 이끌어 가는 정신이었다. 그리하여 이 우정의 운명과 그 넓이와 의미를 확연히 자각하고 있는 이는 처음 얼마 동안은 나르치스 한 사람뿐이었다. 오랫동안 그는 사랑을 하면서도 고독을 느껴야 했다. 그러면서도 그는 벗으로 하여금 스스로 깨닫도록 이끌어 주어야 그 벗이 자신의 진정한 벗으로 완성되리라는 사실을 알고 있었다. 골드문트는 열렬히 그 새로운 운명에 몸을 맡겼으며 나르치스는 그 높은 운명을 지각하고 책임 있게 그것을 받아들였다.

골드문트에게 있어 나르치스라는 인물은 우선은 구원자요 병을 고쳐 준 사람이었다. 사랑에 대한 그의 젊은 욕구는 아름다운 소녀를 보고 키스를 받았다는 것으로써 크게 눈을 떴으면서도 절망했던 것이다. 그가 여태까지 생각해 왔던 삶의 꿈, 그리고 그가 믿었던 모든 것, 하늘이 준 소명이요 천직이라 믿었던 그 일체의 것들이 창가에서의 키스, 소녀의 까만 눈동자와 마주치던 그 순간에 근본적으로 흔들렸다는 사실이 그의 심연에 자리잡고 있다는 것을 느꼈기 때문이다.

아버지의 의지로 수도원 생활을 하게끔 정해졌고, 또한 자신의 의지로 그 정한 바를 받아들였으며, 젊은 날 최초의 열정으로 경건하고 금욕적인 이상에 매진하고 있었던 그가 비로소 관능적인 것에 대한 생의 부름을 받고 또한 여자의 인사를 받아 거기에 자신의 적과 악마가 있으며, 여자란 위험스런 존재라는 사실을 가슴 깊이 느끼게 된 것이다. 그런 그에게 이제 운명의 구원의 손길을 뻗친 것이다. 가장 절박한 위기에 그 우정이 그를 맞아 주었으며 그의 요구에 대해서는 꽃이 활짝 핀 화원을, 그의 찬란한 마음에는 새로운 제단을 마련해 준 것이다. 거기서야말로 사랑이 허락되고 죄악이 아닌 사랑을 바칠 수가 있으며 보다 존경할 만하고 나이가 든 현명한 벗에게 그의 마음을 줄 수가 있으며, 위험한 관능의 불길을 고귀한 희생의 불길로, 또 영혼의 불길로 바꿀 수가 있으리라.

그러나 이 우정의 첫 번째 봄부터 그는 예상치 못했던 기이한 장애에 부딪히고 말았다. 그것은 수수께끼 같은 냉담이요, 소스라치게 놀라운 요구였다. 그의 벗이 자기와는 완전히 상반되는 인물로 생각된다는 것은 정말로 의외였다. 두 사람을 하나로 만들고 차이점을 없애 버리고 대립되는 것에 다리를 놓는 데는 단지 사랑만이, 아낌없는 헌신만이 필요하리라고 생각했었는데, 이 나르치스라는 인물은 그 얼마나 완강하고 확실하며 분명하고 무자비한 인물이란 말인가! 나르치스는 무심히 몸을 바친다거나 감사의 마음을 가지고 우정이란 세계를 함께 걸어간다거나 하는 일에 무지하기도 하려니와 원치도 않는 것 같았다. 더군다나 맹목적인 길을 꿈속을 헤매듯 걸어간다는 것은 그로서는 생각할 수도, 또 참을 수도 없는 것 같았다.

그는 물론 골드문트가 아팠을 때는 돌보아 주었으며 학교에서 일어나는 이런저런 일에서나 학문에서는 충고를 아끼는 법이 없었고, 책 가운데 어려운 대목에서는 설명을 해주기도 하였고 문법이나 논리학이나 신학의 새로운 영역에 눈을 뜨게도 해주었으나, 한 번도 친구에게 만족스런 태도를 취한 적은 없었다. 오히려 친구를 좀 비웃는 것 같아 신중하게 생각하지 않는 것 같았다. 골드문트는 물론 나르치스가 그렇게 하는 데는 단순한 교사로서의 근성이나 지혜로 층만한 연장자의 태도 때문만은 아니고, 그 뒤편에는 훨씬 중요한 어떤 무엇이 존재하고 있다는 사실을 짐작할 수 있지만, 그 깊이의 정체에 대해 확실한 인식이란 불가능했기 때문에 그의 우정은 이따금 그에게 슬픔을 주기도, 또 어쩔 수 없게도 만들었다.

사실 나르치스는 그의 벗이 어떠한 인물인가를 잘 알고 있었다. 그는 개화하는 벗의 아름다움이라든가 자연 그대로의 생명력, 꽃이 피어오르는 것 같은 그 충일에 대해 결코 장님은 아니었다. 그는 또한 타오르는 젊은 영혼을 희랍어로써만 살찌우려 하고 순수하고 진실된 사랑에 대해 논리적인 답변만을 하려는 선생은 아니었다. 오히려 그는 그 금발 소년을 너무 지나칠 정도로 사랑했다. 그리고 사랑이라는 건 그에게는 위험한 것이었다. 그에게 있어 사랑이란 자연적인 상태가 아닌 기적이라 여겨졌기 때문이다. 그가 사랑에 빠진다는 것은 결코 있어서는 안 되는 일이었다. 그리고 그 예쁜 눈을 은근한 눈빛으로 만족스럽게 바라보는 것도, 또한 그 밝은 금발의 꽃향기에 가까이 하는 것도 안 되었다. 뿐만 아니라, 그 사랑 때문에 비록 순간적이나마 관능의 노예가 되어 버리는 것도 안 되는 일이었다. 만약 골드문트의 운명이 신부로서의 금욕적인 생활과 죽음의 순간까지 성스런 목표를 향해 노력하게끔 요구하고 있다면, 나르치스도 물론 그런 생활을 하도록 운명 지어져 있기 때문에 그에게는 오로지 최고 형태의 사랑만이 허용될 뿐이었다.

하지만 금욕자가 된다는 골드문트의 천명을 나르치스는 믿지 않았다. 그 어느 누구보다 인간의 영혼을 잘 이해할 수 있는 능력을 가진 나르치스는 가장 사랑하는 사람의 영혼을 보다 명석하게 읽을 수가 있었던 것이다. 그는 전혀 상반되는 성질이면서도 골드문트의 천성을 잘 알았다. 그것은 어찌 보면 자신이 가지지 못한 나머지 절반일 수도 있었다. 그는 골드문트의 천성이 공상이나 교육의 과오나 아버지의 의지로 인해 생긴 딱딱한 껍질에 싸여 있다는 사실을 확신했고, 그 젊은 생명의 그다지 복잡할 것도 없는 비밀을 이미 오래전부터 꿰뚫어보았다.

이제 그가 할 일은 확실해졌다. 말하자면 당사자에게 그 비밀을 말하고 그 껍질로부터 자유롭게 하여 그로 하여금 본래의 천성을 찾게 해주는 일이었다. 그러나 그것은 매우 어려운 일이며 무엇보다 가장 두려운 것은 그렇게 하다가 자칫 그 친구를 잃게 될 수도 있다는 것이었다.

그는 차근차근 그 목표를 향해서 다가갔다. 벌써 몇 달이 지났으나, 그들 사이엔 진지한 이야기를 나눌 기회가 한 번도 없었다. 갖가지 우의에도 불구하고 그 둘 사이엔 너무나 먼 거리감이 존재했으며 둘 사이의 시위는 지나치게 팽팽했다. 눈뜬 사람과 장님이 나란히 걸어가는데, 장님이 자신은 볼 수 없다는 사실을 전혀 모른다면 그 장님 자신을 위해서만은 마음 편한 일이다.

먼저 해결책을 강구한 쪽은 나르치스였다. 그것은 이전에 그 어려운 순간에 어떤 일이 소년으로 하여금 허덕거리게 만들었는가를 캐내는 일이었다. 그런데 그 탐색은 생각보다는 훨씬 쉽게 이루어졌다. 골드문트는 이미 오래전부터 그날 밤에 있었던 모든 일을 참회하고 싶은 감정을 가졌으나 그가 고해를 하고 싶은 대상은 가장 신뢰할 수 있는 늙은 원장뿐이었기 때문이다. 그런데 공교롭게도 원장은 그의 고해 신부가 아니었다. 때문에 나르치스가 좋은 기회라 생각하고 벗으로 하여금 그들이 결합했던 최초의 순간을 상기시키면서 그때의 비밀에 대해 조심스럽게 운을 떼자 골드문트는 주저하지 않고 이렇게 말했다.

"저는 당신이 아직 성직에 있지 않아서 당신에게 고해를 할 수 없다는 게 매우 유감스럽습니다. 그랬더라면 저는 고해를 함으로써 그날 밤의 기억에서 해방되고 그에 따르는 어떤 벌이라도 달게 받았을 것입니다. 하지만 저의 대부님에게는 말씀드릴 수가 없었습니다."

나르치스는 신중하게 계속 파고들었다. 흔적은 발견된 것이다.

"병이 든 것처럼 보였던 그날 아침을 아직 기억하고 있겠지? 벌써 잊은 건 아니겠지? 그때가 바로 우리가 친구가 된 최초의 순간이었으니 말이다. 나는 가끔 그때의 일을 생각하곤 하지. 네가 눈치채지 못했으리라 생각하지만 나는 그때 정말 당황했었어."

"당황했었다고요?" 벗은 믿을 수 없다는 듯 큰 소리로 말했다. "당황한 쪽은 오히려 저였어요! 뻣뻣이 선 채로 훌쩍거리면서 아무 말도 못하다가 결국은 울음을 터뜨린 것은 제 쪽이었어요! 그때를 생각하는 것만으로도 부끄러워요. 당신한테 그런 못난 꼴을 보인 것을 생각하면 두 번 다시 당신 앞에 나타날 수 없으리라 생각했는걸요."

나르치스는 조금씩 다가섰다.

"알고 있어. 네가 그때 어떤 기분이었다는 건 이해할 만하니까. 너처럼 야무진 녀석이 낯선 사람 앞에서, 더구나 선생 앞에서 울음을 터뜨렸다는 사실은 어울리지 않거든. 그건 그렇고, 난 그때 네가 병이 들었다고 생각했지. 열이 심하면 아리스토텔레스 같은 사람처럼 이상한 행동을 할 수도 있을 테니까. 그런데 너는 진짜로 병이 난 건 아니었어! 절대로 열 때문에 그런 건 아니었어. 그래서 넌 부끄러워하는 거야. 열에 지는 것을 부끄러워할 사람은 없지. 안 그래? 너는 무슨 다른 일에 대한 패배감으로 부끄러워한 거야. 무슨 특별한 일이 있었지?"

골드문트는 잠시 망설이다가 천천히 입을 열었다.

"그렇습니다. 무언가가 있었습니다. 당신이 대부라 가정하고 말하겠습니다. 언젠가 한 번은 말을 해야만 할 일이니까요."

고개를 숙인 채 그는 벗에게 그날 밤의 사건에 대해 이야기했다.

이야기가 끝나자 나르치스는 미소를 지으며 말했다.

"됐어. '마을에 간다.'는 것은 분명히 금지된 일이긴 해. 하지만 우리들 가운데 누구나 금지된 일을 할 수도 있고, 또 그것이 금지되었다는 사실에 대해 비웃을 수도 있어. 안 그렇다면 참회라도 할 수 있는 일이지. 그러면 그 일은 그것으로 모든 게 끝나 아무런 관련도 없어지지. 도대체 거의 모든 학생들이 저지르는 그런 하찮은 바보짓을 너에겐 단 한 번도 허용되지 않는다는 법이 어디 있단 말이지? 그게 그렇게 나쁜 일인가?"

자제심을 잃은 골드문트가 화난 목소리로 소리를 질렀다.

"정말로 선생 같은 말투군요. 어떤 것이 문제가 되는 것인지 너무나 잘 알면서 말이에요! 물론 저도 수도원의 규칙을 어기고 학생들의 바보스런 장난에 한번쯤 말려드는 것에 커다란 죄의식을 느낀다는 것은 아닙니다. 그것이 비록 수도원 생활의 한 가지 예행 연습은 아니었다 해도 말입니다!"

"그만둬!" 나르치스가 날카롭게 소리를 질렀다. "가장 경건하다고 하는 신부들조차도 그런 예행 연습이 필요했다는 사실을 너는 모른단 말인가! 성자의 생활로 이르는 첩경 가운데 하나가 바로 육욕적인 방탕 생활이라는 사실을 너는 모른단 말인가!"

"그런 뜻이 아닙니다." 골드문트가 대들 듯 말했다. "제가 하고 싶은 말은 이런 것입니다. 저의 양심을 무겁게 짓누르는 것이 어느 정도의 규칙을 어겼다는 사실은 아니라는 말입니다. 그와는 완전히 다른 것이 있습니다. 그건 소녀였습니다. 그건 아무리 애를 써도 당신한테는 설명한 길이 없는 그런 감정이었습니다. 아무리 애를 써도 말입니다! 만약 그 유혹에 져서 손을 내밀어 조금이라도 그 소녀의 몸을 만졌더라면 나는 두 번 다시 되돌아오지 못했으리라는 그런 감정 말입니다. 지옥의 아가리와 같은 죄악이 저를 삼켜 어떤 방법으로도 거기서 빠져나오지 못하리라는 느낌이었습니다. 모든 아름다운 꿈이, 모든 덕성이, 하느님과 선(善)에 대한 모든 사랑이 끝나리라는 감정 말입니다."

나르치스는 생각에 잠겨 고개를 끄덕였다. 그러곤 그는 천천히 입을 열었다.

"하느님에 대한 사랑과 선에 대한 사랑이 반드시 일치해야 한다는 생각을 가지면 안 돼. 그게 그렇게 간단하다면 얼마나 좋겠는가! 무엇이 선인지 그것은 계율 속에 쓰여 있어. 우리도 알고 있지만 하느님은 계율 속에 있는 게 아니야. 계율이란 건 하느님의 극히 사소한 한 부분에 지나지 않아. 계율을 지킨다는 것이 어쩌면 하느님의 길과는 더한층 멀리 떨어진 곳에 있게 되는 수도 있지."

"당신은 제 말을 이해하지 못하는 건가요?"

"물론 나는 이해하고 있어. 너는 네가 생각하는 '세속' 혹은 '죄악'에 대한 모든 것을 여자 속에, 성 속에 포함시키고 있어. 넌 그 외의 다른 죄는 범할 수가 없거나 혹 범했다 하더라도 참회를 통해 사죄할 수 있다고 생각하는 것 같아. 바로 성에 대한 한 가지 죄악만은 예외로 두고 말이야!"

"바로 그렇습니다. 제가 느끼는 게 바로 그 점입니다."

"보라고. 나는 알아. 그리고 너의 생각이 그렇게 틀린 것은 아니야. 이브와 뱀에 대한 이야기는 확실히 부질없는 우화는 아니거든. 하지만 네 생각은 바람직하지 못해. 혹시 네가 다니엘 원장님이나 대부라든지 성자 크리소스토무스라든지 주교라든지 신부라든지 그것도 아닌 평범한 수도사이기라도 하다면 네 생각이 옳을 수도 있겠지간 너는 그런 사람이 아니란 말야. 너는 겨우 학생에 지나지 않으며 설사 너의 소원이 이 수도원에서 평생을 보내고 싶다든지 너의 아버지가 네게 대해 바라는 것도 그런 것이라 할지라도 넌 아직 맹세를 한 것도, 서품(敍品)을 받은 것도 아냐. 그러니 네가 오늘이나 내일 어떤 아름다운 처녀의 유혹에 진다고 하더라도 맹세를 어겼다거나 그 맹세에 상처를 준 건 아니야."

"물론 문서로 쓴 맹세는 없었지요!" 홍분된 목소리로 골드문트가 말을 계속했다. "하지만 그건 불문율과 같은 맹세, 가슴속에 새겨져 있는 가장 성스러운 맹세를 깨뜨린 것입니다. 다른 사람들에게라면 괜찮은 일이겠지만 제게는 통하지 않는다는 사실을 모르십니까? 당신 자신도 아직 맹세를 했거나 서품을 받은 건 아니지만 당신이라면 결코 여자를 가까이 하는 어리석은 짓은 범하지 않을 테지요? 그렇지 않으면 제가 잘못 생각하고 있는 걸까요? 당신은 제가 생각하는 그런 사람이 아닙니까? 당신은 말로써 윗사람들에게 맹세를 한 것은 아니지만 당신의 가슴 깊이에는 이미 오래전부터 그런 맹세를 한 것이나 진배없어 영원히 그걸 지킬 의무가 있다고 생각하지 않습니까? 당신은 저 같은 사람이 아니란 말인가요?"

"아니야, 골드문트. 내가 너와 같을 수는 없어. 그리고 네가 생각하는 그런 사람은 아니야. 내가 어떤 무언의 맹세를 지키고 있다는 네 말은 틀리지 않지만 나는 결코 너와 같을 수 없어. 이 한마디를 잘 생각해 보도록. 우리의 우정은 네가 나와 전혀 다르다는 사실을 보여 주는 것 이외에는 특별한 목적도 의미도 가지지 않는다는 사실을 명심해 두도록 해."

골드문트는 멍청해졌다. 나르치스의 시선과 음성에는 거역할 수 없는 그 무엇이 담겨져 있었다. 그는 입을 다물었다. 나르치스는 무슨 이유로 그런 말을 했을까? 나르치스의 무언의 맹세와 그의 맹세는 무엇이 다르단 말인가? 나르치스는 그를 진심으로 대해 주는 건가, 아니면 어린아이로 취급하는 건가? 거기서 이 기묘한 우정에서 오는 혼란과 슬픔이 다시 새롭게 시작되었다.

나르치스는 골드문트의 비밀이란 것이 어떤 성질의 것인가를 분명하게 알고 있었다. 그 배후에 있는 것은 인류 최초의 어머니인 이브였다. 그러나 그렇게도 아름답고 건강하고 향기 어린 젊음 위에 눈뜨는 성이 왜 그렇게 괴로운 반항으로 다가와야만 한단 말인가? 어떤 악마가 그 몸 속에서 작업을 하고 있는 것이리라. 그 음험한 적이 그 훌륭한 인간의 내부에서 분열을 획책하여 근본적인 본능과 싸우게 만드는 것에 성공한 것일 수 있으리라. 그렇다. 그 악마를 발견하여 기도의 힘으로 본체를 드러내도록 해야만 한다. 그렇게 되면 그 악마를 퇴치할 수가 있다.

그러는 동안 골드문트는 점차 친구들로부터 따돌림을 당해 곤란한 지경에 놓이게 되었다. 오히려 그 친구들이 그에게서 버림을 받고 배반을 당했다고 느낀 것인지도 모른다. 그와 나르치스의 우정을 좋은 시각으로 보는 사람은 아무도 없었다. 남의 말 하기 좋아하는 사람들은 그들의 우정이 순리에 어긋나는 것이라 했는데, 특히 그들 두 사람중의 어느 한 사람에게 반한 사람들이 그러했다. 두 사람의 일이 비난의 대상이 될 만한 악덕은 아니라는 것을 아는 사람들까지도 고개를 저었다. 어느 누구도 이들 사이를 인정하지 않았다. 그들의 결합으로 해서 그들은 그들을 꺼려하는 다른 사람들로부터 거만한 귀족주의자로 분리되어진 것 같았다. 그들의 결합은 그런 사람들에게는 동지적인 결합도, 수도원에서 흔히 있는 그런 류의 결합도 아니었고 그렇다고 기독교적인 결합도 아니었다.

다니엘 원장의 귀에는 두 사람에 대한 온갖 소문이나 비난이나 중상이 끊임없이 들려 왔다. 원장은 40여 년의 수도원 생활에서 수없이 많은 젊은이들의 우정을 보아 왔다. 그것은 한 폭의 수도원의 그림이었으며, 아름다운 경치요, 때로는 웃음거리이기도, 또한 위험스러운 것이기도 했다. 그럴 때면 원장은 한 발짝 물러서서 눈을 부릅뜨고 지켜보면서도 결코 간섭하지는 않았다. 하지만 이렇게 배타적이고 격렬한 경우는 드물었다. 그것은 물론 위험이 완전히 배제된 것은 아니었으나 그들의 순결을 굳게 믿고 있던 원장은 그 사건을 지켜보고만 있었다.

만약에 나르치스가 학생들이나 교사들 사이에서 예외적인 지위에 있지 않았더라면 원장은 망설임 없이 그 두 사람을 떼어놓을 어떤 조치를 취했을 것이다. 골드문트가 동료들과는 떨어져 자기보다 연장자인 선생과 우정을 나눈다는 것은 스스로에게 좋지 않은 일이었다. 또한 비상하고 뛰어난 나르치스가, 모든 선생들과 정신적으로 동등한, 아니 그들보다 뛰어나다고 간주되는 나르치스가 특히 좋아하는 길을 가고 있는 데 방해가 되고 교사로서의 능력을 최대한으로 발휘하는 일을 정지시켜도 좋다는 말인가? 만약에 나르치스가 교사로서의 열정이 식어 버리고 그의 우정으로 해서 나태해지거나 편파적인 행동이 보였다면 원장은 당장에 그를 해직시키고 말았을 것이다. 하지만 그에게는 그런 불리한 사실들이 없었다. 들리는 소문만이라면 다른 사람들의 질투에서 초래된 불신 외에는 아무것도 없었다.

　게다가 원장은 나르치스의 특별한 천성, 인간에 대한 그의 예리한 통찰력을 알고 있었다. 물론 원장은 나르치스의 그런 재능에 대해 과대 평가하지는 않았으나 나르치스가 생도인 골드문트한테서 무언가 특별한 사실을 알아냈고 원장이나 다른 사람들보다 골드문트에 대해 더 잘 알고 있다는 사실에 대해서 원장은 확신을 가지고 있었다. 원장 자신의 골드문트에 대한 지식이라곤 그 고귀한 품성뿐이었으며 학생으로서, 수도원의 일원이며 좀 빠르지만 벌써부터 수도사의 일원인 것처럼 보이려는, 조금 열성적인 태도뿐이었다. 때문에 나르치스에 의해 골드문트의 감동적이기는 하나 아직은 미숙한 그런 열성이 얼마라도 격려되었으리라 원장은 믿었다.

　골드문트를 위해서 두려워할 것은 오히려 그의 벗 나르치스가 일종의 정신적인 자만심과 오만함을 전염시키지나 않을까 하는 점이었다. 하지만 그 학생에게는 그런 위험은 있을 것 같지 않았다. 무엇이든 되는대로 맡겨 두는 게 좋지 않을까. 평범한 인간을 다스리기보다 위대하고 강한 성품을 지닌 사람을 다스리는 일이 오히려 그 다스리는 사람에게는 훨씬 더 편하고 단순하며 수월하다는 사실을 생각할 때마다 원장은 탄식과 미소를 짓지 않을 수 없었다. 아니, 불신에 자신마저 감염되어선 안 된다. 그리하여 원장은 두 사람의 예외적인 인물을 자신에게 맡겨 준 것을 감사히 여기리라 생각했다.

나르치스는 벗에 대해 많은 것을 생각해 보았다. 인간의 천분과 성격을 인지하는 데 특별한 재능을 지닌 그로서는 벌써 오래전에 골드문트에 대한 해답을 알고 있었다. 그는 감각과 영혼에서 재능이 넘치는, 강한 인간이 가질 수 있는 온갖 특성을 지니고 있다. 이를테면 예술가로서의 특성이라고도 할 수 있는데, 어떻든 그런 위대한 사랑의 힘을 지니고 있는 인간은 그 속에 그의 천명과 행복이 존재하 쉽게 점화되며 거기에 모든 것을 바칠 수가 있다. 그런데 그렇게도 섬세하고 풍부한 감각을 지닌 사랑의 인간이, 꽃향기와 아침 햇살, 언어와 새들의 비상(飛上)이나 음악을 즐기고 사랑해야만 하는 젊은이가 두슨 이유로 성직자가 되는 고해의 길을 고집하고 있는 건가?

나르치스는 그 점에 대해 생각을 거듭했다. 골드문트가 그렇게 된 이면에는 아버지라는 존재가 도사리고 있다는 것을 그는 잘 알고 있었다. 하지만 아버지는 어떤 마법으로써 그의 아들이 그런 천명과 의무를 믿도록 홀렸단 말인가? 그리고 아버지란 도대체 어떠한 인물이란 말인가? 나르치스는 의도적으로 그 아버지에 대해 화제를 돌렸고, 골드문트 자신도 아버지에 대해 몇 가지 말을 하기는 했지만 나르치스는 아무래도 그 아버지라는 인물의 윤곽을 잡을 수가 없었으며 이해할 수가 없었다. 얼마나 이상하고 기묘한 일인가? 골드문트가 어릴 적에 잡은 송어에 대한 이야기나 나비에 대한 이야기, 새소리를 흉내내거나 어떤 친구나 개나 거지에 대한 이야기를 하면 그 즉시 모습을 연상할 수 있지만, 일단 아버지 이야기를 하면 그 어떠한 영상도 떠올릴 수가 없었다.

만약에 그 아버지가 골드문트의 삶에 있어 진실로 지배적인 존재라고 한다면 그는 아버지에 대한 설명을 좀더 설득력 있게 좀더 다른 모습으로 나타내지 않았을까! 나르치스는 골드문트의 아버지를 그리 높이 평가하지 않았다. 오히려 그에 대해 반감을 가졌다. 그리고 그가 진짜 골드문트의 친부인가 하는 의심도 가끔씩 해보았다. 그 아버지는 단순히 공허한 우상일 따름이었다. 그런데 그가 어디서 그런 힘을 얻었는가? 그는 어떻게 골드문트의 영혼에 그 영혼의 핵과는 아무 연관도 없는 꿈을 불어넣을 수 있었단 말인가?

골드문트도 많은 생각을 해보았다. 그에 대한 벗의 진실된 사랑을 느끼고는 있으나 그 벗으로부터 어린아이 취급받는 것 같은 조금은 불쾌한 감정에 사로잡히기도 했다. 또한 나르치스가 자기와 다르다는 점을 자꾸만 강조하는 것은 무슨 의도에서일까? 하지만 골드문트가 이런 생각만으로 시간을 보내는 것은 아니었다. 오랫동안 생각에만 집착할 수는 없는 일이었다. 이런저런 다른 할 일이 많았다. 그는 그와 친하게 지내는 문지기 일을 맡고 있는 수사를 자주 찾아갔다. 그는 문지기에게 부탁을 하거나 좋은 말로 꾀기도 해서 한두 시간씩 블레스를 탈 기회를 가지기도 했으며 때로는 수도원에 딸린 주민들 집에 들러 같이 시간을 보내기도 했는데, 특히 물방앗간 집 주인과는 무척 다정스레 지냈다.

골드문트는 가끔 그 집 하인과 함께 물개를 데리고 놀기도 하고 그 집에서 최상등품 밀가루인 프랠라트 밀가루로 과자를 굽기도 했는데, 그는 냄새만으로도 그 밀가루를 가려낼 수가 있었다. 물론 나르치스와도 많은 시간을 함께 보내지만 옛날의 습관이나 즐거운 일에 시간을 보낼 때도 적지 않았다. 미사도 그에게는 즐거움이었다. 그는 학생들과 함께 합창단에 끼여 노래부르는 것도 좋아했고 제단 앞에서 묵주를 돌리며 드리는 기도도 좋아했으며, 미사에서 사용하는 아름답고 엄숙한 라틴어를 듣는 것도 좋아했으며 성향이 피어오르는 가운데서 성당의 온갖 성물(聖物)들이 황금빛으로 빛나는 것을 보는 것도 즐겼다. 뿐만 아니라 원주 위에 서 있는 엄숙하고 숙연한 여러 성자상이나 동물들을 거느린 복음서의 성인들이나 모자를 쓰고 순례자의 주머니를 찬 야곱의 성상(聖像)을 보는 것도 좋아했다.

그런 성상을 보고 있노라면 그는 황홀해했고 돌이나 나무로 만든 그 성상들과 자기 사이에 존재하는 기이한 연관성에 대해 상상하기를 좋아했다. 말하자면 그에게 있어 그 성상들은 전지전능한 불멸의 대부며 보호자요, 자기 생의 한 이정표를 제시해 주는 선지자였다. 뿐만 아니라 원주며 창문이나 출입문, 제단의 온갖 장식물이며 측면만 보이는 부연이며 꽃무늬, 그리고 돌에서 퉁겨져 나와 엉겨붙은 잎새 모양의 장식에서도 사랑을 느꼈고 신비롭고 성스러운 관련성을 느꼈다. 자연 말고도 인간이 자연을 모방해 돌이나 나무로 만든 제2의 식물이나 동물이 있다는 사실이 그로서는 값어치 있고 거룩한 비밀로 다가왔다. 그는 틈틈이 동물의 머리나 식물의 다발을 상징하는 그런 입상을 묘사하면서 시간을 보내기도 했고, 어떤 때는 실제의 꽃이나 말이나 인간을 그려 보려고 애쓰기도 했다.

그는 찬송가, 특히 마리아의 송가(頌歌)를 좋아했다. 그는 그런 노래들이 주는 빈틈없는 엄격한 구절, 계속 반복되는 애원이나 찬송을 좋아했다. 그는 기도드리면서 그 엄숙한 의미를 새기기도 하고, 그 의미는 잊은 채 그 시구에서 느낄 수 있는 장엄한 운율이나 탄복을 좋아하기도 했다. 그는 깊은 마음으로 비록 그 자체의 아름다움은 갖고 있지만 학문이나 문법이나 논리학은 좋아하지 않았다. 그의 관심의 대상은 오히려 그림이나 음의 세계였다.

   그는 점점 동료들 사이에서 알지 못하는 소외감을 느꼈다. 그리고 계속해서 증오와 냉담에 둘러싸여 지낸다는 것은 화가 나고 지루함을 느끼게 했다. 그래서 그는 어떤 때는 기분이 나쁜 듯한 옆자리에 앉은 동료를 웃기기도 하고 아무 말 없는 같은 방 친구들과 쓸데없는 잡담을 나누기도 했다. 그리하여 한 시간이나 애를 써서 어떤 동료들로부터 사랑을 얻기도 하고 몇 번의 관심과 시선을 끌 수도 있었지만, 그런 식으로 가까워진 우정은 '마을에 가자.'는 요구를 두 번이나 제의받는 것으로 그 보상이 돌아왔을 뿐이었다. 그는 그런 권유를 받고 놀라서 뒤로 물러섰다. 하지만 그는 다시는 마을에 가지 않았으며 긴 머리칼의 그 앳된 소녀도 기억에서 멀어져 더 이상 그녀를 생각하지 않게 되었다.

골드문트의 비밀

나르치스는 시간을 두고 접근할 생각이었으므로 오랫동안 골드문트의 비밀을 건드리지 않았다. 벗의 잠을 깨워서 그 비밀을 알려 주려고 했으나 아무런 결실도 없이 끝날 것 같기도 했다.

골드문트가 하는 집안이나 고향에 대한 이야기는 어떠한 연상도 주지 못했다. 그것은 그림자처럼 형태 없는 공허한 이야기였으며 남는 것은 그의 존경할 만한 아버지뿐이었다. 그리고 오래전에 이 세상을 떠나 이제는 희미한 이름뿐인 그 어머니에 대한 전설 같은 이야기뿐이었다. 사람의 영혼을 날카롭게 꿰뚫어볼 줄 아는 나르치스는 차츰 그의 벗이 생의 일부를 잃어버린 어떤 고통에 짓눌려 있거나 과거의 일부를 잊어야만 하는 마법에 걸려 있다는 사실을 깨달았다. 그러므로 단순한 가르침이나 질문들은 그에게 무용한 것일 수밖에 없으며 자신이 지나치게 이성의 힘만을 의지해서 잔소리만 하게 되리라는 사실을 깨달았다.

그렇다고 벗과 연결된 그의 사랑이 완전히 소용이 없는 것은 아니었고, 또한 자주 함께 있는 일도 헛일은 아니었다. 그들 두 사람 사이에는 그 본성으로 보아 서로 상충되는 점이 많은데도 불구하고 그들은 서로가 상대방으로부터 많은 것을 배웠다. 그리하여 그 둘 사이에는 이성의 언어와 더불어 영혼과 상징의 언어가 생겨나기에 이르렀다. 말하자면 어떤 두 채의 집 사이를 큰길이 하나 뚫려 말이나 마차가 다닌다고 가정한다면 그 옆에 다른 여러 개의 작은 길과 옆길과 샛길이 생겨나는 것과 같은 이치였다. 어린이들이 노는 놀잇길, 애인들의 산책로, 개나 고양이만 다니는 눈으로 찾아보기 힘든 길이 생겨나듯이.

골드문트의 풍부한 상상력은 차츰 여러 가지 마술 같은 길을 벗어나 벗의 사상과 그 언어로 빠져 들어갔으며 벗은 또한 골드문트의 관념과 태도를 언어라는 수단을 사용하지 않고도 이해하기에 이르렀다. 사랑이라는 빛 속에서 영혼과 영혼의 새로운 결합이 조금씩 익어 가서 거기에 언어라는 사다리가 놓였다.

그러던 어느 날, 그 두 사람 사이에는 예상치도 못했던 대화가 이루어졌다. 수업이 없는 날 도서실에서였다 그 대화는 두 사람의 우정의 핵심과 본질의 중점에서 이루어졌으며 그것으로 인해 그 둘 사이엔 새로운 빛이 던져졌다.

그들은 수도원에서는 언급조차 금지하고 있는 점성술에 대한 생각을 나누던 중이었다. 점성술이란 인간 각각의 상위에 따라 그 운명과 미리 정해진 천명을 질서 짓고 조직을 부여하려는 시도라고 나르치스는 말했다. 그러자 골드문트가 거기에 이의를 제기했다.

"당신은 항상 서로에게 존재하는 차이에 대해서 말씀을 하시는데, 저는 그것이 당신의 특별한 자질이라는 사실을 근래에 깨닫게 되었습니다. 당신이 우리 두 사람 사이에 존재하는 커다란 차이에 대해 말씀할 경우, 그 차이점이란 다름이 아니라 당신이 언제나 그 차이를 발견하려고 열중하는 그 자체라는 생각이 들 때가 있습니다."

"옳아. 그것은 핵심을 찌른 말이야. 그것은 사실이네. 네게는 그 차이라는 것이 그리 중요한 의미를 가지지 않겠지만 내게는 그것이 무척이나 중요하거든. 나로 말하면 천성이 학자이고 내 천ㅈ은 학문을 연구하는 거야. 그런데 학문이란 자네 말대로 '차이점을 발견하는 데 열중' 하는 것 이외에 어떠한 것도 될 수 없단 말이야. 이것은 학문의 본질을 나타내는 가장 훌륭한 표현일걸. 우리 학문하는 사람들에게 있어 가장 중요한 것은 바로 차이를 발견하고 그것을 확정하는 것이지. 학문이란 이를테면 차이점을 찾아내는 기술이라고 할 수 있지. 예를 들어 한 사람 한 사람의 인간에게서 그 사람이 다른 사람들과 구별되는 차이점을 발견하는 것은 바로 그 사람을 인식하는 길이란 말일세."

"그거야 그렇지요. 어떤 사람이 농부의 신을 신고 있다면 농부이고 왕관을 쓰고 있다면 왕이지요. 그것도 확실한 차이점입니다. 하지만 그런 것은 아무것도 배우지 못한 어린아이들도 찾아낼 수 있습니다."

"그러나 농부와 왕이 똑같은 차림을 하고 있을 경우에는 어린아이로서는 그 두 사람을 구별하지 못할 게 아닌가?"

"그런 구별은 학문에 있어서도 불가능합니다."

"그럴 수도 있겠지. 학문이 어린아이보다 현명하다고는 말할 수 없겠지. 하지만 학문은 어린아이보다는 끈기가 있지. 그리고 엉터리 표지에 주의를 보내지는 않아."

"그런 건 영리한 아이라면 아무나 할 수가 있습니다. 그런 아이라면 행동으로써 왕을 분간해 낼 수가 있습니다. 요컨대 학자들이란 그 오만성으로 인해 언제나 우리 같은 다른 사람들을 어리석다고 합니다. 하나 지식은 가지지 못했으나 지혜는 가질 수 있거든요."

"네가 그걸 인식하기 시작해서 반가워. 그러니 내가 우리 사이의 차이에 관해 얘기할 때 현명함이나 어리석음을 의미하는 것이 아니라는 걸 알게다. 나는 네가 영리하다거나 우둔하다거나 혹은 선하다거나 악하다고 말하는 게 아니야. 내가 의도하는 건 단지 우리는 서로 다르다는 그 자체야."

"그건 알 만합니다. 하지만 당신은 어떤 특징상의 차이를 말하는 것 외에도 운명과 천명의 유별에 대해서도 말하고 있습니다. 그런데 왜 당신의 천명은 나와는 같을 수 없단 말입니까? 당신도 나와 똑같이 기독교도이고 나와 마찬가지로 수도원 생활을 하겠다는 결심이고 당신이나 나나 모두 하느님의 아들입니다. 말하자면 우리들의 지향하는 바도 같다는 말입니다. 그건 똑같이 영원한 복종입니다. 그리고 우리들의 천명도 똑같아서 그건 하느님에게로 귀의하는 것입니다."

"좋아. 교리학 교본에 의하면 물론 인간은 다른 어떤 인간과도 동일하다고 되어 있지. 하지만 실제의 삶에서도 그런 것은 아냐. 구세주를 가슴에 품고 있는 사랑하는 제자, 그리고 그를 배신한 다른 제자, 그 두 사람은 과연 동일한 천명을 가지고 있었을까?"

"당신은 궤변가로군요. 우리들은 결코 같은 길을 나란히 걸어갈 수는 없겠군요."

"우리들이 같은 길을 나란히 걷는다는 것은 있을 수 없는 일이야."

"그런 말씀은 하지 마십시오!"

"그것은 나의 진심일세. 태양과 달이, 혹은 대양과 대륙이 접근할 수 없듯이 우리들도 서로 접근하지 않는 게 우리들에게 주어진 숙제야. 우리들은 태양과 달이며 대양과 대륙이라고 말할 수 있지. 우리들의 목표는 하나로 결합하는 것이 아니라 오히려 서로를 인식하고 서로를 관찰하고 서로 존경하는 것을 배우는 거야. 상반되는 것이 무엇이며 서로 보완할 것이 무엇인가를 배워야 하는 거야."

골드문트는 멍한 채 고개를 떨구었으며 얼굴에는 수심이 가득했다.

"그런 이유로 당신은 제 생각을 신중하게 받아들이지 않고 있나요?"

나르치스는 잠시 대답을 망설이다가 밝고 건조한 음성으로 말했다.

"그래, 그 때문이야. 골드문트, 하지만 내가 진지하게 받아들이는 것은 너뿐이라는 것을 늘 생각해야 할 거야. 내 말을 믿어. 나는 너의 음성, 태도, 미소, 그 모든 것을 진지한 태도로 받아들이고 있어. 하지만 너의 사상은 거기에선 제외돼야 해. 너의 본질이며 필연이라 생각되는 것에 대해서는 심각하게 받아들이는 거지. 그런데 너는 그 외에도 많은 특별한 천분 가운데 너의 사상에 대해서 유독 관심을 가져 주기를 바라는 건 무슨 이유에서이지?"

골드문트는 쓸쓸한 미소를 지었다.

"당신이 저를 어린아이로 생각하기 때문에 그런 말을 하는 거예요!"

나르치스는 그래도 변함이 없었다.

"나는 네 생각의 어떤 부분에 관한 한 어린아이 같은 생각이라 여기는 거야. 영리한 아이는 학자보다 어리석지 않다고 한 앞서의 네 말을 되새겨봐. 하지만 어린아이가 학문에 대해 이야기할 때 학자는 그걸 진지하게 받아들이지 않을 거야."

"하지만 우리가 학문에 대해 이야기하지 않을 때도 당신은 저를 비웃었지요! 예를 들면 나의 신앙이라든가 학문상의 정진이라든가 수도사가 되기 위한 소망 같은 것도 어린아이 같은 짓에 불과하다고 생각하셨어요."

나르치스가 심각한 표정으로 골드문트를 쳐다보았다.

"나는 네가 골드문트 자신일 때만 심각하게 받아들이는 거야. 그런데 너는 골드문트가 아닐 때가 많아. 나는 네가 완전한 골드문트로 되기를 원해. 너는 학자도 수도사도 아니야. 형편없는 인간도 학자나 수도사는 될 수가 있는 거야. 너는 학식도 모자라고 논리적이지도 못한 데다가 그렇다고 경건한 사람도 아니라고 믿는 것 같은데, 내 생각으로 너는 지나치게 너의 본질에서 멀리 떨어져 있는 것만 같아."

이런 대화가 있은 후 골드문트는 당황하고 마음이 상해서 거기서 물러갔지만 채 며칠이 지나지 않아 그 자신이 오히려 그런 대화를 계속하고 싶다는 의향을 보였다. 그리고 이번에는 나르치스가 그들 사이의 본질적인 차이점을 좀더 쉽게 이해시킬 수 있었으므로 골드문트도 그것을 좀더 잘 받아들일 수가 있게 되었다. 나르치스는 열심히 이야기를 하면서 골드문트가 그날은 이전보다 훨씬 더 그의 말을 깊이 있게 받아들이기 때문에 그가 골드문트에 대해 영향력을 끼치고 있다는 생각을 했다. 그는 그 성공에 도취되어 의도한 바 이상으로 많은 말을 하고 말았다. 말하자면 자신의 이야기에 자기도취가 되어 버린 것이다.

"내 말을 좀 들어 봐." 나르치스는 다시 입을 열었다. "나는 단 한 가지 면에서만 너보다 우월할 뿐이야. 네가 반쯤 졸고 있거나 아주 잠들어 버렸을 때도 나는 늘 깨어 있다는 점이야. 이성과 지성으로 자신의 심연에 존재하는 비이성적인 힘과 충동과 약점을 발견하고, 그것을 냉철하게 헤아릴 줄 아는 사람을 나는 깨어 있는 사람이라 부르는 거야. 넌 그걸 배워야만 해. 그럼으로써 우리 둘의 만남의 의미를 찾을 수가 있어. 너의 경우에는 정신과 자연, 의식과 꿈의 세계가 서로 너무 멀리 떨어져 있어. 너는 너의 유년기를 잊어버리고 있지만 네 영혼의 그 깊은 곳에서는 그 어린 시절이 너를 이기려고 애를 쓰고 있어. 그것이 너를 굴복시킬 때까지 그 유년 시절은 너를 끊임없이 괴롭힐 거야. 그건 그 정도로 하지. 앞서 말한 대로 각성이란 점에서는 나는 너보다 상위에 있어. 그렇기 때문에 나는 네게 도움을 줄 수가 있는 거야. 하지만 다른 모든 점에서는 네가 나보다 훨씬 우월해. 너 스스로 각성을 하기만 하면 말이다."

골드문트는 조용히 귀기울여 듣다가, '너는 너의 유년기를 잊어버렸지만' 하는 대목에서 뒤통수를 얻어맞은 것처럼 깜짝 놀랐다. 하지만 나르치스는 말을 할 때 눈을 감거나 앞만을 바라보는 버릇이 있었기 때문에 그것을 눈치채지 못했다. 그는 골드문트의 얼굴이 순간적으로 일그러지면서 창백해지는 것을 보지 못했다.

"우월하다고요? 당신보다 내가!"

골드문트는 중얼거렸다. 무슨 말을 하기는 해야겠는데, 굳어서 말이 나오지 않았다.

"당연한 일이야. 너와 같은 천성을 갖고 있는 사람, 강하면서도 예민한 감각을 가진 사람, 영감을 받은 사람, 몽상가며 시인이요 연애하는 사람은 우리들 지성적인 사람들보다 우월하게 마련이야. 너희들의 본질은 어머니에게서 비롯된 거야. 너희들은 충일한 삶 속에서 사랑하고 체험하는 힘이 부여되었기 때문이야. 하지만 우리들 지성적인 사람들은 때때로 너희들을 인도하고 지배하는 것같이 보이지만 충일한 삶을 살아가진 못하지. 우린 메마른 생활을 하고 있어. 넘치는 삶, 즙이 흐르는 과실, 사랑의 화원, 아름다운 예술의 나라는 모두 너희들의 소유야. 너희들의 고향이 대지라면 우리들의 고향은 관념이야. 너희들의 위험은 감각의 세계에서 헤매는 것이지만 우리들의 위험은 진공 상태에서 질식하는 거야. 너는 예술가이고 나는 사색가야. 너는 어머니의 품 안에서 잠을 자지만 나는 황야에서 잠을 자는 거야. 나의 눈은 태양을 보지만 너의 눈에는 달과 별들이 보이는 거야. 너의 꿈에는 소녀들이 나오지만 내 꿈에는 소년들이 나오는 거야……."

골드문트는 눈을 똑바로 뜨고 자기도취에 빠진 나르치스가 웅변가처럼 하는 말을 들었다. 그의 말의 대부분이 칼이 되어 골드문트를 찔렀고 특히 마지막 말에 이르러서는 창백한 얼굴로 눈을 감기조차 했다. 그것을 알아차린 나르치스가 놀라서 왜 그러냐고 묻자 창백해진 골드문트는 힘없는 소리로 이렇게 대답하는 것이었다.

"저는 전번에 당신 앞에 쓰러져서 울어야만 했던 때가 있었습니다. 아마 기억하실 것입니다. 그런 일이 두 번 다시 반복되지 말아야겠죠. 그랬다간 저 자신이 용서하지 못할 겁니다. 당신에게도 용서받지 못할 테고요! 이젠 가 주십시오. 혼자 있고 싶습니다. 당신은 진실로 저를 두렵게 만드는 말을 하셨습니다."

나르치스는 당황했다. 그는 자신의 이야기에 도취되긴 했으나 왠지 여느 때보다는 자기가 훨씬 말을 잘했구나 하는 느낌이 들었었다. 그러나 이제 자기가 내뱉은 말 중 어떤 말이 벗을 이처럼 놀라게 했는지, 어떤 말이 그의 급소를 찔렀는지 알고는 놀라지 않을 수 없었다. 하지만 그런 순간에 벗을 내버려두고 혼자 간다는 것은 어려운 일이었다. 그래서 잠시 망설이자 벗의 이마에 잡히는 주름살이 그로 하여금 얼른 자리를 떠나라고 재촉하는 것 같았다. 그는 얼른 자리에서 떠났다. 벗의 간청대로 그를 혼자 놔두기 위해서였다.

골드문트는 눈물을 흘렸으나 이번에는 눈물로도 그의 영혼에 맺힌 고통은 사그러들지 않았다. 벗이 찌른 칼날에 결코 치료할 수 없는 치명적인 상처를 입었다는 느낌으로 그는 숨을 헐떡이며 답답한 가슴으로 멍하니 서 있었다. 백랍처럼 창백한 얼굴에다 두 손은 감각을 잃어 꼼짝도 할 수가 없었다. 지난번의 비참한 상태의 재현인 것이다. 그것도 그 몇 배나 더 심한 강도로. 가슴을 답답하게 하는 무언가 끔찍한 것, 참을 수 없는 것을 보지 않으면 안 되는 그런 기분이었다. 하지만 아무리 흐느껴 운다고 해도 이 고뇌의 비참함은 가셔질 것 같지가 않았다. 성모 마리아여, 도대체 어찌 된 일입니까? 어떤 사건이 일어난 것입니까? 누가 그를 죽인 것입니까, 아니면 그가 누구를 죽인 것입니까? 이게 도대체 얼마나 무서운 이야기입니까? 그는 숨이 가빴다. 독약을 삼킨 사람이 가슴속에 깊숙이 침투된 독을 내뱉어야 된다고 생각하는 그런 느낌이었다. 마치 물 속에서 허우적거리는 사람처럼 비틀거리면서 그는 방에서 뛰쳐나와 수도원 안에서 제일 조용한, 인적이 드문 곳으로 도망쳐 갔다. 무의식적인 행동이었다. 복도를 지나고 계단을 넘고 어딘가 밖으로 나갔다. 그리하여 그는 수도원에서 제일 안전한 피난처인 회랑으로 들어갔다. 거기 몇몇 화단에는 맑고 밝은 빛으로 가득한 하늘이 펼쳐져 있고 돌과 같이 서늘한 대기 속에는 감미롭고 수줍은 듯한 장미꽃 향기가 스며 있었다.

나르치스는 부지불식간에 이미 오래전에 했어야 할 목표에 도달한 것이었다. 그는 벗의 내부에 도사린 악마를 불러내어 쫓아 버린 것이었다. 그가 한 말 가운데 하나가 골드문트의 가슴을 쳐 견디기 힘든 고통을 불러일으킨 것이다. 나르치스는 오랫동안 수도원을 헤매면서 벗을 찾았으나 그 벗의 모습은 어느 곳에서도 찾아볼 수 없었다.

골드문트는 회랑에서 마당으로 통하는 둥글고 묵직한 아치형 돌문 아래에 서 있었다. 그 아치를 떠받친 둥근 기둥에서 동물의 머리가 조각된 세 개의 석상이 그를 뚫어지게 내려다보았다. 개와 이리를 조각한 것이었다. 밝음으로 인도하는 길도, 이성으로 이르는 길도 없고 오직 고통만이 있었다. 죽음의 공포가 목구멍과 가슴을 죄었다. 그가 기계적으로 위를 쳐다보자 거기 세 마리의 동물 머리가 사나운 이빨을 내밀고 그의 내장을 물어뜯을 듯 그를 노려보는 것이었다. '이제 난 죽는구나.' 그는 전율로 몸을 부르르 떨며 이런 생각을 했다. '저 짐승들이 나를 잡아먹을 거야.' 그는 몸을 떨면서 기둥 아래에 주저앉고 말았다. 너무나 심한 고통을 더 이상 견디지 못한 것이다. 그러곤 의식을 잃어버려 그가 그렇게도 소망하던 무아의 경지에 빠지고 말았다.

다니엘 원장은 그날 하루를 그리 유쾌하게 보내지 못했다. 나이가 든 두 명의 수사가 그를 찾아와 해묵은 질투 때문에 흥분해서 서로 상대방을 비난하며 욕설을 퍼부었다. 원장은 지루하기 짝이 없을 정도로 오랫동안 그들의 말을 듣고 있어야 했으며 그런 다음 경고를 했으나 아무런 효과가 없어 마침내는 두 사람을 꾸짖고는 엄벌을 내렸다. 하지만 그의 마음속에는 자신이 행한 처사가 아무런 소용이 없다는 느낌만이 들었다. 지친 원장은 아래채 기도실로 들어가 기도를 드렸으나 여전히 홀가분하지 못한 심정으로 자리에서 일어났다. 그러곤 아련히 풍겨 오는 장미꽃 향기에 매혹되어 잠시나마 맑은 공기를 쐬러 회랑으로 향했다. 거기서 그는 실신해 쓰러진 골드문트를 발견했다. 평소에는 그렇게도 예쁘고 아름답던 그 젊은이가 창백한 얼굴로 쓰러져 있는 것을 보자 원장은 기분이 몹시 우울했다. 하루 종일 불쾌한 일들의 연속이었는데, 또 이런 일이라니! 원장은 젊은이를 일으키려 했으나 그로서는 힘에 부쳤다. 원장은 한숨을 내쉬며 젊은 수도사 두 사람을 불러 골드문트를 옮기라고 이르고는 곧 의술에 능한 안젤름 신부를 골드문트에게 보냈다. 원장은 한편 나르치스도 불러오라고 일렀는데, 나르치스는 즉시 그 앞에 나타났다.

"자네는 이미 알고 있는 사실이겠지?"

"골드문트 말씀입니까? 오면서 들었습니다. 병이 났는지 어디가 잘못되었는지 실신해 있는 것을 떠메고 갔다 합니다."

"그래. 내가 그 아이를 회랑에서 발견했었지. 그런데 그 학생으로서는 아무런 용무도 없었을 텐데, 무슨 이유로 거기에 갔는지 모르겠군. 실신하긴 했지만 큰일은 아니야. 아무튼 좋은 일이라곤 할 수 없지. 그런데 자네를 부른 이유는 아무래도 자네와 어떤 연관이 있거나 혹은 자네라면 최소한의 어떤 사실을 알고 있을 것 같아서이네. 그와 자네는 우정을 나누는 사이니 말일세. 무슨 말이든 좀 해보게나."

나르치스는 보통 때처럼 침착한 태도와 언사로써 그날 골드문트와 있었던 대화와 의외로 그 대화가 그에게 커다란 영향을 끼쳤다는 이야기를 명료하게 보고했다. 원장은 불만스런 표정으로 고개를 저었다.

"그건 이상한 대화일세." 그렇게 말한 원장은 애써서 평정을 찾아 부드러운 목소리로 말했다. "자네의 설명대로라면 그건 타인의 영혼에 대한 간섭이라 할 수 있는 대화이네. 말하자면 영혼의 구제에 관한 대화란 말일세. 하지만 자네는 골드문트의 영혼을 구제할 사람은 아니야. 그리고 자네는 아직 성직자가 된 것도 아닐진대, 어찌해서 성직자만 할 수 있는 그런 대화를 학생과 나누게 되었단 말인가? 결과는 자네도 보다시피 좋지 않아."

나르치스는 부드러우면서도 명확한 태도로 답변했다.

"원장님, 결과는 더 두고 봐야 합니다. 저는 그 대화가 그토록 심한 영향력을 미친 데 대해 조금 당황스럽기는 하지만 그 대화가 골드문트를 위해서 유익한 결과를 가져다 주리라는 확신을 갖고 있습니다."

"결과는 나중 문제이네. 내가 지금 말하고 있는 것은 결과에 대한 얘기가 아니라 자네가 취한 행동을 얘기하는 걸세. 도대체 무슨 까닭으로 골드문트와 그런 대화를 나누게 되었는가?"

"원장님께서도 아시다시피 그와 저는 친구입니다. 저는 그에게 특별한 감정을 가지고 있고 또 그를 다른 누구보다 잘 안다고 자부합니다. 원장님께서는 저의 행동이 그의 영혼 구제자들의 몫이었다고 말씀하십니다. 저는 물론 아직 성직자는 아니지만 그가 자기 자신을 아는 것보다 그를 더 잘 안다고 믿습니다."

원장은 어깨를 으쓱했다.

"자네의 특별한 재능에 대해선 나도 잘 알고 있네. 아무튼 자네가 한 행동이 나쁜 결과를 초래하지 않기를 바라겠네. 골드문트는 병이 난 건가? 혹시 어디가 아프거나 허약한 게 아닌가? 불면증이 있는 건가, 식욕이 없는 건가? 그것도 아니면 어디 특별한 통증이 있는가?"

"아닙니다. 오늘까지는 아주 건강했습니다. 육체적으론 지극히 정상이었습니다."

"그렇다면?"

"영혼의 병 때문입니다. 원장님께서도 짐작하시듯 그는 지금 성욕과 싸움을 시작할 그런 나이입니다."

"내가 알기로 그애가 지금 열일곱인가……."

"열여덟입니다."

"열여덟이라, 그렇군 오히려 늦었다고 할 수 있군. 하지만 그 싸움은 모든 사람이 다 치러야 할 자연스러운 것인데, 특별히 영혼의 병이라 단정할 수는 없는 노릇이 아닌가?"

"아닙니다, 원장님. 그것만이 전부가 아닙니다. 골드문트는 이미 오래전부터 영혼이 병들어 있었습니다. 그래서 그 싸움이 다른 사람들의 경우보다는 훨씬 더 심각합니다. 제가 믿기에는 그의 고통은 자신의 과거의 일부를 망각한 데서 비롯된 것 같습니다."

"그래? 그게 어떤 부분인가?"

"그의 어머니와 관계되는 모든 것입니다. 저는 그게 어떤 것인지 확실히 알 수는 없으나 아무튼 그의 병원(病源)이 거기에 있다는 것은 알고 있습니다. 말하자면 골드문트는 그가 어머니를 일찍 여의었다는 것 이외에는 아무것도 모르기 때문입니다. 저는 그가 자신의 어머니를 부끄러워하고 있는 게 아닌가 하는 생각이 듭니다. 하지만 그의 재능, 그 모든 것은 어머니에게서 비롯된 것임에 틀림이 없습니다. 그가 아버지에 대해서 말한 것을 들어 보면 아무래도 그 아버지는 그렇게도 아름답고 재능이 뛰어나고 개성이 남다른 아들을 둘 그런 사나이는 아니라고 생각합니다. 이러한 사실은 들어서 아는 게 아니라 제 추론이나 징조에 의한 것입니다."

원장은 처음에는 나르치스의 말이 좀 건방지고 오만한 것 같아 속에서는 조소를 띠우면서 이 사건은 무언가 귀찮겠다고 생각했었으나 차츰 생각에 잠기기 시작했다. 원장은 약간 오만하며 어딘가 신뢰감이 가지 않던 골드문트의 아버지를 생각해 보았다. 그러자 비로소 그 남자가 골드문트의 어머니에 대해서 암시한 몇 마디 말이 생각났다. 그 여자는 자신에게 치욕스런 행동을 하고 도망을 쳤다, 자기는 어린 자식의 마음속에 어머니에 대한 기억과 어머니로부터 타고났을 악덕의 모든 기억을 지워 버리려고 애를 썼다, 그런데 그것이 어느 정도는 성공을 거두어 소년은 어머니가 저지른 죄악의 보상을 위해서 평생 하느님에게 헌신할 결심을 한 것 같다, 그 사나이는 그런 말을 했었다.

원장은 오늘처럼 나르치스를 미워한 적이 없었다. 하지만 그토록 생각이 깊고 잘 꿰뚫어보는 이 사나이는 그 얼마나 훌륭한 추론을 했는가! 그리고 사실 골드문트를 얼마나 잘 알고 있는 것인가! 마지막으로 오늘 있었던 일에 대한 질문을 받자 나르치스는 이렇게 말했다.

"저는 골드문트로 하여금 그토록 심한 충격을 느끼게 할 의도는 없었습니다. 저는 다만 그는 자신을 모른다는 것, 자신의 유년 시절과 어머니에 대한 기억을 잊고 있다는 사실만을 되새겨 주었습니다. 그런데 제가 한 어떤 말이 그의 마음에 충격을 주어 그는 암흑 속을 꿰뚫고 들어간 것입니다. 그건 어쩌면 제가 오랫동안 싸워 온 암흑이기도 합니다. 그는 정신이 나간 듯 나와 자신을 몰라보는 것 같았습니다. 저는 때때로 그에게 이런 말을 하곤 했습니다. '너는 잠자고 있다. 정말 깨어 있는 게 아니다.'라고 말입니다. 그런데 이제는 분명히 깨어났습니다. 의심할 필요도 없습니다."

거기서 원장은 나르치스에게 그만 물러가라고 했다. 나르치스는 당분간 환자를 면회하지 말라는 명령도 받았지만 그리 심한 꾸지람은 듣지 않았다.

그동안 안젤름 신부는 정신을 잃은 소년을 침대에 눕히고 그 옆에서 지켜보았다. 신부는 골드문트의 의식을 회복시키기 위해 어떤 인위적인 수단은 사용하지 않는 게 가장 좋은 방법이라 생각했다. 소년의 용태는 너무나 나빠 보였다. 인정 많은 노인은 주름살투성이의 선량한 얼굴로 젊은이를 바라보았다. 임시적인 조치로 신부는 맥을 짚어 보기도, 가슴에 귀를 갖다 대기도 했다. '이 젊은이는 독초나 그 밖의 먹지 말아야 할 어떤 것을 먹었을 거야.' 노인은 그렇게 생각했다 그런 일이 있을 수도 있으니까. 노인은 젊은이의 혀를 들여다볼 수가 없었다.

안젤름 신부는 골드문트를 좋아했으나 그의 친구인 너무나 조숙하고 젊은 선생 나르치스에겐 그리 호감이 가진 않았다. 결국 이런 불상사가 벌어졌단 말이거든. 틀림없어. 이건 나르치스와 관계된 일이야. 무슨 이유로 이렇게 신선하고 맑은 눈을 가진 소년이, 사랑스럽고 자연스러운 소년이 이 세상에서 제일 중요한 것은 희랍어뿐이라는 듯 오만한 얼굴을 하고 다니는 공허한 문법학자와 친하게 되었단 말인가!

꽤 시간이 흐르고 나서 다니엘 원장이 들어섰을 때, 안젤름 신부는 여전히 실신한 소년의 얼굴을 들여다보고 있었다. 얼마나 사랑스럽고 젊고 사심 없는 얼굴이란 말인가! 이렇게 옆에 있으면서 도와 주어야 겠는데 아무래도 특별한 도움을 줄 수는 없으리라. 확실히 원인은 복통이야. 따뜻한 포도주를 마시게 하거나 대황(大黃)을 달여 먹여야 되겠지. 하지만 창백하게 일그러진 얼굴을 들여다보면 볼수록 자꾸만 그의 마음에는 의혹이 솟아나는 것이었다. 안젤름 신부는 경험이 있었다. 오랜 생애를 통해서 그는 악마에 홀린 사람을 수차례 보아 왔었다. 하지만 그런 의심을 입 밖에 내어 말하기는 주저했다. 우선 참을성을 가지고 관찰해 보는 게 좋겠지. 하지만 이 젊은이가 악마에게 홀린 것이 사실이라면 그 범인을 찾아내어 가까이 할 수 없도록 막아야지. 노인은 그런 생각을 하면서 분개하고 있었다.

원장은 다가서서 환자의 한쪽 눈꺼풀을 젖혀 보며 물었다.

"깨워도 괜찮을까요?".

"좀 기다려 보는 게 좋을 것 같군요. 심장은 거의 정상입니다. 누구라도 함부로 접근 못하게 해야겠어요."

"위험한 상태인가요?"

"그렇지는 않다고 생각됩니다. 상처도 없고 타박상을 입었거나 어디서 떨어진 흔적도 보이지 않습니다. 단지 정신을 잃었을 뿐입니다. 아마도 복통이 아닐까 합니다. 극심한 통증에 의식을 잃을 수도 있으니까요. 만일 약물 중독이라면 열이 높을 것이겠지만 그렇지는 않습니다. 곧 눈을 뜰 테지요. 생명에는 아무런 지장이 없겠습니다."

"혹시 마음의 상처에서 비롯된 병은 아닐는지요?"

"그럴 수도 있겠지요. 혹시 아는 사람이 있는지 모르겠군요. 심한 충격을 받았다든지, 누군가의 죽음에 대해 알았다든지, 심한 싸움을 했다든지, 그것도 아니라면 극도의 모욕감을 느껴서 그런 건 아닐까요? 그걸 알면 모든 게 뚜렷하게 밝혀지련만."

"모르겠는걸요. 아무도 들어오지 못하도록 주의를 해야겠어요. 그애가 눈뜰 때까지 함께 있어 주기를 바라오. 위험하거든 밤중이라도 상관없으니 나를 부르도록 하시오."

자리를 떠나기 전에 원장은 한 번 더 환자에게로 몸을 굽혔다. 원장은 이렇듯 예쁘고 귀여운 금발의 소년과 그 아버지가 처음 이곳에 오던 그날을 회상해 보았다. 그리고 모두가 소년을 마음에 들어했던 일을 생각해 보았다. 원장 자신도 이 소년을 보는 게 좋았었다. 그러나 나르치스는 분명히 핵심을 꿰뚫었다. 이 소년의 어디에도 아버지와 닮은 곳은 없지 않은가! 이 세상에서 근심, 걱정이 없는 곳이 있기나 하더란 말인가? 그리고 우리의 하는 짓거리들은 얼마나 무력한가? 혹시 이 불쌍한 소년에게 소홀한 점이 있었던 것은 아니었던가? 도대체 이 소년에게 알맞은 고해 신부가 있기나 했던가? 이 수도원 안에서 나르치스만큼 이 소년을 잘 알고 있는 사람이 하나도 없으니, 그래도 과연 괜찮은 일인가? 아직 수도사의 신분으로 성직자도 아닌 사람이 그에게 도움을 줄 수가 있단 말인가? 사상도 세계관도 증오스러움만에 가득한 사나이가 어떤 도움을 줄 수 있단 말인가? 혹시 나르치스에게 오래전부터 그의 본질에 대해 우리들이 과대 평가한 것은 아닌지? 그의 복종이라는 가면 뒤에 악의가 숨어 있는지, 혹시 이교도는 아닌지, 그걸 보장할 수 있는 사람이 누구란 말인가? 어떻든 이 두 젊은이가 미래에 어떤 인물이 되든 원장 자신에게도 책임이 있는 것이다.

골드문트가 의식을 회복했을 때는 이미 어둠이 깔려 있었다. 그는 머리가 텅 비고 어지러운 듯이 느껴졌다. 자기가 누워 있는 곳이 침대 위는 분명한데, 그곳이 어디인지 도무지 알 수가 없었다. 그리고 굳이 알려고도 하지 않았다. 어느 곳이건 그에겐 상관없는 일이었다. 하지만 그동안 그는 어디에 있었던가? 도대체 어떻게 이곳까지 왔으며 무슨 일을 겪고 여기에 온 것인가? 그는 어디인가 아득한 곳에 있었고 거기서 무언가 아주 특별한 것, 어마어마한 것, 공포스런 것, 도저히 기억에서 지워 버릴 수 없는 것을 보았는데, 그것이 무엇인지 잊고 말았다. 그곳이 어디였던가? 거기서 그의 눈앞에 그렇게 어마어마하게, 고통스럽게, 즐겁게 나타났다가 사라져 버린 것은 무엇이었던가? 그는 그날 일어났던 일과 그가 보았던 것을 알아내기 위해 내면의 소리에다 귀를 기울였다. 도대체 그게 무엇이었던가? 공허하고 씁쓸한 수많은 환영들이 춤을 추었다. 개의 머리, 세 마리 개의 머리가 보였다. 그리고 장미꽃 향기가 풍겨 왔다. 그때의 그 고통! 그는 눈을 감았다. 그때는 얼마나 무서운 고통이었던가! 그는 다시 잠이 들었다.

얼마 후 그는 눈을 떴다. 그리고 꿈의 세계가 모습을 감추는 동안에 그는 그것을 보았다. 그 환영을 다시 본 것이다. 그러곤 고통과 환희 속에서 몸을 떨었다. 이제는 보게 되었다는 사실을 그는 인식했다. 거기서 그 여인을 보았다. 큰 키에 빛나는 듯한 여인, 꽃이 만발한 듯한 입술과 빛나는 머리칼의 여인, 그것은 바로 그의 어머니였다. 그와 동시에 어떤 소리를 들은 것 같았다. '너는 너의 유년 시절의 기억을 잊어버렸어.' 그런데 그 음성은 누구의 것이지? 그는 귀를 기울였으며 생각에 잠겼고 결국 알아내었다. 그건 나르치스였다. 나르치스라고? 그 순간 모든 것을 기억해 냈다. 이제야 알게 되었다. 아아, 어머니, 어머니! 쓰레기의 산, 망각의 바다는 자취를 감추었다. 밝고 푸른 여왕 같은 시선으로 이미 죽어 버린 그 여인은 그를 바라보았다. 어떻게 말로 표현할 수 없는 그 그리운 여인이.

침대 곁에 놓인 의자에 앉아 졸고 있던 안젤름 신부도 눈을 떴다. 그는 소년의 뒤척이는 소리와 숨소리를 들었다. 신부는 조용히 자리에서 일어났다.

"누구세요?"

"나야. 걱정하지 말아. 불을 켤 테니."

그가 불을 밝히자 주름살투성이의 인정 많은 얼굴이 드러났다.

"제가 지금 앓아 누운 거예요?"

"정신을 잃었었단다. 손을 이리로 좀 내밀어 보아라. 맥을 짚어 볼 테니. 기분은 괜찮으냐?"

"좋아요. 안젤름 신부님, 고맙습니다. 이젠 아무렇지도 않습니다. 그저 좀 지쳐 있을 뿐이에요."

"물론 그렇겠지. 하지만 곧 다시 잠들 게다. 그전에 포도주나 한잔 마시도록 해. 여기 준비해 두었다. 같이 마실까? 우정의 표시로 말이다."

그는 포도주에다 향료를 넣은 다음 따끈한 물을 컵에다 따랐다.

"우린 둘 다 오랫동안 잠들어 있었단다. 환자를 돌보지 않고 잠을 잤으니 정말 멋진 간병인이라 생각하겠지. 어쩔 수 없는 일이지. 나도 똑같은 인간이니까. 이젠 이 마법의 술을 마시도록 할까. 밤중에 몰래 조금씩 홀짝거리는 것만큼 기분 좋은 일은 없거든. 그러면 건배!"

골드문트도 웃으면서 한 모금 마셨다. 포도주에는 향료와 당분이 들어 있어 달콤했다. 이런 술은 처음 마셔 보는 것이었다. 그전에 병이 났을 때 나르치스가 간호를 해주던 일이 생각났다. 그런데 이번에는 안젤름 신부가 옆에서 간호를 해주고 있었다. 희미한 등잔불 아래에서 한밤중에 늙은 신부와 달콤하고 따뜻한 술을 함께 나눈다는 건 정말 유쾌한 일이 아닐 수 없었다. 그는 말할 수 없이 즐거웠다.

"아직도 배가 아프냐?"

"아니에요."

"그래? 나는 복통이 분명할 거라 생각했었는데. 그럼 아무것도 아니로군. 혀를 좀 내밀어 볼까? 그래, 좋아. 이 늙은 안젤름이 또 한 번 헛짚었는걸. 내일도 가만히 누워 있어. 내가 와서 봐줄 테니. 틀림없이 괜찮아질 게다. 벌써 잔이 비었나? 조금 남았군! 둘이서 반잔씩 나누어 마시면 딱 맞겠는데. 그런데 너 때문에 우리 모두 굉장히 놀랐단다! 마치 송장처럼 넌 회랑에 쓰러져 있었거든. 정말 아픈 건 아니지?"

그들은 웃으면서 포도주를 나누어 마셨다. 신부는 농담을 했고 골드문트의 다시 밝아진 투명한 눈은 신부를 감사의 마음으로, 즐거운 마음으로 쳐다보았다. 신부는 잠자리에 들기 위해 자리를 떴다.

골드문트는 한참이나 눈을 뜬 채 누워 있었다. 환영들이 다시금 그의 내부에서 되살아나 그 벗의 말이 활활 타올랐으며 그의 영혼 속에 빛나는 금발의 여인이 다시 모습을 드러냈다. 어머니. 그 여인의 영상은 미풍처럼, 생명과 온기와 잔잔함과 내심의 용기, 그런 것들의 피어오르는 구름처럼 그의 가슴속으로 스며들었다. 아아, 어머니! 어떻게 해서 그 어머니를 잊고 지냈단 말인가!

어머니의 영상

여태껏 골드문트가 어머니에 대해서 조금이나마 아는 것이라곤 전부 다른 사람들의 입을 통해서 들은 것뿐이었다. 어머니의 영상은 그의 마음에서 거의 사라져 버렸고 또 어머니에 대해 조금이라도 안다고 믿는 것도 나르치스에게는 숨기려고 했었다. 어머니는 무언가 말을 해서는 안 될, 부끄러운 존재였다. 어머니는 댄서였었다. 품위는 있었으나 어딘가 좋지 못한 이교도 출신의 아름답고 야성적인 여인이었다.

아버지의 말에 따르면 아버지는 그 여인을 가난과 굴욕 속에서 구해내어 그 이전에는 그 여인이 이교도인 것을 모르고 있었으므로 세례를 받게 하고 신앙을 가르쳤다는 것이었다. 그리고 그 여인과 식을 올리고 여인을 존경받을 만한 인물로 만들었다고 했다. 그러나 어머니는 얌전하고 점잖은 생활을 겨우 몇 년 동안 했을 뿐 다시금 옛날의 습관과 재주가 생각났던지 갖가지 추문을 일으키고 사나이들을 유혹했으며 며칠이나 몇 주일씩 집을 비우고 돌아다니다가 마녀라는 악평을 듣게 되었다고 한다. 아버지는 몇 번이나 용서를 하고 여인을 다시 집으로 데리고 들어왔으나 여인은 끝내 영원히 돌아오지 않았다. 여인에 대한 소문은 그 후로도 줄곧 가실 줄 모르고 혜성의 꼬리처럼 끊이지 않았으나 결국엔 그 소문도 사라지고 말았다. 남자는 그 여인과 결혼 후 몇 년 동안이나 불안과 공포, 치욕과 놀라움으로 시달리다가 점차 안정을 찾게 되었다. 그리고 배반한 여자를 대신해서 아들의 교육에 온 힘을 기울였다. 그 아들은 용모가 어머니를 무척이나 닮았다. 남자는 슬픔으로 몸은 초췌해졌으나 마음은 경건해져서 아들 골드문트의 마음에다 어머니의 죄악을 씻어내기 위해서는 평생을 하느님에게 헌신해야만 한다는 신념을 불어넣어 주었다.

이것이 골드문트의 아버지가 그 어머니에 대해 가끔 이야기해 준 내용이었다. 그는 물론 그 이야기를 드러내는 것을 지극히 싫어했으나 골드문트를 원장에게 맡길 때는 어느 정도 그런 암시를 해두었었다. 아들은 그 모든 것을 마음에서 완전히 지워 잊어야 한다는 것을 알면서도 아직도 두려움이 느껴지는 것이었다. 하지만 그가 정말로 완전히 잊어버린 것은 아버지의 이야기와 하인들의 이야기였으며, 어둡고 난폭한 소문으로 이루어진 어머니의 모습이었다. 그는 어머니에 대한 자기 자신의 생생한 기억도 점점 희미해지고 말았다. 그런데 그의 어린 시절의 그 영상이 눈앞에 재현된 것이다. 골드문트는 이렇게 말했다.

"내가 그 영상을 어떻게 잊어버릴 수 있었는지 도저히 납득이 가지 않아요. 지금까지 내가 가장 사랑한 사람은 바로 어머니였습니다. 그리고 그토록 열렬하게 아무런 조건도 없이 누구를 사랑한 적도 없습니다. 그처럼 존경한 사람도 없었고요. 나에게 어머니라는 존재는 태양이며 달이었습니다. 그런 빛나는 모습이 어떻게 내 영혼 속에서 희미해져 갔고 끝내는 형태 없는 마녀처럼 되었는지 모르겠어요. 이미 여러 해 전부터 어머니는 나와 아버지에게는 그런 존재가 되었으니까요."

그 후 얼마 안 있어 나르치스는 수도사의 생활을 끝내고 이제는 수도복을 입게 되었다. 골드문트에 대한 그의 태도도 두드러지게 달라졌다. 사실 골드문트는 전에는 나르치스의 조언이나 주의에 대해 그 행동과 지식의 우월감을 나타내는 것이라 생각하고 귀찮게 여기고 거부한 적도 있었으나, 이제는 그때의 그 크나큰 체험을 치른 이래로 벗의 예지에 대한 흠모의 마음이 가득했다. 벗의 말 가운데는 그 얼마나 많은 것이 예언과도 같이 실현되었는가! 그리고 이 두려운 인물은 얼마나 깊이 그의 마음속을 들여다보고 있었으며 그 생활의 비밀이나 숨겨진 상처를 얼마나 정확히 추론해 내었단 말인가! 그리하여 그 상처를 얼마나 지혜롭게 치유해 주었던가! 그 이후로 젊은이는 완쾌된 것 같았다. 어디에도 그때의 기절의 흔적은 남아 있지 않았고, 골드문트라는 인간 본질 속에 있는 다소 유희적이고 건방진 태도도 눈 녹듯이 사라졌다. 수도사라는 지나치게 조숙한 태도라든가 어떤 특별한 미사 같은 데서 자신에게 굉장한 책무라도 맡겨진 듯이 여기던 그런 믿음 같은 것도 마찬가지로 사라지고 말았다. 젊은이는 또한 자신의 참모습을 발견한 이후로는 전보다 더 젊어진 동시에 점잖아진 것처럼 보였다. 그리고 그 모든 것이 나르치스의 덕분이었다.

하지만 나르치스 편에서는 지난 주일부터 벗에 대해 한결 더 조심스런 태도를 취했다. 몹시 점잖으면서도 교사로서의 우월감을 가진다든가 하지는 않았다. 그는 자기가 타고나지 못한 어떤 천부적인 소질이 골드문트에게는 그 숨겨진 근원으로 부여되어 있다는 사실을 알았다. 그로서는 그 힘의 성장을 위해서 묵시적인 도움을 줄 수는 있으나 거기에 직접 관여할 수는 없는 일이었다. 그는 벗이 그의 이끌림에서 차츰 독립해 나가는 모습을 보면서 기쁨과 슬픔의 두 가지 감정을 가졌다. 그는 어떤 단계를 뛰어넘는, 언제인가는 벗어 버려야 할 껍질 같은 것을 느꼈으며 그에게는 그토록 소중했던 우정이 이제는 종말로 치닫고 있다는 것을 알았다. 그래도 여전히 그는 골드문트가 자기 자신을 아는 것 이상으로 골드문트에 관해 잘 알고 있었다. 골드문트는 이제야 자신의 영혼을 재발견하고 그 영혼의 인도에 몸을 맡길 다음의 준비를 이미 마쳤다고는 하나, 어디로 가야 할지 아직 방향을 잡지도 못하고 또 예감조차 못하기 때문이다. 그러나 나르치스는 그것을 예감했지만 그로서는 어떻게 해볼 도리가 없었다. 그가 가장 좋아하는 길은 자신으로서는 결코 속할 수 없는 나라로 이어지기 때문이었다.

골드문트는 학문에 대해 전보다 열의를 보이지 않았다. 친구들과의 대화를 나눌 때 논평하는 버릇이 없어졌고 옛날에 있었던 대화를 생각할 때면 수치심까지 느꼈다. 나르치스도 그동안 많이 변했다. 그는 최근에 수도사로서의 수련기를 끝마친 때문인지 혹은 골드문트에 대한 자신의 행위 때문인지는 알 수 없으나 금욕이나 종교적인 수련이나 독거(獨居)만을 열망했으며 단식이나 길고 긴 기도나 빈번한 고해나 자의적인 고행을 행하는 버릇이 생겼다. 그리고 그런 나르치스의 버릇에 대해 골드문트도 이해심을 가지고 동참하기까지 했다. 병에서 회복된 이후로 그의 본능은 대단히 예민해졌다. 그는 아직은 장래의 목표에 대해 알고 있는 사실이 하나도 없으나 가끔 강렬하면서도 두려울 정도로 명확히 그의 운명이 넓게 전개되고 있다는 사실을 느꼈다. 그리고 천진한 유년 시절은 지나가고 그의 내부에서 모든 것이 팽팽하게 긴장되어 어떤 다른 것을 향한 준비를 갖추고 있다는 사실도 깨달았다. 때때로 그의 예감은 그를 흥분시켜 달콤한 연심처럼 한밤중까지 잠을 이루지 못하게 했다. 그런 예감은 어떤 때는 어두웠고 두려운 것이기도 했다. 어머니의 영상, 까마득히 잊고 지냈던 그 여인의 영상이 다시 그를 찾아올 때, 바로 그때가 그에게 있어선 가장 행복한 순간이었다. 하지만 어머니의 유혹의 속삭임은 과연 그를 어디로 이끌고 있는 것인가? 불안정으로, 함정으로, 혹은 고통이나 곤궁으로 이끌그 있는가? 어쩌면 죽음을 향한 것일 수도 있으리라. 그 목소리는 고요함과 부드러움, 기도실에서 느낄 수 있는 안정감이나 평생으로 이어질 수도원 생활로 돌아가게 하지는 않으리라.

어머니의 부름은 그가 지금까지 자신의 소망이라 생 ^{z} 했던 아버지의 가르침과는 완전히 상반되는 것이었다. 때로는 열렬하게 때로는 불안정하게 불타는 듯한 그런 감정은 격렬한 육체적 감정과 같아서 골드문트의 신앙심은 더욱 경건하게 자라 갔다. 성모 마리아를 향한 기나긴 기도를 되풀이하는 가운데 그는 어머니에게로 끌려가는 분수 같은 감정의 소용돌이를 맛보았다. 그리고 그런 기도가 어떤 때는 기이하고 화려한 꿈으로 끝나기도 해서 그런 꿈이 점차로 활기를 띠었다. 그것은 백일몽이며 반쯤 깨어 있는 의식 속에서 경험하는 몽롱한 꿈인 동시에 오관이 모조리 관여하는 꿈이기도 했다. 거기서 어머니의 세계에는 향기가 스며 있고 그 신비로운 사랑의 눈으로 우울하게 휘둘러보았으며 혹은 바다나 낙원처럼 깊은 곳에서 소용돌이쳤다. 그 세계는 무의미하다기보다는 오히려 정감이 가득한 사랑의 속삭임으로 웅얼거리고 때로는 감미로운, 때로는 씁쓸한 맛을 느끼게 했으며 굶주림에 허덕이는 입술과 눈매를 명주실 같은 머리카락으로 쓰다듬어 주었다. 어머니의 내부에는 온갖 달콤한 것들이 있었다. 달콤하고 푸른 시선뿐만 아니라 행복을 약속하는 미소가 있고 애정이 넘치는 위안이 있었다. 그리고 어머니의 내부에는 무언가 성스러운 보자기 속에 모든 공포, 암울, 욕망, 불안, 죄악, 고통, 출생과 죽음에 대한 인간의 숙명이 있었다.

  젊은이는 그 꿈속에, 영혼이 실린 실꾸리 같은 꿈속에 차츰 깊이 빠져들었다. 그리고 그 속에서는 다정스러웠던 과거만이 마술처럼 되살아나는 것은 아니었다. 유년 시절, 황금빛을 머금은 생명의 아침이 떠오르는가 하면 협박, 약속, 유혹, 위험, 이런 것들이 있는 미래가 떠돌기도 했다. 그런 꿈속에서는 어머니와 마리아와 애인이 하나의 모습이 되었고 또, 끔찍스러운 범죄가 하느님에 대한 모독처럼 나타나기도 했으며, 결코 보상할 수 없는 살인 같은 죄악으로 나타날 때도 많았다. 그런가 하면 또 다른 때는 그 꿈에 온갖 구원과 조화가 나타나기도 했다. 신비스런 생명 그 밑바닥이 보이지 않는 세계가, 또한 동화 속의 위험으로 가득 찬 가시덤불의 숲이 그를 노려보았다. 그러나 그것은 어머니의 신비로움이었으며 어머니로부터 비롯되어 어머니에게로 돌아가는 세계였으며, 또한 작은 흑점이기도 하고 어머니의 밝은 눈동자 안에 있는 조그마한 그러나 무서운 심연이었다.

이러한 어머니의 꿈속에는 완전히 망각해 버린 유년 시절이 떠올랐고 끝없는 심연과 고독으로부터 무수하게 피어오른 수많은 추억의 꽃들이 예감으로 가득 찬 향기를 품었다. 그것은 유년 시절에 대한 감정, 어쩌면 체험이나 꿈에 대한 추억들이었다. 자주 물고기가 나타나는 꿈을 꾸었는데, 고기들은 새카맣게 무리를 이루어 그를 향해 헤엄쳐 왔다. 고기들은 차갑고 매끄럽게 그의 내부로 돌진했다가는 그를 지나 헤엄쳐 갔다. 그것들은 보다 아름다운 현실로부터 행운의 소식을 전해 주는 심부름꾼처럼 다가왔다가 꼬리를 치며 그림자처럼 사라져 새로운 비밀을 남겨 주었다.

그는 또한 헤엄치는 물고기들과 비행하는 새들을 꿈꾸었다. 그의 의지로 만들어진 고기와 새는 그의 호흡처럼 그가 생각하는 대로, 그의 생각과 시선처럼 그의 내부에서 흘러나와서는 다시 그의 내부로 되돌아갔다. 그는 또한 마법의 정원을 꿈꾸기도 했다. 그것은 동화 속의 나라에서 피어나는 꽃들이 있는 마법의 정원이었다. 그 마법의 정원에서는 엄청나게 큰 꽃들이 피어 있고 검푸른 동굴이 있었다. 풀 사이로는 이름을 알 수 없는 짐승들의 눈초리가 검은빛으로 빛나고 가지마다 커다란 뱀들이 매끄럽게 기어 다녔다. 그리고 가지마다 거대한 산딸기가 달려 그의 손바닥에서 부풀어올라서 피처럼 따뜻한 과즙을 내는가 하면 눈이 있어서 정답고도 교활한 시선으로 노려보기도 했다. 그는 더듬듯 어떤 나무에 기대어 가지를 하나 휘어잡자 나뭇등걸과 작은 가지들 사이에서 사람의 겨드랑털에서 느낄 수 있는 감촉을 느꼈다. 한 번은 자기 자신에 대한 꿈을 꾸기도 하고 그와 같은 이름의 성자, 골드문트에 대한 꿈을 꾸기도 했다. 또 어떤 때는 성크리소스토무스가 꿈속에 나타나서 황금의 입으로 말을 하자 그 말들이 조그마한 새 떼들처럼 무리를 지어 날아가는 것이었다.

어떤 때는 이런 꿈을 꾼 적도 있었다. 그는 이미 완전한 성인이면서도 땅바닥에 주저앉아 진흙을 앞에 놓고는 흙장난하는 어린아이처럼 말이나 황소나 키가 작은 남자나 여자의 상을 빚고 있었다. 그 흙장난은 몹시 흥미로운 것이어서 그는 사나이들과 동물들의 성기(性器)를 우스꽝스럽게 크게 만들었는데, 꿈속에서도 그것이 무척 익살스럽게 보였다. 나중에는 그런 장난에도 싫증을 느껴 계속 걷고 있는데 뒤쪽에서 무언가 거대한 것이 서서히 접근하고 있는 듯이 느껴져 뒤를 돌아다보았다. 그러곤 공포와 놀라움과 기쁨의 감정이 복잡하게 교차했다. 진흙으로 빚은 그 상들이 커져서 살아 움직였기 때문이었다. 그리하여 그 커다란 거인들은 묵묵히 행렬을 지어 그의 곁을 지나 점점 커지다가 마침내는 거대한 탑처럼 우뚝 솟았다가 속세로 들어가고 말았다.

그는 현실 세계보다 꿈의 세계에서 사는 때가 더 많았다. 광장, 뜰, 도서실, 침실, 교회당 같은 현실 세계는 꿈으로 가득 찬 초현실적인 형상계의 한 표피에 불과했다. 그 엷은 표피에다 구멍을 내는 것은 어려운 일이 아니었다. 맥빠진 강의 시간에 들려 오는 무언가 예감으로 가득 찬 희랍어의 발음, 안젤름 신부의 약초 주머니에서 흘러나오는 향내, 아치형 창문의 석조 기둥에서 솟아오른 석조의 담쟁이덩굴을 내려다보는 일, 그런 보잘것없는 자극이 현실 세계의 표피를 뚫고 평온하고 메마른 현실의 배후에 영혼의 형상계가 갖는 날뛰는 심연과 격류와 은하수를 풀어 놓기에는 충분했다. 라틴어의 머리글자 하나가 어머니의 향기로운 얼굴이 되었다. 성모를 부르는 길게 끄는 기도 소리는 낙원으로 이르는 문이 되었다. 희랍어의 어떤 글자는 달리는 말이 되는가 하면 나무처럼 곧추 선 뱀이 되어 몰래 꽃잎 속으로 사라지고 그자리에 문법(文法) 책의 그 딱딱한 면이 나타났다.

그는 이러한 꿈에 대해서 별로 말을 하지 않았으며, 나르치스에게 몇 번인가 넌지시 그 꿈 이야기에 대한 암시를 했을 뿐이었다. 그는 이런 말을 한 적이 있었다.

"한 송이의 꽃이나 기어 다니는 조그마한 벌레 한 마리가 도서실에 가득 찬 수만 권의 책보다 훨씬 더 많은 것을 깨닫게 해주고, 더 많은 삶의 진리가 들어 있는 것 같습니다. 가끔 저는 희랍어로서 델타라든가 오메가라든가 하는 단어를 쓰곤 하는데, 펜을 약간만 움직여도 그 문자들은 꼬리를 치고 물고기가 되어 이 세상의 크고 작은 시내나, 호머가 노래했다는 대양이나, 베드로가 걸어갔다는 파도를 생각나게 합니다. 그런가 하면 그 문자는 새가 되어 날개를 퍼덕이고 깃을 펄럭이며 몸을 솟구쳐 가볍게 날아가 버립니다. 나르치스 선생님, 당신은 그런 문자를 생각한 적이 없나요? 하느님은 그런 문자로써 이 세계를 쓰셨다고 저는 생각됩니다."

"나도 그것은 훌륭하다고 생각해." 나르치스는 슬픔에 잠겨서 말했다. "그런 문자는 마법의 문자이므로 그 문자를 가지고 세상의 모든 악마를 불러낼 수 있네. 하지만 그런 문자는 학문에는 적합하지가 않아. 정신이란 어떤 고정된 것이나 형상화된 것을 좋아하는 법이어서 정신은 자신의 기호(記號)를 신뢰하기 바라거든. 또한 생성되고 있는 것보다 존재하는 것을 좋아하지. 그것은 가능한 것이 아닌 현실을 사랑하는 거야. 그리하여 정신은 오메가라는 글자가 뱀이나 새가 되는 것을 허용치 않는 거야. 정신은 자연 속에서는 생존할 수가 없고 오로지 자연을 거역한 그 반대물로서 생존할 수가 있을 뿐이야. 골드문트, 지금은 자네가 결코 학자가 되지 못할 것이란 내 말을 믿겠지?"

그것은 사실이었다. 골드문트도 이미 오래전부터 그렇게 생각하고 있었다.

"저는 당신들이 나아간 학문의 길을 좇으려 하지는 않습니다." 그는 거기서 씁쓸한 미소를 지으며 말을 이었다. "정신이나 학문에 대한 나의 태도는 마치 아버지에 대한 태도와 같다고 생각합니다. 나는 아버지를 진심으로 사랑하고 아버지와 닮았다고 생각해서 아버지가 하는 말씀이면 어떤 것이든 순종했습니다. 그러나 어머니가 다시 나타나자 비로소 사랑이 무엇이라는 것, 그리고 어머니의 영상과 나란히 선 아버지의 모습이 별안간 왜소하고 가엾은 존재가 되어 거의 불쾌하기까지 하다는 사실을 알게 되었습니다. 그리하여 이제는 모든 정신적인 것은 아버지의 것이라 생각하고 그것은 어머니의 것이 아니며 어머니와 적대되는 것이고 별로 존중할 가치가 없다고 생각하기에 이르렀습니다."

그는 농담하듯 이야기를 했으나 벗의 침울한 얼굴을 보자 도저히 명랑해질 수가 없었다. 나르치스는 여전히 침묵 속에서 그를 쳐다보았는데, 그 시선에는 애무와 같은 무엇인가가 서려 있었다. 이윽고 나르치스가 입을 열었다.

"네가 하는 말을 잘 알겠어. 이제 논쟁이란 불필요한 거야. 너는 이제야 눈을 떴어. 그리고 너와 나의 차이, 아버지 혈통과 어머니 혈통의 차이, 정신과 영혼의 차이를 안 거야. 너는 이제 수도원에서의 너의 일생과 수도사가 되겠다는 너의 노력이 잘못이었음을 깨닫게 될 거야. 그리고 네게서 어머니의 기억을 지워 버려 어머니가 지은 죄를 속죄하거나, 그 여자에 대한 복수를 하려는 아버지의 의도도 인식하게 될 거야. 내 말이 틀렸다면 너는 아직도 일생 동안 수도원에 남아 있는 게 너의 천명이라고 믿는 거야?"

골드문트는 벗의 우아하고 섬세하면서도 수척한 흰 손을 바라보며 생각에 잠겼다. 그것이 고행자이며 학자의 손이라는 사실은 어떤 사람도 의심하지 않으리라. 골드문트는 마치 노래하듯, 망설이는 듯한 어조로 입을 열었다.

"모르겠습니다. 정말 모르겠습니다. 당신의 아버지에 대한 비판은 좀 지나칩니다. 아버지는 그동안 많은 고생을 하셨습니다. 그리고 그 점에 있어서는 당신의 말은 가히 틀리지 않습니다. 내가 이 수도원에 들어와 3년이 되었지만 아버지가 저를 찾아온 적은 한 번도 없습니다. 아버지는 내가 영원히 여기에 남아 있기를 바랍니다. 그리고 그것이 자신이 소망한 가장 최선의 길인지도 모릅니다. 하지단 이제는 내가 되고자 하는 것이 무엇인지, 또 진실로 소망하는 것이 무엇인지 모르겠습니다. 전에는 모든 것이 간단했습니다. 마치 독본에 나오는 문자처럼 간단했단 말입니다. 그런데 이제는 그 문자마저 어렵게 되었습니다. 모든 것이 더욱 많은 의미와 면모를 갖게 된 때문입니다. 나는 내가 어떤 모습을 하게 될지 알 수 없고 또 지금은 그런 생각을 할 수도 없습니다."

"생각을 할 필요는 없을 거야. 너의 길이 어디로 향해 있는지는 곧 알 수 있을 테니까. 너의 길은 너로 하여금 어머니에게로 데려다 주기 시작한 거야. 그래서 점점 어머니에게로 가까워가는 중이야. 그리고 너의 아버지에 대해 말할 것 같으면 내가 결코 가혹하게 판단하는 건 아니야. 넌 아직도 아버지에게로 돌아가고 싶은 거야?"

"아닙니다. 결코 그렇지 않습니다. 그렇다면 학교를 마치자마자 돌아가거나 지금이라도 당장 돌아갈 것입니다. 학자가 될 생각은 없으니까, 라틴어라든가 희랍어라든가 수학 같은 것은 지금으로도 충분합니다. 하지만 절대로 아버지에게로는 돌아가지 않을 겁니다. 절대로……."

그는 생각에 잠겨 잠시 앞을 바라보다가 갑자기 소리지르듯 말했다.

"당신은 왜 나의 내부를 비추어 저로 하여금 자아를 인식하도록 하는 말이나 질문만 던지십니까? 지금도 그렇습니다. 당신은 내게 아버지에게로 돌아가고 싶으냐고 물었는데, 그 질문을 받고 보니 내가 아버지에게로 돌아가고 싶지 않다는 것을 확실히 알 수 있었습니다. 도대체 어떻게 그렇게 될 수가 있습니까? 당신은 모든 것을 아시는 것 같습니다. 당신은 당신과 나에 대해 많은 말을 했는데, 들을 때는 그 의미를 제대로 이해할 수 없지만 나중에 보면 그게 모두 중요하게 여겨지니 말입니다! 내가 어머니의 혈통을 받았다는 말씀을 하신 것도 당신이었고, 내가 어떤 마력의 지배로 인해 유년 시절을 잊고 있다는 것을 알아낸 것도 바로 당신이 아니었습니까? 당신은 어떻게 사람을 그리 잘 아십니까? 그걸 배울 수는 없을까요?"

나르치스는 빙그레 웃으며 고개를 저었다.

"그건 안 돼. 너에겐 불가능한 일이야. 많은 것을 배울 수 있는 사람들이 있지만 너는 그런 사람은 아니야. 너는 절대로 배우는 사람이 될 수는 없어. 그리고 그럴 필요가 있을까? 그럴 필요는 없어. 너에게는 다른 재능이 있어. 너는 나보다 풍요롭지만 나보다는 약해. 그리고 너는 앞으로 보다 아름다우나 힘겨운 길을 걷게 될 거다. 너는 가끔 나를 이해하려 하지 않았으며 망아지처럼 거역하려 했었지. 그런데 그게 그리 쉽지만은 않았어. 가끔 내가 너의 상처를 건드렸었어. 하지만 그럴 수밖에 없었던 거야. 나는 너를 깨워야 했으니까. 너는 잠을 자고 있었거든. 내가 너의 어머니를 상기시킨 것도 처음에는 너에게 고통이었지. 그래서 너는 마치 죽은 사람처럼 회랑에 쓰러졌던 거야. 틀림없이 너는 이랬을 거야. '안 돼. 내 머리카락에 손대지 말아! 안 돼! 나는 참을 수 없단 말이야!'라고."

"그렇다면 내가 할 수 있는 일은 아무것도 없단 말인가요? 언제나 바보처럼 어린아이로 남아 있어야 하는가요?"

"네게 가르쳐 줄 다른 사람들이 나타나겠지. 네가 니게 배울 것은 이것으로 끝난 거야."

"아닙니다!" 골드문트는 소리를 질렀다. "우리의 우정이 이런 식으로 끝나선 안 됩니다! 도대체 이렇게 짧은 거리를 걸어서 벌써 목적지에 도착했다고 끝나 버리는 우정이란 게 존재할 수 있단 말인가요! 벌써 나한테 싫증이 났나요? 내가 무슨 언짢게 한 일이라도 있단 말인가요?"

나르치스는 아래로 눈을 깔고 이리저리 서성거리다가 친구 앞에 이르러 걸음을 멈추었다. 그러곤 부드러운 어조로 말했다.

"그만 됐어. 네가 나한테 어떠한 불유쾌한 일도 하지 않았다는 사실은 네 자신이 잘 알잖아."

나르치스는 벗을 찬찬히 바라다보다가 다시 서성거리기 시작했다. 그러곤 다시 걸음을 멈추고 그 건조하고 마른 얼굴에 굳은 결의를 품은 시선으로 벗을 바라보다가 부드러우나 딱딱한 음성으로 말했다.

"이것 봐, 골드문트! 우리들의 우정은 좋았었어. 그 우정에는 어떤 목표가 존재했고 그 목표에 도달했으며 너의 잠을 깨워 주었어. 나는 이 우정이 끝나지 않기를 원해. 그리고 그것이 또 한 번 거듭거듭 새로워져서 또다른 목표에 도달하기를 바라는 거야. 하지만 현재로서는 아무런 목표가 없어. 너의 목표는 확실하지 않고 나는 너를 인도할 수도, 또 함께 따라가 줄 수도 없는 거야. 그러니 너의 어머니를 통해 그것을 알아내도록 하는 거야. 어머니의 영상을 향해 물어 보고 그 대답에 귀를 기울이도록 하는 거야. 나의 목표는 분명해. 그건 바로 여기, 이 수도원에 있어서 매시간마다 나를 채찍질하는 거야. 나는 너의 친구는 될 수 있겠지만 너를 사랑할 수는 없어. 나는 성직자야. 그리고 맹세를 한 몸이야. 나는 서품식을 갖기 전에 교사직을 내놓고 몇 주일간의 단식과 기도로 수행을 해야 돼. 그리고 그동안에는 누구와도 세속의 일을 이야기해서는 안 되게 되어 있어. 설사 그것이 너라도 말이야."

골드문트는 이해를 하고 슬픔에 잠겨 말했다.

"당신이 이제부터 해야 할 일은 어쩌면 내가 앞으로 계속 종단에 머물러 있을 경우 나도 하지 않으면 안 될 일입니다. 만약에 수련기가 끝나 단식도 기도도 철야(徹夜)의 고행도 완전히 끝맺은 다음에는 당신의 목표는 무엇이 되겠습니까?"

"너도 잘 알면서 묻는군."

"그렇군요. 몇 년 안에 주임 교사가 되었다가 아마 교장이 되시겠지요. 당신은 교수 방법을 개선하고 도서실을 확충할 것이며 저술 활동도 활발히 하시게 되겠군요. 그렇지 않은가요? 그리고 그 다음에 당신이 목표하는 것은요?"

나르치스는 힘없이 미소를 지었다.

"목표라고? 교장 자리에 있다가 아니면 수도원장이나 사제로서 죽을 수도 있겠지. 결국에는 모든 것이 마찬가지야. 항상 내가 최선의 봉사를 할 수 있는 곳에 몸을 둔다는 것, 나의 특성이나 재간이 좀더 열매가 잘 맺을 곳을 찾아내는 것, 그것이 나의 목표야."

"수사에게 알맞은 목표가 바로 그것이란 말인가요?"

"그래. 그것으로 충분해. 히브리어를 배우고 아리스토텔레스를 주석하거나 성당을 치장하거나 명상을 하거나 그 밖의 다른 일을 하는 것, 그것이 바로 수도사로서의 목표일 수는 있어. 하지만 그런 일들이 나의 목표가 될 수는 없어. 나는 결코 수도원의 재산을 늘리거나 종단을 개혁하려 하지는 않겠어. 나는 그저 가능한 범위에서 내가 이해하는 대로 나의 내부에 있는 정신에 봉사하려는 생각밖에는 없어. 목표란 바로 이런 것을 말하지 않을까?"

골드문트는 오랫동안 그 대답을 음미해 보았다.

"옳은 말씀입니다. 그런데 그런 목표를 향해 나아가는 당신에게 내가 방해가 됩니까?"

"방해가 된다고? 오, 골드문트! 너처럼 나를 재촉한 사람은 없어. 너는 내게 여러 가지 어려움을 겪도록 했어. 하지만 나는 역경을 두려워하는 사람은 아니야. 나는 역경에서 많은 것을 배웠고 어느 정도는 그 역경들을 이겨 냈어."

지와 사랑 91

골드문트는 상대방의 말을 가로막고 반은 농담으로 말했다.

"아주 멋지게 극복했고말고요! 하지만 말씀 좀 해보시지요! 당신은 나를 도와 주고 인도해 주고 해방시켜 주고 나의 영혼을 건강하게 만들어 주셨지만 그것으로 진실로 정신에 봉사하셨단 말씀입니까? 당신의 그런 행동으로 인해 수도원은 열성적이며 자발적인 의지를 갖고 있는 한 사람의 수도사를 빼앗긴 것인지도 모릅니다. 그리고 정신으로부터는 한 사람의 적을 없애 버렸고 당신이 옳다고 생각하는 것과는 정반대의 일을 믿고 행하는 한 인간을 제거한 것인지도 모릅니다!"

"어째서 그래서는 안 되는 건가?" 나르치스는 심각하게 말했다. "골드문트, 너는 아직도 나를 충분히 이해하지 못했어. 나는 혹시 너의 내부에 있는, 한 유능한 수도사를 망쳤는지는 모르지만 그 대신 너로 하여금 비범한 운명의 길을 걸어 나가도록 해준 거야. 네가 오늘이라도 이 아름다운 수도원을 불질러 버린다거나 이 세상에다 어떤 사교 같은 것을 퍼뜨리는 짓을 저지른다 하더라도 나는 너를 도와 그 길을 가도록 한 일을 결코 후회하지 않을 거야."

그는 그렇게 말하면서 벗의 어깨에다 두 손을 얹었다.

"이봐, 골드문트, 이것 역시 내 목표의 일부야. 내가 교사나 원장이나 고해 신부나 혹은 다른 어떤 것이 된다고 하더라도 나는 절대로 한 사람의 굳세고 뛰어난 가치를 지닌 비범한 한 인간을 만나서 그를 이해하지 못하고 그를 겸허하게 받아들이지 못하며 그의 길을 열어 주지 못하는 그런 상황에 처하고 싶지는 않아. 절대로 그렇게 되고 싶지는 않단 말이다. 우리들의 미래가 어떻게 될는지, 서로 다른 길을 걷게 될는지는 모르겠어. 하지만 네가 진실로 나를 필요로 해서 부를 때 그것을 물리치는 그런 인간은 되지 않을 거야. 절대로!"

그것은 마치 이별의 인사말처럼 다가왔다. 그리고 사실 이별의 전주곡이기도 했다. 벗 앞에 서서 벗의 굳은 의지가 담긴 얼굴과 뚜렷한 목표를 향해 있는 그 눈을 곰곰이 쳐다보면서 골드문트는 이미 그들 두 사람은 형제도 친구도 그 비슷한 무엇도 아니며 이미 다른 길을 걷게 되었다는 사실을 절실히 느꼈다. 그 앞에 서 있는 사람은 몽상가도 아니며 어떤 소명을 기다리는 사람도 아니다. 이 사람은 수사이고 이미 서원도 마친 엄격한 질서와 의무에 얽매여 있는 사람이다. 그리고 종단과 교회의 봉사자이며 병사이다. 그러나 자기 자신은 절대로 거기에 소속된 인간이 아니라는 사실을 비로소 절실히 깨달았다. 그는 고향이 없는 사람이며 미지의 세계가 그를 기다리고 있다. 그의 어머니도 그런 길을 갔다. 어머니는 가정도 남편도 자식도 버렸으며 질서와 의무와 명예를 버리고 알 수 없는 세상으로 들어가고 말았다. 어머니도 그와 마찬가지로 목표가 없었다. 목표를 갖는다는 것, 그것은 다른 사람들에게는 허용된 것일 수 있겠지만 자기에게는 부여되지 않았다. 아, 나르치스는 이런 모든 사실을 벌써 오래전에 인식했구나! 그리고 그가 한 말은 모두가 옳은 말이지 않았던가!

그날 이후 나르치스의 존재는 이미 그의 생활에서 자취를 감춰 버린 것처럼 느껴졌다. 별안간 눈에 띄지 않게 되었다. 그가 담당한 수업은 다른 교사가 대신했고 도서실의 그의 책상은 언제나 비어 있었다. 그는 아직 거기에서 완전히 없어진 것은 아니어서 가끔 그가 바쁘게 회랑을 지나가는 모습이나 성당 돌의자에 앉아 기도를 드리는 소리를 들을 수는 있지만, 사람들은 이미 그가 대수련기에 접어들어서 단식을 하고 한밤중에도 기도를 드리기 위해서 세 번씩이나 자리에서 일어난 다는 사실을 알고 있었다. 그는 아직 거기에 있으면서도 이미 다른 세계로 빠져 들어간 셈이었다. 간혹 그의 모습을 볼 수는 있었으나 다가가 이야기를 한다는 것은 생각할 수 없었다.

골드문트는 알고 있었다. 나르치스는 다시 나타날 것이라는 걸. 그는 다시 책상을 차지하고 식당의 의자를 점하고 다시 말을 하기는 하겠지만 결코 예전의 모습으로 돌아오지 않을 것이다. 나르치스는 이미 그에게 속한 사람은 아니라는 사실도 골드문트는 느낄 수 있었다. 그런 것들로 모든 것이 명확해졌다. 그로 하여금 수도원에 남아 있도록 붙잡아 주고 문법과 논리학과 학업과 정신을 좋아하게 만든 것은 나르치스 한 사람뿐이었다는 사실을 깨닫게 된 것이다. 나르치스는 그가 도달하고자 했던 목적이었으며 이상이었다. 물론 그가 존경하고 좋아하고 그 사람의 내부에서 자신의 모범을 찾아보고 싶은 원장 다니엘이 있기는 했지만 그 밖의 다른 사람들, 교사들이나 동료들, 그리고 침실이나 식당, 학교나 숙제, 미사, 그 외의 수도원 전부가 나르치스를 빼놓고 본다면 아무런 의미가 없었다. 도대체 자신은 거기서 무엇을 한단 말인가? 그저 기다리는 사람에 불과했다. 비를 피하기 위해서 수도원 처마 밑에서 나무 밑으로 갈까 처마 밑에 그대로 서 있을까 망설이는 낯선 손님에 불과했다. 떠나기는 해야겠는데, 미지의 세계에 대한 두려움으로 망설이는 손님.

이 시기에 있어서 골드문트의 생활은 망설임과 이별을 기다리는 순간의 연속일 뿐이었다. 그는 중요하게 생각되는 곳이면 어디든 찾아다녔다. 그리고 그가 작별을 고했을 때 섭섭하게 생각하는 얼굴이 별로 없다는 사실을 알고는 놀랍도록 서먹함을 느꼈다. 물론 나르치스도 있고 다니엘 원장도 있고 마음씨 좋은 안젤름 신부도 있고 다정한 문지기나 쾌활한 물방앗간 주인이 있기는 했으나 그 모든 사람들이 이미 현실과는 거리가 먼 존재가 되어 버렸다. 오히려 그들과 작별하기보다는 성당에 있는 거대한 마리아상이나 현관에 세워둔 사도상들과 작별하기가 더 어렵게 느껴졌다. 그는 오랫동안 그것들 앞에 서 있기도 했고 합창대 의자에 새겨진 아름다운 조각을 들여다보기도 했으며 회랑의 우물이나 세 마리 짐승의 머리가 조각된 원주 앞에 버티고 서기도 했고 때로는 마당에 있는 보리수나무나 밤나무에 기대어 서 있기도 했다.

그 모든 것이 언젠가는 추억으로 남을 것이며 그의 마음속에 조그마한 그림책으로 남으리라. 그가 아직 그 가운데 있지만 이미 그것들은 그에게서 사라져 현실감을 상실해 버렸으며 마치 유령 같은 것으로 변해 버리고 말았다. 그를 좋아해서 언제나 함께 다니고 싶어하는 안젤름 신부와 함께 그는 약초를 캐러 가기도 했고 물방앗간에서 머슴들과 어울려서 가끔씩 포도주나 구운 물고기 파티에 초대되어 참석하기도 했으나 그 모든 일이 이미 서먹서먹해졌고 반은 추억 같은 것으로 변해 버렸다. 저쪽 성당의 어둑어둑한 기도실에서는 친구 나르치스가 이리저리 서성거리며 살아가고 있지만 이미 그림자같이 되어 버렸다. 그리하여 그를 둘러싸고 있는 모든 것이 현실성을 잃어버렸으며 가을의 조락(凋落)과 무상의 냄새를 풍겨 주었다.

그의 내부에서 실제로 살아 있는 것은 불안한 가슴의 탁동과 동경의 찌르는 듯한 아픔과 그의 꿈이 주는 기쁨과 공포뿐이었다. 그는 마치 그것들과 하나인 것처럼 거기에 몸을 맡겨 버렸다. 책을 읽거나 공부를 하면서 혹은 동료들과 어울려서도 그는 자신 속에 침잠함으로써 모든 것을 잊을 수가 있었다. 그러곤 내면의 목소리와 울림에 몸을 맡기고 어두컴컴한 멜로디의 그 깊은 우물 속에, 동화 같은 체험으로 점철된 알록달록한 심연으로 빠져들었다. 그들의 울림은 모두가 어머니의 목소리였으며 그들의 수많은 눈동자는 모두가 어머니의 눈과 닮은 것이었다.

리제의 유혹

　어느 날 안젤름 신부는 그의 약국으로 사용하는 향기 그윽하고 아담한 약초실로 골드문트를 불러들였다. 골드문트는 이미 그 방을 잘 알고 있었다. 신부는 그에게 책장 사이에 깨끗이 보관되어 있는 마른 약초를 한 가지 보여 주면서 그 식물의 이름이나 본모습을 알겠느냐고 물어 보았다. 물론 골드문트가 아는 식물이었다. 그 식물의 이름은 고추나물이었다. 골드문트는 그 식물의 특징을 자세하게 설명했고 신부는 만족해했다. 그러곤 그날 오후에 그 약초를 한아름 잔뜩 모아 오라고 골드문트에게 부탁하면서 그것이 많이 자라는 곳을 알려 주었다.
　"그 대신 너는 오후 수업은 받지 않아도 될 테니까 싫지는 않겠지? 그리고 손해볼 것도 없을 게다. 미련하고 지루한 문법만이 학문은 아니니까. 자연에 대한 지식 역시 학문이거든."

골드문트는 수업을 받는 대신 몇 시간이나 꽃을 모으라는 그 고마운 분부를 기꺼이 받아들였다. 그래서 그 기쁨을 마음껏 즐기기 위해서 마구간지기에게 부탁해서 블레스를 좀 타겠다는 허락을 얻어냈다. 그는 곧 식사를 끝내고 반가워하는 말을 마구간에서 끌어내어 올라타고 느긋한 마음으로 따뜻하고 맑은 햇살이 내리쬐는 바깥으로 달려갔다. 거의 한 시간 동안이나 이리저리 달리며 대기와 들판의 향훈, 그리고 무엇보다 승마 자체를 즐긴 후에야 비로소 겨우 자신이 할 일을 생각해 냈다. 그는 신부가 알려 준 그곳을 찾아냈다. 거기 그늘진 단풍나무 밑에다 말을 맨 다음 말과 한참이나 장난질을 치고 말에게 먹이를 주고 곧 약초를 모으기 시작했다.

넓은 둑밭에는 잡초들이 무성했고 거기 시든 완두덩굴과 하늘색 꽃을 피우는 들국화와 퇴색한 여뀌 사이에 빛깔을 잃은 마지막 꽃과 벌써 익은 많은 양귀비씨 벙거지를 둘러쓴 조그마하고 여린 양귀비가 서 있었다. 그리고 도마뱀이 밭둑 위에 이리저리 뭉쳐 둔 돌더미 위를 지나갔다. 또한 벌써 노란 꽃이 핀 고추나물들이 있어 골드문트는 곧 채집을 시작했다. 그러곤 한아름 가득 모은 다음 돌더미 위에 앉아 잠깐 쉬었다. 무척 더운 날씨였다. 그는 그늘이 져서 어둑어둑한 먼 숲 기슭을 바라보며 그곳으로 가 보고 싶어했으나 아무래도 고추나물과 말 때문에 그렇게 먼 곳까지 갈 수는 없었다. 따뜻한 자갈밭에 앉아 도망간 도마뱀이 다시 나오지나 않나 숨을 죽이고 바라보기도, 고추나물의 향기를 들이마시기도, 그 조그마한 이파리를 햇빛에 비추어 거기 보이는 수백의 바늘구멍 같은 것을 관찰하기도 했다.

그는 그것이 신기하다고 생각했다. 이렇게 조그마한 수천의 잎새 하나하나에 눈곱만한 별하늘이 수를 놓은 듯 그 얼마나 정교하게 붙어 있단 말인가. 도마뱀들도, 약초도, 돌도 그 모두가 얼마나 신비로운가. 그를 사랑하는 안젤름 신부는 이제는 직접 약초를 캐러 나올 수가 없다. 다리에 힘이 없어 꼼짝 못하는 날이 많으나 그 자신의 의술로도 고칠 수가 없었다. 조만간 죽음을 맞이하리라. 노신부의 탕안에 있는 약초들은 앞으로도 계속 향기를 풍기겠지만 그분 자신은 이미 거기에 있지 않게 되리라. 아니 그 노신부는 10년이나 20년쯤 여전히 그 성성한 백발과 눈가의 잔주름을 지으며 더 오래 살아갈는지도 모른다.

하지만 골드문트 자신의 20년 뒤의 모습은 어떻게 될 것인가? 아, 모든 것이 아무리 아름답다고 해도 불가사의하고 슬프기만 하구나. 사람은 아무것도 모른다. 인간은 그저 이 지상에서 생활하고 뛰어다니거나 숲으로 말을 몰고 달린다. 그리고 수없이 많은 것들이 탐색하듯, 약속하듯, 혹은 동경을 불러일으키듯 쳐다본다. 밤하늘의 별 하나, 푸른 초롱꽃, 갈대가 자라는 호수, 인간이나 암소의 눈, 그리그 지금까지 한 번도 보이지 않았던 것이나 아득한 그 옛날부터 그리워했던 모든 것이 당장에라도 그 베일을 벗을 것만 같다. 하지만 그것만으론 아무 일도 일어나지 않고 수수께끼는 풀리지 않으며 신비의 마법은 사라지지 않는다. 그리하여 끝내는 늙어서 안젤름 신부처럼 죄가 많아지거나 다니엘 원장처럼 현자가 되지만, 결국은 아무것도 모르는 채 여전히 기다리고 귀를 모은다.

그는 속이 빈 달팽이 껍데기를 하나 집어들었다. 그 껍질은 돌 사이에 끼여 부스럭거렸으며 햇살 때문인지 따스함이 느껴졌다. 그는 그 달팽이 껍데기의 굴곡이라든가 나선형의 줄금이라든가 뾰족한 벙거지 끝이라든가 진주처럼 반짝이는 텅 빈 껍데기의 내부를 관찰했다. 그는 눈을 감고 손가락으로만 더듬어 그 형태를 어루만져 보았다. 그것은 오랜 습관이자 장난이었다. 느슨한 손가락 사이로 달팽이를 돌리면서 누르지는 않고 가볍게 어루만지듯 형태를 더듬으며 그것이 주는 신비로움과 마력에 취했다. 이것이야말로 학교나 학문에서 얻을 수 없는 특점이라고 그는 꿈꾸듯 생각했다. 모든 것을 수평적인 이차원의 세계로 보고 그렇게 표현하는 것이 이른바 정신이 지닌 한 가지 경향인 것 같았다. 여하튼 그렇게 하는 것이 이성(異性)의 결함과 그 무가치처럼 여겨지기는 했으나 확신을 가지지는 못했다. 달팽이 껍데기는 그의 손가락에서 미끄러져 내렸고 그는 피로에 지쳐 눈을 감았다. 그는 점점 시들어 가면서 향기를 풍기는 약초에 머리를 묻고 햇볕 속에서 잠이 들었다. 도마뱀들이 그의 신발 위를 지나다녔고 약초가 그의 무릎 위에서 시들어 갔으며 블레스는 단풍나무 아래에서 초조히 기다렸다.

저쪽 승가에서 누군가가 걸어왔다. 빛 바랜 푸른 스커트와 검은 머리에 붉은 댕기를 매고 햇볕에 그을린 얼굴을 한 여인이었다. 여인은 손에다 꽃다발을 들고 입에는 붉게 타는 듯한 조그마한 카네이션을 물고 그가 있는 쪽으로 점점 가까이 다가왔다. 여인은 멀리서부터 거기에 앉아 있는 젊은이를 이상스런 눈으로 살펴보다가 그가 잠들어 있다는 것을 알고 햇볕에 탄 맨발로 조심스럽게 더 가까이 다가와 골드문트가 앉아 있는 바로 앞에 멈추어 서서 내려다보았다. 그녀의 의혹은 사라졌다. 자고 있는 예쁘장한 젊은이는 위험스럽기는커녕 여인의 마음에 쏙 들었던 것이다. 이 사람이 어떻게 이런 곳을 찾아왔단 말인가? 약초를 캤군. 여인은 빙그레 미소 지었다. 약초는 시들어 있었다.

골드문트는 꿈의 숲에서 정신을 차려 잠을 깼다. 그의 머리는 부드러운 무엇으로 받쳐져 있었다. 여인의 품이었다. 아직도 잠에서 덜 깨어 몽롱한 눈을 어떤 낯선 갈색 눈이 따뜻하게 들여다보고 있었다. 그는 별로 놀라지도 않았다. 위험은 없다. 따뜻한 갈색의 별이 다정하게 내려다보는 것만 같았다. 여인은 약간 당황해하는 그의 시선을 받고 생긋이 웃었다. 다정한 미소였다. 그제야 그도 서서히 밝은 표정을 지었다. 그리고 미소 짓는 그의 입술 위로 그녀의 입이 내려왔다. 그들은 가벼운 입맞춤으로 인사를 나누었다. 그러자 골드문트는 그날 저녁, 마을에서 머리를 땋은 소녀를 생각지 않을 수 없었다. 하지만 키스는 아직 끝나지 않았다. 여인의 입술은 여전히 그의 입술에서 떠나지 않고 장난을 하고 빨고 유혹하다가 마침내는 갈증에 허덕이며 그의 입술을 탐내었고 그의 피를 더듬어 마음 밑바닥에서부터 눈을 뜨게 했다.

기나긴 무언의 유희 속에서 갈색의 여인은 어린 소년을 타일러 자신을 발견하도록 부드럽게 몸을 맡겨 그를 불타오르게 하기도 또 그 불을 식혀 주기도 했다. 사랑이 주는 그 짧은 환희는 그의 위에 피어올라 황금빛으로 불타오르다가 점점 기울어져 마침내는 꺼져 버렸다. 그는 여인의 가슴에 얼굴을 파묻은 채 눈을 감고 누웠다. 아무 말도 이어지지 않았다. 여인은 이제 가만히 앉아 그의 머리칼을 쓰다듬으며 정신을 차리도록 해주었다. 마침내 그가 눈을 떴다.

"이봐요!" 그가 물었다. "당신, 누구죠?"

"리제예요."

"리제라고?" 그는 음미하듯 그 말을 되풀이했다. "리제, 당신 참 예쁘군."

여인은 입술을 그의 입에 갖다 대고 소곤거렸다.

"당신, 처음이었지요? 이전에 아무도 사랑해 본 적이 없었어요?"

그는 그렇다고 고개를 끄덕이고는 별안간 몸을 일으켜 들판과 멀리 하늘을 바라보았다.

"아! 벌써 해가 기울었어! 이젠 가 봐야겠어."

"어디로요?"

"수도원으로. 안젤름 신부한테로."

"마울브론 수도원으로요? 당신, 그곳에서 살아요? 나하고 더 있고 싶지 않아요?"

"물론 그러고 싶어."

"그렇다면 가지 말아요!"

"아니, 그건 안 돼. 약초도 더 캐야 하는걸."

"당신, 수도원에 사느냐 물었어요."

"응, 난 수도원 학생이야. 하지만 이젠 거기서 떠날 테야. 리제, 당신을 찾아와도 되겠지? 도대체 당신 집은 어디야?"

"내 귀여운 사람, 집은 없어요. 당신, 이름도 가르쳐 주지 않을래요? 그래, '골드문트'라고요? 그러면 그 '황금의 입'으로 다시 한 번 키스해 주세요. 그럼 보내 줄게요."

"정말 당신 집이 없어? 잠은 어디서 자고?"

"괜찮다면 숲이나 건초더미에서 나와 함께 지낼 수도 있어요. 오늘 밤 나오겠어요?"

"나오고말고. 그런데 어디서 만나지? 어디 있을 작정이야?"

"부엉이 소리 낼 수 있어요?"

"한 번도 안 해보았는걸."

"그럼 한번 해보세요."

그는 곧 부엉이 소리를 흉내냈고 여인은 킬킬거리며 만족해했다.

"그럼 오늘 밤, 수도원에서 빠져나온 후 부엉이 소리를 내요. 가까이에 있을 테니. 내 귀여운 아기, 골드문트, 내가 마음에 들어요?"

"리제, 마음에 들고말고. 올게. 잘 있어. 지금 난 가 봐야겠어."

어스름의 석양에 골드문트는 말이 지칠 정도로 빨리 몰아 수도원으로 돌아왔다. 때마침 안젤름 신부가 몹시 분주하여 다행이었다. 수도사 한 사람이 맨발로 냇물에서 목욕을 즐기다가 유리조각 같은 것에 찔려서 발을 다쳤기 때문이다.

이젠 나르치스를 찾아야만 했다. 그는 식당에서 일하는 수도사 한 사람을 붙들고 나르치스가 어디 있느냐고 물었다. 나르치스는 저녁 식사를 하러 오지는 않는다, 그는 금식 중이어서 지금은 자고 있을 게다, 밤기도를 위해 휴식이 필요하기 때문이다, 수사는 그렇게 알려 주었다. 골드문트는 달려갔다. 그의 벗은 오랜 수련기 동안 자신의 침실로 줄곧 수도원 안쪽에 있는 참회실을 사용했었다. 허둥거리며 뛰어갔다. 그러곤 문에다 귀를 기울여 보았으나 기척이 없어 살며시 안으로 들어갔다. 물론 허용되지 않는 일이나 그런 것이 문제가 아니었다.

나르치스는 어둠 속에서, 창백한 얼굴로 가슴에 손을 얹고 똑바로 천장을 향해서 마치 송장처럼 누워 있었다. 무척 비좁은 침상이었다. 그는 눈을 멀거니 뜬 채 아무 말 없이 골드문트를 쳐다보았다. 비난도, 미동도 하지 않고 명상에 잠겨 어떤 다른 시대와 세계 안에 들어 있어 벗을 알아보고 그의 말을 이해하는 것이 무척 힘든 모양이었다.

"나르치스! 용서하세요! 방해를 해서 죄송합니다. 하지만 나쁜 마음이 있어 이러는 건 아니에요! 지금 저는 당신과 이야기해야 할 아주 절박한 처지라 어쩔 수 없습니다. 제발 부탁입니다."

나르치스는 생각에 잠겼다가 정신을 차리려고 애쓰는 사람처럼 잠시 눈을 깜박이며 낮은 목소리로 물었다.

"그렇게 절실한 일인가?"

"그렇습니다. 지금 전 당신과 작별을 해야 하거든요."

"그렇다면 어쩔 수 없군. 헛걸음을 하게 해서는 안 될 테니. 이리 가까이 와서 앉아. 15분쯤은 시간이 있어. 밤기도가 시작될 시각이거든."

그가 수척한 몸을 일으켜 아무것도 깔지 않은 딱딱한 나무 침상에 걸터앉자 골드문트도 나란히 앉았다.

"제발 용서해 주십시오!"

골드문트는 자신이 범한 죄를 자각하며 말했다. 그 골방, 딱딱한 침상, 밤을 지새워 긴장한 얼굴, 방심한 듯한 시선, 나르치스의 그 모든 표정이 그가 지금 얼마나 당황했는가를 역력히 보여 주고 있었다.

"그럴 것까지는 없네. 내 걱정은 말아. 작별한다고 했겠다, 그렇다면 여길 떠나겠다는 말인가?"

"오늘 곧바로 떠날 겁니다. 무슨 말을 해야 될지 모르겠군요. 이 모든 결정이 순간적으로 이루어졌으니까요."

"아버지에게서 무슨 소식이라도 왔는가?"

"아니요, 아버지가 아니라 인생 그 자체가 왔습니다. 여기를 떠나는 것은 아버지도 모르십니다. 당신에게 부끄러움을 끼쳐 죄송하지만 난 여기를 떠납니다."

나르치스는 넓은 가운의 소맷자락 끝으로 유령처럼 내다보이는 자기의 수척한 손가락을 내려다보았다. 그의 엄격한 얼굴에는 나타나지 않았으나 그 목소리에는 미소가 서려 있었다.

"시간이 없으니까 필요한 것만 말해. 간단하게 말이야. 안 그러면 네게 일어났던 일을 내가 말해 볼까?"

"말씀해 보십시오."

골드문트는 간청하듯 말했다.

"너는 지금 사랑에 빠진 거야. 여자라는 것을 알았고."

"어떻게 그걸 알 수 있죠?"

"네 표정에 나타나 있지. 너의 모습은 사람들이 사랑이라고 하는 도취의 그 특성을 나타내 주고 있어. 그러니 이젠 말을 해보라고."

골드문트는 망설이면서 그의 어깨에다 손을 얹었다.

"전에도 그런 말을 들었습니다, 나르치스 하지만 이번만은 틀렸습니다. 이건 전혀 다릅니다. 나는 들판에 나가 따사로운 햇살에서 잠이 들었었는데, 잠에서 깨어 보니 내 머리가 어느 아름다운 여자의 무릎을 베고 있더군요. 그래서 나는 어머니가 나를 데리러 온 줄로 여겼습니다. 그렇다고 그 여자를 어머니라 생각한 건 아닙니다. 그 여자는 갈색 눈에 검은 머리였으나 어머니는 나처럼 금발 머리였으므로 전혀 달랐습니다. 하지만 그것은 어머니였고 어머니의 부름이었으며 어머니로부터 온 심부름꾼이었습니다. 내 마음속의 꿈처럼 한 아름다운 여인이 갑자기 모습을 드러내 내 머리를 무릎에 얹고 꽃 같은 웃음을 띠며 나를 사랑해 주었습니다. 최초의 키스로써 나는 이미 마음속에서 무언가 녹아 내리는 듯한 형언할 수 없는 전율을 느꼈습니다. 지금까지 내가 느꼈던 온갖 그리움, 온갖 꿈, 그리고 나의 내부에서 도사리고 있던 달콤한 공포와 온갖 비밀들이 눈을 떠 모든 것이 변화하고 마법에 걸리고 의미를 지니게 되었습니다. 그 여자는 여인의 본질과 여인의 비밀을 내게 가르쳐 주었습니다. 그 여자는 30분도 채 되지 않는 짧은 시간에 나를 몇 년이나 성장시켜 나는 이제 많은 것을 알게 되었습니다. 나는 이제 단 하루도 수도원에 더 이상 머물 수 없다는 것을 알았습니다. 어두워지면 곧 떠나겠습니다."

나르치스는 조용히 끝까지 들은 후 고개를 끄덕였다.

"순간적인 일이었군. 하지만 내 예상대로야. 너를 많이 생각할 거야. 너는 내가 아쉬울 때가 있을 거다. 내 도움이 필요한 일이 없을까?"

"될 수 있으면 원장님께 잘 말씀드려서 나를 완전히 못된 놈으로 단정해 버리지 않도록 해주십시오. 이 수도원에서 나에게 관심을 가진 사람은 그래도 그분과 당신뿐이었습니다."

"알았어……. 그 외의 것은?"

"한 가지 있습니다. 훗날 내 생각이 나거든 나를 위해 기도해 주십시오. 그리고…… 당신께 감사드립니다."

"무엇 때문에 골드문트?"

"당신의 우정, 당신의 인내, 그 모든 것에 감사합니다. 그리고 이렇게 어려운 처지에서도 내 이야기를 들어주어서 고맙고 또 나를 만류하지 않은 것에 대해서도 고맙습니다."

"어째서 내가 자네를 붙잡겠는가? 내가 생각한 바를 너도 알 거야. 그건 그렇고, 골드문트, 넌 어디로 갈 작정이지? 목적지가 있는 거야? 그 여자한테 가려는 거야?"

"그렇습니다. 그 여자와 함께 갑니다. 목적지는 없습니다. 그 낯선 여자는 유랑인이어서 집시인 것 같습니다."

"그래? 그 여자와의 행로는 극히 짧을지도 모른다. 지나치게 그 여자를 믿어서는 안 될 거야. 그 여자에게는 친척이 있거나 남편이 있을 테니 그들이 너를 어떻게 맞이하게 될지 짐작할 수 있어야지."

골드문트는 그에게 기댔다.

"잘 알고 있습니다. 여태 그런 생각은 해보지 않았지만 그 정도는 압니다. 제겐 목표가 없다고 말했는데, 그 여자가 아무리 나를 사랑한다 하더라도 그 여자는 역시 나의 목표가 될 수는 없습니다. 나는 그 여자에게로 가기는 하지만 그것이 저의 목적은 아닙니다. 반드시 가야만 하기 때문에, 무엇인가가 나를 부르기 때문에 가는 겁니다."

그는 거기서 말을 끊고 한숨을 지었다. 두 사람은 슬픔에 잠겨, 그러나 그들의 우정이 무엇으로도 깨어지지 않았다는 느긋한 감정으로 서로 기대어 나란히 앉아 있었다. 곧 골드문트가 이야기를 이어 나갔다.

"내가 눈이 멀어 아무것도 예견치 못한다고는 생각지 마십시오. 나는 그렇게 하지 않으면 안 되기 때문에, 그리고 오늘 정말로 기이한 경험을 했기 때문에 기꺼이 떠나는 겁니다. 그러나 행복한 만족감으로만 떠나는 건 아닙니다. 그 길이 무척 험난하리라 생각되지만 아름다운 길이 되기를 바랄 뿐입니다. 한 여인의 사람이 되고, 그 여인에게 몸을 완전히 맡긴다는 것은 얼마나 아름다운지 모릅니다. 내 생각이 어리석더라도 너무 조롱하지 마십시오. 그러나 한 여인을 사랑하고 그 여인에게 헌신하고 그 여인을 완전히 포옹하고 그 여인에게서 포옹을 받는다는 것은 당신이 약간 조소하는 듯한 말투로 '반했다.'라고 말하는 것과는 완전히 다릅니다. 그것은 결코 조롱거리가 아닙니다. 그것은 나의 삶으로 이어지는 길이며 삶의 의미이기도 합니다. 아, 떠날 시간입니다! 나르치스, 나는 당신을 좋아합니다. 그리고 나를 위해 잠자야 할 시간을 희생한 것에 감사합니다. 당신으로부터 멀어진다는 것이 가슴 아프군요. 나를 잊지는 않겠지요!"

"서로 마음이 상해서는 안 되겠지! 절대로 너를 잊지 않을 것이다. 너는 다시 오게 될 거야. 그렇게 되기를 바라겠어. 그리고 사정이 나빠지거든 언제든 내게로 오든가 소식을 보내 주도록. 그럼, 잘 가게나."

그가 자리에서 일어나자 골드문트는 그를 껴안았다. 그의 친구가 애무를 싫어한다는 것을 알기 때문에 그는 키스는 그만두고 악수만을 나누었을 뿐이었다.

어둠이 깔렸다. 골방을 거쳐 성당 쪽으로 걸어가는 나르치스의 샌들이 길바닥에 덜거덕거리는 소리를 울렸다. 골드문트는 다정스런 시선으로 수척해진 친구의 뒷모습을 바라보았다. 그 모습은 복도의 끝에 이르러 이윽고 어둠을 뚫고 그림자처럼 성당 안으로 사라졌다. 수련과 의무와 덕성에 빨려들어 재촉을 받듯 사라졌다. 아아, 이 모든 것이 얼마나 기묘하고 이상스럽고 혼란 속에 있는가! 복받치는 가슴과 꽃피는 사랑의 도취에 잠겨 이런 시간에 벗을 찾아간 것이 그 얼마나 이상스럽고 놀라운 일인가. 그 친구가 명상에 잠겨 단식과 철야로 수척해져서 그의 청춘과 마음과 감각을 십자가에 걸고 엄격한 복종의 계율에 따라 정신에 봉사하고 하느님의 말씀에 봉사하려는 때에 말이다. 그는 창백한 얼굴과 시체처럼 야윈 손으로 피곤에 지쳐 누워 있다가도 친구가 오자 기꺼운 마음으로 맞아 주었으며 아직도 여인의 향기를 풍기는 그를 위해 귀를 기울이고, 참회와 참회 사이의 그 짧은 휴식 시간조차 희생하여 준 것이 아닌가! 그런 사랑이 존재하고, 자신을 완전히 버린 정신적인 사랑이 아직도 있다는 사실은 그 얼마나 아름답고도 경이로운 일인가. 그리고 그런 사랑은 그날 햇볕이 비치는 들판에서 도취로 흥분했던 관능의 유희와는 그 얼마나 다른가! 어떻든 그 두 가지는 모두 사랑이라는 것이었다.

아, 나르치스는 그 마지막 순간에 그 두 사람이 그렇지도 판이하고 닮은 곳이라곤 전혀 없다는 사실을 분명히 보여 준 다음 그에게서 사라져 버렸다. 나르치스는 이제 제단 앞에 지친 무릎을 꿇고 기도와 성찰의 밤을 위하여 모든 준비를 마쳤을 것이다. 그 친구는 밤새 휴식과 수면이 두 시간 이상 허락되지 않았으나, 골드문트 그는 그 어느 나무 밑에서 리제를 찾아 그녀와 달콤하고 동물적인 성희를 탐닉하기 위하여 달아나는 게 아닌가! 나르치스라면 그 부분에 관해 무언가 성찰 깊은 말을 하겠지만 그는 결코 나르치스가 아니었다. 그에게는 그렇게 아름답고 소름 끼치는 수수께끼와 혼란을 풀고 거기에 대하여 어떤 심각한 말을 해야 할 필요가 없었다. 이제 불확실하고 어리석은 골드문트의 행로를 계속하는 것만이 그에게 남은 유일한 것이었다. 그리고 몸을 맡겨 그를 기다리는 아름답고 따뜻한 젊은 여인을 사랑하고 밤의 성당으로 향하는 벗을 사랑하는 일뿐이었다.

여러 가지 혼란스러운 감정으로 보리수나무를 지나 물방앗간으로 이르는 출구를 찾았을 때 갑자기 언제인가 친구 콘라트와 함께 마을에 가기 위하여 그 똑같은 길을 통해 성당을 빠져나가던 일이 생각나서 그는 미소를 지었다. 그 당시 그는 그 하찮은 금단의 외출로 얼마나 흥분했으며 얼마나 두려움에 떨었던가. 그런데 지금 영원한 이별을 고하는 것이다. 훨씬 더 위험한 길을 가면서도 두려움도 없이 수위도 원장도 선생도 생각하지 않고 말이다.

이번에는 개울에 대놓은 널빤지가 없어서 다리가 없는 데로 건너야 했다. 그는 옷을 벗어서 건너편으로 던진 다음 가슴까지 차는 차가운 물 속에 몸을 담가 세차게 흐르는 개울을 건너갔다.

옷을 입는 동안 그의 사념은 다시 나르치스에게로 향했다. 그 시각 나르치스가 예견했고 인도했던 그 길로 갈 수밖에 없다는 사실을 분명히 깨닫자 자신이 수치스럽게 느껴졌다. 지혜롭고 약간 조소 어린 나르치스의 모습이 분명히 보였다. 그 나르치스는 그가 하는 어리석은 이야기를 들어주었고 지나간 시간의 고통 속에서 그를 자각하게 해주었다. 나르치스가 들려준 몇 마디 말이 또다시 뚜렷하게 들려 왔다. '너는 어머니의 품속에서 잠을 자지만 나는 황야에 깨어 있어. 너의 꿈에는 처녀들이 나오지만 내 꿈에는 소년들이 나오는 거야.'

그의 가슴은 순간적으로 얼어붙는 것 같았다. 그는 침묵의 밤 한가운데 홀로 서 있었다. 수도원이 그의 뒤편에 가로놓여 있었다. 형식상의 고향에 불과하지만 그래도 오래 살던 정든 집이었다. 동시에 그는 나르치스가 이제는 그를 경고하거나 우월한 식견을 가진 인도자가 아니라는 것을 느꼈다. 오늘 그는 나르치스라 할지라도 인도해 줄 수 없는 길, 혼자만의 행로가 존재하는 나라로 들어선 것이었다. 그 사실을 자각한 것은 기쁜 일이었다. 독립을 하지 못했던 시절을 되돌아보자 가슴이 답답하고 부끄러워졌다. 이제야 그는 눈을 떴다. 더 이상 어린 아이도 학생도 아니었다. 그것을 인식한 것이 상쾌하게 느껴졌다. 하지만 이별을 한다는 것은 얼마나 어려운 일인가. 그가 지금 저쪽 성당에 무릎을 꿇고 있다는 것을 알면서도 그에게 어떤 도움도 줄 수 없고 그에 대하여 아무것도 아닌 존재가 되지 않았는가! 오랫동안, 어쩌면 영원히 그와 떨어져 있을지도 모르고 그의 소식을 알지도 못하고 그의 목소리도 못 듣고 그의 고귀한 눈도 보지 못하게 될지 모른다!

그는 자갈길을 따라서 걸었다. 수도원 담벽에서 백 보쯤 떨어지자 그는 멈추어 서서 숨을 가다듬어 부엉이 소리를 흉내냈다. 이어 똑같은 부엉이 소리가 저쪽 건너편에서 화답을 했다.

짐승들처럼 소리를 지르는구나, 그는 그렇게 생각하며 오후의 향락을 회상해 보았다. 그제야 둘 사이에는 애무가 끝나는 마지막에서야 겨우 몇 마디 말이 오갔을 뿐이라는 생각이 떠올랐다. 그런데 나르치스와는 얼마나 긴 대화가 오고 갔던가! 이제는 말로써가 아니라 부엉이 소리로 서로 죄어 내고 말이란 무의미하게 여겨지는 세계로 들어와 있는 것 같았다. 그는 그 사실을 인정했다. 그는 오늘 언어와 사념에 대해서는 어떤 욕구도 느낄 수 없었다. 그가 느낀 욕구는 다만 리제에 대하여, 언어가 없는 맹목적인 감정과 탐색에 대하여, 한숨 지으며 서로가 녹아드는 사랑에 대해서뿐이었다.

리제는 거기에 있었다. 그 여자는 이미 숲에서 그를 마중하러 나왔다. 그는 두 손을 벌렸다. 그녀를 느끼고 다정한 손으로 여자의 머리, 머리칼, 목, 뺨, 그 날씬한 몸과 단단한 엉덩이를 잡기 의해서였다. 한 팔로 여자를 안은 채 침묵 속에서 어디로 가야 하느냐고 묻지도 않고 그는 계속 걸어갔다. 여자는 어두운 숲을 잘도 헤치고 나가서 여자를 따르기가 힘이 들었다. 여자는 여우나 담비처럼 밤눈이 밝은 듯 부딪히지도 헛디디지도 않고 걸어 나갔다. 그는 언어도 사고도 없이 어둠 속으로, 숲 속으로, 눈먼 신비의 나라로 이끄는 대로 자신을 내던졌다. 그는 아무것도 생각하지 않았다. 떠나 온 수도원도 나르치스에 대해서도 생각지 않았다. 그들은 말없이 컴컴한 숲을 달려갔다. 어떤 때는 부드러운 쿠션 같은 이끼 위로, 때로는 광대뼈처럼 툭 불거진 나무뿌리 위로 걸어갔다. 어떤 때는 높직한 수관(樹冠) 사이로 희미한 하늘이 보였고 어떤 때는 칠흑처럼 캄캄했다. 관목들에 얼굴이 부딪히는가 하면 딸기덩굴에 옷이 걸려 그를 멈추게 했다. 하지만 여자는 그 어떤 길이라도 잘 인도해서 멈추어 서거나 머뭇거리는 일이 없었다.

한참이나 지난 후에야 그들은 듬성듬성한 솔밭에 이르렀다. 희뿌연 밤하늘이 열리고 숲이 끝났으며 잔디가 자라는 골짜기가 두 사람을 맞이했다. 달콤한 건초 내음이 풍겨 왔다. 그들은 조용히 흐르는 작은 시내를 건너갔다. 사방이 트인 그곳이 숲 속보다 더 적막했다. 숲이 속삭이는 소리도 밤짐승들의 울음도 마른 나무가 부러지는 소리도 없었다. 커다란 건초더미에 이르러 리제가 걸음을 멈추었다.

"여기서 쉬어요."

두 사람은 건초에 앉아서 우선 숨을 돌리고 휴식을 즐겼다. 둘은 다 같이 지쳐 있었던 것이다. 그들은 몸을 펴고 정적에 귀를 기울이며 이마의 땀이 마르고 얼굴이 점차 서늘해져 가는 것을 느꼈다. 골드문트는 나른한 피로 속에 웅크리고 앉아 장난하듯 무릎을 오므렸다 폈다 하며 심호흡으로 밤과 건초의 향훈을 들이마셨다. 과거도 미래도 생각하지 않았다. 애인의 온기와 냄새에 매료당할 뿐이었다. 때때로 애인의 손길에 화답하고, 그 애인이 점점 불타올라 그에게로 몸을 가까이 밀

착시키는 것에 황홀해질 뿐이었다. 여기에 언어와 사념이 필요하지 않으리라. 그는 중요하고 아름다운 모든 것을, 젊음의 힘과 여자의 육체가 갖고 있는 건강한 미와 점점 달아올라 욕정을 배가해 가는 과정을 분명하게 느꼈다. 그리고 여자가 이번에는 먼저와는 다른 방법으로 사랑을 받고 싶어하는구나, 이번에는 여자가 그를 유혹하고 가르치는 것이 아니라 오히려 그의 공격적인 욕정을 갈망한다는 것을 느꼈다.

그는 조용히 몸을 맡기고 소리 없이 서서히 타오르는 불길을 느끼고 행복에 잠겼다. 그 불길은 두 사람 사이에서 타올라 그들의 조그마한 잠자리를 말없는 밤의 불꽃으로 만들어 주었다. 리제의 얼굴에 허리를 굽혀 어둠 속에서 그 입술에 키스를 하자 별안간 여자의 눈과 이마가 부드러운 빛 속에서 밝아지는 것을 보고 그는 깜짝 놀라 사방을 휘둘러보았다. 그 빛은 점점 더 밝아져 갔다. 그는 그 정체를 알고 몸을 돌렸다. 길게 뻗친 어둠이 지배하는 숲 위로 달이 떠올랐던 것이다. 희고 부드러운 빛줄기가 여자의 이마와 뺨에, 둥그스름한 목에 흐르는 것을 황홀하게 바라보며 가만히 속삭였다.

"진정으로 아름다워!"

리제는 미소로 답했고 그는 여자의 몸을 반쯤 일으켜 조심스럽게 옷을 벗겼다. 여자는 어깨와 가슴이 차디찬 달빛 속에서 빛날 때까지 옷을 벗었다. 그는 눈과 입술로 그 나긋한 그림자를 쳐다보며 키스했다. 여자는 시선을 아래로 하고 마술에 걸린 듯한 엄숙한 표정으로 잠자코 있었다. 그 순간 처음으로 그녀의 아름다움이 그녀 자신에게 발견되고 나타나기라도 한 듯이 그녀는 미동도 하지 않았다.

외로운 방랑자 골드문트

들판이 차가워지고 달이 점점 높아지는 동안, 달콤한 사랑에 빠졌던 두 연인은 함께 졸며 잠들어, 희미한 달빛이 비치는 부드러운 잠자리에 누워서 휴식을 취했다. 눈을 뜨면 다시 마주 누워서 서로 불꽃 튀기고 새로이 엉켰다가 또다시 잠들었다. 최후의 포옹이 끝나자 그들은 기진맥진했다. 리제는 건초에 깊이 몸을 파묻고 숨을 몰아쉬었으며 골드문트는 미동도 없이 똑바로 누워 희끄무레한 달이 뜬 하늘을 쳐다보았다. 그들은 크나큰 슬픔에 휩싸여 거기서 도망치려 다시 잠에 빠졌다. 그들은 절망적인 깊은 잠을 탐욕스럽게 맞아들였다. 마치 그것이 최후인 것처럼, 그리고 영원히 깨어 있어야 할 선고를 받아 이 세상에 있는 잠이란 잠은 모두 자신들의 내부로 끌어넣기라도 해야 할 듯이 깊은 잠을 잤다.

눈을 뜨자 골드문트는 리제가 그 검은 머리를 손질하는 것을 보았다. 그는 아직도 잠이 덜 깬 듯 멍하니 여자를 바라보다가 마침내 입을 열었다.

"벌써 눈을 떴어?"

여자는 놀란 듯이 그에게로 몸을 돌렸다. 여자는 당황하고 속절없는 목소리로 말했다.

"이젠 가 봐야겠어요. 당신을 깨우기 싫었어요."

"나도 이제 깼어. 우리는 이제 길을 나서야겠지? 하기야 두 사람이 다 집이 없는 신세니까."

"나야 그렇지만, 당신은 수도원으로 돌아가야 될 몸이잖아요?" 여자는 옆으로 고개를 돌렸다. "골드문트, 당신은 나와 같이 갈 수가 없어요. 이제는 남편한테 가야 해요. 남편은 밤에 돌아오지 않은 나를 때릴 거예요. 길을 잃었다고 말하겠지만 남편은 그 말을 믿지 않을 거예요."

그 순간 골드문트는 나르치스가 이미 이런 예상을 하고 말했던 사실이 머리에서 떠올랐다. 그리고 결과도 그렇게 되고 말았다. '그렇군!' 그는 자리에서 일어나 손을 내밀었다.

"내 계산이 잘못되었군. 나는 우리들이 함께 살게 되리라 믿었었어. 그건 그렇고, 당신은 정말로 나를 깨우지 않고 달아나려 했던 거야?"

"당신이 화를 내며 나를 때릴 거라 생각했어요. 남편한테 맞는 건 그렇다고 하더라도 당신한테는 맞기가 싫었어요."

그는 여자의 손을 꼭 잡았다.

"리제, 나는 당신을 때리지 않아. 오늘도 그렇고 앞으로도 그런 일은 절대 없을 거야. 만약 당신의 남편이 당신을 때린다면 그에게로 가지 말고 나와 함께 있는 게 어떻겠어?"

여자는 얼른 손을 뿌리치며 울부짖듯 소리를 질렀다.

"안 돼요, 안 돼!"

골드문트는 여자의 마음이 자기로부터 벗어나고 싶어한다는 것, 그의 달콤한 말을 듣기보다는 남편에게 얻어맞는 것을 더 원한다는 사실을 느끼자 손을 놓았다. 여자는 훌쩍였으나 곧 뛰어가기 시작했다. 여자는 두 손으로 눈을 가리고 거기서 떠났다. 그는 여자에게 더 이상 아무 말도 하지 않고 그저 뒷모습만 바라볼 뿐이었다. 풀을 베어낸 풀밭으로 무슨 인력에 의해 끌려가는 듯한 여인의 모습을 보자 기분이 상했다. 그는 여자를 끌어가는 그 미지의 힘에 대해 골똘히 생각하지 않을 수 없었다. 아무래도 그는 불운한 것 같았다. 이제 버림을 받아 혼자가 되어 이렇게 물러앉아 있게 되었으니 말이다. 그러는 동안 그는 자꾸만 피로해져서 잠이 들었다. 그렇게 피곤에 지쳐 보긴 처음이었다. 슬퍼할 시간은 얼마든지 있지 않은가. 그는 다시 잠에 빠졌다가 햇빛이 따갑게 내리쬘 때에야 다시 일어났다.

이제 휴식은 충분했다. 그는 서둘러 자리에서 일어나 냇물로 달려가서 몸을 씻고 물을 마셨다. 갖가지 추억들이 밀려들었다. 어젯저녁에 가졌던 달콤한 유희의 시간들이, 짜릿짜릿한 감정들이 마치 그림책에 나오는 낯선 꽃처럼 향훈을 풍겨 주었다. 기운차게 앞으로 걸어 나가면서 그는 그 모든 것을 되풀이해서 생각하고 냄새 맡고 거듭거듭 맛보았다. 그 갈색의 여인은 얼마나 많은 꿈을 실현시켜 주었으며, 얼마나 많은 봉오리를 꽃피우게 했고, 얼마나 많은 호기심과 그리움을 진정시키고 또 그것을 일깨워 주었던가!

그의 눈앞에는 들판과 밭이 펼쳐져 있다. 메마른 휴경지와 어두운 숲이 누웠고, 저편에는 종장과 물방아와 마을과 도시가 있으리라. 처음으로 세계가 그의 눈앞에 활짝 열려 그를 기다려 주고 그를 받아들여 그에게 기쁨도 고통도 느끼게 할 채비를 하고 있다. 그는 이제 창 밖으로 세상을 바라보는 학생도 아니며, 마지막에는 되돌아가야만 하는 산보에 나선 산책인도 아니었다. 거대한 세계는 이제 현실이 되었으며 그는 그 현실의 일부로 그의 운명이 그 안에서 휴식을 취하고 있다. 그 하늘도 거기서 몰아치는 비바람도 이제는 모두 그의 소유였다. 그 거대한 세계에 비하면 그는 정말로 보잘것없는 존재여서 조그마한 토끼처럼, 하찮은 벌레처럼 그 푸르고 파란 무한의 세계를 향해 달려간다. 거기에는 자리에서 일어나라는 종소리도, 미사도, 수업도 점심 식사도 없었다.

그는 굶주림에 고통스러울 지경이었다. 한 덩이 보리빵, 한잔의 우유, 수프 한 접시, 그것들은 그 얼마나 마력적인 추억이란 말인가! 그의 위가 이리의 그것처럼 깨어난 것이었다. 그는 보리밭으로 들어가 반쯤 익은 보리 이삭을 손으로 훑어서 씹었다. 그러곤 탐욕스럽게 뜯어서 주머니에 가득 넣었다. 또한 설익은 도토리가 보이자 그것도 주머니에 넣었다.

이어 숲이 다시 시작되었는데, 떡갈나무와 물푸레나무가 섞인 전나무 숲이었다. 그리고 거기에는 원귤나무도 셀 수 없이 많아서 그곳에서 휴식을 취하며 땀을 식혔다. 가냘프면서도 딱딱한 풀 사이로 푸른 초롱꽃이 피어 있고 갈색으로 반짝이는 나비들이 이리저리 날다가 시야에서 사라지곤 했다. 성녀 게노베바는 바로 이런 숲에 살고 있겠지. 그런데 그는 그 성녀의 이야기를 얼마나 좋아했으며 직접 그 실물을 만나 보고 싶어하지 않았던가! 그것이 아니라면 이런 숲에는 은자의 보금자리 같은 것이 있어서 백발이 성성한 노인이 동굴이나 나무껍질로 지은 오두막에서 살고 있으리라. 혹은 이런 숲에는 숯 굽는 사람이 살고 있을지도 모른다. 만나 보면 반갑게 인사를 나누련만. 혹시 강도들이 살고 있을지도 모르지만 나에게는 어떤 해도 끼칠 수가 없으리라. 아무라도 좋으니 사람을 보게 된다면 얼마나 좋으랴. 하지만 그는 알고 있었다. 오늘도 내일도 또 그 다음날도 아무리 숲을 헤매어도 다른 사람들과 만날 수 없다는 사실을. 그러나 그것이 정해진 운명이라면 어쩔 수 없는 노릇이다. 이리저리 생각해 보았자 결국은 될 대로 되는 수밖에 없지 않은가.

그는 나무를 쪼고 있는 딱따구리의 소리를 듣고 살금살금 가까이 다가가 보려 했다. 그리고 딱따구리의 모습을 관찰하려 했으나 헛된 일이었다. 그러다가 그놈을 발견해, 나무를 쪼느라 분주하게 머리를 이리저리 돌리는 모습을 오랫동안 지켜보았다. 짐승이나 새들과 이야기를 나눌 수 있다면 얼마나 좋을까! 딱따구리를 불러서 딱따구리에게 무언가 다정한 말을 건네고 나무에서 살아가는 딱따구리의 생활에 대해, 그가 하는 일에 대해, 그리고 그가 맛보는 즐거움에 대해 이야기를 들어 보았으면 얼마나 좋으랴! 사람이 변신을 할 수 없다는 게 그 얼마나 아쉬운 일인가! 어린 시절, 석판에 꽃이나 잎새 등을 스케치하면서 그는 마치 조물주가 된 듯이 마음대로 피조물들을 만들었다. 꽃에다 입과 눈을 그리는가 하면 가지에서 뻗어 나온 잎새를 이상한 모습으로 바꾸기도 했고 나무에다 머리를 만들어 넣기도 했었다. 그는 몇 시간씩이나 그런 장난에 즐거워했으며 마술을 부릴 수가 있었다. 선 하나로 시작된 나무 잎새가 물고기의 주둥이가 되기도 하고 여우의 꼬리로 변하기도 하며 사람의 눈이 되기도 하는 장난에 스스로도 놀랐다. 그때의 조그마한 석판 위에서 장난으로 그렸던 선(善)처럼 자신이 변신할 수 있다면 얼마나 좋을까 하고 생각했다. 골드문트는 한 달이 아니면 단 하루라도 좋으니 딱따구리가 되고 싶었다. 딱따구리가 되어 나무 위에서 살며 미끌미끌한 나무에 기어올라 그 튼튼한 주둥이로 나무껍질을 쪼고 깃을 펴고 딱따구리의 이야기를 하면서 껍질에서 먹음직스러운 것을 빼내고 싶었다. 나무를 쪼는 딱따구리의 소리가 정겹고 매혹적으로 들려 왔다.

숲을 지나는 동안 골드문트는 갖가지의 동물들을 만났다. 여러 번 토끼를 만났는데, 덤불 속에서 불쑥 튀어나온 토끼는 그가 접근하자 그를 빤히 쳐다보다가는 방향을 돌려 쫑긋한 귀를 세우고 꼬리를 흔들며 달아나곤 했다. 조그마한 웅덩이 같은 데서 긴 뱀이 있는 것을 보았으나 뱀은 움직이지 않았다. 산 뱀이 아니라 허물만 남아 있는 것이었다. 그는 그것을 집어들어 자세히 살펴보았다. 회색과 갈색의 아름다운 무늬가 등판에 이어져서 햇빛에 드러나자 섬세한 거미줄처럼 보였다. 노란 주둥이의 까만 티티새들도 보았다. 새들은 불안에 찬 까만 눈동자로 그를 응시하다가는 낮게 날아 다른 곳으로 가 버렸다. 멧새와 피리새들도 많았다. 숲 한곳의 구덩이에는 푸른색의 진한 물이 고여 다리가 긴 거미가 미친 듯 뒤엉켜 이상한 장난을 치고 다시 그 위로는 진한 물색 날개를 가진 잠자리들이 날아다니고 있었다.

날이 이슥해졌을 때, 그는 무엇인가를 보았다. 흔들리는 나뭇잎과 가지들이 꺾이는 소리가 들려 왔으며 축축한 땅이 부풀어오르는가 싶더니 모습을 알 수 없는 어떤 거대한 동물이 맹렬한 기세로 덤불을 헤치며 돌진하는 것 같았다. 사슴이 아니면 멧돼지겠으나 그로서는 자세히 알 수가 없었다. 그는 한참 동안 무서움에 떨며 서 있었다. 짐승이 사라진 쪽을 향해 귀를 기울이다가 만물이 고요해질 때까지 가슴을 두근거리며 두려움에 떨며 긴장했다.

  숲을 빠져나가는 길을 찾을 수가 없어서 숲에서 밤을 지내야 했다. 잠을 잘 만한 곳을 찾아내어 이끼로 침상을 만들면서 그는 이런 생각을 했다. '만약 숲에서 나가는 길을 찾지 못해 영원히 여기서 살아야만 한다면 어떻게 될까?' 그리고 그렇게 되면 불행한 일일 거라 생각했다. 산딸기로 목숨을 이어야 하고 이끼로 잠자리를 대신해야 한다. 그것도 아니면 오두막을 짓고 불도 피우게 될는지도 모른다. 하지만 고요한 잠에 빠진 나무들 사이에서, 가까이 가면 달아나 버리는 동물들 틈에 끼여 언제까지나 혼자 살아가야 한다는 건 도저히 참기 어려운 슬픔일 것이다. 사람 하나 구경 못하고 인사를 나눌 얼굴도 없고 처녀나 여인을 구경할 수도 없고 그들의 입술과 팔다리가 주는 그 사랑의 유희도 즐길 수 없다는 것, 그것은 생각조차 하기 싫은 일이 아닌가! 그럴 바에야 차라리 내세의 행복을 포기한 사슴이나 곰 같은 짐승이 되고 싶었다. 수곰이 되어 암곰을 사랑하는 것도 그리 나쁘지는 않겠지. 이성(理性)과 언어, 그 밖의 모든 것을 지니고도 혼자서 쓸쓸히 사랑받지 못하고 살아가는 것보다는 훨씬 나을는지도 모르리라.

  이끼로 만든 침상에 누워 잠들기 전에 그는 탐욕스러우나 불안스럽게 숲이 주는 그 불가사의한 온갖 소리를 들었다. 이제 그는 그들의 친구가 되었다. 그는 그들과 함께 살고 그들과 친숙해져야 하고 그들과 화해를 하고 그들과 함께 참고 견디지 않으면 안 된다. 그는 지금 여우나 사슴, 전나무나 노송나무와 한 식구가 되어 그들과 더불어 살아가고, 그들과 같은 대기로 숨쉬며 같은 태양을 쬐고 새날이 밝기를 기다려야만 하며 함께 굶주려야 하고 그들의 손님이 되어야 한다.

이윽고 그는 잠이 들어 짐승이나 사람의 꿈을 꾸다가 자신이 곰이 되어 애무를 하다가 리제를 삼켜 버리는 꿈을 꾸었다. 한밤중에 그는 깜짝 놀라서 눈을 떴다. 그리고 영문을 알 수 없는 답답함이 가슴을 채워 한참이나 생각에 잠겼다. 그러자 그 전날도 그날도 밤기도를 드리지 않고 잠을 잤구나 하는 생각이 떠올랐다. 그는 자리에서 일어나 잠자리 옆에 꿇어앉아서 전날과 그날을 위해 두 몫이 되도록 충분한 기도를 드린 다음 다시 잠들었다.

아침이 되어 눈을 뜨자 그는 이상한 듯이 숲 속을 살펴보았다. 그러곤 자기가 지금 어디에 있다는 것조차도 잊고 있었다. 숲이 주는 불안에서 해방되고 새로운 기쁨으로 그는 계속 해가 뜨는 방향을 향해 걸음을 재촉했다. 이윽고 약간 평평한 곳이 나타났다. 가지가 없는 굵고 곧은 전나무만 자라는 곳이었다. 그는 나무 사이로 꽤 오랫동안 걸어가면서 그 고목들로부터 대성당의 원주를 연상했다. 지금 그 검은 원주 사이로 사라지는 나르치스의 모습이 보이는 것 같았다. 그게 언제의 일이었던가? 그게 정말 불과 이틀 전의 일이란 말인가?

이틀 밤낮을 지낸 후에야 그는 겨우 숲에서 빠져나왔다. 반갑게도 가까운 곳에 사람이 있다는 흔적을 발견한 것이었다. 경작지, 밀과 귀리가 자라는 밭이랑, 초원, 그리고 멀리까지는 보이지 않으나 사람이

지나다닌 자국이 있는 오솔길을 볼 수 있었다. 골드문트는 밀 이삭을 훑어서 씹었다. 경작지가 그를 정답게 마주 보면서 오랫동안 숲에서 지내 온 그에게 반가움을 표시했다. 그에게는 오솔길도, 귀리도, 이미 시들어 희게 변한 깜부기도 모두가 다정스러웠다. 조금 있으면 사람들을 만나게 되겠지. 잠시 후 그는 어떤 밭이랑을 지나게 되었는데, 거기 밭둑에 십자가가 서 있어서 무릎을 꿇고 기도를 드렸다. 불쑥 나온 능선을 지나가자 그늘이 많은 보리수나무가 나타났다. 그리고 나무 틈으로 해서 홈통으로 떨어져 내리는 물소리를 황홀한 마음으로 들어 보았다. 그 소리는 사람을 매혹시키는 신비로운 음조였다. 시원한 물을 마시고 앞을 보니 말오줌나무 사이로 지붕이 보여 반갑기 그지없었다. 말오줌나무의 열매는 이미 검게 익었다. 하지만 그런 것보다 그가 더욱 기뻤던 것은 암소의 울음소리였다. 그 소리는 그를 반가이 맞아 주는 듯 따스하고 평화로웠다.

그는 암소의 울음소리가 들려 오는 오두막을 향해 걸음을 옮겼다. 그 집 문 앞에서 물이 가득 든 점토 항아리를 옆에 두고 흙장난에 정신없는 빨간 머리에 담청색 눈을 가진 꼬마를 보았다. 소년은 맨발에 진흙투성이였다. 행복한 듯 자못 심각한 표정으로 흙을 빚고 있었는데, 손가락 사이로 진흙이 부풀어올라 고리의 형상을 만들어 나갔다.

"꼬마야, 안녕!"

골드문트는 정다운 목소리로 인사를 했으나 소년은 낯선 사람을 보자 입을 벌리고 표정이 굳어지며 거의 울듯이 대문 안으로 사라지고 말았다. 골드문트도 소년을 뒤따라 부엌으로 들어갔다. 그곳은 매우 어둡고 침침해서 환한 곳에 있다가 급하게 들어간 탓으로 처음에는 아무것도 보이지가 않았다. 그는 사람이 있겠거니 하고 무척 공손하게 인사를 했으나 대답이 없었다. 소년의 외침 소리에 어디선가 아이를 달래는 노파의 가느다란 음성이 흘러나왔다. 마침내 어둠 속에서 누군가 일어나 가까이 다가왔다. 그것은 조그만 키의 노파였다. 노파는 한 손을 눈에다 대고 손님을 올려다보았다.

"안녕하세요, 할머니." 골드문트가 다시 인사를 했다. "성자들께서 당신의 선량한 얼굴에 축복을 내리시기를! 저는 사흘 만에 처음으로 사람을 보게 되었습니다."

노파는 희미한 시선으로 멍하게 바라보기만 했다.

"도대체 무슨 일인지?"

노파가 불안스레 물었다.

골드문트는 노파의 손을 잡아 쓰다듬어 주었다.

"할머니, 그저 인사나 하려 했어요. 잠자리를 좀 얻고 불을 때는 것을 도와 드릴 생각이었어요. 빵을 한 조각 얻을 수 있다면 더없이 좋을 텐데요. 굶었거든요. 하지만 너무 서두르지는 마세요."

그는 벽에 세워 둔 의자를 보고 거기에 앉았다. 그동안 노파는 빵을 잘라서 사내아이에게 주었다. 아이는 긴장을 해서인지 담박에라도 울음을 터뜨리며 달아날 자세였다. 노파가 빵을 한 조각 더 잘라서 이번에는 골드문트에게 건네주었다.

"고맙습니다, 할머니. 하느님께서 은총을 내리실 겁니다."

"배가 고프다면서?"

"그렇게 고프지는 않습니다. 딸기로 약간의 요기는 된 셈이니까요."

"어서 먹게나. 그런데 어디서 오는 길인가?"

"마울브론 수도원에서 오는 길입니다."

"그러면 수도사인가?"

"아닙니다. 학생인데, 여행 중입니다."

노파는 반은 비웃는 듯 반은 멍한 시선으로 쳐다보다가 주름살투성이의 목 위에서 고개를 약간 흔들었다. 노파는 그가 빵을 먹게 놔두고는 아이를 데리고 밖으로 나갔다가 다시 돌아와 호기심 가득한 표정으로 물었다.

"뭣 좀 새로운 소식은 없소?"

"별로요. 혹시 안젤름 신부님을 알고 계시는지요?"

"모르는데. 그가 어떻다는 거지?"

"앓고 있습니다."

"아프다고? 죽게 되었나?"

"모르겠습니다. 다리가 아파서 거동이 불편하십니다."

"죽을까?"

"모르겠습니다. 어쩜 그럴 수도 있겠지요."

"그렇다면 그냥 죽게 내버려두어야지. 국을 끓여야겠는데, 나무 쪼개는 것을 좀 도와 주게."

노파는 아궁이 옆에 가지런히 쌓아서 말려놓은 전나무와 칼을 내주었고, 그는 노파가 충분하다고 여길 만큼 많이 쪼개 주었다. 그러곤 노파가 그것을 밑불에 집어넣고 몸을 굽혀 불이 붙기 시작할 때까지 세게 부는 모습을 지켜보았다. 노파가 일정한 순서에 따라 전나무와 죽도나무를 차곡차곡 쌓았다. 아궁이 위로 불이 벌겋게 타올랐다. 그런 다음 철사줄로 걸어 놓은, 불에 타 검게 된 솥을 위에서 돌렸다.

골드문트는 노파가 시키는 대로 우물에서 물을 길어 오고 우유통에서 젖을 날라 온 다음 그을음이 자욱한 어둠 속의 부엌에 앉아 불꽃이 노는 것을 지켜보았다. 노파의 주름이 가득한 얼굴이 이글거리는 불빛에 드러났다가는 이내 꺼지곤 했다. 그리고 그 옆 판자벽 저쪽에서 암소가 죽통을 덜그럭거리는 소리가 들려 왔다.

그는 마음이 평온해졌다. 보리수나무, 우물, 솥 밑에서 넘실대는 불꽃, 암소의 되새김질 소리, 식탁과 의자가 놓인 작은 부엌, 그리고 조그마한 노파의 분주한 모습, 그 모든 것이 아름답고 선량하며 평화스럽고 따스한 온정으로 다가와 고향처럼 느껴졌다. 염소도 두 마리가 있었다. 그리고 노파에게서 뒤편에 돼지우리가 있다는 이야기며 노파는 농부의 할머니로서 사내아이에게는 증조모가 된다는 이야기를 들었다. 꼬마는 쿠노라고 부르는데, 가끔씩 부엌으로 들어왔다가는 한마디도 안 하고는 겁먹은 시선으로 그를 바라보았으나 울음을 터뜨리진 않았다.

이윽고 농부와 그의 처가 왔다. 그들은 집에 낯선 사람이 있는 것을 보자 몹시 놀라는 눈치였다. 농부는 금방이라도 욕지거리를 퍼부으려는 듯 젊은이의 팔을 끌고 문밖으로 나가 밝은 곳에서 얼굴을 보려 했다. 그러곤 껄껄거리고 웃으면서 사람 좋아 보이는 동작으로 골드문트의 어깨를 툭툭 치며 식사나 함께 하자고 했다. 그들은 곧 자리에 앉아서 각자의 빵을 우유에 함께 적셔 먹었는데 나중에 우유가 거의 바닥이 나자 농부가 나머지를 마셔 버렸다.

골드문트가 하룻밤 묵어 갈 수 없겠느냐고 묻자 사나이는 방이 없어서 곤란하다며 밖에 나가 보면 건초더미가 있을 테니 그런 곳이라도 괜찮다면 자고 가라고 했다.

　농부의 아낙은 아이를 옆에 두고 대화를 거들지는 않았으나 식사를 하는 동안 호기심에 어린 그 눈은 줄곧 낯선 젊은 손님을 놓치지 않았다. 그의 곱슬머리, 그의 시선이 그녀의 마음을 끌었다. 그리고 그의 곱게 생긴 흰 목과 매끈하고 품위가 있어 보이는 손과 그 분망하고 아름다운 움직임이 여인의 호감을 샀다. 나그네이면서도 훌륭하고 품위 있는 사람이었다. 그리고 무엇보다 젊지 않은가! 하지만 그녀를 진정 반하게 만든 것은 그의 목소리였다. 그윽한 노래를 하듯 따뜻하게 빛나며 부드럽게 떠는 듯한 사나이의 음성, 그것은 마치 애무처럼 느껴졌다. 그 목소리를 좀더 오래 듣고 싶었다.

　식사가 끝나자 농부는 외양간에 볼일이 있다며 나갔다. 골드문트는 집 밖으로 나가 우물에서 손을 씻고 우물가에 앉아서 물소리를 들으며 몸을 식혔다. 마음을 정할 수가 없었다. 이제 거기서는 구할 것이 더 없었다. 그리고 벌써 떠나야 한다는 사실이 서운하기 그지없었다. 그때 아낙네가 물통을 들고 나와서 물을 받기 시작했다. 그러다가 나지막한 소리로 말했다.

　"보세요, 오늘 밤 이 근처에 있겠다면 먹을 걸 가져다 줄게요. 저쪽 긴 보리밭 뒤에 건초더미가 있어요. 그 건초는 내일이나 옮길 거니까요. 거기에 가 있겠어요?"

　골드문트는 주근깨투성이의 얼굴을 쳐다보았다. 그리고 물통을 옮기는 여인의 튼튼한 팔을 보았다. 여인의 크고 밝은 눈에는 온기가 서려 있었다. 그가 여인에게 웃으면서 고개를 끄덕이자 여인은 얼른 물이 가득 찬 물통을 들고 대문 안의 어둠 속으로 사라졌다. 그는 고마운 일이라 생각하고 만족한 마음으로 흐르는 물소리에 귀를 기울였다. 잠시 후 그는 안으로 들어가 농부와 노파를 찾아 악수를 나누고 고맙다는 인사를 했다. 그 집에서는 불 냄새와 그을음 냄새와 우유 냄새가 났다. 조금 전까지 이 집은 밤이슬을 피할 고향이며 피난처였는데 이제는 다시 서먹서먹한 타향이 되고 말았다. 그는 잘 있으라는 인사를 한 다음 밖으로 나왔다.

집 건너편에 예배당이 보였다. 그리고 그 근처에 잔디가 있는 근사한 참나무 숲을 보았다. 그는 거기 숲 그늘에 걸음을 멈추고 나무 사이를 서성거렸다. 여자들의 사랑이란 참으로 묘하다고 생각했다. 여인들의 사랑에는 언어라는 것이 사실 필요치 않았다. 그 여자도 그에게 밀회의 장소에 대한 한마디의 말만 언급했을 뿐, 다른 일에 대해서는 한마디도 하지 않았다. 그렇다면 무엇으로 의사를 표시했던가? 눈으로였다. 그렇다, 눈으로였다. 그리고 얼마간 당황한 듯한 목소리가 섞인 음향으로 또는 피부의 냄새로. 남녀가 서로를 갈구한다면 냄새의 발산으로 당장에 알아낼 수가 있는 일이다. 실로 기묘한 일이었다. 그것은 은밀한 비밀의 언어였다.

그는 그 밤을 흥분에 차서 기다렸다. 그 커다란 금발 여인은 어떠할까, 어떤 시선과 목소리와 팔다리와 동작과 키스를 가지고 있을까······. 그는 호기심을 어쩔 수가 없었다. 그 여자는 확실히 리제와는 달랐다. 단정하고 검은 머리칼, 갈색의 살결과 짤막한 한숨을 짓던 그 리제는 지금 어디에 있을까? 남편한테 얻어맞았을까? 아니면 그처럼 그녀도 벌써 새로운 연인을 구한 것일까? 왜 그리 만사가 이렇게도 빨리 지나갔을까? 그리고 그 모든 것이 또한 얼마나 달콤하고 뜨겁고 무상하단 말인가! 그것은 죄악이며 간음이었다.
  얼마 전까지만 해도 그는 그런 죄를 저지르느니 차라리 죽음을 택했을는지도 모른다. 그런데 지금은 벌써 두 번째의 여인을 기다리고 있으니 그의 양심은 정지했단 말인가. 그러나 그 양심이 조용한 것은 아니었다. 그의 양심이 가끔 요동을 치고 무언가 중압감을 느끼는 것은 결코 간음이나 환락 때문만은 아니었다. 그것은 전혀 다른 것이어서 무어라고 말할 수가 없었다. 그것은 사람이 저지르게 되는 죄의 감정이 아니라 어쩌면 태어날 때부터 갖고 나오는 죄의 감정인지도 모른다. 그리고 그것은 신학에서 원죄라고 말하는 것인지도 모른다. 그럴 수도 있겠지. 사실 살아 있는 그 자체가 죄와 같은 것을 내부에 간직하고 있다. 그렇지 않다면 그렇게 깨끗하고 순수하고 아는 것이 많은 나르치스 같은 사람이 마치 심판받는 사람처럼 참회의 수련을 행한단 말인가? 그리고 골드문트 그 자신도 어딘가 마음 밑바닥에서 그 죄를 느껴야만 했을까? 그는 행복하지 않았던가? 젊고 건강하지 않았던가? 그리고 새처럼 자유롭지 않단 말인가? 혹시 여자들이 그를 사랑하지 않는가? 그가 느낀 내심의 그 깊은 환희를 그 아낙네에게 그대로 전달하는 것이 아름답게 느껴지지 않단 말인가? 그런데도 왜 그는 완전무결하게 행복하지는 않을까? 나르치스의 덕성과 지혜 속으로 들어가듯 그의 젊은 행복 속으로 들어가지 못하고 가끔 그 기묘한 고통, 은밀한 불안감, 무상에 대한 슬픔 속으로 빠져드는 것일까? 그리고 그 자신이 사색가가 아니라는 것을 누구보다 잘 알면서도 가끔씩 고민을 하고 사색에 잠기는 것일까? 하지만 역시 산다는 것은 즐거웠다. 그는 풀밭에 앉아 보라색의 조그마한 꽃을 발견하고는 눈에다 대고 그 조그마한 화관(花冠)을 관찰해 보았다. 거기에는 핏줄 같은 줄이 있고 섬세한 기관이 살고 있었다. 여인의 태(胎) 속같이, 사색가의 뇌수같이 거기에는 생명이 있고 기쁨이 있었다. 아! 왜 인간이란 이다지도 나약할까? 왜 이런 꽃과 이야기를 나눌 수가 없는 걸까?

그러나 두 사람의 인간 사이에서도 진실로 대화를 나누려면 특별한 행운의 계기가 있어야 했다. 그러기에는 특별한 우정과 준비가 필요하지 않았던가. 사랑에 언어가 필요하지 않은 것은 다행한 일이다. 만약 사랑이 언어를 필요로 했다면, 오해와 어리석음만 가득 차지 않을까? 아! 리제의 그 반쯤 감은 눈, 그것은 넘치는 환희 속에서 간신히 흰자위를 드러내 보였었다. 어떠한 유식한 언사나 수천의 시어로도 그것을 표현할 수는 없지 않은가! 도대체 표현할 수 있는 것은 아무것도 없고 생각해 낼 수 있는 것도 없다. 그럼에도 불구하고 인간은 마음속에서 항상 솟아나는 말하고 싶은 욕구와 생각하려는 충동을 가지고 있다.

그는 조그마한 식물의 잎새를 관찰하면서 그 줄기 둘레에 아름답고 기묘하게 줄이 지어져 있는 것을 보았다. 그가 사랑하는 버질의 시는 아름다우나 그 시구(詩句)에는 조그마한 잎새의 나선형 구늬의 아름다움과 명확함에 반도 미치지 못하고 의미도 없는 시구들이 많았다. 만약에 이런 꽃을 하나라도 사람이 만들 수가 있다면 그 얼마나 행운이며 고귀하고 의미 깊은 행위가 될까! 하지만 그렇게 할 수 있는 사람은 아무도 없다. 영웅도, 황제도, 교황도, 성자도 불가능한 일이다.

해가 기울자 그 아낙네가 일러 준 곳을 찾아가 그녀를 기다렸다. 여자가 순수한 사랑을 갖고 자기를 찾아온다는 사실을 알고서 기다린다는 것은 정말로 흐뭇한 일이었다. 여인은 빵과 고기를 보자기에 싸 가지고 나타나 그걸 풀어서 그에게 내밀었다.

"당신을 위해 가지고 온 거예요. 어서 먹어요!"

"나중에 먹겠어요. 내가 간절히 원하는 것은 빵이 아니라 바로 당신이었어요. 당신이 갖고 온 아름다움을 어서 보여 주도록 해요."

여인은 멋진 것을 많이 가지고 있었다. 허덕이는 입술, 반짝이는 이, 햇볕에 타서 붉지만 튼튼한 팔, 그리고 목 아래로 보이는 하얗고 보드라운 살결. 여자는 언어로 표현하는 방법은 몰랐으나 목젖으로 유혹하는 듯한 신비스러운 가락을 냈다. 그리고 그녀가 한 번도 느껴 보지 못한 듯한 보드랍고 정감 있는 손길이 닿자 그녀의 피부는 파르르 떨었고, 고양이 울음 같은 소리를 냈다. 그녀는 리제보다는 성희에 서툴렀지만 힘차서 애인의 목을 물어뜯을 듯 압박을 가해 왔다. 그녀의 사랑은 어린아이처럼 단순하고 탐욕스러웠다. 골드문트는 만족했으며 여인은 한숨을 쉬면서 돌아갔다. 더 이상 머무를 수는 없는 노릇이었다.

골드문트는 한동안 혼자서 행복에 도취되고 슬픔에 잠겨 있다가 한참 지나서야 빵과 고기 생각을 하고는 그것을 먹어치웠다. 벌써 밤이 꽤나 깊어졌다.

여자라는 강물

골드문트의 방랑은 계속되었다. 어느 한곳에서 이틀 밤 이상 머무르는 경우가 좀처럼 없었으며 가는 곳마다 여인들의 열망과 행복을 맛보았다. 그의 모습은 햇볕에 그을리고 방랑 생활과 형편없는 식사로 수척해졌다. 여자들은 새벽에 일어나 작별을 고하고 그에게서 떠나갔다. 어떤 여자들은 눈물을 흘리면서 떠나곤 했기 때문에 그는 이렇게 생각한 적이 여러 번이었다. '왜 모두가 나를 떠나려 할까? 외 여인들은 나를 사랑해서 하룻밤의 사랑을 나누어 간통을 하려는 건가? 그리고 그 여자들은 매맞는 걸 두려워하면서도 왜 남편에게로 돌아가는 것일까?'

그를 진심으로 붙드는 여인은 한 사람도 없었으며 데려가 달라고 간청하는 여인도 없었고, 사랑을 위해서 그와 더불어 희로애락을 겪을 방랑길에 따라 나서려는 여인도 없었다. 그는 어느 여인에게도 그렇게 하도록 유도하거나 그런 생각을 갖도록 하지는 않았다. 자기 스스로에게도 자유가 좋다는 것을 알았기 때문이다. 그리고 다음 번 여자의 팔에 안겼을 때 먼젓번의 애인이 떠올려지는 일도 없었다. 그러면서도 어디를 가나 여자들의 사랑은 그 자신의 사랑처럼 그토록 무상해 보인다는 것, 그리고 여인들은 불꽃처럼 열렬히 타올랐다가 곧 식어 버린다는 것을 알고 그는 이상스럽게 생각하면서도 슬펐다. 그래야 옳단 말인가? 언제나, 어디에서나 그러하단 말인가? 그렇게 되는 것은 그의 잘못 때문인가? 여자들이 그를 탐내어 아름답다고 하지만 그것은 건초 더미 속이나 이끼 위에서 그와의 짧은 교접만을 바라지 않는가? 그는 방랑 생활을 하는데, 어디에든 정주(定住)한 사람들은 고향이 없는 방랑 생활에 대해 두려워하기 때문인가? 그렇지 않으면 여자들이 예쁜 인형인 양 그를 탐내어 덤비다가도 비록 얻어맞는 한이 있어도 마침내는 남편한테로 돌아가는 것은 순전히 그 자신의 사람 됨됨이 때문이었던가?

그는 여자들한테서 많은 것을 배우는 데 지칠 줄을 몰랐다. 물론 그는 아직 남자에 대해 아무것도 모르는 나이 어린 처녀들에게 끌리기는 했으나 거기까지는 손이 미치지 못했다. 그들의 지나친 수줍음과 조심성 때문이었다. 하지만 그는 부인들한테서 즐겨 배웠고 어느 여자든 그에게 무언가 남겨 주었다. 몸짓이라든가 독특한 키스라든가 독특한 성희라든가 혹은 몸을 맡기거나 몸을 도사리는 독특한 표현을 가르쳐 주었다.

골드문트는 그 어느 경우에도 응해 주었다. 그는 싫증내지 않고 어린아이처럼 고분고분 어떤 유혹도 받아 주었다. 그리고 그런 것들로 인해 자신도 유혹적이 되는 것이었다. 그의 외모만으로는 여인들을 그다지 쉽게 유혹할 수는 없었다. 그것은 그의 순진함과 솔직함과 욕망이 갖는 호기심과 여자가 원하는 것이라면 무엇이든 기꺼이 주겠다는 마음의 준비, 그런 것 때문이었다. 그는 자신도 모르는 사이에 여자가 그에게서 바라고 꿈꾸는 그대로가 되어 주었다. 어떤 여자에게는 정감어리고 부드럽게, 어떤 여자에게는 성급하고 힘차게, 어떤 여자에게는 경험이 없는 숫총각처럼, 어떤 여자에게는 노련한 경험자처럼 행세했다. 그는 성희에도, 다툼에도, 한숨에도, 웃음에도, 또한 부끄러움이나 철면피한 짓에도 능수능란하게 되었다. 그는 절대로 여인이 원하지 않는 짓이나 여인이 그에게서 유혹해 내려 하지 않는 짓은 하지 않았다. 그리고 그 점이 바로 예민한 감각을 지닌 여자가 그의 내부에서 빼앗아 가려 하는 것이었고, 그로 하여금 쉽게 여인들의 애인이 되게끔 도와 주는 점이었다.

  그는 열성적으로 배웠다. 그는 짧은 시간에 갖가지 사랑의 형태와 기교를 배웠으며, 많은 여인들에게서 경험을 받아들였을 뿐만 아니라 여러 방면에 걸쳐서 여인들을 보고 만지고 느끼고 냄새 맡는 법을 배웠다. 그는 어떤 종류의 목소리도 알아들을 수 있는 예민한 귀를 갖게 되었으며, 목소리만 듣고도 그들의 사랑이 지닌 능력의 폭을 정확하게 알아맞힐 수가 있었다. 그는 거듭 새로워지는 황홀감으로 끝이 없는 상이점을 관찰해 나갔다. 목 위에 얹혀 있는 머리 모습, 머리칼과 이마의 윤곽, 무릎을 굽히는 모양, 그런 것들을 관찰하면서 끝없는 환희를 맛보았다. 그는 어둠 속에서 눈을 감고 그 섬세한 손가락을 움직여서 여인의 머리카락을 다른 여자의 것과 구별할 수 있었고, 그 피부와 가는 털을 구별해 낼 수 있었다. 그런 것에 그의 방랑 생활의 의미가 있으며 그 때문에 이 여자에서 저 여자로 편력을 하고, 인식과 구별의 능력을 더욱 섬세하고 더욱 다양하고 깊게 배우고 연습하는 것이라고 그는 벌써부터 느끼기 시작했다.

여자와 사랑, 그 수천의 종류와 구별에서부터 그 완전성에 이르기까지 사랑에 대한 모든 걸 배우는 것이 어쩌면 그의 숙명인지도 모른다. 마치 대개의 악사들이 한 가지의 악기뿐만 아니라 세 가지나 네 가지의 악기를 다룰 수가 있듯이 말이다. 그것이 어디에 쓰일지, 어디로 연결될지는 알 수 없는 일이었다. 단지 그가 느끼는 것은 그 자신이 지금 그 과정에 있다는 점이었다. 라틴어나 논리학에 있어서 그는 어느 정도는 능력이 있다고 하지만, 그 능력과 재능이 놀라울 정도로 특출한 것은 아니었다. 그러나 사랑과 여자에 대해서는 별로 어렵지 않게 배울 수가 있어 그 점에서는 아무것도 잊는 게 없었다. 그리하여 그 체험은 스스로 축적되어 갔고 정리되어 갔다.

그의 방랑 생활이 일년인가 이 년이 지난 어느 날 골드문트는 어느 부유한 기사의 저택에 이르렀다. 기사에게는 아름다운 두 딸이 있었다. 때는 이른 가을이어서 밤이 되면 추위를 느낄 정도였다. 지난해 가을과 겨울을 겪은 바 있어 앞으로의 몇 개월을 생각하면 그는 우울해졌다. 겨울철에는 방랑 생활이 어렵기 때문이었다. 기사의 저택에 이르러 그는 식사와 잠자리를 청했다. 그들은 점잖게 맞아 주었고 손님이 공부깨나 했고 희랍어도 할 줄 안다는 이야기를 듣자 주인 되는 기사는 그의 자리를 하인들의 식탁에서 자기 식탁으로 옮기도록 분부하고 정중하게 대해 주었다. 두 딸은 시선을 아래로 한 채 쳐다보지도 않았는데, 그중 언니는 리디아라는 아가씨로 열여덟 살이었고 동생은 율리에 로 열여섯 살이었다.

　다음날 골드문트는 길을 나서려 했다. 그 아름다운 아가씨들 중에서 누구 하나도 손에 넣을 가망이 없을 뿐더러 그를 거기에 잡아 둘 만한 어떤 여자도 없었기 때문이었다. 그런데 아침 식사가 끝나자 기사가 그를 슬며시 불러서 특별한 목적으로 꾸며진 방으로 안내를 하는 것이었다. 거기서 그 노기사는 점잖게 젊은이를 상대로 학문과 서책에 대한 자신의 특별한 취향을 설명하면서 그가 모아 온 서책으로 가득한 조그마한 책장이라든가 특별히 만든 책상이라든가 아름다운 지필과 양피지가 가득한 장을 보여 주었다. 골드문트가 그 후 차츰 알게 된 일이지만 그 경건한 노기사는 일찍이 젊은 시절에 학교에 다녔으나 전쟁과 세속의 생활에 빠졌다가 결국에는 중병에 걸려 신의 계시를 받고 그의 죄 많은 과거를 속죄하기 위해서 순례길을 나섰다는 것이었다. 기사는 로마로, 심지어 콘스탄티노플까지 갔었는데, 후에 귀향했을 때는 이미 아버지는 돌아가시고 집은 비어 있었다는 것이었다. 그래서 그는 고향에 눌러앉아서 결혼을 했고 두 딸을 두었는데, 부인을 잃은 후에는 딸들의 양육에만 힘을 쏟았다고 했다. 그리고 이제 황혼기에 접어들어 그 옛날 자신의 순례 여행에 대한 자세한 보고문을 쓰기 시작했다는 것이었다. 벌써 몇 장(章)인가 쓰기는 했으나 ― 젊은이에게 말한 그의 고백에 따르면 ― 라틴어 실력이 부족해서 여러 가지로 걸리는 것이 많다고 했다. 그래서 지금까지 그가 써놓은 것을 젊은이가 정정해 주거나 정서를 해주어 그 일을 지속하는 데 도움을 준다면 새 의복과 숙식을 제공하겠다는 것이었다.

때는 마침 가을이 아닌가. 그리고 골드문트는 그것이 방랑 생활에 어떤 의미를 줄 수 있는가에 대해 잘 알고 있었다. 새로운 의복도 물론 갖고 싶은 것이기는 했으나 무엇보다 젊은이의 관심의 대상은 바로 어여쁜 두 자매였다. 그 둘의 아름다움을 오래도록 바라보는 일이었다. 그는 생각해 볼 것도 없이 그렇게 하겠노라 응낙했다. 얼마 지나지도 않아 고참 하녀는 옷장을 열어 아름다운 갈색 천을 찾아 골드문트를 위해 모자와 옷을 지어야만 했다. 기사는 까만 색깔로 학생복같이 만드는 게 좋겠다고 고집했으나 골드문트는 무엇이든 상관없다고 했다. 그래서 반은 관리인, 반은 사냥꾼 같은 멋진 옷이 지어졌다. 그리고 그 옷은 골드문트의 얼굴에 썩 잘 어울렸다.

라틴어도 생각보다 쉽게 진행되었다. 지금껏 써 둔 것을 둘이서 함께 고쳐 나갔다. 골드문트는 부정확하고 불충분한 단어들을 정정할 뿐만 아니라 여기저기 기사가 쓴 짧고 서툰 문장을 시적 정취로 가득한 아름답고 완전한 문장으로 고쳐서 썼다. 그 일에 기사는 무척 만족해서 칭찬을 아끼지 않았다. 그들은 그 일로 매일 최소한 두 시간씩은 바쁘게 보냈다.

그 고성(古城)에서— 그것은 엄격한 의미에서 견고한 농부의 저택이었지만— 골드문트는 그것말고도 이런저런 소일거리를 발견했다. 그는 사냥에 참가하고 사냥꾼 힌리히한테 활 쏘는 방법도 배웠으며 승마도 마음대로 즐길 수가 있었다. 혼자 있을 때가 거의 없었다. 이야기의 상대는 대개 말이나 사냥꾼, 힌리히나 레아라는 고참 하녀였는데, 그 여자는 컬컬한 남자 목소리로 우스갯소리도 잘하고 웃기도 잘하는 뚱뚱한 노파였다. 그 밖에도 개를 돌보는 소년과 목동도 있었다. 이웃에 사는 물방앗간 아낙네와 사랑을 나누려고 마음만 먹으면 문제가 없을 것이지만 골드문트는 자중하고 순진한 숫총각 행세를 했다.

그는 기사의 두 딸에게 완전히 매혹되었다. 아름답기로는 동생이 더 아름다웠지만 새침데기여서 한마디도 수작을 걸 수가 없었다. 그는 극도의 조심성을 가지고 정중하게 두 아가씨에게 접근해 갔는데, 아가씨들은 그의 접근을 줄기찬 구애로 생각했다. 동생 쪽은 수줍음 때문에 완전히 문을 닫아 버렸으면서도 무척 거만하게 굴었다. 언니인 리디아는 그에게서 어떤 특이한 것을 발견했다. 그녀는 그를 학자가 되다 만 변종(變種) 같은 인물로 생각하고 존경 반 조롱 반의 태도로 대하면서 호기심에 이것저것 물어 보기도 하고 수도원 생활에 대한 질문도 했으나 언제나 냉소적인 귀부인의 우월감을 갖고 대했다. 그래서 골드문트는 리디아에게는 귀부인처럼, 율리에에게는 어린 수녀를 대하듯이 했다. 저녁 식사 후에 이런저런 잡담으로 아가씨들을 좀더 오래 붙잡아 두거나 마당에서나 정원에서 리디아가 그에게 말을 걸어오거나 농담을 할 때면 그는 만족해서 그것을 하나의 발전이라 여겼다.

이 가을, 저택의 마당에는 물푸레나무가 오래도록 그 잎을 떨구지 않았으며 정원에도 국화와 장미가 오래도록 피었다. 그런 어느 날, 거기에 이웃 영주가 손님으로 왔다. 처와 마부를 데리고 나왔다가 온화한 햇살에 매료당해 거기까지 와서 하룻밤 잠자리를 청하게 된 것이었다. 주인 측은 그들을 정중하게 맞아들여 골드문트의 방이 그 손님들의 숙소로 변했으므로 그는 곧 서재로 잠자리를 옮겨야만 했다. 이어 닭을 잡고 물방앗간에서 물고기를 가져오도록 사람을 보내기도 했다. 골드문트는 기꺼이 그런 축제 같은 분위기에 참여하면서 손님으로 온 기사의 부인이 그에게 커다란 관심을 보낸다는 것을 눈치챘다. 그리하여 그가 그녀의 목소리에서, 또 눈초리에서 호감과 욕망 같은 것을 느꼈을 때는 무언가 긴장감이 고조되는 기분을 맛보지 않을 수 없었다. 리디아의 태도가 돌변해서 말이 없어졌고 그와 그 부인을 주의 깊게 바라보고 있었기 때문이었다. 저녁 파티 때, 부인의 발이 식탁 밑에서 골드문트의 발을 희롱하기 시작했을 때 그를 매혹시킨 것은 희롱이 전부는 아니었다. 리디아가 그 희롱을 호기심이 가득 담긴 불꽃 튀는 시선으로 주시했기 때문이다. 그는 일부러 수저를 마룻바닥에 떨어뜨리고는 몸을 굽히는 척하면서 부인의 발과 다리를 애무의 손길로 만지작거렸다. 그러면서 리디아의 얼굴이 창백해지고 입술이 일그러지는 모습을 지켜보았다.

수도원에 대한 화제가 계속 중이었는데, 그는 이야기를 하면서도 그 귀부인이 이야기 자체보다는 그의 구애하는 듯한 목소리에 귀를 기울이고 있다는 것을 느꼈다. 다른 사람들 역시 그의 이야기에 귀를 기울이고 있었다. 그의 후원자는 호의적인 시선으로 그를 바라보았고, 손님은 비록 무표정하게 앉아 있기는 했으나 점차 젊은이가 불붙인 열기에 휩싸였다. 리디아는 그가 그토록 열변을 토하는 것을 들어 본 적이 없었다. 그는 불타올라 허공에는 환락이 흔들거리고 그의 눈은 불탔으며 그의 음성은 행복을 노래하고 사랑을 탄원했다. 그 세 여자들은 그것에 대해 각기 다른 감정을 느꼈다. 어린 율리에는 격렬한 저항감으로, 기사의 부인은 황홀한 만족감으로, 리디아는 가슴속 뜨거운 고통으로 느꼈다. 그 마음의 불꽃은 마음속의 동경 때문에 가벼운 저항과 격렬한 질투심으로 뒤범벅된 것이어서 끝내 그녀의 얼굴은 일그러지고 그 눈은 활활 타올랐다. 골드문트는 그 모든 것을 느낄 수 있었다. 그것은 그의 구애에 대한 은밀한 대답으로 되돌아왔으며 마치 나는 새처럼 몸을 맡기고, 저항하고, 서로 싸우는 사랑의 사념들이 그를 에워싸고 날아다녔다.

 식사가 끝난 뒤 율리에는 돌아가 버렸다. 이미 밤이 깊어 그녀는 촛대에 불을 켜들고 어린 수녀처럼 쌀쌀하게 방에서 나가 버렸다. 다른 사람들은 한식경이 지나도록 자리를 지키고 있었다. 두 사나이들이 추수와 황제와 주교에 대한 대화를 나누는 동안 리디아는 신경을 곤두세우고 골드문트와 그 부인 사이에 오가는 대화를 한마디도 빼놓지 않고 주의 깊게 들었다. 하찮은 이야기의 실마리 속에, 서로가 주고받는 눈초리에, 그 음조에, 아무것도 아닌 몸짓에 두텁고도 달콤한 그물이 쳐지고 있어 그 어느 것이나 의미심장한 것이고 열기를 더해 가는 것이었다. 리디아는 그 분위기를 호기심으로, 수치스러운 감정으로 빨아들였다. 그리고 골드문트의 무릎이 테이블 밑에서 그 낯선 부인의 무릎을 건드리는 것을 보거나 느낄 때는 마치 자신의 몸을 만지기라도 하는 듯이 몸을 떨었다.

 그날 밤 리디아는 새벽이 되도록 잠을 이루지 못하고 가슴을 졸이며 귀를 기울이면서 아무래도 그 두 남녀가 한데 어울리고 있다는 생각을 떨쳐 버릴 수가 없었다. 그녀는 그들의 포옹과 키스하는 소리를 상상했다. 그러면서 기만당한 기사가 두 연인들을 습격해서 뻔뻔스러운 골드문트의 가슴에다 비수를 꽂지나 않을까 두려워하기도 또 그러기를 바라기도 하면서 흥분으로 몸을 떨었다.

 이튿날 아침에는 날씨가 흐린 데다가 눅눅한 바람까지 불었다. 손님들은 좀더 머물라는 권고를 뒤로하고 서둘러 떠나가 버렸다. 손님들이 말에 타는 동안 리디아는 곁에 서 있다가 악수도 하고 작별 인사도 하기는 했지만 정신은 다른 데 가 있었다. 그녀의 모든 감각은 시선에만 집중되어 있었다. 기사 부인이 말에 오르는 것을 골드문트가 손으로 받쳐 주는 것을 보았고 그의 손이 부인의 구두를 꽉 잡는 것을 그녀는 주의 깊게 바라보았다.

손님들이 떠나자 골드문트는 서재로 가서 일을 하지 않으면 안 되었다. 반 시간쯤 뒤에 말을 끌어내 오라는 리디아의 명령하는 소리가 들렸다. 그러자 주인이 창가로 다가가 밖을 내다보며 고개를 끄덕였다. 두 사람은 리디아가 말을 타고 밖으로 나가는 뒷모습을 지켜보았다. 그날의 라틴어 저술은 거의 진도가 나가지 않았고 골드문트는 무언가 산만했다. 그러나 다행히 주인이 평소보다 일찍 그를 해방시켜 주었다.

골드문트는 몰래 말을 타고 저택을 빠져나와 눅눅한 가을바람을 맞으며 퇴색한 풍경 속을 달려나갔다. 말을 점점 빨리 달리는 동안 몸도 후끈거리고 피가 용솟음치는 것이 느껴졌다. 추수가 끝난 밭과 들판을 지나고 초원을 넘어 갈대와 속새들이 자라는 늪지대를 지나쳐서 그는 숨을 헐떡이며 우울한 날씨 속으로, 오리나무가 자라는 조그마한 계곡으로, 이끼가 자라는 전나무 숲으로, 그리고 적막한 갈색의 초원으로 달려갔다.

여린 잿빛 하늘 아래, 그는 높직한 언덕배기로 천천히 말을 몰아 가는 리디아의 모습을 발견했다. 그는 곧 그녀를 향해 달렸고 그녀는 그의 추적을 눈치채고는 속력을 내어 도망치기 시작했다. 그녀의 모습은 사라졌다가는 다시 나부끼는 머리칼과 함께 그 모습을 나타내곤 했다.

그는 먹이를 노리듯 추격해 가면서 마음속으로 웃었다. 그는 정다운 말로 말을 재촉하면서 만족스런 시선으로 풍경을 눈여겨보았다. 웅크린 들판, 오리나무 숲, 단풍나무와 진흙의 언덕들을 보았다. 그러면서도 그의 눈은 그의 목표, 아름다운 도망자를 한시도 놓치지 않았다. 조금만 있으면 틀림없이 따라잡을 것만 같았다.

그가 점차 가까이 쫓아오자 리디아는 도망치는 것을 포기하고 말의 속도를 줄였다. 그래도 그녀는 돌아다보지 않았다. 마치 거기에 있는 사람은 자기 혼자뿐이라는 듯 그녀는 거만스럽고도 태연한 척했다. 골드문트가 리디아의 말에다 자기 말을 바짝 대자 두 마리의 말은 나란히 걷게 되었다. 말과 기사들은 다 같이 땀을 흘렸다.

"리디아!" 그가 조용히 불렀으나 아무런 대답이 없었다. "리디아!"

그녀는 여전히 대답을 하지 않았다.

"리디아, 멀리서 당신의 말 타는 모습을 보는 건 표현할 수 없을 만큼 아름답군요! 당신의 머리칼은 마치 황금의 물결과 같아서 그 아름다움을 어떻게 표현해야 할는지! 그리고 내게서 도망치는 그 모습이란! 이제야 나는 당신이 나를 조금이나마 좋아한다는 것을 알게 되었소. 여태껏 그걸 몰랐었지. 어젯밤에만 해도 의심했었으니까. 그런데 당신의 도망치는 모습을 보고 비로소 깨닫게 되었단 말이오. 아름답고 사랑스런 리디아, 피로할 테니 말에서 내리지 않겠소?"

그는 얼른 말에서 내리면서 리디아의 말고삐를 잡아 그녀가 도망을 치지 못하게 했다. 눈처럼 흰 여자의 얼굴이 그를 내려다보았다. 그가 여자를 안아서 말에서 내려놓자 여자는 울음을 터뜨렸다. 그는 조심조심 리디아를 끌어 몇 걸음 걷다가 마른 풀 위에다 여자를 앉히고 그 옆에 무릎을 꿇었다. 여자는 앉아서 흐느껴 울면서 애써 자신과 싸웠다. 한참 후에야 여자는 겨우 진정했다.

"아아, 당신은 정말 나쁜 사람이에요!"

여자는 말을 할 수 있게 되자 그렇게 말했으나, 더는 말을 할 수가 없었다.

"내가 그렇게 나쁜 사람인가요?"

"골드문트, 당신은 여자를 농락하는 나쁜 사람이에요. 조금 전에 한 말도 잊어버리고 싶어요. 그렇게 뻔뻔스러운 말이 어디 있어요? 그리고 나한테 그런 말을 할 자격도 없는 사람이에요. 내가 당신을 사랑한다고요? 어떻게 그런 생각을 가지게 되었는지 모르겠군요. 그런 말은 우리 잊도록 해요! 하지만 어젯밤에 본 꼴을 어떻게 잊겠어요?"

"어젯밤이라고? 도대체 뭘 보았다는 거요?"

"그런 말을! 시치미 떼지 말아요! 정말로 구역질나고 파렴치한 짓이에요! 도대체 내가 보는 앞에서 그 여자한테 그런 짓을 하다니! 당신은 수치스럽지도 않았나요? 심지어 당신은 그 여자의 다리를 쓰다듬기조차 했어요. 식탁 밑으로 말이에요! 그것도 우리 식탁에서! 내가 보는 앞에서! 그런데 이제는 그 여자가 떠나자마자 내 뒤를 쫓다니 정말 어이가 없군요! 당신은 정말로 수치심도 없는 사람이란 말이에요!"

골드문트는 말에서 여자를 내려놓으며 했던 말을 후회했다. 얼마나 어리석었던가! 사랑에는 말이란 필요가 없다. 침묵을 지켰어야 했다. 그는 더 이상 아무 말도 하지 않고 그녀 옆에 무릎을 꿇었다. 그녀가 그를 쳐다보는 모습이 너무나 아름답고 애처로워 보였으므로 그녀의 고통이 그에게 그대로 전해졌다. 그도 무엇을 호소하지 않으면 안 될 심정이었다. 말은 그렇게 하지만 그녀의 눈에는 사랑이 담겨 있다는 것을 그는 알았다. 여인의 떨리는 입술에는 사랑이 있었다. 그는 그녀의 말보다 그 눈을 더욱 믿었다.

여자는 무슨 대답을 기대했지만 아무런 대꾸도 없자 입술을 삐죽이며 울어서 충혈된 눈으로 그를 쳐다보며 되풀이해서 말했다.

"당신은 정말로 수치라는 것을 모르는 사람이에요!"

"용서해요!" 골드문트는 겸허하게 말했다. "우리들은 지금 해서는 안 될 이야기를 하고 있는 거요. 내 탓이오. 리디아! 당신은 내겐 수치심도 없다고 하지만 그렇지 않소. 하지만 나는 당신을 사랑하오. 그리고 사랑이란 수치라는 것을 염두에 두지 않는 법이오. 제발 노여워하지 말아요!"

여자는 듣는 것 같지도 않았다. 여자는 앉아서 일그러진 입으로 마치 주위에 자신 외에는 아무도 없다는 듯이 아득히 먼 곳으로 시선을 옮겼다. 그런 난처한 상황은 여태껏 겪어 보지 못했었다. 말을 함부로 해서 생긴 일이었다.

그는 여자의 무릎에다 가만히 얼굴을 파묻었다. 그리고 그 접촉은 그에게 말할 수 없는 쾌감을 안겨 주었다. 그도 약간 당황하고 슬프기는 했으나 그녀 역시 점점 더 슬퍼지는 모양이었다. 여자는 침묵 속에 앉아서 먼 곳을 응시할 뿐이었다. 아, 얼마나 서먹서먹하고 슬픈지! 그러나 그 무릎은 그의 뺨을 다정하게 받아 주었다. 무릎에 얼굴을 비비는 동안 그 얼굴은 그 무릎의 고귀하고도 긴 형체를 자신의 내부 속으로 빨아들였다. 골드문트는 그 긴 무릎과 아름다운 그녀의 손톱이 얼마나 잘 어울리는가를 생각하고 감동과 희열을 느꼈다. 그는 감사하는 마음으로 무릎을 비비고 뺨과 입술로써 그 무릎과 이야기를 나누었다.

그제야 그는 여자의 손이 수줍은 듯 새털처럼 가볍게 그의 머리칼 위에 얹혀지는 것을 느꼈다. 그리고 그녀가 그 얼마나 부드럽고 순진한 어린아이처럼 그의 머리칼을 쓰다듬고 있는지 알 수가 있었다. 그는 그 손을 자세히 관찰해 본 경험도 있었고 아름다운 손에 감탄을 아끼지 않은 적도 있었으므로 자기의 손처럼 잘 알고 있었다. 길고 날씬한 손가락과 아름다운 장밋빛 동산을 이룬 손톱. 이 길고 부드러운 손가락이 수줍은 듯 그의 곱슬머리와 이야기를 나누고 있다. 그 이야기는 어린아이 같고 불안에 떨기는 하지만 그것은 사랑이었다. 그는 감사하는 마음으로 그 손에 머리를 비비고 목덜미와 뺨으로 그 손바닥의 감촉을 느꼈다.

여자가 이윽고 입을 열었다.

"이제는 가야 할 시간이에요."

골드문트는 고개를 들어 애정이 가득한 시선으로 그녀를 바라보다가 그 날씬한 손가락에 가볍게 입을 맞추었다.

"이젠 일어나세요. 집으로 돌아가야지요."

그는 그녀의 말에 순종했으며 여자는 자리에서 일어나 말에 올랐다. 그들은 곧 귀로를 향해 말을 몰았다. 골드문트의 가슴은 행복이 물결치고 있었다. 리디아는 그 얼마나 아름답고 순진하며 깨끗한가! 한 번도 그녀와 키스를 나눈 적은 없었지만 그는 감사하는 마음과 충일감을 느꼈다. 그들은 말을 채찍질했다. 정원으로 들어가는 입구에 이르러서야 비로소 여자가 깜짝 놀라 말했다.

"같이 들어가면 안 돼요! 우린 참으로 바보였어요."

그리고 그들이 말에서 내리고 멀리서 마부가 달려오는 아슬아슬한 순간에 가서야 리디아는 그의 귀에다 입을 대고 재빠른 어조로 헉헉거리며 말했다.

"당신, 어젯밤에 그 여자한테 갔었지요? 어서 말해 보요!"

그는 몇 번이고 고개를 저으며 안장을 풀기 시작했다

오후에 아버지가 외출을 하자마자 리디아는 그의 서재에 나타났다.

"거짓말은 아니겠죠?"

여자는 정열적인 어조로 물었고 골드문트는 그녀가 무슨 말을 하고 있는지 이내 짐작했다.

"그렇다면 왜 그런 추잡한 희롱을 해서 그녀를 홀딱 반하게 했어요?"

"사실 내 관심의 표적은 당신이었소. 이건 진심이오. 그 여자의 다리보다는 당신 다리를 얼마나 쓰다듬고 싶었는지 모르지만 당신 다리는 식탁 밑에서 한 번도 내 쪽으로 오지도 않았고 내가 당신을 사랑하냐고 물어 주지도 않았어요."

"정말 나를 사랑하는 건가요, 골드문트?"

"물론이오."

"하지만 그래서 어떻다는 거예요?"

"리디아, 나도 모르겠소. 그리고 그런 것은 아무 상관도 없는 일이고. 그저 당신을 사랑한다는 그 자체가 행복하니까. 앞으로 어떻게 될 것이라는 결과에 대해 생각하는 게 두렵소. 그저 당신이 말을 타는 모습을 보거나 당신의 목소리를 듣거나 당신의 손가락이 나의 머리카락을 쓰다듬어 주기만 해도 나는 만족할 수 있으니까. 키스를 할 수만 있다면 더없이 기쁘겠지만."

"약혼자만이 키스할 수 있다는 걸 생각해 보지 않았어요?"

"아니, 그런 생각은 해본 적이 없소. 무슨 소용이 있다고? 내가 당신과 맺어질 수 없다는 것은 나보다 당신 스스로가 더 잘 알지 않소."

"그래요, 당신이 남편이 될 수가 없고 언제까지나 함께 지낼 수가 없기 때문에 당신이 나한테 사랑 이야기를 하는 것이 옳다고 할 수 없어요. 당신은 나를 유혹할 수가 있다고 생각하세요?"

"천만에. 그런 생각은 해본 적도 없어요. 리디아, 도대체 나는 당신이 생각하는 것보다는 훨씬 작은 것만을 생각할 뿐이라니까. 내가 바라는 것은 그저 당신한테 키스를 할 수가 있었으면 하는 것뿐이라오. 우리들은 너무 말을 많이 하는 것 같은데, 사랑한다면 말이 필요치 않는 법이오. 나는 당신이 아무래도 나를 사랑하지 않는 것 같아요."

"오늘 아침에는 그 반대로 말하지 않았어요?"

"그리고 당신은 반대로 행동했고!"

"제가요? 그게 무슨 뜻이에요?"

"우선 당신은 내가 말을 타고 쫓아오는 것을 알자 달아나지 않았소? 그래서 나는 당신이 나를 사랑하는구나 하고 생각했어요. 그런 후에 당신은 울고 말았소. 그것도 당신이 나를 사랑하는 것이라 생각했었소. 또 내가 당신의 무릎에 머리를 비볐을 때 당신은 나의 머리칼을 쓰다듬어 주었는데, 그것 역시 사랑이라 여겼소. 그런데 지금은 나를 사랑하지 않는 것만 같으니 말이오."

"나는 당신이 어젯밤 다리를 쓰다듬어 주던 그런 여자하고는 완전히 달라요. 보아하니 당신은 그런 여자들한테는 익숙한 것 같아요."

"천만의 말씀을. 당신은 그런 여자들보다 훨씬 더 섬세하고 훨씬 더 아름다워요."

"나는 그렇게 생각지 않아요."

"그렇지 않아요. 당신이 얼마나 아름다운 여자인지 당신은 알고 있기나 하오?"

"나한테도 거울은 있어요."

"리디아, 당신은 당신의 이마를 거울에 비추어 본 적이 있기나 한가요? 그리고 어깨를, 손톱을, 무릎을? 그 모든 것들이 서로 잘 어울려 날씬하고 아름다운 모습을 하고 있다는 것을 알기나 하는가요?"

"무슨 말씀이세요! 그런 건 한 번도 본 적이 없어요. 하지만 당신이 말하는 걸 들으니 그게 무슨 뜻인지 알겠어요. 당신은 바람둥이여서 나한테 허영심을 불어넣으려 하는 거예요."

"섭섭한 일이지만 당신한테는 그럴 수가 없어요. 도대체 그런 것이 무슨 소용이란 말이오? 당신은 아름답고 나는 그저 그 점에 대해 당신한테 감사하고 싶을 따름인데. 당신은 억지로 그 말을 하도록 하지만 나는 말을 하는 것보다는 수천 배나 더 잘 내 마음을 나타낼 수가 있어요. 말로는 당신한테 아무것도 배울 바가 없어요. 그리고 당신 역시 나한테서 아무것도 배울 바가 없을 거고."

"도대체 내가 당신한테서 뭘 배운단 말이에요?"

"리디아, 나는 당신한테서, 당신은 나한테서 서로에게 배우는 거지요. 그런데 당신은 그걸 원하고 있지 않아요. 당신은 남편이 될 사람만 사랑하려고 하니까요. 하지만 그 사람은 당신이 아무것도 모른다는 것, 심지어는 키스조차 할 줄 모른다는 것을 알면 웃을 거요."

"그래요? 그렇다면 당신은 나한테 키스에 대한 강의를 하려는 거예요, 학사님?"

그는 여자를 향해 미소를 지었다. 리디아의 말은 다소 불쾌하기는 했으나 격렬하면서도 꾸민 듯한 그런 약삭빠른 언사 뒤에는 그녀의 처녀성이 느껴져 그것이 열정에 사로잡혀 불안해하고 있다는 것을 알 수 있었다.

그는 더 이상 대답하지 않았다. 그는 리디아를 향해 빙그레 웃으면서 그녀의 불안한 시선을 자신의 시선으로써 감싸 안았다. 그리고 리디아가 저항을 하면서도 긴장을 풀어 갈 때 서서히 리디아의 얼굴로 가까이 다가가 마침내는 입술이 서로 맞닿게 되었다. 그는 살짝 리디아의 입술을 스쳤고 여자의 입술은 어린애의 키스처럼 가볍게 응답을 하다가는 그가 놓아주지 않으리라는 것을 알자 놀라면서도 고통스러운 표정으로 살짝 열렸다. 그는 부드럽게 사랑을 구하면서 여자의 입술이 주저하면서 다시 돌아올 때까지 그녀의 입술을 따라갔다. 그리하여 별다른 어려움 없이 키스를 주고받는 법을 가르쳐 마침내 여자가 지친 나머지 그의 어깨에 얼굴을 파묻기에 이르렀다.

그는 그 얼굴을 조용히 그자리에서 쉬도록 내버려두고 갈색의 머리칼 냄새를 맡으면서 부드러운 음성으로 그녀의 귀에 속삭였다. 그리고 그 순간, 그가 아직 아무것도 모르던 학생 시절 집시 여인 리제를 통해 그 비밀을 깨달았던 일이 생각났다. 리제의 머리칼은 그 얼마나 검었으며 햇빛에 그을린 피부는 갈색이었고 태양은 이글거렸으며 시든 건초는 얼마나 그윽한 향기를 풍겨 주었던가! 그리고 그 모든 것이 벌써 얼마나 먼 곳에 떨어져 눈짓을 하는가! 무엇이든 꽃도 피기 전에 얼마나 빨리 시들어 버리는가!

리디아는 천천히 몸을 일으켰다. 그런 그녀의 표정은 조금 전과는 사뭇 달랐다. 심각하고 사랑으로 빛나는 눈동자는 크게 떠졌다.

"골드문트, 이젠 놓아주세요. 너무 오래 있었어요. 아아, 사랑하는 내 사람!"

그들은 매일 비밀의 시간을 찾아냈고 골드문트는 애인이 하는 대로 내버려두었다. 처녀의 사랑은 그로 하여금 신비로운 행복에 잠기도록 했고 그를 감동시켰다. 리디아는 거의 한 시간이 넘도록 그의 두 손을 잡고 그의 눈을 쳐다보기만 하다가 어린아이들의 키스처럼 살짝 입을 맞추고는 자리를 뜨곤 했다. 그런가 하면 어떤 때는 완전히 긴장을 풀고 지칠 줄 모르는 열렬한 키스를 퍼붓기는 했지만 몸을 만지는 것만은 허락하지 않았다. 한 번은 얼굴을 붉히며 그를 기쁘게 해줄 일념으로 유방을 보여 주었다. 그녀는 수줍어하면서 그 흰 유방을 밖으로 내보였는데, 그가 거기다 키스를 하자 리디아는 목까지 빨갛게 물들으며 옷 속으로 감추었다.

그들의 대화는 처음과는 완전히 다르게 진행되고 있어 스스로 그 방법을 터득해 갔다. 여자는 소녀 시절과 꿈과 놀이에 대해 이야기하기를 좋아했으며 서로 결혼할 수 없기 때문에 그들의 사랑은 옳지 못하다는 말을 자주 하곤 했다. 그런 이야기를 할 때면 슬픔에 잠겼고 그들의 사랑은 검은 베일로 가려진 듯 슬픔의 비밀로서 장식되어 갔다.

골드문트는 처음으로 한 여자에게 단순한 욕정이 아닌 사랑을 받고 있다는 것을 느꼈다. 한 번은 리디아가 이런 말을 했었다.

"당신은 정말 아름답고 명랑하게 보이지만 당신의 눈은 밝지 못하고 단지 슬픔만이 있군요. 마치 이 세상에는 행복은 없으며 온갖 아름다움과 사랑스러운 것은 더 이상 우리 곁에 머물지 않는다는 것을 안다는 그런 눈이에요. 당신의 눈처럼 아름다운 눈도 없겠지만 또 당신의 눈만큼 슬퍼 보이는 눈도 없어요. 아마 당신이 고향을 가지지 않은 탓인가 봐요. 당신은 숲에서 나와 나한테 왔어요. 당신은 언제인가 다시 떠나서 이끼 위에서 잠자는 방랑을 계속하겠지요. 하지만 나의 고향은 어디에 있는 거예요? 당신이 떠난다고 해도 나는 아버지와 동생과 앉아서 당신을 생각할 방과 창문이 있다고는 하지만 절대로 고향은 가질 수 없을 거예요."

그는 리디아의 이야기에 아무 대답도 하지 않고 가끔씩 미소를 짓기도 슬픈 표정을 짓기도 했다. 그는 말로 여자를 달래지 않고 가슴에다 여자의 머리를 안고 부드럽게 쓰다듬어 우는 아이를 달래는 엄마처럼 아무 의미도 없는 소리를 나직이 읊조렸을 뿐이었다. 리디아는 또 이런 말도 했다.

"골드문트, 나는 가끔 당신의 미래에 대해 곰곰 생각해 보곤 했어요. 당신은 절대로 평범한 일생을 보내지 못할 것이며, 그건 그리 쉬운 삶이 아닐 거예요. 당신이 정말 행복하게 지내게 된다면 얼마나 좋겠어요! 어떤 때는 당신이 분명히 시인이 되어 환상과 꿈을 갖고 그것을 아름답게 표현할 수 있으리란 확신을 가지기도 해요. 아아, 당신은 온 세계를 편력하고 온갖 여자들이 당신을 사랑하겠지만 당신은 늘 외톨이일 거예요. 차라리 언제나 얘기하던 수도원의 그 친구에게로 돌아가세요. 당신이 숲 속에서 혼자 죽게 되지 않기를 기도드리겠어요."

허망한 시선이지만 진지한 표정으로 리디아는 그런 말을 했다. 그러다가도 이내 큰 소리로 웃으며 농담을 하거나, 그와 함께 늦가을 풍경 속으로 말을 달리거나, 그에게 수수께끼를 내거나 시든 나뭇잎이나 윤기 나는 도토리를 그에게 집어 던지기도 했다.

언제인가 골드문트는 자기 방 침대에 누워 잠을 청한 적이 있었다. 하염없는 슬픔으로 가슴이 답답하기도 하고 사랑이 충만하기도 하여 그의 마음은 혼란스러웠다. 지붕을 때리는 동짓달 바람소리가 들려 왔다. 잠을 자기까지 많은 시간을 보내야만 했다. 그는 늘 하던 대로 마리아의 송가를 조용히 읊조렸다.

그대는 진정 아름다워라, 마리아여.
더러운 흔적은 가슴속에 없어라.
당신은 이스라엘 땅의 환희,
죄인들의 어머니어라.

노래는 부드러운 음조로 그의 영혼의 중심으로 가라앉았다. 밖에서는 그러나 바람이 불고 불안과 방랑, 숲이나 가을, 집 없는 방랑객의 노래를 웅얼거렸다. 그는 리디아와 나르치스를 생각했고 어머니를 생각했다. 그의 가슴은 불안으로 답답하기 그지없었다.

그때 그는 소스라치게 놀라서 믿을 수 없다는 듯 앞을 응시했다. 방문이 열리고 어둠 속에 기다란 하얀 잠옷을 입은 여인의 모습이 나타난 것이었다. 리디아가 맨발로 살금살금 걸어 안으로 들어온 다음 문을 닫고 그의 침대에 걸터앉았다.

"리디아, 나의 사슴, 나의 하얀 꽃. 리디아, 어쩐 일이지?"

"당신을 보려고요." 리디아도 그처럼 속삭였다. "나의 골드문트가 침대에서 자는 모습을 보려고요. 나의 '황금의 심장(골드헤르츠).'"

리디아는 옆에 누워 두근거리는 가슴으로 그의 키스를 헌신적으로 받아들였고 그가 주저하는 손으로 그녀의 손과 발을 애무해도 아무런 저항도 하지 않았다. 잠시 후 그녀는 그의 두 손을 가볍게 뿌리치고는 그의 눈에다 키스를 한 다음 조용히 사라져 버렸다. 덜거덕거리는 문 소리와 용마루에 부딪히는 바람소리가 요란했다. 모든 것이 마법에 걸린 듯 신비와 불안, 약속과 위협으로 충만했다. 골드문트는 무엇을 어떻게 해야 할지 몰랐다. 얼마 후 불안한 잠에서 깨어났을 때 그의 베갯머리는 눈물로 얼룩이 져 있었다.

며칠 후, 그녀는 달콤하고 흰 유령처럼 나타났다가 먼저와 마찬가지로 15분쯤 누워 있다가 사라졌다. 그의 팔에 안겨서 그의 귀에다 대고 호소할 것도, 말할 것도 많다는 듯 소곤거렸다. 그는 다정하게 여인의 이야기에 귀를 기울이면서 여자를 왼팔에 안고 오른손으로는 여자의 무릎을 부드럽게 쓰다듬어 주었다.

리디아는 조그마한 소리로 그의 뺨에다 입을 대고 말했다.

"골드문트, 다시는 당신과 함께 있을 수 없다는 생각을 하면 너무나 슬퍼요. 우리들의 이 자그마하고 아늑한 행복, 이 비밀은 이제 오래가지 못해요. 벌써 율리에가 의심을 하기 시작해서 얼마 안 있어 나에게 고백하라고 강요할 거예요. 아버지께서 아시든가. 만약에 아버지가 당신 침대에 내가 누워 있는 것을 보는 날이면 나의 귀여운 새, 당신의 리디아는 말이 아닐 거예요. 리디아는 눈물을 글썽이며 사랑하는 사람이 나무에 매달려 바람에 흔들리는 꼴을 보아야 할 거예요. 아아, 차라리 지금 얼른 달아나요. 지금 당장에라도 도망을 쳐서 아버지가 당신을 붙잡아 목을 매달지 못하도록 했으면 싶어요. 전에도 사람을 매다는 것을 보았어요. 도둑이었어요. 그러나 당신이 매달리는 건 정말로 못 보겠어요. 차라리 달아나서 나를 잊어 주세요. 당신에게 불행이 닥치기 전에, 그리고 새들이 당신의 그 파란 눈을 쪼지 않도록 말이에요! 하지만 안 돼요. 떠날 수 없어요! 당신이 떠난다면 난 어떻게 해요!"

"리디아, 나하고 함께 도망치지 않겠어? 세상은 넓고도 넓으니까!"

"그럴 수만 있다면 얼마나 좋겠어요! 당신과 함께 넓은 세상에서 마음껏 돌아다니면 말이에요! 하지만 그건 불가능한 일이에요. 숲에서 잠을 잘 수도 없고 고향을 저버리지도 못할 뿐더러 짚더미 속에서 잠을 잘 수는 없어요. 더구나 아버지에게 불명예를 안겨 줄 수도 없고요. 안 돼요. 그런 말은 하지도 말아요. 그리고 상상조차 할 수 없는 일이에요. 그럴 수는 없어요! 더러운 식기에다 밥을 담아 먹을 수도 없고 문둥병을 앓는 사람이 쓰던 잠자리에서 자는 그런 일은 도저히 할 수 없어요. 아아, 우리들에게는 좋은 것도 아름다운 것도 모두 다 금지되어 있어요. 우리 두 사람은 고통만 받으라고 이 세상에 태어난 사람들 같아요. 가엾은 아기, 결국엔 당신의 목이 매달리는 걸 보지 않으면 안 될 거예요. 그리고 나는 감금을 당했다가 끝내는 수도원으로 보내지겠지요. 당신, 나를 떠나 다시 시골 아낙네나 집시 여인과 밤을 보내세요. 가세요. 가요! 잡혀서 매달리기 전에 말이에요! 우리들에게 행복이란 결코 존재하지 않을 거예요. 결코!"

그는 여인의 무릎을 거쳐서 그 부끄러운 곳을 살짝 만지면서 애원하듯 말했다.

"나의 꽃봉오리! 우리는 정말 행복해질 수 있을 텐데. 안 되겠어?"

여자는 화를 내지는 않았으나 그의 손을 가볍게 뿌리치면서 살짝 비껴 났다.

"안 돼요, 그러면 안 돼요. 그런 일을 허락할 수는 없어요. 당신 같은 집시는 아마 모를 거예요. 나는 지금 부정을 저지르고 있어요. 나는 나쁜 계집애예요. 온 집안을 치욕스럽게 만들고 있어요. 하지만 내 영혼 속 어디엔가 사랑이 있어서 거기에는 그 누구도 들여보내지 않아요. 당신도 그 점은 인정해 주어야 해요. 그렇지 않으면 두 번 다시 당신 방에 들어오는 일이 없을 거예요."

리디아의 금지나 소망이나 암시를 그는 절대로 경멸하지는 않으리라. 그 자신도 리디아가 그 얼마나 거대한 세력으로 그를 지배하고 있는가 하는 것에는 놀랄 수밖에 없었다. 그러면서도 그는 고통스러웠다. 그의 관능은 진정될 길이 없었고 그의 마음은 끌려가며 살아가는 그런 생활에 저항감을 느꼈다. 그래서 거기서 벗어나려는 시도를 몇 번씩이나 했었다. 그는 지나칠 정도로 공손하게 율리에에게 호감을 사려고 애를 썼다. 어떻든 그 중요한 인물과 잘 지내 둘 필요가 있기 때문이었다. 그에게는 율리에라는 그 처녀가 무척 기묘한 인물이었다. 그 조그마한 처녀는 때로는 어린아이 같은 순진한 짓을 하는가 하면 때로는 모든 것을 다 알고 있다는 듯한 표정을 짓기도 했다. 율리에가 리디아보다 더 아름답다는 사실에는 의심의 여지가 없었다. 그 처녀는 보기 드문 미인이었다. 그리고 그 점이 그녀의 천진한 듯하면서도 능청스러운 표정과 함께 큰 매력이었다. 그리하여 그는 율리에에게 대혹될 때가 많았다. 그 처녀가 그의 관능에 대해 갖는 강한 매력 때문에 그는 욕정과 사랑의 구별을 알고는 놀라곤 했다.

처음에는 두 자매를 똑같은 눈으로 바라보면서 동생 쪽이 더 아름답고 유혹할 만한 가치가 있는 대상으로 생각했었다. 그리고 나중에는 두 사람을 다 손에 넣을 작정으로 양쪽을 동시에 주시하고 있었다. 그런데 이제는 리디아가 그를 제어할 힘을 얻게 되지 않았는가! 그리고 그는 리디아에 대한 사랑이 너무나 강렬한 나머지 율리에를 완전히 소유하려는 생각을 포기할 수밖에 없었다. 그녀의 영혼은 그에게 친숙해지고 사랑으로 다가왔으며 그녀의 순진함과 부드러움, 쉽게 슬퍼하는 그 성향이 어쩐지 자신과 비슷하다는 생각을 가졌다. 그리하여 그는 가끔 그 영혼이 그녀의 육체와 어떻게 상응하는가 그것을 보고 놀라지 않을 수 없었다. 그녀는 모든 일을 할 수 있으며 말할 수 있고 소원이나 비판을 가할 수도 있었다. 그녀의 언사나 정신적인 자세는 눈매나 손가락의 생김새와 어쩌면 그렇게도 동일한 인상을 준단 말인가!

그가 그 원형과 법칙을 보았다고 생각한 그 순간, 영혼뿐만 아니라 그 육체의 본질에 따라 형성된 법칙을 보았다고 느낀 그 순간에, 그는 그 형태에서 무언가 붙잡아 두고 싶다는 내부로부터의 강렬한 욕구에 휩싸였다. 그래서 그는 비밀스럽게 보관하고 있던 몇 장의 종이를 꺼내 펜으로 그녀의 머리 윤곽, 눈썹선을 그렸으며 그녀의 손과 무릎 등을 기억해 내며 그려 보기로 마음먹었다.

율리에와의 관계는 좀더 어려웠다. 율리에는 언니가 사랑의 파도에 빠져 허덕이는 것을 분명히 알고 있었다. 그녀의 관능은 그 자신의 이성과는 달리 호기심과 욕정에 가득 차 낙원으로 향했다. 그녀는 지나친 냉담성과 혐오감을 갖고 골드문트를 대하면서 몰아의 순간에는 경탄과 관능적인 호기심으로 그를 대하기도 했다. 율리에는 리디아에게 무척 다정하게 대하면서 가끔 침실로 찾아와 타는 듯한 욕정을 숨기고 금단의 비밀을 들여다보려 하는 것이었다. 그런가 하면 어떤 때는 리디아의 비밀을 알고 찌를 듯한 태도로 거기에 대한 경멸을 나타내기도 했다. 그 아름답고 변덕스러운 어린 처녀는 연인들 사이로 펄럭이며 방해하기도, 갈망하는 꿈으로 연인들의 비밀을 엿보기도 하면서 때로는 아무것도 모르는 척하기도 하고 때로는 모든 걸 다 아는 사람처럼 행동했다. 율리에는 빠른 속도로 어린아이에서 어른으로 옮아갔다.

리디아의 고통은 골드문트보다 심했다. 골드문트는 식사 시간 외에는 그 어린 처녀와 대면하는 경우가 드물었기 때문이다. 또한 골드문트가 율리에의 강한 매력에 이끌린다는 사실을 리디아도 느낄 수 있었다. 때로 그의 탐욕스러운 시선이 동생에게 고정되는 것을 그녀는 눈치챘다. 그녀는 감히 어떤 말도 할 수가 없었다. 모든 것이 너무 어렵고 위험스러웠다. 어떤 경우든 간에 감히 율리에의 감정을 상하게 할 수는 없는 일이었다. 언제 어느 때 그들의 사랑이 발각되고 그들의 그 어렵고도 불안한 행복이 파국을 맞이할지 모를 일이었다. 그리고 그것도 어쩌면 소름 끼치게 끝날지 모르는 일이다.

가끔 골드문트는 자기가 왜 여기서 떠나지 않고 머뭇거리는지를 생각하고는 놀랐다. 그런 식의 삶은 괴로운 것이었다. 사랑을 받고는 있지만 허용되고 영속된 행복이나 지금까지 그의 사랑이 익숙해 왔던 짧은 만족이나마 얻을 희망은 없고 언제까지나 굶주려 진정되지 않는 욕정을 품은 채 위험에 몸을 내맡기고 살아갈 수는 없는 일이었다. 무슨 이유로 자신은 이곳에 머물러 모든 것을 인내하고 있단 말인가? 뒤엉켜 혼란스러운 감정을 참는 것일까? 그런 것은 따뜻한 방에서 안주하는 사람들에게나 허용된 감정이며 마음가짐이 아닌가? 그에게는 이런 나긋나긋함과 복잡한 형식으로부터 벗어나 그런 것들을 관찰할 권리가 있지 않은가?

그렇다. 그는 그러한 권리를 갖고 있다. 거기서 고향 같은 것을 찾고 그 대가로서 그토록 많은 초조와 괴로움을 당한다면 얼마나 바보스런 짓인가. 그러면서도 그는 그렇게 했고 고통을 기쁘게 받아들였으며 행복을 느끼기까지 했다. 그런 식으로 사랑한다는 것은 어리석고 복잡하며 고통스런 일이었으나 경이로운 일이기도 했다. 그런 사랑이 주는 어둡고도 아름다운 우수, 어리석음, 절망은 놀라운 것이었다. 수많은 사념에 괴로워하여 잠을 이루지 못하는 밤들은 아름답기까지 했다. 리디아의 입술, 사랑과 정열을 이야기할 때의 그 목소리, 그것은 아름답고 가치 있는 것이었다. 몇 주일 동안 리디아의 얼굴에는 그런 괴로움의 흔적이 엿보였으나 이내 슬며시 사라져 버렸다. 그는 리디아의 그런 얼굴선을 펜으로 표현한다는 것이 실로 아름답고 중요한 일로 생각되었다. 그는 이제 그 몇 주일 동안에 자신도 많이 변했다는 것, 훨씬 더 성장했다는 것을 느꼈다. 현명해지지는 않았으나 보다 경험이 풍부해졌으며, 행복해지지는 않았으나 그 영혼은 보다 완숙해지고 깊어졌다. 그는 이제 더 이상 어린 소년은 아니었다.

리디아는 부드러우나 힘없는 목소리로 이렇게 말했다.

"당신의 슬픔이 나로 인한 것이어선 안 돼요. 당신을 행복하고 즐겁게 해 드리고 싶어요. 하지만 나는 당신을 슬프게 했고 나의 두려움과 우울을 당신한테 전염시켰어요. 밤이 되면 이상한 꿈에 시달려요. 말할 수 없이 넓고 어두운 황야를 끝도 없이 계속 걷는 거예요. 그렇게 당신을 찾기 위해 걷고 있지만 어디에도 당신은 없는 거예요. 나는 당신을 잃어버렸다는 것을 알고 혼자서 자꾸만 걷는 거예요. 눈을 뜨면 이런 생각을 하게 돼요. 그분은 아직 여기에 있다, 나는 그분을 만날 수가 있다, 그 모든 것이 얼마나 즐거운가 하고 말이에요. 그것이 설사 한 주일이든 하루든 상관없어요. 그분이 아직 계시니까요!"

어느 날 아침, 날이 밝아 올 때 골드문트는 잠에서 깨어 눈을 뜨고도 그대로 자리에 누워 상념에 잠겼다. 꿈에 나타난 영상들이 서로가 아무런 연관도 없이 아직 그에게서 떠나지 않고 있었다. 그 꿈속에서 어머니와 나르치스를 보았는데, 그 영상들이 너무나 뚜렷했었다. 그가 꿈의 실마리에서 해방되었을 때 이상한 빛이 몰려왔다. 조그마한 창틈으로 새어 들어오는 이상한 밝음이었다. 그는 자리에서 일어나 창으로 달려갔다. 창틀과 마구간의 지붕, 저택의 입구와 그해 첫눈으로 뒤덮인 푸르고 흰 풍경들이 빛을 발했다. 불안한 마음과 고즈넉한 겨울 풍경이 이루는 조화가 그를 망연하게 만들었다.

밭과 숲, 언덕과 햇빛, 쏟아지는 황무지가 태양과 바람과 비와 앙상한 겨울옷과 눈에 쌓여서 얼마나 고요히, 얼마나 감동적으로, 그리고 거룩하게 몸을 맡기고 있던가! 그리고 단풍나무와 물푸레나무들은 그 얼마나 부드럽고 고통스럽게 겨울의 무거운 짐에 버티고 서 있단 말인가! 사람들도 그들과 같을 수는 없을까? 그리고 그들에게서 배울 수는 없을까? 그는 생각에 잠겨 마당으로 나가 눈 속에서 손으로 더듬어 보면서 정원을 이리저리 돌아다녔다. 그러곤 눈에 눌려 고개를 숙인 장미덩굴이 매달린 높은 울타리를 쳐다보았다.

아침 식사 때는 모두가 수프를 마시며 첫눈 이야기를 했다. 처녀들도 벌써 바깥에 나갔다 들어왔다. 올해는 눈이 늦었고, 크리스마스도 곧 다가온다. 기사는 눈이 내리지 않는 남국 이야기를 했다. 하지만 골드문트가 이 겨울의 첫날을 절대로 잊을 수 없게 만든 사건이 벌어진 것은 밤이 이슥해져서야 일어났던 것이다.

그날, 자매들은 말다툼을 했으나 골드문트는 그 사정을 몰랐었다. 밤이 되어 어둠이 찾아와 집안이 조용해졌을 때, 리디아가 늘 그렇듯이 그에게로 찾아와 말없이 곁에 누워 그의 가슴에 머리를 파묻었다. 심장의 고동 소리를 듣고 그의 곁에서 그를 위로해 주기 위해서였다. 리디아는 마음이 무겁고 불안했다. 그녀는 율리에의 배신을 두려워하면서도 그 이야기로 애인을 걱정하게 만들고 싶지는 않았다. 그래서 리디아는 가만히 누워 애인이 속삭여 주는 밀어를 듣고 쓰다듬어 주는 손길을 느꼈다.

그때 별안간(리디아가 드러누운 지 얼마 안 있어) 그녀는 소스라치게 놀라서 눈을 부릅뜨고 자리에서 벌떡 일어났다. 골드문트도 그녀 못지않게 놀랐다. 방문이 열리고 어떤 모습 하나가 안으로 들어왔다. 그는 너무나 놀라서 처음에는 누구인지 알아볼 수가 없었으나 그 모습이 침대로 가까이 다가와 몸을 굽히자 율리에라는 것을 알고 가슴이 답답해졌다. 율리에는 잠옷 위에 걸쳤던 외투를 벗어서 바닥에다 던져 버렸다. 리디아는 마치 칼에 찔린 것처럼 비명을 지르며 몸을 웅크려 골드문트에게로 바짝 붙었다.

멸시와 조소가 섞인 말투로, 그러나 약간은 떨리는 음성으로 율리에가 말했다.

"나 혼자 쓸쓸히 방에서 뒹굴고 싶지는 않아요. 나도 끼어 셋이서 함께 누워 있거나 아버지를 깨우거나 하겠어."

"그래, 이리로 들어오도록 해요." 골드문트가 말하면서 이불을 들쳐 주었다. "아이고, 발이 얼었군요."

그러자 율리에가 침대로 올라왔고 골드문트는 비좁은 침대에 자리를 만드느라 애를 썼다. 리디아가 얼굴을 베개에 파묻고 꼼짝도 하지 않았기 때문이었다. 드디어 그들 셋은 함께 누웠다. 골드문트를 가운데로 하고 두 처녀가 양쪽 옆자리를 차지하고 누운 것이다. 얼마 전까지만 해도 골드문트는 그런 상태를 바라고 있었다는 생각을 버릴 수가 없었다. 그는 옆구리에서 율리에의 엉덩이를 느끼면서 불안하나 남모르는 희열로 몸을 떨었다.

"언니가 그렇게도 좋아서 찾아다니는." 율리에가 다시 입을 열었다. "당신의 침대 속이 어떤 모습을 하고 있는지 한번 보고 싶었어요."

골드문트는 율리에를 진정시키기 위해 가만히 그의 뺨을 소녀의 머리칼에 비벼대고 부드러운 손길로 엉덩이와 무릎을 어루만졌다. 마치 고양이를 달래듯 그가 그렇게 하는 동안 율리에는 아무 말도 없이 더듬어 오는 그의 손길에 호기심을 가득 품고 아무런 저항도 없이 마법사를 대하듯 경건하고 황홀한 심정이 되어 몸을 맡길 뿐이었다. 골드문트는 그렇게 주술을 외우는 한편 리디아도 소홀히 하지 않았다. 그는 리디아의 귀에다 소곤소곤 사랑의 맹세를 속삭이며 그녀로 하여금 최소한 얼굴을 들어 그에게로 향하도록 했다. 리디아의 입과 눈에다 소리나지 않게 키스를 하면서 손으로는 동생을 어루만져 꼼짝하지 못하게 붙잡아 두었다. 그러는 동안 그는 그런 상태가 더없이 고통스러워졌다. 조용히 기다리는 아름다운 율리에의 몸에 그의 손이 차츰 익숙해지는 동안 그는 처음으로 리디아에 대한 사랑이 비록 아름답지만 절망적이라는 것, 그리고 그 사랑이 가소롭기까지 하다는 사실을 깨달아 버렸기 때문이었다. 입술은 리디아에게, 손은 율리에에게 가 있는 동안 그에게는 리디아를 억지로라도 그에게 몸을 맡기도록 하거나 아니면 그 자신이 떠나야 할 것만 같이 여겨졌다. 그녀들 사랑하면서도 체념해야 한다는 것은 무의미한 일이요, 정당치 못한 일로 생각되었다.

그는 리디아의 귀에다 속삭였다.

"리디아, 우리들은 지금 쓸데없이 괴로워하는 거야. 셋이서도 얼마든지 즐겁게 지낼 수가 있단 말이야! 우리들의 피가 요구하는 일을 하자고!"

하지만 리디아가 놀라움에 떨면서 몸을 뺐기 때문에 그의 욕정은 다른 쪽으로 옮겨갔다. 그리고 그 손이 율리에를 너무나 황홀하게 해주었으므로 여자는 긴 탄성과 함께 그 기쁨을 화답해 주었다.

그 탄성 소리를 듣고 질투로 가슴이 오그라붙어서 리디아는 마치 독약을 삼킨 사람처럼 순간적으로 자리에서 일어나며 이불을 걷어차고 발을 구르며 소리를 질렀다.

"율리에! 이젠 가도록 하자꾸나!"

율리에도 깜짝 놀랐다. 그렇게 고함을 치게 되면 셋 다 발각될지도 모르기 때문에, 그 앞뒤 생각 없는 흥분에 경고받고 곧 아무 말 없이 자리에서 일어났다. 그러나 짓밟힌 욕정에 골드문트는 얼른 일어나는 율리에를 끌어안고 유방에다 키스를 하면서 타는 듯한 목소리로 속삭였다.

"율리에, 그러면 내일이야! 내일!"

리디아는 잠옷 바람으로 서 있어서 추위로 발가락이 얼어붙는 것 같았다. 그녀는 마룻바닥에서 율리에의 외투를 집어들어 괴롭고도 비굴한 몸짓으로 율리에에게 입혀 주었으므로 율리에도 비록 어둠 속에서 그 희미한 얼굴 표정을 보았으나 감동한 나머지 언니와 화해하겠다는 마음이 들었다. 자매들은 조용히 방에서 사라져 갔고 골드문트는 마음의 갈등으로 그들의 뒷모습을 지켜보다가 집안이 죽음처럼 고요해진 후에야 안도의 숨을 내쉬었다.

그리하여 그 세 사람의 젊은이들은 그런 기묘하고 부자연스런 동침이 있은 다음 온갖 생각이 뒤얽히는 고독의 세계로 빠져 들어갔다. 자매들도 그들 침대로 돌아가서 누구 하나 입을 열려고 하지 않고 오직 쓸쓸하게 말도 없이 눈을 깜박이고 있었다. 불행과 모순의 귀신이, 고독과 영혼의 혼란이 집안 전체에 둘러싸여 있는 것만 같았다. 자정이 넘어서야 골드문트는 잠이 들었고, 새벽녘이 되어서야 율리에는 잠이 들었으나, 리디아는 하얗게 밤을 새우다가 흰 눈 위로 희미한 아침 햇살이 밝아질 때까지 잠을 이루지 못했다. 그녀는 얼른 일어나 옷을 입고 나무로 만든 조그마한 구세주상 앞에서 무릎을 꿇고 오랜 시간 기도를 드렸다. 그리고 계단을 걸어가는 아버지의 발소리를 듣자마자 곧장 아버지에게로 달려가 드릴 말씀이 있다고 간청했다. 율리에의 처녀성에 대한 걱정과 자신의 질투를 구별해 보려 하지도 않고 그녀는 이 사건에 종말을 짓고 말겠다는 결심을 한 것이었다.

리디아가 아버지에게 고해 바친 까닭에 그 모든 것을 기사가 알았을 때도 골드문트와 율리에는 아직도 잠에서 깨어나지 않았다. 그 모험에 율리에가 가담했다는 이야기를 리디아는 숨기고 말하지 않았다.

골드문트가 여느 때처럼 지정된 시각에 서재에 모습을 드러내자 기사는 으레 덧신을 신고 털옷을 입은 채 글쓰기에 열중하고 있을 터인데, 그날은 장화에다 재킷을 입고 칼을 찬 모습이었다. 골드문트는 상황이 어떻게 되었는지 이내 짐작을 했다.

"모자를 써." 기사가 말했다. "너와 갈 곳이 있어."

골드문트는 못에서 모자를 벗겨 들고 주인을 따라 층계를 내려서 마당을 지나 밖으로 나갔다. 살짝 얼어붙은 눈 위로 미끄러지는 그들의 발밑에서 눈이 바스락대는 소리가 났고 하늘에는 여전히 아침 노을이 사라지지 않고 있었다. 기사는 앞장을 서서 걷고 젊은이는 그 뒤를 따르면서 자꾸만 눈을 돌려 마당이며 자기 방의 창문이며 가파른 지붕을 돌아다보았다. 그리고 그 모든 것이 마침내는 보이지 않게 되었다. 이제 두 번 다시 저 지붕이며 창문이며 서재며 침실을 보지 못하리라. 그리고 두 자매와도 영영 이별이 되리라. 이런 식의 느닷없는 이별에 대해 그는 이미 오래전부터 생각해 오기는 했으나 그의 가슴은 고통으로 일그러졌다. 그 이별은 너무나 가슴을 아프게 했다.

약 한 시간을 그렇게 걸어갔다. 기사가 앞서고 젊은이가 뒤따르면서. 골드문트는 자신의 운명에 대해 생각해 보기 시작했다. 기사는 무장을 하고 있어서 어쩌면 그를 찔러 죽일는지도 모른다. 하지만 골드문트는 그렇게 되리라고는 믿지 않았다. 위험하지는 않다. 도망치기만 한다면 노인은 아무리 단검을 휘두른다고 하더라도 소용이 없을 것이다. 그렇다, 절대로 그의 생명은 위험하지 않았다. 하지만 모욕을 받은 사나이의 뒤를 아무 말도 못하고 따라가야만 한다는 것은 그 한 발짝

한 발짝이 고통스러울 뿐이었다. 마침내 기사가 걸음을 멈추었다.

"이제부터는 네 혼자서 가라! 이 길로 곧장 가란 말이다." 그는 찢어지는 목소리로 말했다. "네게 익숙해진 방랑 생활로 이어지는 길이다. 만약에 내 집 근처에서 어슬렁댄다면 당장에 쏘아 죽이고 말 테다. 네게 복수할 생각은 없다. 내가 좀더 현명했어야 했는데. 너 같은 젊은 놈을 딸들 가까이에 두었으니. 하지만 네가 되돌아오기라도 한다면 그것이 너의 최후가 될 것이다. 이젠 가라! 하느님이 네 죄를 용서해 주기를 바란다."

기사는 버티고 서 있었다. 그리고 희미한 눈에 반사된 그의 흰 수염 투성이 얼굴은 마치 죽은 사람의 얼굴 같았다. 기사는 유령처럼 그렇게 서서 골드문트가 언덕 너머로 사라질 때까지 꼼짝 않고 있었다. 구름이 낀 하늘에는 붉은 햇살이 점점 힘을 잃어 해가 보이지 않았다. 이윽고 가는 눈발이 머뭇거리듯 날리기 시작했다.

잃은 것과 얻은 것

골드문트는 말을 타고 이 지방을 몇 번이나 달려본 일이 있기 때문에 얼어붙은 늪 저쪽에 기사의 성이 있고, 거기서 더 가면 그와 친하게 지내던 농가가 있다는 것을 알았다.

어느 곳으로 가든 하룻밤 잠자리는 얻을 수 있으리라. 그리고 그 다음날도 잠자리 때문에 곤란을 겪지는 않으리라. 오랫동안 잊고 지냈던 자유라든가 방랑자의 감정이 서서히 고개를 들기 시작했다. 그리고 그토록 추운 겨울날 그 생각을 한다는 것은 씁쓸한 일이었다. 방랑은 쓰디쓴 고역과 굶주림과 곤란의 냄새가 나지만 그 허허로움, 그 크기와 냉엄함으로 해서 오히려 그의 헝클어진 마음에 위안과 구원을 주었다.

그는 지칠 때까지 걸었으며 이제는 말을 탈 수 없게 되었구나 하고 생각했다. 오오, 넓은 세계! 눈은 그다지 많이 내리지는 않았다. 그리고 멀리 누운 숲과 구름이 서로 조화를 이루듯 회색을 띠고, 정적은 세계의 끝까지 무한히 펼쳐졌다. 불안에 떠는 가련한 리디아는 지금 무얼 할까? 그녀를 생각하면 언짢았다. 그는 텅 빈 숲 가운데, 얼어붙은 시냇가에 앉아 쉬면서 리디아를 생각해 보았다. 그러나 추위가 그를 재촉해서 그는 뻣뻣해진 다리를 펴고 또다시 걷기 시작했다. 벌써 해는 서산으로 넘어가고 있었다. 텅 빈 벌판을 천천히 지나는 동안 그는 점차 사념에서 멀어져 갔다. 어떤 생각을 하거나 감정을 품는다는 것은 그것이 아무리 아름다운 것이라 하더라도 무의미하게 느껴졌다. 지금 그에게 중요한 것은 우선 어디선가 몸을 따뜻이 하고 잠자리를 찾는 일이었다. 그리고 여우나 다람쥐처럼 광막하고 추운 세계에서 살아 남아 얼어붙은 들판에서 어떻게든 생명을 부지하는 것이 문제이지 그 외에 문제 될 것은 아무것도 없었다.

그는 그때 깜짝 놀라서 주위를 휘둘러보았다. 멀리서 말발굽 소리가 들려 온 것 같았기 때문이었다. 혹시 추적해 오는 것은 아닌가? 그는 주머니에서 사냥에 쓰는 칼을 꺼낸 다음 나무로 만든 칼집을 빼내었다. 이윽고 말을 탄 사람의 얼굴이 보였으며 그 말이 바로 기사의 마구간에 있는 말이라는 것도 알았다. 말은 전속력으로 그를 향해 달려오는 중이었다. 도망친다는 것이 무의미한 짓이란 것을 알았으므로 그는 걸음을 멈추고 기다리기로 했다. 그다지 무섭지는 않았으나 두근거리는 가슴을 안고 긴장과 호기심으로 기다렸다. 순간 그의 머리에는 이런 생각이 떠올랐다. 지금 말을 타고 오는 저놈을 죽일 수가 있다면 좋겠다. 말이 생기면 훨훨 날아갈 수가 있겠지! 하지만 말을 탄 사람이 맑고 푸른 눈에다 소년 같은 얼굴을 한 나이 어린 마부 한스라는 사실을 알자 그는 웃지 않을 수가 없었다. 그렇게 선량하고 착한 한스를 때려죽이려면 심장이 강철로 만들어져 있다 해도 힘든 일이었다. 그는 다정하게 한스에게 인사를 하고 한니발이라고 부르는 말에게도 인사를 보냈다. 그러곤 달려와서 땀에 젖은 말의 목을 쓰다듬어 주었다.

"한스, 도대체 어디를 가는 길이니?"

"당신한테요!" 하고 소년은 이를 드러내 웃으며 대답했다. "꽤나 멀리 왔군요! 오래 지체할 수도 없는 노릇이니 인사나 하고 이것을 전하면 제 일은 끝납니다."

"나한테 전하라니, 누가?"

"리디아 아가씨지요. 골드문트 학사님, 당신 때문에 우리들은 모두 불운한 하루를 보냈지요. 가까스로 빠져나올 수가 있어서 기뻤다니까요. 내가 이런 심부름으로 떠나 왔다는 것을 주인 나리가 눈치채셨다간 목이 달아날 판이기는 하지만요. 자, 이거나 받으시지요!"

한스는 그에게 조그마한 꾸러미를 내밀었다.

"이봐, 한스! 혹시 빵 좀 남은 거 없나?"

"빵이라고요? 조금은 있을걸요."

한스는 주머니에서 흑빵 한 조각을 꺼내어 골드문트에게 준 다음 말머리를 돌렸다.

"리디아 아가씨는 무얼 하고 있지? 혹시 다른 부탁은 없었나? 편지 같은 거라도 말이야."

"아무것도 없는데요. 잠깐 보았을 뿐인걸요. 그리고 집안 분위기가 험악한걸요. 주인 나리는 사울 왕처럼 으르렁거리며 집안을 돌아다니고 있어요. 그걸 전하라는 분부를 받았을 뿐이에요. 이젠 돌아가 보아야겠어요."

"한스, 잠깐만! 너의 사냥칼을 좀 줄 수 없겠나? 나한테는 조그마한 것뿐이라서. 혹시 늑대라도 만나게 되면 손에 믿을 것을 갖고 있어야겠기에."

하지만 한스는 그 부탁만은 거절했다. 혹시 골드문트 학사님에게 무슨 변이라도 생긴다면 그건 안 되는 일이기는 하지만 단검만은 안 된다고 했다. 설사 돈을 받고 팔거나 다른 단검과 바꾸는 일도 있을 수 없다고 했다. 그러곤 이젠 돌아가야겠으니 안녕히 가시라고 인사했다.

그들은 악수를 나누고 한스는 곧 말을 타고 사라져 버렸다. 골드문트는 우울한 기분으로 그 뒷모습을 지켜보았다. 그는 꾸러미를 풀면서 그 꾸러미가 단단한 소가죽 끈으로 묶여 있어서 다행으로 생각했다. 꾸러미 안에는 회색 털실로 짠 튼튼하게 보이는 재킷이 하나 들어 있었다. 리디아가 그를 위해 손수 짠 것임에 틀림이 없었다. 그리고 재킷 안에 무언가 딱딱한 것이 있어서 살펴보았더니 한 뭉치의 소금에 절인 돼지고기였다. 더욱이 고기 속에 금화가 하나 들어 있었다. 편지는 없었다. 리디아의 선물을 손에 든 채 그는 한참이나 눈 속에 멍하니 서 있다가 윗옷을 벗은 다음 재킷을 입었다. 훨씬 따뜻했다. 그러곤 다시 윗옷을 걸친 다음 금화를 안주머니 깊숙이 넣은 후 가죽 끈을 매고 눈 내린 벌판을 걸었다. 그는 매우 지쳐 있어 어딘가 쉴 만한 장소를 찾아야 했지만 농가를 찾아가고 싶지는 않았다. 거길 찾아가면 따뜻한 잠자리와 우유를 얻을 수는 있겠으나 이런저런 질문으로 귀찮고 무의미하고 시시껄렁한 잡담을 나누어야 하기 때문이었다. 그래서 어느 헛간에서 밤을 지낸 다음 새벽 일찍 일어나 눈보라를 뚫고 계속 걸었다. 그는 여러 밤이나 칼을 든 그 기사와 그의 두 딸의 꿈을 꾸었고 낮에는 고독과 비애로 고통스러워했다.

하루는 어느 마을의 한 가난한 농부 집에서 자게 되었는데, 식사라곤 빵도 없는 강냉이죽뿐이었으나 새로운 체험이 그를 기다리고 있었다. 그 농부의 안주인이 그날 한밤중에 출산을 한 것이다. 그는 현장에 있었다. 짚더미에서 자는 그에게 도움을 부탁했기 때문이었다. 그는 단지 등불을 들고 그 광경을 지켜보기만 하면 되었다. 해산하는 광경은 처음이었다. 그는 그런 광경을 경이롭고 호기심 가득한 눈길로 산고로 괴로워하는 산모의 얼굴을 바라보았는데 그것은 뜻하지 않은 체험이었다. 적어도 산모의 얼굴에서 본 것은 그에게는 주목할 만한 특이한 가치가 있는 것이었다. 희미한 불빛 아래서 산고로 고통스러워하는 산모를 내려다보노라니 무언가 이상한 생각이 떠올랐다.

비명을 지르는 산모의 일그러진 표정이 어쩌면 사랑의 무아경에서 나타나는 여자들의 표정과 똑같다는 사실이었다. 한 얼굴에 나타난 크나큰 고통의 표정은 크나큰 쾌락의 표정보다 더욱 심오하게 또한 더욱 흉하게도 보였다. 하지만 그 근본에 있어서는 서로 다를 바가 없어서 얼굴의 굴곡도, 그 명암도 똑같은 것이었다. 고통과 쾌락이 한 형제처럼 똑같을 수도 있다는 그런 새로운 체험이 그에게는 경이로웠다.

그는 그 마을에서 또다른 체험을 했다. 해산의 밤이 지난 다음날 아침에 이웃에 사는 농부의 아낙이 그의 추파에 순순히 응해 주었으므로 그는 하룻밤을 더 그 마을에서 묵으며 그 여자를 무척이나 즐겁게 해주었다. 오랫동안 감질나고 기만당한 사랑에 갈증을 느꼈던 그였으므로 거기서 성욕의 만족을 찾아내었다. 그리하여 그 체류가 그로 하여금 또다른 체험을 하도록 해주었다. 그것은 그가 그 다음날 그 농가에서 빅토르라는 이름의 건장한 사나이를 만난 탓이었다. 사나이는 승려 같기도 하고 부랑자 같기도 한 모습으로 어디서 주워 모은 라틴어 부스러기로 그에게 인사를 하면서 자기도 방랑길에 오른 학생이라고 했다. 물론 학생이라고 하기에는 나이가 무척 들어 보였다.

텁수룩한 턱수염의 그 사나이는 골드문트에게 무척이나 친절하게 대하면서 부랑자 특유의 익살로써 곧 그의 환심을 샀다. 그리고 골드문트가 어느 학교 출신이며 여행의 목적지가 어디냐고 묻자 그 괴상한 사나이는 이렇게 대꾸하는 것이었다.

"이 불쌍한 사람의 영혼에 걸고 맹세하지만 이 사람은 여러 대학에서 수학했으며 쾰른이나 파리 대학에도 다녔다오. 그리고 내가 라인텐에서 발표했던 간장(肝臟)에 대한 형이상학적인 논문보다 더 함축성 있는 논문을 본 적이 없어요. 친구여, 그 이후로 이 불쌍한 들개 같은 사람은 영혼의 고통을 겪어 가며 기아에 몸을 내맡기고 독일 전체를 헤매고 다녔다오. 이 사람은 농부를 웃기는 익살꾼이라 불리기도 하고 젊은 아낙네들에게 라틴어도 교습해 주고 때로는 요술을 부려 굶주린 위를 채우기도 했다오. 나의 목적지로 말하면 시장 부인의 침대라고 할 수가 있겠는데, 그때까지 까마귀밥만 되지 않는다면 그 귀찮은 성직자의 직위도 맡아보아야 할 사람이오. 젊은 친구여, 물론 손으로 벌어서 입으로 먹는 것이 그 반대보다야 훨씬 낫겠지만, 결국 질 좋은 토끼고기가 가장 쉬기 좋은 곳은 이 사람의 밥통 속이란 말이오. 보헤미아의 왕은 이 사람의 형제여서 전지전능하신 하느님께서는 그와 마찬가지로 이 사람도 먹여 살린단 말이오. 물론 어떤 때는 그렇지도 않지만 말이오. 그저께만 해도 자비로우신 하느님께서는 무정하게도 이 몸을 희생시켜서 굶주린 늑대를 먹여 살리려 하셨으니까. 만약 내가 그놈을 때려죽이지 않았더라면 젊은 친구, 당신은 결코 이 사람과 우정을 맺는 영광을 얻지 못했을 거요. 영원한 아멘을."

이런 종류의 자포자기적인 익살과 태도에 익숙하지 못한 골드문트는 농담에다 연방 너털웃음을 짓는 그 털보가 약간 무섭게 느껴지기는 했으나 무언가 그 부랑자에게 끌리는 것을 느꼈다. 그래서 그의 설득에 쉽게 넘어가 함께 방랑길에 나서기로 했다. 늑대를 때려죽였다는 이야기가 사실이든 아니든 두 사람이 함께 있으면 훨씬 든든하고 무섭지가 않았기 때문이다. 그러나 그들이 출발하려는 순간에 이르러 빅토르가 라틴어로 농부와 몇 마디의 대화를 하고 싶다고 해서 그들은 어느 농가에 숙박을 하게 되었다. 그런데 빅토르는 지금까지 골드문트가 농장이나 마을에서 손님 노릇을 하던 것과는 전혀 다른 방식으로 이집 저집 돌아다니며 아무 여편네나 붙들고 헛소리를 지껄이다가 마구간이든 부엌이든 아무데나 코를 들이박고 거기서 무슨 선물이든 얻지 않고는 물러나려 하지 않았다. 그는 농부들에게 이탈리아에서 있었던 전쟁 이야기를 하기도 하고 아궁이 옆에 쭈그리고 앉아서 파비아 전투의 노래를 부르는가 하면 할머니들에게는 관절염이나 치통에 잘 듣는 약을 권하기도 했다. 그의 태도는 마치 모든 것을 다 알고 모든 곳에 다 가 본 듯한 그런 투였다. 그러면서도 선물로 내놓는 빵 부스러기라든가 밤이나 호두 따위를 연방 주머니에 집어 넣는 것이었다.

골드문트는 놀라서 그의 하는 짓을 멍청히 쳐다보기만 했다. 사나이는 지칠 줄 모르게 원정을 계속해서 사람들을 놀라게 하는가 하면 아양을 떨어서 환심을 사기도 하고, 어느 때는 스스로 놀라운 표정도 짓는가 하면 라틴어 부스러기를 주워 모아 학자인 체하기도 하는가 하면 형편없는 음담을 늘어놓기도 했다. 그리고 그렇게 지껄이면서도 눈을 똑바로 뜨고 이 사람 저 사람의 얼굴을 살피고 반쯤 열린 찬장이나 반찬통을 살피는 것을 잊지 않았다. 골드문트는 사나이의 그 모든 동작이 천신만고를 겪은 부랑자의 속성이라 생각했다. 굶기를 밥 먹듯 하고 추위에 떨고 위험한 생명을 이어 가기 위한 투쟁에서 자연히 교활해지고 뻔뻔스러워진 것으로 여겼다. 오랜 세월을 두고 방랑 생활을 한 자들은 결국 저렇게 되는 것이려니, 그도 언제인가는 저렇게 되지 않을까?

이튿날 아침 그들은 출발했다. 골드문트로서는 방랑길의 동행은 처음이었다. 그들은 사흘 동안이나 함께 지냈는데, 그동안 골드문트는 빅토르에게서 많은 것을 배웠다. 본능처럼 되어 버린 부랑자의 중요한 세 가지 요건, 즉 생명의 위험에 대한 안전을 강구하는 일, 잠자리를 찾는 일, 먹을 것을 구하는 일이었다. 기나긴 세월을 방랑하게 될 그에게 이 사나이는 귀중한 지식을 전해 주었다. 겨울이든 캄캄한 밤이든 아무리 하찮은 흔적에서도 사람이 사는 인가를 찾아내는 법, 숲이나 밭 한구석에서도 쉴 자리나 잠자리를 찾아내는 요령, 방에 들어서는 순간 그 주인이 누리는 생활의 빈부를 알아내고 그의 친절과 호기심과 염려의 정도를 알아내는 법, 그 모든 것은 빅토르가 대가의 경지에 이르른 기술이었다. 사나이는 그 외에도 갖가지 교훈이 될 만한 것들을 젊은 친구에게 가르쳤다.

한 번은 골드문트가 자기는 그런 빈틈없는 준비를 갖춘 뒤 사람들에게 접근하기는 싫다, 비록 자기는 그런 기술을 전혀 알지 못했지만 이쪽에서 정답게 부탁을 하면 거절을 당한 일이 거의 없었다고 대꾸하자 그 키다리 사나이는 웃으면서 이런 말을 하는 것이었다.

"골드문트, 자네는 운이 좋아. 젊고 미남이며 순진해 보인다는 것은 훌륭한 숙박권이 될 수 있지. 자네는 여자들의 호감을 얻을 수 있고, 사나이들은 이렇게 생각할 거야. 아, 저런 젊은이는 해로울 게 없어. 조금도 손해를 끼칠 인간은 아니야 하고 말일세. 하지만 인간이란 늙게 마련이지. 예쁘장한 얼굴에는 수염이 나고 주름살이 잡히며 바지에는 구멍이 나고 부지불식간에 이미 환대받지 못하는 손님이 되는 수도 있는 거야. 그리하여 젊음과 순진 대신에 그 눈에서는 굶주림만이 보이게 되는 거지. 그렇게 되기 전에 세상을 좀 알아 두어야 할 필요가 있는 거야. 그렇지 않았다가는 거름더미에서 자게 되거나 개한테 물리기 십상이지. 그래도 자네는 아무래도 언제까지나 이런 삶을 계속할 사람으로는 보이지가 않아. 자네의 그 고운 손과 아름다운 곱슬머리로 알 수 있다네. 자네는 언제인가 보다 나은 자리를 잡게 될 거야. 따뜻하고 고운 부부의 침실에 눕게 되거나, 아담하고 안락한 수도원 생활을 하게 되거나, 온기가 가득한 서재에 앉게 될 거야. 그리고 자네의 옷차림은 정말로 괜찮아 보인단 말이야. 마치 귀공자처럼 보이거든."

빅토르가 자꾸 웃으면서 골드문트의 옷을 더듬어 주머니나 솔기를 슬슬 조사하는 것을 느끼자 그는 몸을 움츠리며 감추어 둔 금화를 생각했다. 그는 기사의 저택에 거처했던 일이며 라틴어를 교습해서 멋진 옷을 얻어 입게 된 경위를 이야기해 주었다. 그러자 빅토르가 골드문트에게 이렇게 추운 겨울철에 그런 따뜻한 보금자리를 떠난 이유에 대해 물었으므로 거짓말을 모르는 순진한 골드문트는 기사의 두 딸에 대해 조금 설명해 주었다. 그러자 그 두 친구 사이에 처음으로 언쟁이 벌어졌다. 빅토르는 골드문트가 기사의 저택과 두 딸을 버리고 그냥 나와 버린 짓은 정말 바보 같은 짓이라 했다. 그러니 그 잘못을 고쳐야 한다, 물론 골드문트는 모습을 드러내서는 안 되므로 이러저러한 편지를 써 주기만 하면 빅토르 자신이 그 저택을 찾아가 돈이나 재산을 얻어 가지고 오겠다는 것이었다. 골드문트는 물론 그 제안을 수락하지 않았고 나중에는 완강한 반대를 해야만 했다. 그래서 그 사건에 대한 이야기는 더 이상 하고 싶은 마음이 없다면서 그 기사의 이름이나 그 처소로 이르는 길을 알려 주지 않았다.

골드문트가 이처럼 흥분하는 것을 보자 빅토르는 다시 껄껄거리고 웃으면서 아무런 악의는 없다는 표정을 지었다.

"좋아! 여보게, 자네는 그저 좋은 먹이를 놓쳐 버리고 말았다는 것을 말하고 싶었을 뿐일세. 하지만 친구의 호의를 그렇게 대하지는 말게. 훌륭한 신사로서 말을 타고 그 저택으로 돌아가 그 아가씨와 결혼할 수도 있을 텐데! 젊은이, 자네는 너무나 어리석어. 뭐, 어쩔 수 없지. 자네가 싫다면야. 그렇다면 구두가 발바닥에 얼어붙을 때까지 걷기나 하세나."

그래도 골드문트는 해가 질 때까지 화난 표정을 하고 침묵을 지켰다. 그러나 공교롭게도 그날은 마땅한 잠자리나 사람 사는 곳을 찾지 못해서 빅토르가 잠잘 만한 곳을 발견하고 숲가에 전나무로 썩 훌륭한 잠자리를 만들어 주었으므로 골드문트는 고맙게 생각지 않을 수 없었다. 그들은 빅토르가 채워 온 가방에서 빵과 치즈를 꺼내 먹었다. 골드문트는 자기가 화를 냈던 일을 부끄럽게 생각하고 입고 있던 털 재킷을 벗어 친구에게 주면서 입고 자라고 했다. 그리고 그들은 혹시 짐승이 나오지 않을까 해서 교대로 보초를 서기로 하고 골드문트가 먼저 서겠다고 자청했다. 그동안 친구는 전나무로 만든 잠자리에서 자게 되었다. 골드문트는 오랫동안 소나무 등걸에 기대어 친구가 잠자는 것을 방해하지 않기 위해 잠자코 쉬고 있었다.

그런 후엔 너무 추워서 이리저리 거닐기 시작했다. 그가 서성이는 범위는 자꾸만 넓어져 갔다. 희미한 하늘에 걸린 전나무 가지 끝을 보면서 겨울밤의 그토록 깊은 정적이 무언가 엄숙해지고 무서워지기까지 했다. 그리고 그의 따뜻한 심장만이 냉랭하고 대답 없는 그런 정적 속에서 고동을 쳤다. 그는 이따금 제자리로 돌아와 잠자고 있는 친구의 숨소리에 귀를 기울였다. 집이 없는 방랑자라는 감정이 그 어느 때보다 더 강했다. 그런 크나큰 공포에서 자신을 보호해 줄 집도, 성도, 수도원의 담벽도 없이 알지 못할 험악한 세상을 혼자서 달려가는 사람. 차갑게 비웃는 듯한 별 아래에서, 어슬렁대는 짐승들 사이에서, 참을성 있게 서 있기만 하는 나무들 사이에서 외롭게 걸어가야 하는 방랑자의 감정.

안 돼! 설사 방랑으로 일생을 마친다 하더라도 그는 절대로 빅토르처럼 되지 않으리라 생각했다. 두려움에 저항하는 그런 식의 방법이나 교활한 도둑 같은 음모도, 자포자기하는 말투나 호언장담하는 버릇도 배우지 않으리라. 어떤 의미에서 이 사나이가 하는 것이 옳을는지는 모르나 그는 절대로 그렇게 되지는 않을 것이며 또한 영원히 부랑자로 남지는 않으리라. 어디서든 견고한 담벼락으로 되돌아가게 되리라. 하지만 그는 결국은 고향이 없고 목적도 없는 사람이 될 수도 있으며 진짜로 보호를 받지는 못하리라. 그리고 세상은 여전히 하나의 아름다운 수수께끼가 존재할 것이며 그는 언제나 이런 정적 속에서 주의를 집중해야 하며, 그 정적의 한가운데서 가슴은 공포로 떨게 되리라. 바람은 잠들어 있었고, 드높은 창공에는 드문드문 별들이 보였고, 구름은 그 사이를 움직이고 있었다.

한참이 지난 뒤 골드문트는 그를 깨우고 싶지 않았으나 빅토르가 스스로 잠에서 깨었다. 잠을 깬 빅토르가 그를 불렀다.

"이봐, 이젠 자라고. 내일을 망치고 싶지 않으면 잠을 자야 하니까."

골드문트는 그가 하라는 대로 자리에 누워 눈을 감았다. 지쳐 있으면서도 잠은 오지 않았다. 오만가지 생각으로 잠들 수가 없었던 것이다. 그리고 자신도 알 수 없는 어떤 감정, 친구에 대한 불신과 불안 같은 감정이 또한 잠을 이룰 수 없게 했다. 아무래도 이런 웃기 잘하는 뻔뻔스러운 악당 같은 작자에게 리디아에 대한 이야기를 했다는 것이 이상하게 마음에 걸렸다. 그는 친구에 대해서도 화가 났지만 자신에 대해서도 화가 치밀었다. 그리하여 어떻게 하면 이 사나이와 헤어질 기회를 잡을 수 있을까 하고 골똘히 생각했다.

그런 중에도 그는 슬며시 잠이 들었던 모양이다. 빅토르의 두 손이 그의 옷을 더듬는 것이 느껴져서 소스라치게 놀랐다. 한쪽 주머니에는 사냥에 쓰는 칼이 들어 있고 다른 주머니에는 금화가 있어서 빅토르가 그걸 알기만 하면 틀림없이 둘 다 훔쳐 갈 것이다. 그래서 골드문트는 일부러 자는 척하면서 몸을 뒤척이고 팔을 휘저었으므로 빅토르는 주춤거리며 물러섰다. 골드문트는 빅토르에 대해 화가 나서 다음날은 꼭 그와 헤어지리라 결심했다.

그러나 한 시간쯤 지났을까, 빅토르가 또다시 그의 몸 위로 굽혀 옷을 뒤지기 시작했으므로 골드문트는 분노를 참을 수가 없었다. 그는 누운 채 눈을 뜨고 경멸이 가득한 음성으로 말했다.

"꺼져 버려! 아무리 뒤져보아야 훔칠 건 없을 테니까."

그 소리에 깜짝 놀란 빅토르는 재빨리 손을 뻗어 골드문트의 목을 졸랐다. 그래서 골드문트가 바동대며 일어나려 하자 그는 더욱 힘을 주면서 그의 가슴을 정강이로 누르는 것이었다. 숨을 쉴 수 없게 된 골드문트는 혼신의 힘으로 저항했으나 도저히 빠져나올 수가 없었으므로 그 순간 죽음의 두려움을 느껴야만 했다. 그리고 그 공포는 그로 하여금 더욱 교활하게 사태를 똑바로 보도록 해주었다. 그는 상대방이 더욱 힘을 가하는 동안 얼른 주머니를 뒤져서 사냥용 칼을 꺼내어 자기를 누르고 있는 사나이를 닥치는 대로 마구 찔렀다.

빅토르의 손이 느슨해지는가 싶더니 곧 숨을 쉴 수가 있었다. 골드문트는 생명을 구했다는 생각으로 깊게 숨을 들이마셨다. 그리고 그가 몸을 일으키려 하자 그 키다리 친구가 신음 소리를 내면서 몸 위로 쓰러져 내리면서 골드문트의 얼굴에 피를 흘렸다. 그제야 골드문트는 겨우 일어날 수 있었다. 희미한 빛 속에서 키다리가 넘어지는 게 보이고 손을 뻗치자 그 손에 피가 범벅이 되었다. 골드문트가 사나이의 머리를 들자 그 머리는 자루처럼 힘없이 밑으로 떨어지는 것이었다. 그리고 그의 입과 목에서 자꾸만 피가 흘러내리고 입에서는 꺼져 가는 마지막 숨결이 흘러나오고 있었다.

'마침내 살인을 하고 말았구나!' 골드문트는 그런 생각을 했다. 그리고 죽어 가는 사람 곁에 무릎을 꿇고 앉아서 그 얼굴에 점점 생기가 사라져 가는 것을 바라보면서 그는 자꾸만 그런 생각을 했다.
"성모 마리아님, 저는 이제 살인의 죄를 저질렀습니다."
그는 자기도 모르는 사이에 그렇게 중얼거리고 있었다.
그러곤 갑자기 더 이상은 그자리에 머무를 수 없을 것만 같았다. 그는 칼을 집어들어서 죽은 자가 입고 있던 털 재킷에다 피를 닦았다. 리디아가 그를 위해서 손수 짜 주었던 그 재킷에다 닦았다. 그러곤 칼을 칼집에 다시 꽂아 주머니에 간직한 다음 혼신의 힘을 다해서 거기서 달아났다. 그 부랑자의 죽음은 그의 마음을 무겁게 짓눌렀다. 새벽이 오자 그는 몸에 묻은 피를 닦고 하루 종일 아무런 목적도 없이 두려움에 떨면서 헤매고 다녔다. 그리고 결국에는 그 육신의 고달픔으로 인해 그는 진정되었고 공포감도 잊었다.
눈이 내린 황막한 지대를 맹목적으로, 잠잘 곳도 먹을 것도 없이 그냥 달리기만 했다. 그의 몸 속에서는 굶주림에 고통스러워 몇 번이나 들판에 드러누워서 눈을 감고 무엇이든 다 포기해 버리고 그저 잠을 자다가 죽어 가겠다는 생각만이 자리잡고 있었다. 하지만 그런 절망적인 욕구에서도 죽음에 대한 맹목적이고도 미친 듯한 반항이 그를 앞으로 떼밀었다. 그것은 거의 맹목적인 무서운 힘이었다. 눈이 쌓인 덤불 속에서 파랗게 얼어붙은 손으로 열매를 따서 전나무 잎에다 싸서 먹었다. 견딜 수 없을 만큼 썼다. 그러곤 갈증을 해소하기 위해 눈을 한 주먹씩 입에 처넣었다. 어떤 언덕에서 잠깐 숨을 돌리면서 애타게 사방을 휘둘러보았으나 사람의 모습은 어느 곳에도 없었으며 보이는 것이라곤 단지 초원과 숲만이 전부였다. 그의 머리 위로 까마귀들이 날아

다녔다. 그는 화가 난 눈으로 까마귀들을 노려보았다. 안 돼. 절대로 까마귀의 밥이 되지는 않을 것이다. 다리에 힘이 조금이나마 남아 있고 조금이나마 피가 따뜻한 한 그들의 먹이가 되지 않으리라. 그는 일어나 죽음과의 처절한 싸움을 하면서 계속 달려갔다. 달리고 또 달렸다. 그리하여 마지막 안간힘 속에서 괴상한 상념들이 쫓아와 혼자서 미친 소리를 지껄였다. 어떤 때는 큰 소리로, 어떤 때는 들릴락말락 혼자소리로 지껄인 것이다. 그는 칼에 찔려 죽은 빅토르와 모멸스런 대화를 나누었다.

"교활한 친구 같으니라고! 지금은 어떻게 지내고 있는 거야? 너의 늑골엔 달이 잘 비치고 있는지, 아니면 여우가 너의 눈 옆에서 냄새를 맡고 있느냐? 너는 늑대를 찔러 죽였다고 주장했었지? 곡덜미를 물고 늘어졌더냐, 아니면 꼬리를 쥐고 찢었더냐? 욕심 많은 늙은 돼지 같은 녀석! 너는 나의 금화를 노리고 있었지? 그런데 골드문트가 너를 놀라게 했던 것이지! 골드문트는 너의 늑골을 찔렀으니까! 언제나 치즈니 빵이니 소시지 같은 것을 배낭 그득히 넣고 다니면서도 그 따위 욕심을 부리다니! 이 돼지 같은 놈아!"

골드문트는 숨을 헐떡이며 그렇게 중얼거리기도 하고 죽은 자를 비웃기도 하면서 그 불쌍한 악당을 조롱하는 것이었다. 이윽고 그의 사념과 독백은 그 불쌍한 키다리 빅토르에게서 점점 멀어져 갔다. 이제 그의 눈에는 아름답고 조그마한 율리에, 그날 밤 마지막으로 헤어지던 때의 그 모습이 보인 것이다. 그는 율리에를 향해서 수없이 사랑의 말을 부르짖고 부끄러움도 없이 그녀를 유혹하여 접근하도록 해서 옷을 벗기고 비참하게 죽기 바로 직전에 함께 천국으로 들어가자고 꾀었다.

애원하기도 달래기도 하면서 그는 율리에의 그 조그마한 젖가슴과 다리와 곱슬곱슬한 갈색의 겨드랑이털과 이야기를 나누었다.

그러곤 피곤에 지친 다리로 눈 내린 황야를 걸으면서도 생명에 대한 욕구가 불타올라 속삭이기 시작했다. 이번에는 나르치스와 이야기를 하고 있었다. 나르치스와 그는 새로운 착상과 지혜와 농담으로써 이야기를 나누었다.

"나르치스, 어때요, 두려운가요? 아직도 모르십니까? 그렇습니다. 이 세상은 죽음으로 가득 차 있습니다. 죽음 말입니다. 죽음은 울타리에도 나무에도 도사리고 있어서 아무리 두텁게 쌓은 담벼락이라도, 회랑이나 예배당이나 교회라도 소용이 없습니다. 죽음은 창문으로 들여다보면서 조소합니다. 죽음은 당신네들 하나하나를 정확하게 알고 있어서 당신네들은 한밤중에도 죽음이 창문 앞에서 웃으면서 당신네들의 이름을 부르는 소리를 듣습니다. 찬송가를 부르고 제단에다 아름다운 촛불을 켜십시오! 그리고 저녁 미사나 아침 미사를 드리고 실험실에는 약초를 모으고 서재에는 책을 모으십시오! 당신은 지금 금식 중인가요, 아니면 잠을 쫓고 있습니까? 도움을 줄 수는 있겠지만 그래도 당신은 죽음에 모든 것을 잃어버린 것입니다. 뼈까지도 말입니다. 그러니 얼른 달아나도록 하십시오. 들판에는 죽음의 신이 날아다니고 있습니다. 얼른 달아나십시오. 뼈만은 확 붙잡고 말입니다. 뼈는 흩어져 버리려 합니다. 아, 우리들의 불쌍한 뼈여, 불쌍한 창자여, 가련한 위(胃)여! 그리고 우리들의 가련한 뇌수여! 그 모든 것을 다 앗아 가려 합니다. 그리고 나무 위에는 까마귀들이 떼지어 앉아서 기분 나쁜 울음소리를 냅니다."

길을 잃고 헤매는 자는 그가 지금 어디를 향하여 달리는지, 여기가 어디인지, 자기가 무슨 말을 하고 있는지, 서 있는지, 앉아 있는 것인지 전혀 의식이 없었다. 그는 덤불 위에 쓰러지기도 하고 나뭇등걸에 부딪히기도 하고 쓰러지며 눈이나 가지를 움켜잡기도 했다. 그러면서도 죽음에 대한 반항적인 의지는 무엇보다 강해서 그것이 맹목적으로 그를 앞으로만 달리게 했다. 그런데 그가 마지막으로 실신해 넘어진 곳이 우연히도 며칠 전 자칭 방랑하는 학생을 만난, 밤중에 산모 옆에서 등불을 들고 있었던 바로 그 마을이었다. 사람들이 그가 기절해서 누워 있는 곳으로 달려와 빙 둘러싸고 요란을 떨었으나 그는 아무 소리도 들을 수 없었다. 그 당시 그가 사랑을 맛보았던 아낙네가 그를 알아보고 그 몰골에 깜짝 놀라서 불쌍한 생각에 남편의 욕지거리에도 불구하고 기절해 있는 그를 마구간으로 옮겨 놓았다.

얼마 되지 않아 그는 다소 체력을 회복해서 스스로 걸음을 걸을 수가 있었다. 마구간에서 풍겨 오는 온기와 수면과 아낙네가 마시라고 갖다 준 우유가 그로 하여금 정신을 차리게 했고 원기를 북돋아 준 것이었다. 하지만 막 체험한 그 모든 것들이 마치 아득한 옛날의 일이었듯이 기억의 저편으로 밀려나고 말았다. 빅토르와 함께 걷던 일, 전나무 밑에서 맞이했던 그 불안스러웠던 추운 겨울밤, 침상에서 있었던 그 무시무시한 싸움, 친구의 그 무서운 죽음, 몸을 떨던 낮과 밤들, 그리고 굶주림과 방황, 그 모든 것이 이미 먼 과거 속으로 망각된 것 같았다. 하지만 그것은 잊어버린 것이 아니라 극복해서 뚫고 나온 것에 불과했다. 어떤 형언치 못할 두렵고도 가치 있는 것, 잊은 것 같으면서 결코 잊혀지지 않은 무엇인가가 하나의 체험이 되어 혀끝에 감돌고 가슴 언저리에 테두리처럼 남아 있었다.

  그는 2년도 채 되지 못하는 방랑 생활에서 방랑이 주는 간난신고와 그 쾌락을 밑바닥까지 모조리 맛보았다. 고독, 자유, 숲과 짐승들의 울음에 귀기울여 듣는 일, 아무런 위안도 없는 일시적인 사랑과 죽음처럼 괴롭고 궁한 고생을 그는 맛본 것이었다. 며칠씩이나 여름 들판의 손님이 되었으며, 몇 날 몇 주일을 숲에서 지냈고, 눈밭에서 며칠을 보냈으며, 수많은 날을 죽음의 공포와 싸웠다. 그러나 무엇보다 가장 극렬하고 이상스러운 것은 죽음과의 싸움이었다. 그리고 자신이 아무리 비참하고 왜소하다는 것을 알면서도 죽음과 싸우는 절망적인 순간에 자신의 내부에는 생에 대한 아름답고 소름 끼치도록 강렬한 힘이 느껴지는 것이었다. 그리하여 그 투쟁의 울림이 마음속에 고이 간직되었으며 쾌락의 몸짓이 산고로 고통을 당하는 여인이나 죽어 가는 자의 표정과 어쩌면 똑같다는 사실이 통감되었다. 해산을 하는 여인은 그 얼마나 고통으로 울부짖고 얼굴을 찡그렸으며, 빅토르는 그 얼마나 고요하고 순식간에 피를 흘렸던가! 그리고 그 자신은 어떠했던가! 굶주리던 날에는 죽음이 그 얼마나 가까운 곳에서 기웃거렸으며, 굶주림은 또 얼마나 참기 힘든 고통이었던가! 그리고 추위에 그 얼마나 고통스럽게 몸을 떨었던가! 죽음이 다가오면 얼마나 미친 듯이 저항했던가! 그 이상의 것은 아무래도 체험할 수 없을 것 같았다. 나르치스 외의 그 어떤 이에게도 그런 이야기의 전부를 말할 수 없으리라.

  마구간 짚더미에서 처음 정신이 들었을 때, 골드문트는 호주머니에 넣어 둔 금화가 사라졌다는 사실을 깨달았다. 거의 의식이 없이 헤매던 그 무서운 마지막의 굶주림 속에서 잃고 말았단 말인가? 생각을 천천히 더듬어 보았다. 그 금화는 그에게는 무척이나 소중한 것이어서 결코 포기하고 싶지 않았다. 그에게는 돈이 그다지 중요한 것도 아니었고, 또 그가 돈의 가치를 잘 아는 것도 아니었지만 그 금화는 그에게 두 가지 소중한 의미를 가지고 있었다.

그것은 그를 사랑했던 리디아가 준 유일한 선물이기 때문이다. 그녀가 짜 준 털 재킷은 빅토르의 몸에 걸쳐져서 피투성이가 되어 숲에 나뒹그러져 있지 않은가. 그리고 무엇보다 그 금화가 없어져서는 안 될 이유로서는 그 금화야말로 그가 살인을 하게 된 근원이었기 때문이다. 만약 그 금화가 없어졌다면 그 무시무시한 밤의 체험 전부가 가치와 의미를 상실하게 되는 셈이다. 한참이나 그런 생각을 하다가 그는 농부의 아낙에게 그 이야기를 해주었다.

"크리스티네, 주머니에 금화를 넣어 두었었는데 그게 없어졌어."

"그래요? 이제야 알았어요?"

아낙이 되물었다. 그 얼굴에는 말할 수 없는 애정이 넘치고 동시에 다정한 웃음을 띠고 있었는데, 그 미소가 너무나 매혹적이어서 그는 몸이 쇠약한 것도 잊고 팔을 뻗어 여자의 목을 끌어안았다.

여자는 귀엽다는 듯 말을 계속했다.

"당신은 정말 이상한 사람이에요! 그렇게 멋지고 영리한 사람이면서도 그런 바보 같은 짓을 하다니 말이에요! 금화를 아무렇게나 주머니에 넣고 돌아다니는 바보가 어디 있어요? 순진한 어린애 같은 사람, 이렇게 달콤하고 귀여운 바보! 당신을 짚단에 눕힐 때 내가 그 금화를 주웠단 말이에요."

"당신이? 그렇다면 지금 어디 있지?"

"찾아봐요."

여인은 웃으며 한참이나 그더러 찾아보게 한 다음에야 꼭꼭 꿰매놓은 저고리 섶을 가리켜 보였다. 이어 그 여자는 어머니 같은 충고를 아끼지 않았는데, 그런 충고는 이내 잊어버리고 말았으나 그 여자의 사랑과 그 농사꾼 같은 선량한 얼굴에 깃든 미소만은 절대로 잊을 수가 없었다. 그가 억지로나마 기운을 차려 다시 떠나려고 여자에게 고마운 정을 표시하자 여자는 애써 말렸다. 곧 달이 바뀌고 날씨가 좋아질 테니 조금만 더 있다가 출발하는 게 좋겠다는 것이었다.

그리고 날씨는 실제로 그렇게 변했다. 그가 다시 출발했을 때는 눈이 희끗희끗 녹고 대기는 축축했으며 상공에서는 미풍이 신음하듯 불고 있었다.

예술가의 눈

얼음이 녹아 시내가 흐르고 잎사귀 밑에서 다시금 오랑캐꽃 냄새가 풍겨 왔다. 골드문트는 또다시 다양한 사계(四季)를 달리며 그 지칠 줄 모르는 감각으로 숲과 산과 구름을 마시면서 이 집에서 저 집으로, 이 마을에서 저 마을로, 이 여자에게서 저 여자에게로 옮아가며 때로는 차가운 밤에 가슴속 슬픔을 한아름 안고 가슴 졸이며 창틀 밑에 쭈그리고 앉기도 했다. 그 창문 안에서 밝은 불빛이 새어 나오고 이 세상에 존재하는 행복이니 고향이니 평화니 하는 것들이 그의 손이 미치지 않는 곳에서 밝게 빛났다. 그가 잘 알고 있다고 생각하는 모든 것들이 다시 되풀이되지만 그때마다 그 모습이 달랐다. 들판과 황무지, 돌 많은 길 위로 걸어가는 방랑, 숲 속에서 지새우는 여름철의 새우잠, 건초갈이나 호프를 따다가 손에 손을 맞잡고 돌아가는 아가씨들을 따라 마을에서 어슬렁거리는 일, 가을 장마, 심술궂은 첫서리, 그 모든 것이 지나갔다가 다시 돌아오고 되풀이되면서 알록달록한 끝없는 실 꾸러미가 되어 언제까지나 그의 눈앞으로 이어져 지나갔다.

골드문트는 비와 눈을 여러 번이나 번갈아 맞았다. 그런 어느 날, 그는 벌써 밝은 녹색의 움이 트는 떡갈나무 숲을 지나 가파른 언덕으로 올라갔다. 산언덕으로는 새로운 풍경이 그의 눈앞에 펼쳐져 눈을 황홀케 해주었으며, 가슴속의 예감과 욕정과 희망 같은 것을 일깨워 주었다. 며칠 전부터 그는 이미 그 지방에 가까이 온 것을 알고 기대감에 한껏 부풀었었다. 지금 이 한낮의 경치가 그를 놀라게 했으며, 그 경치를 처음 대했을 때 느낀 것은 그 지방이 그의 기대를 밝혀 주고 강하게 해주는 것이었다. 회색의 나뭇등걸과 바람에 흔들리는 가지 사이로 갈색과 녹색으로 빛나는 계곡이 있었고 가운데를 거울처럼 넓은 강물이 지나갔다. 이제 그는 황무지와 숲과 고독뿐인 지방, 저택이나 한촌(寒村)도 보기 드문 그런 지방에서 길도 없는 곳으로 정처 없이 헤매는 방랑은 당분간 멈추리라는 것을 알았다. 저 아래로 강물이 흐르고 그 강을 따라서 전국에서 가장 아름답고 유명한 국도가 달리고 있으며 기름진 국토가 펼쳐져 있다. 그리고 거기에는 뗏목과 보트가 있고 아름다운 마을과 산성과 수도원이 있으며 도시가 있다. 그 길로 걸어간다면 형편없는 시골길에서처럼 숲이나 늪 같은 데에서 길을 잃고 헤맬 염려는 없으리라. 무언가 새로운 것이 나타나리라는 기대에 그는 한껏 부풀어올랐다.

그날 저녁때 그 지방의 어떤 마을에 도착했다. 강과 커다란 국도 근처, 붉은 포도밭 언덕 사이에 있는 마을이었다. 집집마다 지붕은 모두

붉게 칠해져 있었고, 어디에나 아름다운 아치형 출입구와 돌계단이 있었으며, 대장간에서는 모루 위를 두들기는 망치 소리와 함께 밝은 불빛이 거리에까지 흘러나왔다. 새로 도착한 길손은 호기심으로 골목이나 모퉁이마다 들러보며 술집 문 앞에 다다라선 흘러나오는 포도주 냄새에 코를 벌름거리고, 강기슭에 이르러서는 비릿하고 서늘한 물 냄새를 맡았다. 예배당과 묘지도 구경하면서 마땅한 잠자리를 찾기 위해 사방을 휘둘러보았다. 그리고 잠자리에 들기 전에 목사를 찾아가 먹을 것을 청해 보았다. 뚱뚱한 붉은 머리칼의 목사는 그에게 이것저것 물어 왔기 때문에 그는 얼마간 그럴싸한 신세 타령을 늘어놓았다. 그러자 목사는 몹시 친절한 태도로 먹을 것과 마실 것을 내왔으며 이런저런 이야기로써 주인과 객은 하룻밤을 새우기에 이르렀다.

그 다음날, 그는 강을 따라 이어지는 국도로 계속 걸었다. 뗏목과 화물선이 보였으며 길에는 짐마차가 많이 다녔다. 가끔 그 짐마차들을 타고 가기도 했다. 어디에서나 봄의 정경이 흘러 넘치고 조그마한 마을과 고을이 그를 기꺼운 마음으로 받아들였다. 여자들은 화초를 심다가 담장 너머로 미소를 보내 주었고 처녀들은 어둑어둑해지면 골목길에서 노래를 불렀다.

그는 어느 물방앗간 집 아가씨에게 매료되어 이틀이나 근처에서 서성대기도 했었다. 처녀는 그를 데리고 웃고 농담하기를 좋아해서 차라리 물방앗간 집의 머슴이 되어 오래도록 거기에 남아 있고 싶다는 생각이 들 정도였다. 그는 어부들과 함께 어울리기도 하고 마부들이 말먹이를 주거나 잔손질하는 것을 도와 주고 먹을 것을 얻거나, 얼마쯤 마차를 얻어 타고 가기도 했다. 오랫동안 고독한 생활을 한 탓인지 사람들과 더불어 여행하는 것이 즐거웠으며 오랜 사색의 생활 끝이라 말하기 좋아하고 만족하게 지내는 사람들과 어울려 배불리 얻어먹는 일이 즐거웠다. 그리하여 주교(主敎)가 살고 있는 도시에 가까워질수록 주변 광경이 더없이 풍요롭고 밝게 느껴졌다.

어둠이 깔렸을 때, 그는 어느 마을에 이르러 잎이 우거진 나무 밑 우물가에서 서성거렸다. 강물은 조용히 흘러 한숨을 쉬듯 나무뿌리 밑으로 스쳐가고 언덕으로는 달이 떠올라 강물에는 밝은 빛을, 나무 아래로는 그림자를 던져 주었다. 거기서 그는 웬 처녀가 쭈그리고 앉아서 우는 것을 보았다. 처녀는 애인과 말다툼을 한 뒤 애인은 가 버리고 혼자 남게 된 것이다. 골드문트는 처녀와 함께 앉아서 처녀의 하소연을 들어주며 처녀의 손을 어루만져 주었다. 그가 숲과 노루 이야기를 해서 처녀의 마음을 다소나마 달래 주어 처녀는 웃었으며 나중에는 그에게 키스를 허락하기까지 이르렀다. 그런데 애인이 그녀를 찾으러 다시 나타났다. 애인은 그녀와 싸웠던 일을 후회하고 되돌아온 것이다. 그러나 그녀가 어떤 낯선 남자와 함께 앉아 있는 것을 보자 대뜸 그에게 달려들어 두 주먹으로 내리쳤다. 갑작스러운 공격이어서 골드문트는 처음에는 당황했으나 이내 녀석을 때려눕히고 말았다. 녀석도 처녀도 마을로 돌아갔다.

하지만 골드문트는 일이 그것으로 끝난 것으로는 생각지 않았기 때문에 잠자리를 버리고 한밤의 달빛을 받으며 고요한 은세계를 즐기며 다리 힘이 미치는 데까지 걸었다. 그는 그 남자를 때려눕힌 것에 은근히 기뻐하면서 걸음을 재촉했으나 밤이슬에 신발이 거의 젖었을 무렵 마침내 피곤이 엄습해 와서 어느 나뭇등걸에 쓰러져 잠이 들고 말았다. 잠결에 무엇인가가 얼굴을 간지럽히고 있다는 생각이 여전히 잠에 취한 채 그것을 손으로 탁 치고 난 뒤 다시 잠에 빠졌다. 그러자 누군가가 다시 간지럼을 태우며 그를 깨우고 말았다. 벌써 한낮이었다. 그를 깨운 장본인은 농가의 하녀로서 그를 내려다보면서 버드나무 가지 끝으로 간지르는 것이었다. 그는 비틀거리며 일어났고 두 사람은 마주 보고 웃으며 인사를 했다. 하녀는 그곳보다 잠자기가 좋은 곳이 있다고 하면서 그를 어떤 곳간으로 데리고 갔다. 그들은 거기서 한참 동안을 잤다. 그리고 여자는 밖으로 나갔다가 방금 짠 듯한 우유를 한 그릇이나 가지고 왔다. 골드문트는 길에서 주워 넣었던 파란색의 리본을 여자에게 주었고, 그들은 헤어지기 전에 다시 한 번 키스를 나누었다. 여자의 이름은 프란치스카였다. 그리고 그 여자와 헤어지는 게 마음에 걸렸다.

그날 밤 그는 어떤 수도원에 잠자리를 얻어 하룻밤을 지내고 다음날 아침 미사에도 참석했다. 그의 가슴에는 무수한 추억들이 되살아났다. 아치형 천장에서 흘러나오는 축축한 냉기, 돌을 깐 포도에 신발 끌리는 소리, 그 모든 것이 그리운 고향의 향훈을 담고 있었다. 미사가 끝나 성당 안이 조용해진 다음에도 그는 그대로 무릎을 꿇고 앉아 있었다. 가슴에는 이상한 파문이 일었다. 전날 밤 꿈을 많이 꾸었었다. 어떻게 하든 과거에서 벗어나 인생을 바꾸고 싶다는 강렬한 소원을 느꼈다. 그의 마음을 움직인 것은 자신도 잘 모르지만 어쩌면 마울브론 수도원과 경건했던 소년 시절이었을 것이다.

그는 참회를 해서 정화되고 싶다는 충동을 느꼈다. 참회를 해야 할 사소한 죄악이나 악행은 수없이 많았으나 무엇보다 그의 가슴을 짓누르는 것은 그의 손에 살해당한 빅토르였다. 그는 신부를 찾아 이것저것 고해를 했고 특히 불쌍한 빅토르의 목덜미와 어깨를 찌르던 일을 참회했다. 아, 얼마나 오랫동안 참회를 하지 않았던가! 그가 지은 죄는 너무나 무겁고 많아서 그는 어떤 대가라도 받을 작정이었으나, 고해 신부는 부랑자의 생활을 잘 아는 듯 놀라는 기색도 없이 조용히 말을 듣고 있다가는 진지하나 정답게 훈계를 했을 뿐 별다른 질책은 하지 않았다.

골드문트는 홀가분한 마음으로 자리에서 일어나 신부의 지시에 따라 제단 앞에서 기도를 드리고 성당을 떠나려 했다. 때마침 창으로 햇살이 비쳐 들어와 그의 시선이 그 빛줄기를 따라가 벽면에 세워 둔 입상(立像)을 보았다. 입상은 그에게 말을 걸고 그를 잡아끄는 것만 같아서 그는 경건한 마음으로 그 입상을 면밀히 관찰했다. 그것은 부드럽고 상냥하게 몸을 굽히고 서 있는 성모 마리아의 목상이었다. 푸른 망토로 가려진 가느다란 어깨, 소녀 같은 고운 손, 괴로운 듯한 입술을 조용히 내려다보고 있는 눈매, 그리고 둥그스름한 이마, 그 모든 것이 너무나 아름답고 생기에 넘치고 영혼이 깃들어 있어 크나큰 감흥을 안겨 주었다. 그 입과 목덜미의 아름다운 율동은 아무리 보아도 싫증이 나지 않았다. 그때까지 꿈과 예감 속에서 자주 보아 왔고 동경해 왔던 그 무엇이 서 있는 듯한 느낌이었다. 그는 걸어 나가다가도 몇 번이나 몸을 돌렸으며 그 입상은 계속 그를 잡아당겼다. 마침내 그가 돌아서서 나가려 할 때 조금 전에 고해를 받던 신부가 그에게로 다가왔다.

"어떤가?"

신부가 친절하게 물어 왔다.

"아름답기 그지없군요."

"많은 사람들이 그렇게 말을 하지. 그리고 어떤 사람들은 이것은 진짜 성모 마리아상이 아니다, 지나치게 새로운 모습이고 세속적이고 과장되고 진짜가 아니라고 하더군. 그 때문에 논쟁이 많아. 자네가 그 입상을 마음에 들어하니 반갑군. 입상이 여기에 세워진 것은 일년 남짓 되었지. 어떤 독지가가 기부한 것인데, 니콜라우스라는 조각가의 작품이지."

"니콜라우스라고요? 도대체 그분이 어떤 분입니까? 그리고 어디에 사시는 분인지요? 그분을 아십니까? 제발 그분에 대한 이야기를 좀 들려주십시오! 이런 작품을 만들 수 있다니 틀림없이 특별한 재능을 가진 분이겠습니다."

"자세히는 모르지만 그 사람은 우리 주교 도시에 사는 조각가로 여기서 한나절은 걸리는 곳에 살고 있다네. 예술가로서 평판이 자자한 사람이야. 일반적으로 예술가는 성자와는 거리가 먼 법이라 이 사람 역시 마찬가지야. 하지만 틀림없이 천분이 있는 사람이야. 몇 번 만나 본 적이 있기는 하네만……."

"그분을 만나 본 적이 있으시다고요! 아, 어떤 분이었습니까?"

"그 사람한테 매혹당한 모양인데, 그렇다면 찾아가 보게나. 가거든 보니파티우스 신부가 안부를 묻더라고 전해 주게나."

골드문트는 어떻게 감사를 드려야 좋을지 모를 지경이었다. 신부는 웃음을 머금은 채 자리를 떴고 골드문트는 한참이나 그 신비로운 입상 앞에 서 있었다. 입상은 숨을 쉬는 것 같았고, 그 얼굴어는 너무나 많은 고뇌와 감미로움이 서려 있는 것 같아 가슴이 죄어들었다.

그는 완전히 다른 사람이 되어 성당 밖으로 나왔다. 그리하여 그를 맞이하는 세계도 완전히 변모해 버린 그것이었다. 감미롭고 신비로운 그 입상 앞에 서는 순간부터 골드문트는 지금껏 갖지 못했던, 그렇게도 부러워하던 그 무엇을 갖게 된 것이었다. 그것은 바로 목표였다. 그도 목표를 갖게 된 것이었다. 어쩌면 그 목표에 도달하게 되리라. 그리고 혼란으로 뒤범벅된 그의 일생도 보다 높은 의미와 가치를 갖게 될 수도 있으리라. 그러한 새로운 감정은 환희와 두려움으로 그의 걸음을 재촉했다. 그가 걷는 이 길은 이제는 어제의 그 길이 아니었다. 그 거리는 잔칫날 같은 난장판도 단순한 체류지도 아닌 그 스승이 사는 거리로 이어지는 길이었다. 그는 초조한 마음으로 달려가 저녁때가 되기 전에 벌써 그곳에 도착했다. 성벽 뒤로는 탑들이 우뚝 서 있었고 성문 위에는 끌로 아로새긴 문장(紋章)과 색칠을 한 무기(武器)들이 보였다. 그는 뛰는 가슴을 안고 그 아래를 지나가며 복잡한 거리나 기사, 우마차 따위는 눈에 들어오지도 않았다. 주교가 사는 도시는 이미 그에게는 아무런 의미도 없어져 버린 것이다. 그리하여 성문에서 만난 사람에게 다짜고짜 니콜라우스 선생님이 사는 곳을 물었으나 모른다는 대답을 듣자 꽤나 실망했다.

집집마다 그림이나 조각품이 걸려 있는 당당한 집들이 들어찬 거리로 나왔다. 어떤 집 대문 위에 우스꽝스러운 색채로 채색된 시골 병정의 커다란 흉상이 세워져 있었는데, 미려하지는 않지만 그 종아리의 모습과 수염투성이의 턱으로 미루어 수도원의 입상을 제작했던 그 인물이 만든 작품이라는 것을 알 것 같았다. 골드문트는 그 집으로 들어가 계단으로 올라갔다. 거기서 모피 덧저고리를 입은 사람과 마주쳤기 때문에 그 사람에게 니콜라우스 스승을 만나러 왔다고 말했다. 그 사람이 그분을 만나려는 이유를 묻자, 골드문트는 정신을 가다듬고 그저 그분에게 부탁이 있어 찾아왔노라고만 대답했다. 그 사람은 스승이 사는 거리 이름을 가르쳐 주었고, 골드문트는 물어물어 그 거리를 찾느라 날이 이미 어두워졌다.

조마조마하나 행복한 마음으로 그는 스승이 사는 집 창문 앞에 서서 창문을 올려다보며 무작정 뛰어들고 싶다는 충동을 억누르느라 애를 썼다. 하지만 이미 날이 저문 데다가 하루 종일 걸어서 옷이랑 신발이 형편없다는 것을 생각해 내고는 마음을 억제하고 기다리기로 했다. 생각은 그러면서도 그는 오래도록 그 집 앞에 서 있었다. 이어 창문이 밝아졌다. 그리고 그가 돌아서려는 바로 그 순간에 창문에 사람 모습 하나가 나타났다. 아름다운 금발의 처녀였다. 처녀의 금발은 불빛을 받아 더욱 눈부시게 빛났다.

다음날 아침 거리가 북적대기 시작했을 때, 그는 하룻밤을 묵었던 수도원에서 눈을 떠 세수를 하고 옷과 구두의 먼지를 턴 다음 어제의 그곳으로 찾아가 그 집 문을 두드렸다. 문을 열어 준 노파는 처음에는 그를 스승한테 데려가 주려 하지 않아서 골드문트는 이 노파의 마음을 돌리느라 진땀을 빼야 했다. 작업장으로 사용하는 조그마한 홀 안에 스승은 앞치마를 두르고 서 있었다. 골드문트가 보기에는 40대나 50대쯤 되어 보이는 수염투성이의 건장한 남자였다. 스승은 그 밝고 푸른색의 날카로운 시선으로 내객을 바라보면서 무슨 용무냐고 간단히 물었다. 골드문트는 보니파티우스 신부의 안부를 전했다.

"용건은 그게 전부인가?"

골드문트는 숨을 몰아쉬며 말했다.

"선생님, 저는 수도원에 세워진 선생님의 마리아상을 보았습니다. 아, 그렇게 무정한 눈으로 저를 보지 마십시오. 저는 순수한 사랑과 존경의 인도로 여기까지 오게 된 것입니다. 저는 두려워하지 않습니다. 오랜 방랑 생활을 겪었으며 숲과 눈 속에서 지낸 탓입니다. 저는 누구라 하더라도 두려워하지 않습니다. 하지만 선생님 앞에 서니 어쩐지 두렵습니다. 저는 지금 한 가지 크나큰 소원으로 고통스럽습니다."

"도대체 무슨 소원인가?"

"선생님의 제자가 되어 선생님한테서 가르침을 받고 싶다는 소원입니다."

"그런 소원을 갖고 있는 젊은이는 자네 한 사람만이 아닐세. 하지만 나는 제자를 두고 싶지가 않다네. 조수 두 사람으로도 충분하니까. 도대체 자네는 어디서 오는 길이며 부모는 어디에 사는가?"

"제게는 양친이 없습니다. 그리고 어디서 오는 길도 아닙니다. 저는 어느 수도원의 학생이었는데, 라틴어나 희랍어를 배우다가 도망친 놈입니다. 그리고 그 이후로 오늘날까지는 방랑 생활의 연속이었습니다."

"그런데 조각가가 되려는 이유가 무엇인가? 혹시 이전에도 그런 생각을 해본 적이 있는가? 아니면 혹시 데생이라도 해본 적이 있는가?"

"스케치한 것은 많지만 지금 갖고 있는 것은 없습니다. 하지만 제가 왜 가르침을 받으려는지 그 이유는 말씀드릴 수 있습니다. 저는 여러 가지로 많이 생각해 보았습니다. 여러 가지 얼굴과 형태를 보고 그것에 대해 사색을 많이 해보았는데, 그중 몇 가지 생각이 저를 자꾸 괴롭힙니다. 어느 형태든 일정한 형식, 일정한 선이 되풀이된다는 사실을 알게 되었습니다. 이마와 무릎, 어깨와 허리가 서로 대응이 됩니다. 그리고 이런 무릎에 이런 어깨며 이마를 갖고 있는 사람은 그 본질과 정조는 근본적으로 하나라는 것을 깨달았습니다. 또한 어느 날 밤 해산을 하는 여인 곁에서 알게 된 일이지만 최대의 고통은 최대의 쾌락과 동일한 모습이라는 것도 알았습니다."

스승은 뚫어질 듯이 낯선 자를 쏘아보았다.

"자네는 도대체 지금 무엇을 이야기하고 있는지 알기나 하는가?"

"예, 스승님, 알고 있습니다. 바로 그 점이 제가 스승님의 성모상을 보고 놀라움과 기쁨을 금치 못했던 이유입니다. 그리고 그 때문에 제가 찾아왔습니다. 그 아름답고 우아한 얼굴에는 고뇌가 가득했고, 또 그 고뇌는 순수한 행복과 미소로 승화되어 있었습니다. 그것을 보는 순간, 저의 내부에는 어떤 불길이 타올랐습니다. 여러 해 동안 생각하고 꿈꾸었던 것들이 확인되는 것 같아 저는 장차 어떤 일을 해야 하는지, 또 어떤 길을 걸어야 할는지 알게 되었습니다. 니콜라우스 스승님, 간절하게 열망하오니 저를 거두어 주십시오."

니콜라우스는 여전히 무표정한 얼굴로 조심스럽게 경청했다.

"젊은 친구, 자네는 예술에 대해 놀라울 정도로 말을 잘했어. 자네 나이에 쾌락과 고통에 대해서 그만큼 말을 할 수가 있다니 나로서도 경탄스럽네. 저녁에 술이나 한잔 나누며 그 일에 대해 토론해 보았으면 싶네. 하지만 이 점을 알아 두게. 기분 좋게 이야기를 나눈다는 것은 몇 년쯤 함께 생활하고 일한다는 것과는 전혀 다른 문제일세. 여기는 일터야. 일을 하는 곳이지 잡담을 하는 곳이 아니야. 그리고 여기서는 무슨 생각을 했다거나 이야기했다는 것이 중요한 게 아니라 자신의 손으로 무엇을 창조해 냈느냐가 중요해. 자네가 하는 말이 너무나 진심인 것 같아 그저 물리치고 싶지 않다는 말일세. 우선 자네가 할 수 있는 것이 무엇인지나 보도록 하세. 점토나 초로 무엇을 만들어 본 적이 있는가?"

골드문트는 그가 얼마 전 꿈속에서 점토로 어떤 형상들을 만들던 생각을 해냈다. 그것들은 꿈에서 몸을 곧추어 일어섰다가 거인이 되었었다. 하지만 그는 그 이야기를 하지는 않고 자기는 한 번도 그런 일을 해본 적이 없노라 대답했다.

"좋아, 그렇다면 무엇이든 스케치를 한 가지 해보게나. 저기에 책상과 종이가 있지? 목탄도 있고. 그러니 거기에 앉아 그려 보도록 하게나. 시간은 상관없어. 점심때까지도 좋고 저녁때가 되어도 좋으니까. 자네가 어디에 쓸모가 있을는지 알게 될 테지. 이젠 나도 일을 해야겠으니 자네도 시작해 보도록 하게나."

니콜라우스가 가리킨 의자에 앉아서 골드문트는 스케치할 준비를 했다. 그는 서두르지는 않고 우선 자리에 그대로 앉아서 마치 겁먹은 학생처럼 호기심 어린 시선으로 스승 쪽을 바라보기만 했다. 스승은 반쯤 등을 돌리고 점토로 조그마한 형상을 다듬고 있었다. 골드문트는 스승을 유심히 살펴보았다. 엄숙한 듯한 반백의 머리칼, 딱딱하면서도 무슨 마력이라도 지닌 듯한 고귀한 손길을 그는 보았다. 스승은 골드문트가 상상했던 것과는 큰 차이가 있었다. 훨씬 더 늙어 보이고 더욱 겸손하며 무뚝뚝하고 빛깔이 없고 불행해 보였던 것이다. 탐색하는 듯한 날카로운 시선으로 스승은 자기가 만들고 있는 상에 집중되어 있었으므로 골드문트는 훨씬 더 자연스럽게 스승을 관찰할 수가 있었다.

이 사람은 학자라 할 수도, 조용하고 엄격한 탐구자라 할 수도 있겠구나 하고 생각했다. 그 사람보다 앞서서 수많은 선각자들이 시작하여 후대에게 물려주어야 할 일, 일생을 걸려서 끊임없이 계속해도 결코 완결되지 않을 일, 수세대에 걸친 노고와 헌신이 집약된 일에 몰두하고 있는 탐구자가 아닌가. 스승을 살피고 있는 동안 골드문트는 적어도 이런 것 정도는 짐작할 수 있었다. 무한한 인내, 피나는 수련과 사색, 그리고 인간이 하는 일에 대한 불가사의한 가치를 둘러싸고 있는 깨달음이 그 얼굴에 씌어 있으며 무엇보다 자기가 몸바치는 일에 대한 신념이 거기에는 씌어 있다.

하지만 그 손이 하는 말은 그런 것과는 달랐다. 손과 머리가 하는 말에는 무언가 모순되는 것이 있었다. 두 손은 단단하면서도 민감한 손가락으로 점토를 이겨 형태를 만들어 나갔다. 그것은 마치 몸을 완전히 내맡긴 여인을 애무하는 손길 같았다. 사랑에 넘치면서도 부드럽고, 탐욕스러우면서도 주는 것과 받는 것에 구별이 없고, 욕정에 빠진 듯하면서도 경건하고, 확고하면서도 인간의 원초적인 경험에서 나온 듯 장중했다. 골드문트는 영감에 넘친 그 손을 황홀하게 바라보았다. 스승의 그런 모습을 스케치하고 싶었으나 그 얼굴과 손 사이에서 느끼는 모순 때문에 도저히 그렇게 할 수가 없었다.

한 시간이나 일에 열중하고 있는 예술가를 바라보면서 그 사람의 비밀을 캐어내려는 생각으로 골몰하던 골드문트의 내부에는 무언가 다른 영상이 형상화되기 시작하여 그의 영혼 앞에 드러나 보이기 시작했다. 그것은 한 인간의 영상, 그가 너무나 잘 알고 사랑하고 존경하는 한 인간의 영상이었다. 물론 그 영상에도 다양한 특징과 갈등을 연상케 하지만 모순은 어디에도 없었다. 그것은 바로 나르치스의 영상이었다. 그 영상은 하나로 통일되어 점차 전체로 집약되어 가기 시작했으며 사랑스러운 그 인간의 내적 법칙이 점점 분명하게 드러나는 것이었다. 지성으로 충만한 머리, 정신에 대한 봉사로 아름답고 굳게 다문 입, 그리고 고뇌의 그림자가 드리워진 눈, 정신의 싸움으로 수척해진 어깨와 긴 목, 그리고 부드럽고 우아한 두 손, 그 모든 것이 점점 뚜렷해 왔다. 수도원에서 그와 작별한 이래로 그 벗의 모습을 그토록 분명히 그의 마음속에 가져 본 적은 없었다.

마치 꿈속에서처럼 의지는 없으나 준비와 필연성으로 가득 찬 마음으로 골드문트는 조심스럽게 스케치를 시작했다. 그리하여 그의 손가락은 마음속에서 살고 있는 벗의 모습을 그려 나가 스승의 존재도 자신의 존재도 잊었으며 그가 지금 어디에 있는지조차 완전히 잊어버렸다. 그는 실내의 광선이 서서히 이동하는 것도, 스승이 여러 차례 어깨 너머로 들여다보는 것도 인지하지 못했다. 그는 마치 희생의 제물을 바치듯 그에게 부과된 과제를, 그의 마음이 자신에게 부여한 과제를 완수했다. 그리하여 벗의 영상을 지금 자신의 내부에 존재하는 그대로의 형상으로 재현해 냈다. 특별히 이렇다 하는 생각은 하지 않았으나 그는 자신의 지금 이 행동이 빚을 갚는 일로 느껴졌으며 감사하는 마음을 전하는 길이라 여겨졌다.

니콜라우스가 책상으로 다가오며 말했다.

"이젠 점심 시간이야. 식사를 하러 갈 테니 날 따라오게나. 어디 좀 보도록 할까?"

그는 골드문트의 어깨너머로 그 커다란 그림을 조심스레 집어든 후 천천히 바라보았다. 골드문트는 그제야 꿈에서 깨어 불안과 기대에 가득 찬 시선으로 스승을 쳐다보았다. 스승은 스케치를 손에 들고 자세히 들여다보았다. 엄격하고 푸른 눈에서 그 시선만이 날카로웠다.

"자네의 이 스케치는 누구를 그린 것인가?"

니콜라우스가 잠시 후 물었다.

"저의 친구입니다. 젊은 수도사로서 학자입니다."

"좋아, 이젠 손을 씻게. 저쪽 마당에 우물이 있으니. 그리고 식사를 하러 가세나. 조수들은 밖에 나가서 일을 하느라 마침 집에 없다네."

골드문트는 시키는 대로 우물을 찾아 손을 씻으면서도 스승의 마음을 알고 싶어 조바심이 났다. 그가 우물에서 돌아왔을 때 스승은 그자리에 없었다. 이어 옆방에서 스승이 걸어다니는 발소리가 들리고 문을 열고 나왔을 때는 이미 스승은 몸을 씻고 작업복 대신에 아름다운 덧저고리를 입고 있었는데, 그 모습이 당당했다. 스승은 앞장서서 계단을 올라갔는데, 난간은 호두나무로 되어 있고 거기에 천사의 머리들이 무수히 조각되어 있었다. 이어 오래된 입상이나 새로 만든 입상들이 가득한 복도를 지나자 말쑥한 방이 나타났다. 그 방은 바닥과 천장과 벽이 모두 단단한 나무로 된 방으로 그 창가에 식탁이 준비되어 있었다. 젊은 처녀가 나타났다. 전날 저녁때 보았던 그 아름다운 아가씨였다.

스승이 말했다.

"리스벳, 한 사람 몫을 더 가져오너라. 손님이 있다. 이 사람은······ 이름을 아직 못 들었구나."

골드문트가 이름을 가르쳐 주었다.

"골드문트라는구나. 곧 준비되겠느냐?"

"아버지, 조금만 기다리세요."

처녀는 접시를 가져온 다음 밖으로 나갔다가 식모에게 식사를 들려서 다시 들어왔다. 돼지고기와 완두콩과 흰 빵이었다. 식사를 하면서 스승과 딸과 이런저런 이야기를 했으나 골드문트는 조용히 듣기만 하면서 식사를 계속했다. 불안스럽고 답답했다. 처녀는 그의 마음에 들었다. 아버지처럼 키가 크고 당당하고 아름다웠으나 어딘가 유리처럼 깨지기 쉬운 그런 아가씨였다. 처녀는 손님에게 눈길도 돌리지 않았고 말 한마디 건네지 않았다. 식사가 끝나자 스승이 이렇게 말했다.

"나는 반 시간쯤 쉴 참이네. 자네는 작업장으로 가거나 밖에 나가 산책을 하게. 그 다음에 의논을 하도록 하고."

골드문트는 인사를 하고 밖으로 나갔다. 스승이 그의 스케치를 본 것이 벌써 한 시간이나 지났는데, 아직도 그것에 대해서는 한마디 말도 없는 터에 또다시 반 시간쯤을 기다리란 말인가! 하지만 그로서는 어쩔 수 없는 일이어서 기다리는 수밖에 없었다.

그는 작업실로 들어가지는 않았다. 자신이 그린 스케치를 다시 보고 싶지 않은 탓이었다. 그는 마당으로 내려가 우물가에 앉아서 끊임없이 홈으로 흘러나와 석조의 수반(水盤) 안으로 모이는 물을 바라보았다. 물은 홈에서 떨어지며 쉴새없이 흰 방울로 변하곤 했다. 그는 우물의 검은 수면에서 자신의 영상을 보면서 지금 그를 마주 보고 있는 사람은 수도원의 골드문트가 아니며 리디아의 골드문트도 아니며 숲 속에서 방황하던 골드문트도 아니라는 생각을 했다. 그리고 다른 사람들은 누구든 흘러가며 끊임없이 변하다가 마침내는 사라지고 말지만, 예술가에 의해서 창조된 영상은 언제까지나 변함없이 그대로 영원하다는 생각을 했다.

그는 상념에 잠겼다. 어느 예술이나 정신의 근원은 어쩌면 죽음에 대한 두려움일 것이다. 우리들은 죽음을 두려워하며 무상(無常)에 몸서리치고 꽃이 시들고 잎이 지는 것을 슬픔으로 바라보며, 우리들 자신도 그처럼 덧없이 시들어 버리고 말리라는 것을 가슴속에서 확신하고 있다. 우리가 예술가가 되어 어떤 상을 만들거나, 사상가가 되어 법칙을 탐구하고 사상을 체계화한다면 그것은 그 크나큰 죽음의 무도(舞蹈)에서 무언가 구해 내고 우리들 자신보다는 좀더 영속성을 지닌 그 무엇을 만들어 내기 위함이리라. 스승이 모델로 삼았던 아름다운 마리아상의 여인은 이미 시들어 버렸거나 어쩌면 죽었는지도 모른다. 그리고 그 스승조차 머지않아 이 세상을 하직하여 다른 사람들이 이 집에서 살고 이 집에서 식사를 하게 되리라. 하지만 그가 만든 작품은 언제까지나 수도원의 성당에 서서 수백 년, 아니 그보다 훨씬 오래도록 빛을 내며 언제나 똑같은 입으로 슬픈 듯하면서도 꽃피는 그 미소를 흘리게 되지 않겠는가.

그는 스승이 계단을 내려오는 소리를 듣고 서둘러 작업실로 달려갔다. 니콜라우스 스승은 이리저리 왔다갔다하면서 골드문트가 그린 스케치를 다시 한 번 바라보았다. 그리고 마침내 창가로 가서 약간 망설이다가 메마른 어조로 이렇게 말했다.

"우리들 관습으로는 제자가 되려면 최소한 4년을 배워야 하고, 또 제자의 아버지는 선생한테 사례금을 내기로 되어 있어."

스승의 말소리가 잠깐 뚝 그쳤기 때문에 골드문트는 아마도 스승은 사례금을 받지 못할까 걱정하는 거구나 하고 생각했다. 그래서 그는 재빨리 주머니에서 칼을 꺼내어 꿰맨 곳을 뜯어 숨겨둔 금화를 꺼냈다. 니콜라우스는 이상하다는 듯 그 꼴을 바라보다가 골드문트가 금화를 내밀자 소리내어 웃었다.

"허허, 자네는 그렇게 생각했더랬나? 금화는 집어 넣고 내 말을 잘 들어 보게나. 내가 하는 말은 우리 조합에서 제자를 어떻게 받아들이나 하는 것일세. 하나, 나는 그저 저속한 선생은 아니야. 자네도 물론 평범한 제자는 아니고. 말하자면 보통의 제자라면 열세 살이나 열네 살이 아니면 최소한 열다섯 살에는 도제 시절이 시작되어야 하고 그 시절의 반은 막일이나 심부름을 하는 거야. 그러나 자네는 벌써 청년이야. 그리고 그런 나이라면 직공이 되었거나 선생이 되었을 거야. 구레나룻 수염이 텁수룩한 제자는 우리 조합에서는 찾아볼 수가 없거든. 아까도 자네에게 이야기했지만 난 내 집에 제자 같은 걸 둘 마음이 없네. 또한 자네는 시키는 대로 심부름이나 할 그런 위인으로 보이지는 않아."

골드문트는 초조해서 견딜 수가 없었다. 스승의 그런 신중한 말 한 마디 한마디가 그를 고문하는 것 같았고 답답하고 고지식한 말 같아서 죽을 지경이었다. 그는 마침내 참지 못하고 소리를 질렀다.

"선생님께서는 저를 제자로 맞이할 생각이 없으시다면서 왜 그런 말씀은 하시는 겁니까?"

그래도 스승은 아무렇지도 않은 듯 말을 계속했다.

"나는 자네의 제안에 대해 한 시간이나 고심하면서 생각했네. 그러니 자네도 참고 내 이야기를 들어야지. 자네의 스케치를 보았는데, 물론 결점은 있지만 아름다운 그림이었어. 만약에 그 스케치가 형편없는 것이었더라면 나는 자네에게 잔돈푼이나 던져 주고 내쫓은 다음 곧 잊어버리고 말았을 걸세. 더 이상 그 이야기는 그만두겠네. 요컨대 나는 자네가 예술가가 되도록 도와 주고 싶네. 그리고 자네는 어쩌면 예술가의 천명을 받은 사람인지도 모르겠네. 하지만 자네는 결코 제자는 될 수가 없을 걸세. 그리고 도제의 수업을 받지 않은 자는 우리 조합에서는 직공이나 스승은 될 수가 없다네. 그 점에 대해서는 미리 말해 두었었지. 어쨌든 한번 시작해 보게. 만약 자네가 이 마을에 머물 수 있다면 나를 찾아와 조금쯤은 배울 수가 있을 걸세. 거기에는 아무도 계약도 없어. 언제든 좋을 때에 찾아와도 괜찮아. 우리 집에서 조각에 쓰는 칼을 몇 개쯤 부러뜨려도 괜찮고, 통나무 몇 개쯤 못 쓰게 만들어도 상관없어. 그리고 자네가 조각가가 아니라는 것을 알게 되면 언제고 다른 길을 가도 개의치 않겠네. 어떤가, 내 제안에 만족했겠지?"

골드문트는 부끄럽기도 하고 감동되기도 해서 목소리를 높였다.

"스승님, 진심으로 감사합니다. 저는 고향이 없는 몸이라 숲에서 살아 나갈 수가 있었던 것처럼 이 마을에서도 어떻게든 해 나갈 수가 있습니다. 스승님께서 저에 대해 제자를 대하듯 책임이나 걱정을 떠맡으시려 하시지 않는 점을 알 만합니다. 저는 그저 스승님 곁에서 수학할 수 있다는 것을 행운으로 여기겠습니다."

새로운 생활

그 마을은 이제 새로운 정경으로 그를 에워쌌다. 그에게 새로운 생활이 시작된 것이다. 그 지방과 도시가 그를 매혹하듯 즐겁게 맞이해 준 것처럼 그런 새 생활 역시 기쁨과 약속으로 그를 대해 주었다. 그의 영혼 속에 깃든 비탄과 지혜의 그 밑바닥은 결코 변함이 없었다고 하나, 그의 생활의 표면만은 다양한 색조를 띠었다.

그리고 그때부터 시작되는 골드문트의 생활은 무척 즐거우면서 홀가분한 것이었다. 밖으로는 주교가 살고 있는 도시가 갖가지 예술과 여자와 수많은 유희와 정경으로 그를 맞이해 주었고, 안으로는 막 눈 뜨기 시작한 예술가적인 정신이 새로운 영감과 경험을 선물해 주고 있다. 그는 스승의 도움으로 생선가게가 늘어선 거리에서 어떤 금도금을 하는 집에 숙소를 얻어 스승에게서와 마찬가지로 그 주인에게서도 나무나 석고나 물감이나 옻칠이나 금도금하는 법을 배우기도 했다.

 골드문트는 뛰어난 천분을 갖고 있으면서도 그 표현 방법을 찾지 못하는 그런 불행한 예술가는 결코 아니었다. 이 세상의 아름다움을 깊고 넓게 느끼고 그 영혼의 내부에 고귀한 영상을 지닌 천부의 자질을 갖고 있으면서도 그 영상을 표현하여 다른 사람들을 기쁘게 하는 방법을 모르는 사람들이 많았지만, 골드문트는 그런 일로 고통을 당하지는 않았다. 골드문트에게는 손을 놀려 흙칼을 다루고 작품을 완성하는 일이 마치 일과를 마친 저녁나절에 친구들과 화덕가에 모여 기타를 치면서 즐기거나, 마을의 무도회장에서 춤을 익히는 것만큼이나 쉬웠다. 그는 쉽게 익히고 또한 혼자서 훌륭하게 해 나갔다. 그도 물론 나무를 새기는 데 온힘을 기울여야 했고, 갖가지 어려움과 환멸을 느껴야 했으며, 쓸 만한 나무를 잘못 다루어 못 쓰게 만든 적도 있고, 일을 하다가 손가락을 다친 적도 여러 번이었다. 하지만 초보 과정은 얼른 끝내고 곧 숙련의 과정으로 넘어갔다. 그런데도 스승은 씁쓸한 표정으로 이렇게 말하는 것이었다.

 "골드문트, 자네가 내 제자도 직공도 아니라는 게 다행이야. 자네는 시골길과 숲을 헤매다가 우리들을 찾아왔듯이 언젠가는 다시 그리로 돌아가리라는 걸 우리들은 알고 있어. 하나 자네가 선량한 마을 사람도 일꾼도 아니고 교양이 없는 떠돌이라는 사실을 모르는 사람이면 대개의 스승이 그러하듯 자네한테 이것저것 요구할 수가 있을 걸세. 자네가 마음만 먹는다면 물론 괜찮은 일꾼이 될 수도 있어. 그런데 자네는 지난 주일에는 이틀씩이나 일을 하지 않았고, 어제는 천사상 두 개를 닦으라 했는데 한나절이나 잠을 자지 않았나."

스승의 그에 대한 비난은 정당한 것이었으므로 그는 아무런 변명도 하지 않고 그 비난을 묵묵히 받아들였다. 그는 자신이 부지런하거나 신뢰감을 줄 수 있는 인간이 못 된다는 사실을 잘 알고 있었다. 작업이 그를 사로잡아 그에게 어려운 과업을 맡기거나 그 완성이 확실할 때에는 기꺼이 그 일에 열중하지만 어렵고 까다로운 일, 많은 시간과 쉼 없는 근면을 요구하는 일, 성실성과 끈기가 필요한 일 같은 것은 무척이나 싫어했다. 그리고 그러한 자신에 대해 경이를 느낄 때가 많았다.

그렇게 게으르고 참을성 없게 만든 것은 몇 년에 걸친 떠돌이 생활에서 비롯된 것일까? 그게 아니면 그의 내부에 자리잡고 있는 어머니에게서 받은 유전 때문인가? 그것도 아니라면 그에게는 무언가 결함이 있다는 말인가? 그렇게도 온 정성을 바쳐 배우던 수도원의 초년 생활을 그는 상기해 보았다. 지금은 전혀 그렇지 못한데 그때엔 어떻게 그런 끈기가 있었던가? 그리고 어떻게 해서 라틴어의 문장론에 지칠 줄 모르는 열성으로 몸을 맡겼으며 마음 저쪽에서는 중요한 것이 아니라 생각하면서도 그 까다로운 희랍어의 과거형을 외우는 고생을 참아 낼 수가 있었던가?

그는 가끔 그 시절을 회상해 보았다. 그때 그에게 힘을 불어넣어 준 것은 사랑이었다. 그의 열성적인 학습의 원인은 나르치스와 나르치스의 사랑을 얻으려는 끊임없는 구애였다. 그리고 그 사랑을 얻는 길은 그의 관심을 끌고 그에게 인정을 받는 것이었다. 그리하여 사랑하는 선생의 주의를 끌기 위해서 그는 몇 시간이고 며칠이고 노력해야만 했으며 마침내 동경하던 목표에 도달하게 되어 나르치스를 벗으로 삼기에 이른 것이었다. 그런데 이상하게도 그로 하여금 학자로서의 부적합성을 알려 주었고 그의 내부에다 어머니의 영상을 불어넣어 준 그 장본인이 그렇게 사랑하던 나르치스가 아니었던가.

학문과 덕성으로 점철되는 수도원 생활 대신에 그의 내부에서 용솟음치던 충동이 그를 지배하기에 이르렀고 성과 여인들의 사랑, 독자적인 생활과 방랑 생활에 대한 충동이 그를 사로잡고 만 것이었다. 하지만 이제는 스승의 마리아상을 보고 자신의 내부에 깃든 예술가적 자질을 발견하곤 새로운 길로 들어서 정착하게 되었다. 앞으로 어떤 과정이 계속될 것이며 또한 그를 가로막는 장애의 근원은 대체 무엇이란 말인가? 그는 처음에는 그 원인이 무엇인지를 깨닫지 못했다. 단지 이런 것만 알 수 있었다. 자기는 니콜라우스 스승을 존경하기는 하지만 그 옛날 나르치스를 사랑하듯 사랑하지는 않는다. 그래서 스승에게 실망감을 안기고 화나게 하는 것이 이따금 즐겁기도 하다. 그는 그런 사실을 알고 있었다. 그리고 그것은 어쩌면 스승에게 내재된 모순과 어떤 연관이 있을 듯했다. 니콜라우스의 손으로 이루어진 가장 아름다운 예술품들은 그에게 찬탄의 대상이 되지만, 스승 그 자신은 결코 그의 모범이 되지는 못했다.

입가에 괴로움과 아름다움이 동시에 감도는 성모상을 조각한 예술가적 요소와 깊은 경험과 예감을 형상화하는 불가사의한 손을 가진 인간적인 요소, 그런 요소와 함께 니콜라우스의 내부에는 완전히 다른 인간이 존재하고 있었다. 즉 딸 하나와 못생긴 하녀를 거느리고 조용한 집에서 불안하고 침울한 생활을 해 나가는 홀아비였으며, 골드문트식의 강렬한 충동에 대한 거부감을 가지고 정직, 질서, 억제, 염치 등에 순응하는 그런 인간의 삶이었다.

골드문트는 스승을 존경하기에 스승에 대해서 다른 사람들에게 여러 가지를 물어 본다거나 다른 사람들이 스승에 대해 이런저런 대화를 나누는 것을 좋아하지 않았다. 그러나 일년이 넘어가자 그는 스승 니콜라우스에 대해 그 세밀한 면까지 알게 되었다. 스승은 그에게는 중요한 인물이었다. 스승은 그를 사랑하는 만큼 또 그만큼의 증오도 가지고 있으며 잠시의 휴식도 주지 않았다. 때문에 제자도 자연히 사랑과 불신으로 스승을 대하게 되었고, 점점 눈떠 가는 호기심으로 스승의 특징과 그 생활의 비밀을 파고들게 되었다.

골드문트는 니콜라우스가 넓은 방을 두고도 제자나 직공을 거느리지 않는다는 것을 알았으며 외출하는 일도, 손님들을 초대하는 일도 거의 없다는 것을 알았다. 그는 또한 스승이 감탄과 질투가 뒤섞인 눈으로 아름다운 딸을 바라보며 그 딸이 사람들의 눈에 띄는 것을 꺼려한다는 사실도 알았다. 더군다나 겉늙은 홀아비의 존엄한 본성 뒷면에는 아직도 왕성한 충동이 도사리고 있어서 가끔 작품 청탁을 받아 떠난 여정에서 돌아올 때면 무척 젊어진다는 사실도 눈여겨보았다. 또 한 번은 니콜라우스가 완성된 조각품들을 직접 설치하기 위해서 어떤 낯선 마을에 갔다가 은밀히 창녀에게 들렀다는 것, 그리고 그런 일이 있은 후에는 온종일 어떤 불안으로 화를 낸다는 것도 눈치챘다.

시간이 흐름에 따라 골드문트는 스승에게 묶여 있도록 하는 대상이 그런 호기심 이외에도 다른 것이 있다는 것을 깨닫게 되었다. 그것은 바로 스승의 아름다운 딸 리스벳이었다. 그녀의 얼굴을 보는 일은 좀처럼 없었다. 그녀가 작업장에 나타나는 일이 없었기 때문이다. 그녀의 그런 매정함과 남자 앞에서 수줍음을 타는 성격이 그녀 자신의 천성인지, 아니면 아버지의 강요에서 비롯된 것인지 알 도리가 없었다.

스승이 첫날 이후로 그에게 식사 초대를 한 번도 한 일이 없다는 사실과 될수록 그와 딸이 만나는 기회를 주지 않는다는 사실은 그로서는 예사롭게 넘길 일이 아니었다. 그는 분명히 알 수 있었다. 리스벳은 스승에게 금지옥엽 같은 딸이어서 결혼이 전제되지 않은 사랑을 즐길 가망성은 없다는 것, 그리고 그녀와 결혼할 사람이라면 양가집 출신이나 아니면 최상급 조합원의 일원이어야 하며, 그것도 아니라면 최소한 넉넉한 돈과 집쯤은 갖고 있어야 하리라는 것을 그는 잘 알고 있었다.

리스벳의 아름다움은 시골의 뜨내기들이나 아낙네들의 미모와는 판이하게 다른 것이어서 벌써 첫날부터 골드문트의 시선을 사로잡았다. 그녀의 내부에는 그가 알지 못하는 그 무엇이 있었으며 그것은 그를 강렬하게 잡아당기면서도 실망을 느끼게 하는, 아니 오히려 화를 내게 하는 것이었다. 지나칠 정도의 침착함과 순진성, 규율과 순결, 그러면서도 어린애의 그것과 같은 순진성은 아니었으며 그 은근한 태도 뒤에는 뭔가 보이지 않는 냉담과 오만이 도사리고 있어서 그 순진성이 그를 감동시키고 무력하게 만든다기보다는 오히려 그에게 자극을 주어 도발심을 일으켰다(그가 어린애를 유혹할 수는 없는 노릇이었다).

그리하여 그녀의 모습이 마음속의 영상으로서 어느 정도 친숙해지자 언제부턴가 그 모습을 작품에 담아 보겠다는 소망을 가지게 되었다. 지금의 그녀로서가 아니라 눈을 뜬 여인, 관능적이고 괴로워하는 여인, 어린 소녀가 아닌 완전히 성숙한 처녀로서 그리고 싶었던 것이다. 그리하여 그는 그렇게 조용하고 아름답고 부동적인 그 얼굴이 비록 쾌감이든 고통이든 상관없이 일그러져 그 비밀을 드러내는 얼굴이 되는 것을 보고 싶다는 강렬한 소망에 사로잡혔다.

그 밖에도 그의 영혼 속에 둥지를 틀고 있는 또다른 얼굴이 있었다. 그러나 그것은 완전히 그의 것이 되지 못하고 언제인가 붙잡아서 표현하고픈 열망을 갖게 하지만 점점 멀어져 가며 베일에 가려 버리는 그런 얼굴이었다. 바로 어머니의 얼굴이었다. 그러나 그 얼굴은 이미 오래전에 나르치스와의 대화를 통해서 아득한 유년 시절에 드러난 그 모습 그대로는 아니었다. 방랑 시절에, 사랑의 밤들과 동경의 시기에, 그리고 생명의 위험과 죽음 직전에 느끼던 공포의 순간에 어머니의 얼굴은 서서히 변화되어 갔고, 풍부해졌으며 그 깊이와 복잡성이 심화되어 갔다. 그것은 지금에 와선 자신의 어머니의 영상이 아닌, 그 특징과 색깔에서 어떤 개인적인 모상이 아닌, 이브의 상이었다. 니콜라우스 스승이 만든 몇 개의 마리아상 가운데는 골드문트가 결코 따라갈 수 없을 것 같은 표현의 완성과 극치로서의 고통받는 성모의 상으로 다듬어진 것들이 있었는데, 골드문트도 언제인가 좀더 완숙되고 능력이 넘쳐나면 가장 오래되고 사랑스러운 성모상으로서 그의 마음속에 존재하는 세속적인 이브의 상을 조각하고 싶었다.

그러나 어머니에 대한 추억과 사랑에서 비롯된 영상에 불과한 그 영상은 시간이 지날수록 변화와 성장을 더해 갔다. 집시 여인 리제의 특징, 기사의 딸 리디아의 특성, 그 밖에 그가 사랑했던 모든 여인들의 특성이 그 영상 속으로 몰려들었다. 그가 사랑했던 모든 여성들의 얼굴은 물론 그가 겪었던 온갖 경악과 경험과 감동이 형태와 특성을 부여해 주었다. 그리하여 언젠가 그가 그 얼굴을 작품으로 구체화할 수 있다면 그것은 어느 특정한 여인의 얼굴이 아니라 생명 그 자체인 인류의 모상일 것이다. 그는 가끔 그 영상을 본 것 같다는 생각을 했고, 실제로 그 영상이 때때로 꿈에 나타나기도 했다. 그러나 이브의 얼굴에 대해서, 그가 표현해야 할 얼굴에 대해서 이야기할 수 있다면 그것은 고통과 죽음과 내면적 관련성을 갖는 생명의 쾌감을 표현해 낼 성질의 것이었다.

일년이라는 세월 동안 골드문트는 많은 것을 배웠다. 스케치는 물론이며 목각도 배웠고 그 밖에 점토로 모델을 뜨는 법도 시도해 보도록 니콜라우스 스승은 이끌어 주었다. 그리하여 그가 최초로 완성한 점토의 모델은 리디아의 동생인 율리에의 아름답고 매혹적인 자태를 담은 한 자 높이 가량의 조상(彫像)이었다. 스승은 그 작품에 대해 많은 칭찬을 했으나 그것을 주물에 넣어 보자는 골드문트의 바람은 들어주지 않았다. 스승은 그 상을 너무 세속적이라 생각했던 것이다. 그 다음에 그가 시도한 작품은 나르치스의 상이었는데, 그는 그것을 사도 요한을 모형으로 해서 목각으로 만들기로 했다. 그것이 성공적으로 완성된다면 스승이 그전에 청탁을 받아서 오래전부터 조수들에게 맡겼던 십자가군 형상에 그 작품을 포함시키려고 했기 때문이다.

골드문트는 깊은 애정을 가지고 나르치스의 조상을 만드는 일에 온 힘을 다 기울였으며 그런 작업을 통해 자신과 예술가로서의 천분과 영혼을 다시 찾아냈다. 그리고 탈선을 할 때도 많아서 사랑이라든가 무도회라든가 동료들과 싸움질을 하거나 놀음을 하느라 하루나 며칠씩 작업을 하지 않을 때도 있었고, 일을 하더라도 불쾌한 감정을 가질 때도 많았다. 사랑하는 사도 요한의 명상에 잠긴 모습이 통나무에서 차츰 걸어 나오기는 했지만, 마음의 준비를 갖추었을 때만 헌신과 봉사로 그 일에 매달렸다. 그 일에 몰두할 때에는 슬픔과 기쁨의 감정도 느낄 수 없었으며 인생의 무상함도 느낄 수 없었다. 그리고 그가 그렇게도 그 친구에게 몸을 맡겨 인도해 주기를 바라던 때의 그 가볍고 순수한 마음이 다시 그를 찾아왔다. 거기에 서서 자신의 의지로써 조각을 하고 있는 사람은 그가 아니라 오히려 나르치스였다. 나르치스가 인생의 무상과 변화의 속성에서 벗어나 자기 본질의 순수한 조상을 표현하기 위해서 예술가로서의 골드문트의 손을 빌리는 셈이었다.

이런 과정을 거쳐 참다운 작품이 만들어지는 것이라고 골드문트는 가끔 생각하면서 놀라움을 금할 수 없었다. 그가 일에 착수한 이후로 일요일이면 몇 번씩 들러보곤 했던 스승의 그 잊을 수 없는 마리아상도 바로 그렇게 해서 이루어진 것이었다. 스승이 2층 복도에 즐비하게 세워 둔 조상들 가운데서 가장 훌륭한 몇몇 작품들도 그런 신비에 가득 차고 거룩한 과정을 거쳐 이루어진 것이었다. 그리하여 어느 때인가는 그에게 더한층 신비롭고 거룩하며 유일한 것이 될 조상 이브의 상도 생겨나리라. 아아, 인간의 손으로도, 어떤 욕망이나 허영으로도 더럽혀지지 않을 거룩하고 필연적인 예술작품이 탄생할 수가 있구나!

하지만 반드시 그런 것만은 아니다. 그는 그 점도 잘 알고 있었다. 사람들은 다른 작품도 만들 수가 있다. 대중적인 예술 애호가들의 취향에 맞도록 성당이나 집회실의 장식물로 쓰기 위한 예쁘고 매혹적인 작품을 만들 수도 있다. 하지만 그런 작품이 비록 아름답다고 할지라도 거룩하다거나 참다운 영혼으로 이루어진 작품은 아니다. 그는 니콜라우스 스승이나 다른 대가들도 그런 작품을 만든다는 사실을 알고 있었으나, 그런 작품들은 아무리 그 착안이 우수하고 제작 과정이 조심스럽고 완벽하다 할지라도 한낱 장난에 불과한 작품들이라고 생각했다. 그는 예술가가 자신의 능력에 대한 관심이나 명예욕이나 스스로의 흥에 의해 그런 물건들을 세상에 내놓는다는 사실에 수치심과 비탄의 감정을 느꼈다.

그리하여 최초로 그런 사실을 자각했을 때 이루 말할 수 없을 정도의 슬픔에 잠겼다. 그것이 아무리 아름답다고 하더라도 예쁘장하기만 한 천사의 상이나 그 밖의 다른 하찮은 작품을 만들기 위해서 예술가가 된다는 것은 쓸모 없는 일이라 생각되었다. 다른 사람들, 노동자들이나 소시민들이나 조그마한 것으로 만족해하는 평범한 사람들에게는 보람 있는 일인지 모르겠으나 그에게는 아무런 의미가 없는 일이었다. 예술이나 예술가가 태양의 이글거림이나 폭풍의 격동성을 지니지 못한 채 일시의 안락이나 하찮은 행복을 주는 데에 불과하다면 그런 것은 아무런 소용이 없다고 생각했다. 때문에 레이스를 단 예쁘장한 마리아상에 금도금을 하는 일 따위는 그런 일이 아무리 보수가 좋더라도 결코 그가 할 일이 아니었다.

니콜라우스 스승은 왜 그런 일을 맡을까? 그리고 스승은 왜 조수를 둘이나 데리고 있단 말인가? 또한 시의원이나 종단의 집사들이 제단이나 정문에 쓸 조각품을 주문할 때면 스승은 왜 자를 들고 몇 시간씩이나 그들의 주문에 귀를 기울이는 것일까? 아마도 하찮은 두 가지 이유 때문에 그러할 것이다. 주문이 밀려드는 유명한 예술가라는 것을 내세우기 위해서일 것이고, 다른 한 가지 이유는 부의 축적을 위해서일 것이다. 그 돈을 모으는 것은 어떤 사업이나 향락을 위해서가 아니라 이미 부자가 되어 버린 딸을 위해서 혼숫감을 준비하고 장롱을 채우며 호두나무로 만든 고급 더블 베드에다 우단이나 이불이나 요를 가득 실어 보내려는 게 아닌가! 그 아름다운 아가씨도 건초더미에서 사랑을 나눌 수 있다는 사실을 모르기라도 하듯이!

그런 생각이 들 때면 그의 가슴속에서는 어머니의 피가 들끓어 편안하게 안주해 사는 사람이나 부자들에 대한 멸시감을 억제할 수가 없었고, 어떤 때는 스승이나 스승의 작품들이 구역질이 나서 거기서 도망을 치고 싶다는 생각뿐이었다.

스승도 마찬가지였다. 끊임없이 그의 인내력을 시험케 하는 그런 다루기 힘들고 귀찮은 젊은 녀석을 끌어들인 것이 후회스러울 때가 한두 번이 아니었다. 골드문트의 방랑 생활이나 돈과 소유에 대한 그의 무관심과 낭비벽, 그리고 허다한 염문과 주먹다짐, 이런 것을 듣는 것도 스승으로서는 참기 힘든 일이었다. 말하자면 신용할 수 없는 집시 녀석을 끌어들인 셈이었다. 그리고 그 뜨내기 녀석이 딸을 쳐다보는 눈초리도 예사롭지 않았다. 하지만 스승이 그토록 참기 어려우면서도 그를 그대로 데리고 있는 것은 어떤 의무감이나 불안한 마음 때문이 아니라 거의 완성 단계에 있는 사도 요한의 상 때문이었다.

니콜라우스는 완전히 자인한 것은 아니어도 사랑의 감정으로 제자를 바라보았다. 그 때문에 그를 잡아 둔 것이기는 하지만 숲에서 나온 집시 녀석이 그렇게도 감동적이고 아름답기는 하나 아직 여물지 못한 스케치를 하던 그가 지금에 와서는 비록 변덕스럽고 느리기는 하지만 어디 흠잡을 데 없는 목각을 해 나가는 모습을 지켜보았다. 스승은 확신을 가지고 있었다. 비록 변덕을 부리고 중단하는 일이 있기는 하지만 그것은 언제인가는 작품이 되리라. 어느 조수도 만들 수 없었고 대가들도 좀처럼 성공하기 힘든 그런 작품이 될 것이다. 스승은 그러면서도 제자에 대한 불만이 많아 꾸지람을 한 적도, 분통을 터뜨린 적도 한두 번이 아니었으나 요한 사도상에 대해서만은 한마디의 말도 던지지 않았다.

골드문트는 젊은이다운 품위와 소년 같은 순진성으로 해서 그렇게도 많은 사람들의 호감을 받아 왔으나, 그런 흔적은 최근 몇 해 동안에 점차 쇠퇴해 가고 말았다. 이제는 당당한 청년이 되어 여자들한테서는 탐욕의 대상이 되었으나 사나이들 사이에서는 그리 호감 가는 대상이 아니었다. 그리고 나르치스가 수도원 시절 그의 포근한 잠을 깨워 속세와 방랑 생활에 몸을 던지게 한 그 이후로 그의 정서와 내면적인 용모도 크나큰 변화를 했다. 아름답고 온화하며 모두의 사랑을 받는 경건하고 충실한 수도원의 학생은 이미 오래전에 완전히 다른 사람으로 변해 버린 것이다.

나르치스는 그를 깨워 주었고 여자들은 자각을 가져다 주었으며 방랑 생활은 그의 솜털을 말끔히 없애 주었다. 지금 그에게 친구란 없으며 그의 마음은 여자들의 것이었다. 여자들이 그를 손에 넣는 일은 쉬운 일이어서 단지 갈구하는 시선 한 번만으로 간단히 이루어질 수가 있었다. 그는 여자에게는 무력해서 아무리 하찮은 추파에도 곧 답을 보냈다. 그는 아름다움에 대해 아주 섬세한 감각을 갖고 있었고, 특히 봄철의 솜털에 싸인 어린 처녀들을 좋아하면서도 그다지 아름답지도 젊지도 못한 여자들에게도 쉽게 유혹을 받았고 또 그 유혹에 넘어가기도 했다. 간혹 무도회 같은 데서도 때때로 아무도 탐내는 사나이가 없는 약간 나이가 들고 용기가 없는 처녀들에게도 유혹의 시선을 던졌다. 그런 여자는 동정심뿐만이 아니라 어떤 호기심으로 그에게 추파를 던지곤 했기 때문이다.

그리하여 그가 일단 어떤 여자에게 몸을 던지게 되면 그것이 한 주일이든 단 한 시간이든 그 여자는 그에게 있어서는 가장 아름다운 여인이 되어 그는 거기에다 완전히 침잠하고 만다. 그리고 그 경험은 많은 것을 가르쳐 주었다. 어떤 여자라도 아름다움은 있으며 행복을 줄 수가 있다, 겉보기에는 사나이들한테 멸시를 받는 여자라고 하더라도 불꽃 같은 정염으로 불타오를 수가 있고, 방금 피어나는 여자라도 모정 이상의 달콤한 애정을 나타낼 수가 있다, 더군다나 어떤 여자도 그 여자들 나름대로의 비밀과 매력을 지니고 있어서 그 열쇠를 여는 것은 즐거운 일이다, 이러한 사실들을 배웠다. 그리고 그 점에 있어서는 모든 여자가 결국은 마찬가지였다. 젊음과 아름다움은 그 밖의 다른, 특별한 몸짓으로 보충이 되기 때문이었다.

하지만 그를 오래도록 붙들어 놓을 수 있는 여자는 아무도 없었다. 그는 아무리 나이가 어린 여자든 아름다운 여자든 그보다 나이가 더 많거나 덜 아름다운 여자에게 보내는 감사 이상의 애정을 주는 일이 없었다. 하지만 어떤 여자들은 사흘이나 열흘 동안의 사랑의 밤을 보낸 후에야 비로소 그를 사로잡는 여자들이 있는가 하면 어떤 여자는 벌써 첫날밤부터 만족스러운 여인도 있었다.

사랑과 성의 쾌락은 삶을 진실로 따뜻하게 해주었고 가치를 가지고 가슴을 채워 줄 유일한 것으로 생각되었다. 그에게는 명예욕도 소용이 없었으며 주교든 걸인이든 똑같았다. 그리하여 소득도 재산도 그를 붙들지는 못해서 그는 그런 것들을 멸시했으며 그런 것을 위해서라면 어떠한 희생도 치르고 싶지 않았다. 뿐만 아니라 때때로 손에 들어오는 돈도 아무런 미련 없이 던져 버리고 말았다. 단지 여인들의 사랑과 성(性)의 유희만이 가장 값진 것이어서 그가 종종 슬픔과 절망으로 지내게 되는 그 핵도 따지고 보면 쾌락의 무상함과 그 덧없음에서 연유하는 것이었다. 덧없이 빠른 속도로 지나가는 쾌락의 불꽃, 관능의 불꽃과 연소, 그것이 모든 체험의 핵같이 여겨졌으며 삶의 온갖 환희와 번뇌의 상징으로 생각되었다.

그는 사랑을 대하듯 그 우수와 무상에 대해서도 완전히 몸을 맡겨 우수도 사랑이요 쾌락이 되게 했다. 사랑의 환희가 바로 그 순간에는 가장 지고(至高)하고 가치 있는 것이라 하더라도 다음 순간에는 곧 꺼져 버려 소멸되는 것과 마찬가지로 그 우수에 몸을 맡기거나 내면의 고독을 느끼는 것도 삶의 밝은 면으로 헌신케 하는 근원이었다. 죽음과 쾌락은 동일한 것이었다. 생명의 어머니를 사랑이라든가 쾌락이라 부를 수 있듯 죽음이나 소멸도 또한 그렇게 부를 수가 있었다. 어머니는 이브이며 행복의 근원인 동시에 죽음의 근원이었다. 어머니는 영원히 생산하는 동시에 또한 영원히 죽는다. 어머니의 내부에서는 사랑과 무자비가 하나이며 어머니의 모습을 오래오래 간직하면 할수록 그것은 비유가 되고 거룩한 상징이 되었다.

그는 언어와 의식으로써가 아닌 보다 깊은 피의 인식으로써 그의 행로는 어머니에게로, 쾌락과 죽음으로 이어진다는 사실을 알았다. 아버지 쪽에서 받은 생명적인 면, 곧 정신과 의지는 그가 안주할 곳이 아니며 그것은 나르치스 같은 사람이 편히 쉴 곳이었다. 골드문트는 비로소 그 친구의 말을 완전히 이해하게 되었으며 그가 자기의 대립자라는 것도 알았다. 그리하여 그는 그 인식을 요한의 상에 분명히 보이도록 형상화시켰다. 눈물을 흘릴 정도로 나르치스가 보고 싶어 그리워할 수도, 또 꿈꿀 수도 있는 일이었으나 결코 그를 따라가거나 또한 그와 같이 되기는 불가능한 일이었다.

골드문트는 어떤 비밀스런 감각으로써 그의 예술, 예술에 대한 그의 깊은 사랑, 그리고 예술에 대해 가끔씩 느끼는 분노를 예감했다. 뿐만 아니라 별다른 생각은 없지만 갖가지 비유를 감정으로 느꼈다. 예술은 아버지의 세계와 어머니의 세계가 가진 정신과 죄의 결합이었다. 예술은 감각적인 데서 시작하여 추상적인 데로 흘러가거나 가장 순수한 관념의 세계에서 시작하여 피가 뚝뚝 떨어지는 살덩이의 세계로 끝날 수도 있다. 진실로 숭고한 예술작품, 교묘한 마술일 뿐만 아니라 영원의 비밀로 가득 찬 예술작품들, 스승이 만든 성모상 같은 작품, 너무나 진실된 단 하나의 오류도 없는 순수한 예술작품들, 그런 작품들은 위험하면서도 미소 짓는 이중의 얼굴, 남성적이면서도 여성적인 것, 본능적이면서도 정신적인 것을 동시에 지니고 있었다. 그도 언제인가 이브의 상을 만드는 데 성공한다면 그런 이중의 얼굴을 가장 잘 드러낼 것이다. 골드문트는 이런 사실들을 어렴풋이나마 예감한 것이었다.

골드문트를 위해서는 예술 속에 가장 심오한 대립을 융화할 가능성, 그의 천성이 갖고 있는 모순을 위한 보다 화려하고 새로운 비유가 있었다. 예술은 순수한 선사품은 아니어서 거기에 따른 대가와 많은 희생을 요구했다. 골드문트는 3년 이상이나 그가 사람의 쾌락 못지않게 높이 평가하는 것, 그리고 반드시 있어야만 되는 자유를 희생했다. 자유와 방랑, 방랑 생활이 가져다 주는 자유분방함, 그리고 어디에도 소속되지 않은 독립성, 그는 그 모든 것을 포기해 버린 것이다. 그가 때때로 작업장에서 일을 소홀히 하고 화를 터뜨리기도 하면 다른 사람들은 자신을 다스리지 못하는 변덕쟁이라고 비웃지만 그로서는 그런 생활은 도저히 참을 수 없는 굴종일 뿐이었다. 그러면서드 그가 복종하지 않을 수 없었던 이유는 스승 때문도 아니요, 장래나 어떤 필요성 때문도 아닌, 예술 그 자체 때문이었다.

겉으로 보기에는 정신적인 여신 같은 예술도 얼마나 많은 하찮은 것들을 필요로 하는가! 우선 비바람을 막을 잠자리가 있어야 하며 그것 말고도 연장이나 통나무, 점토, 물감, 돈이 있어야 하며 무엇보다 노력과 인내를 필요로 했다. 예술을 위해서 숲에서 보내는 야성의 자유를 희생했으며 허허벌판에서 느낄 수 있는 도취, 위험이 주는 쓰디쓴 쾌감, 비참한 생활에서 느끼는 자존을 희생했고, 악에 받쳐서 계속해서 새로운 희생을 시작해야만 했다.

그는 자신이 바친 희생의 일부를 다시 생각해 보았으며 현재 그가 처한 노예적인 질서와 한곳에 정착한 생활에 대해서 사랑의 모험과 경쟁자와의 싸움으로 조그만 복수를 했다. 그리하여 그의 억눌린 야성과 힘이 들고일어나 비상구를 찾아 헤매었으므로 그는 겁을 모르는 무법자로 알려지게 되었다. 처녀를 찾아가는 길목에서, 혹은 무도회장의 귀로에서, 어두컴컴한 골목에서 불의의 습격을 받거나 몽둥이로 얻어맞는 일이 많았는데, 그때마다 그는 번개처럼 몸을 움직여 방어 자세에서 공격 자세로 바꾸어 숨을 몰아쉬는 상대를 때려눕혀 턱밑으로 주먹을 한 대 먹인 다음 머리채를 잡고 질질 끈다. 그러곤 죽일 듯이 목을 조른다. 그래야 잠시나마 직성이 풀리고 침울한 기분이 해소되었다. 그리고 그러한 일은 여자들한테서도 호감을 샀다.

그러한 모든 일이 일상 생활을 풍요하게 채워 주었으며 사도 요한의 입상이 제작되는 동안에는 모든 것이 의미가 있었다. 일은 오래 계속되어 얼굴과 손발의 모형을 뜨자 마지막의 가장 섬세한 작업은 엄숙하면서도 끈기 있는 정신집중을 요하는 가운데 이루어졌다. 일꾼들의 일터 뒤편에 위치한 조그마한 통나무 광에서 그는 일을 끝맺었다. 새벽녘이었다. 그는 빗자루를 집어 광을 깨끗이 청소한 후 요한의 머리칼에 마지막 남은 나무 부스러기를 털어 낸 다음 그 입상 앞에 오래도록 서 있었다. 아마도 한 시간은 족히 넘었으리라. 그는 흔히 볼 수 없는 위대한 체험, 한평생을 지내는 동안 겨우 한 번쯤이나 있으면 다행인 위대한 감정에 사로잡혀서 그렇게 서 있었다. 남자라면 결혼식 날이나 기사 작위를 받는 날에, 여자라면 출산한 직후에 느끼는 그런 감정일 것이다. 그런 감정은 한 차원 높은 감격이요, 심오하고도 엄숙한 감정인 동시에, 어쩌면 단 한 번의 그것이 실제로 체험을 거쳐 지나간 다음에는 틀에 박힌 일상으로 돌아가게 될 것을 은근히 두려워하는 그런 감정이었다.

그는 그렇게 선 채로 친구이자 소년 시절의 구제자였던 나르치스의 모습을 바라다보았다. 고개를 들어 어디엔가 귀를 기울이는 모습, 아름다운 사랑의 사도, 고적과 헌신과 경건의 표정, 그리고 꽃봉오리 같은 그 미소를 바라다보았다. 아름답고 경건하며 내면적으로 충만한 얼굴, 나는 듯한 날씬한 모습, 우아하고 고귀한 기다란 팔, 그것들은 젊음과 내면의 음으로 가득 차 있으면서도 번뇌와 죽음을 나타내고 있었으나 절망과 혼란과 반항은 모르는 모습이었다. 그런 고귀한 표정 이면에서 그 영혼이 즐거움이나 번뇌를 갖는 것과 상관없이 그것은 순수하며 어떤 부조화에도 고통을 받지는 않을 것이다.

골드문트는 우뚝 선 채 자신의 작품을 살펴보았다. 그 관찰의 시작은 젊음과 우정에 대한 기념으로 출발했으나 마침내는 근심과 무거운 상념으로서 끝을 맺었다. 지금 그의 작품이 여기에 서 있다. 그리고 아름다운 사도는 언제까지 이곳에 남아 있을 것이며 그 고귀한 젊음은 끝을 모르겠지만, 그것을 만든 자신은 이별을 고해야만 한다. 내일이면 작품은 이미 그의 소유가 아니므로 그의 손길을 기다리지도 않을 것이며 그의 손길에서 자라나 꽃피우지도 않을 것이다. 그리고 그것은 이미 그에게는 생활의 피난처도 위안이나 삶의 의미로도 자리잡을 수 없을 것이다. 그런 허망한 생각으로 뒤로 물러났다. 그리하여 그날 중으로라도 요한의 상과 작별을 할 뿐만 아니라 스승과도 작별하고 이 마을과 예술과도 헤어지는 게 좋을 것이라는 생각이 들었다. 거기서는 더 이상 할 일이 없었다. 그가 만들어 보고 싶고 또 만들 수 있는 조상은 이제 그의 마음속에 존재하지 않았다. 그가 그렇게도 동경하던 인류의 영원한 어머니인 이브의 상은 아직도 그의 손이 이르지 못하는 먼 곳에 있다. 그런데 이제 또다시 천사의 상이나 장식물을 문지르고 닦아야 한단 말인가?

그는 도망치듯 그자리를 떠나 스승의 작업장으로 향했다. 그러곤 가만히 안으로 들어가 니콜라우스가 그의 인기척을 눈치챌 때까지 문 앞에서 기다렸다.

"골드문트, 무슨 일인가?"

"작품이 완성되었습니다. 식사하러 가시기 전에 한번 봐주십시오."

"물론 가 봐야지. 지금 당장 가 보도록 하지."

두 사람은 함께 건너가서 실내가 좀더 밝아지도록 문을 활짝 열어 놓았다. 그동안 니콜라우스는 골드문트의 작업을 방해하지 않기 위해서 패나 오래도록 그 작업의 진척 상황에서 눈을 떼고 있었다. 이제 그 스승이 침묵 속에서 주의 깊게 작품을 관찰하며 그 무표정한 얼굴이 환하게 밝아지기 시작했다. 골드문트는 니콜라우스의 엄격한 푸른 눈이 점점 기쁨에 넘치는 것을 바라보았다.

"훌륭해! 정말 훌륭하군. 골드문트, 자네는 이 작품으로써 직공 생활은 끝낸 셈이야. 난 이 작품을 조합 사람들에게 보이고 자네에게 스승이 되는 면허장을 발부하도록 요구할 작정일세. 자네에겐 충분한 자격이 있으니 말일세."

골드문트는 그런 일에 대해 그렇게 대단하게 생각하지 않았지만 스승의 말뜻을 이해하고 무척이나 기뻐했다.

니콜라우스는 다시 한 번 찬찬히 요한의 입상을 돌면서 벅찬 한숨을 섞어 말했다.

"이 작품은 경건함과 밝음으로 가득하고 엄숙하지만 또한 행복과 평온으로도 가득 차 있어. 그래서 사람들은 그 마음이 무척 명랑하고 쾌활한 사람이 이 작품을 만들었으리라 생각할 거야."

골드문트는 빙그레 웃었다.

"스승님께서는 이 작품의 모델이 제가 아니라 저의 가장 친한 친구라는 사실을 알고 계십니다. 이 작품의 평온과 명료함은 저에게서 비롯된 것이 아니라 바로 제 친구에게서 비롯된 것입니다. 그리고 이 작품도 제가 만든 것이라기보다 그 친구가 저의 영혼에다 불어넣어 준 것입니다."

"그럴 수도 있겠지. 하지만 이 작품이 어떻게 해서 이런 형상을 띠게 되었는가 하는 것은 비밀로 해두세. 겸손에서 나온 말이 아니라 나는 이렇게밖에 말할 수가 없네. 기교와 정성에 있어서는 결코 뒤지지 않으나 그 진실성에 있어서는 자네를 따르지 못하는 작품을 나는 수없이 만들어 왔노라고 말일세. 자네도 이런 작품은 또다시 만들 수 없으리라는 것을 알 걸세. 그리고 이건 비밀이야."

"그렇습니다, 스승님. 작품이 완성되어 그것을 보면서 저도 이런 작품을 두 번 다시는 만들지 못하리라는 생각을 했습니다. 그래서 저는 이제 다시 방랑길에 오르려 생각하고 있습니다."

니콜라우스는 놀라움과 불만의 시선으로 골드문트를 쳐다보았다. 그의 눈은 다시 엄격한 빛을 띠었다.

"그 일은 이따가 이야기하세. 자네에게는 이제부터가 시작이야. 지금은 여기서 떠날 시기가 아니란 말일세. 오늘은 이만 쉬도록 하고 점심이나 함께 하도록 하세."

점심때가 되자 머리를 손질한 골드문트는 나들이 옷차림으로 스승을 찾아갔다. 스승의 식탁에 초대를 받는다는 게 굉장한 호의라는 것을 잘 알고 있었다. 그러나 입상으로 가득 찬 복도를 지나 층계를 올라갈 때, 지난날 두근거리는 가슴으로 아담하고 고요한 방안에 처음으로 들어갈 때 느꼈던 것만큼 그의 가슴은 존경과 불안스러운 기쁨으로 넘치지는 않았다.

리스벳도 정성스레 화장을 하고 반짝거리는 보석 목걸이를 했다. 그리고 식탁에는 잉어 요리와 포도주말고도 뜻하지 않은 물건이 놓여 있었는데, 그것은 스승이 그에게 선물하는 가죽 지갑이었다. 그리고 그 지갑 안에는 완성된 작품에 대한 보상으로 금화가 가득 들어 있었다.

부녀가 서로 이야기를 나누는 동안 이번에는 골드문트도 가만히 침묵을 지키고 있지만은 않았다. 부녀는 그에게 말을 걸어왔고 서로 잔을 부딪치기도 했다. 골드문트의 시선은 부단히 움직이면서 기회를 놓치지 않고 품위가 있으나 약간은 거만하다고 할 그 처녀의 얼굴을 이리저리 살폈다. 그리고 그 두 눈은 처녀가 얼마나 그의 마음을 사로잡았나 하는 것을 감출 수가 없었다. 하지만 그 처녀는 고분고분하게 대하기는 했지만 얼굴도 붉히지 않는 것이 그를 크게 실망하게 했다. 그는 다시금 미동도 하지 않는 처녀의 얼굴로 하여금 말을 하도록 하고 그 비밀을 고백하게끔 하고 싶다는 강렬한 욕구를 느꼈다.

식사가 끝나자 그는 잠시 복도에 진열된 입상들을 구경한 다음 오후에는 빈둥대는 건달처럼 시내를 돌아다녔다. 그는 지나치리만큼 스승에게서 칭찬을 받았었다. 그런데 그런 칭찬이 왜 그를 만족시키지 못했으며 속이 확 트이는 듯한 시원한 기쁨을 주지 못하는 걸까?

어떤 생각이 스치자 그는 말 한 필을 빌려 타고 그가 처음으로 스승의 작품을 보고 그 스승의 이름을 얻어들었던 수도원으로 달려갔다. 단지 몇 해 전의 일이지만 까마득한 옛일처럼 생각되었다. 그는 성당으로 들어가 성모상을 면밀히 관찰했다. 그 작품은 여전히 그의 마음을 사로잡았으며 그를 압도해 왔다. 그것은 요한의 입상보다 아름다웠다. 그 깊이와 신비에 있어서는 그의 작품과 같았으나 기교와 자연스러움에 있어서는 그의 것보다 훨씬 뛰어났다. 그는 그 작품에서 예술가만이 볼 수 있는 세밀한 부분까지 잘 관찰했다. 미묘하고 조용한 움직임, 손과 손가락의 대담한 선, 통나무의 구조를 적절히 이용한 착상, 그 모든 세밀한 아름다움은 전체적인 단순함이나 깊이에 비교해 볼 때 사소한 것에 불과했지만 아름다움은 여전히 거기에 존재해 있었다. 그리고 그것은 아무리 은총을 받은 사람이라 하더라도 예술의 근본을 이해한 사람만이 가능한 일이었다. 그런 작품을 만들어 내려면 그 형상이 그의 영혼에 내재되어 있어야 할 뿐만 아니라 눈과 손의 부단한 수련이 있어야만 가능한 일이었다. 그러나 체험과 관찰과 사랑의 잉태 외에도 그 마지막 섬세한 부분에 이르기까지 완벽한 아름다움을 창조해 내기 위해서, 단 한 번 그런 작품을 만들어 내기 위해서 자유와 위대한 체험에 대한 희생이 어떤 가치가 있단 말인가. 그 점은 아무래도 의문이었다.

골드문트는 밤이 깊어서야 지친 말을 이끌고 시내로 돌아왔다. 그리고 아직 문을 닫지 않은 목로주점이 있어 그곳에서 배를 채우고 술을 마셨다. 그러곤 어시장에 있는 그의 골방으로 갔다. 의문과 의혹을 가슴에 가득 품은 채.

고개 든 방랑벽

골드문트는 이튿날도 일터에 가 볼 생각이 나지 않아 우울한 날이면 언제나 그랬듯이 시내를 어슬렁거렸다. 시장으로 향하는 아낙네들이나 하녀들의 모습을 구경하기도 하고 어시장에 있는 우물가에 멈추어 서서는 생선장수들과 선머슴 같은 아낙네들의 흥정 광경을 지켜보기도 했다. 그들은 생선전을 벌이고 흥정을 하면서 은색의 생선들을 통에서 끄집어내어 손님들에게 권하는 것이었다. 생선들은 괴로운 듯 아가리를 벌리고 금빛 눈알을 불안스레 치뜨고는 조용히 죽어 가거나 아니면 죽음에 대해 절망적인 저항을 했다. 매번 그러했지만 그들 물고기들에 대한 동정심과 인간들에 대한 불만이 그의 마음을 괴롭혔다.

왜 인간들은 이다지도 바보스럽고 거칠며 생각이 모자라고 멍청할까? 왜 그들은 모두가 아무것도 보지 못하는 것일까? 생선장수도 아낙네들도 또 에누리를 하는 손님들도 생선의 아가리나 죽음의 공포가 가득한 눈깔과 바동대는 꼬리가 처참한 단말마의 절망적인 싸움을 하고 있다는 것을 왜 알지 못하는가? 그리고 신비롭고 무어라 말할 수 없이 아름다운 생선의 참을 수 없는 변신이, 죽어 가는 피부 위에 번지는 마지막 떨림이, 그러곤 숨이 끊겨 포만한 미식가의 식탁을 위해 비참한 토막 신세가 된다는 것을 왜 모르는 것일까? 인간들은 그 모든 것이 하나도 보이지 않는단 말인가? 그들은 아무것도 보지도, 눈치채지도 못하고 또 어느 누구도 그들에게 그것을 말해 주지도 않는구나! 불쌍하고 어리석은 생선이 그들의 눈앞에서 죽어 가거나, 스승이 성자의 얼굴에다 모든 희망과 고귀함과 괴로움과 인간 생활이 갖는 침울한 공포를 놀랄 정도로 뚜렷이 나타내던 그런 것이 그들에게는 아무런 상관도 없다는 듯, 그들은 아무것도 못 보고 알아차리지도 못하는구나!

사람들은 모두가 자족하거나 이유 없이 바쁘며 서두르고 소리지르고 시시덕거리고 트림을 하고 말썽을 일으키고 익살을 떨며 몇 푼 안 되는 돈으로 서로 다툰다. 그들은 모두가 자기 자신과 세계에 대해 흡족해하며 살아간다. 그들은 돼지이다. 아아, 돼지보다 더한 바보들이 아니고 무엇인가!

그런데 그 자신도 그들과 어울려 있었으며 그들과 같은 만족을 느꼈고 아가씨들을 따라다녔으며 아무런 두려움도 없이 태연히 접시에서 구운 생선을 집어먹었었다. 하지만 그는 언제나 귀신 들린 사람처럼 갑자기 즐거움과 안일을 잃고 우울해지곤 했다. 자기 만족과 정신적인 나태를 떠나 고독의 한가운데로, 명상의 한가운데로 뛰어들어 고통이나 죽음 아니면 영위하는 일에 대한 미혹과 심연을 관찰하곤 했었다.

그러곤 아무 의미가 없는 것과 무시무시한 것을 보는 데 정신을 팔다 보면 별안간 사랑에 빠져 보거나 아름다운 노래에 귀를 기울이거나 그림을 그리거나 꽃향기를 맡거나 고양이와 장난을 치거나 인생과의 거짓 없는 화해를 해보고 싶다는 강렬한 즐거움에 도취되는 것이었다.

지금 당장에라도 그렇게 될 수 있으리라. 혹 내일이나 모레가 될 수도. 그렇게 되면 세상은 다시 살 만한 곳이 되리라. 하지만 그와 정반대일지도 모른다. 그러면 슬픔이나 명상, 죽어 가는 생선이라든가 시들어 가는 꽃 같은 것에 대한 절망적인 사랑을 느끼게 되고, 아무것도 모른 채 밥만 축내는 어리석은 인간에 대한 공포가 되살아나리라.

그런 시기에 이르면 그는 늘 고통스러운 호기심으로 그가 늑골 사이로 칼질을 해서 피투성이가 된 시체를 전나무 숲 사이에 그대로 팽개친 유랑하던 학생 빅토르를 생각지 않을 수 없었다. 그리고 도대체 그 빅토르가 지금은 어떻게 되었을까? 그 시체가 짐승들한테 송두리째 먹혔을까, 아니면 무엇이든 흔적이 남았을까 하는 골똘한 상념에 잠기곤 했다. 그렇다, 뼈 조각이 아니라면 한 올의 머리칼이라도 남았으리라. 그리고 그 뼈는 또 어떻게 되는 것일까? 그 뼈가 형체조차 사라져 완전히 흙으로 되는 데는 얼마의 시간이 흘러야만 할까? 수십 년이 걸릴까, 아니면 몇 년으로 족할까?

아아, 생선에 대한 동정심과 시장 사람들에 대한 구역질로 가슴이 우수와 적개감, 이 세계와 자신에 대한 혐오감으로 가득 차 있는 그런 날에는 언제나 빅토르를 생각지 않을 수 없다. 혹시 사람들에게 발견되어 매장이 되었을까? 만일 그렇다면 지금쯤은 벌써 뼈에서 살점은 모조리 떨어지고 썩어서 벌레의 밥이 되었을까? 아직도 두개골이나 눈두덩에는 머리칼이나 눈썹이 남았을까? 모험과 사건, 익살과 유희로 충만했던 빅토르의 생활 가운데서 남은 것은 과연 무엇인가? 그를 살해한 살인자가 간직하고 있는 그에 대한 희미한 추억 이외에 보통 사람들과는 판이하던 그 인간에게선 무엇이 남아 있는가? 그가 여태 사랑했던 여자들의 꿈속에 빅토르 같은 인간이 있었던가? 아아, 모든 것이 무상하게 지나가 버렸구나. 그리하여 모든 것이 덧없이 시들어 그 위에 다시 눈이 덮이고 말았구나.

몇 년 전, 예술에 대한 열망과 니콜라우스 스승에 대한 불안과 존경으로 이 마을을 찾아왔을 때, 그의 내부에서는 모든 것이 그 얼마나 아름답게 꽃피었던가! 그러나 지금 그 가운데서 무엇이 남아 있단 말인가? 아무것도 없다. 불쌍한 키다리 빅토르에 대한 추억말고는 아무것도 없다. 누가 있어서 그 당시 니콜라우스가 그를 자기와 똑같이 인정해 주고 그를 위해 조합에다 스승이 되는 면허장을 신청하는 날이 오리라고 귀띔해 주었더라면 그는 아마도 이 세상의 모든 행복이 그의 손아귀에 들어왔다고 믿고 행복했었으리라. 하지만 지금에 와서 그것은 모두 시든 꽃이요, 그 어떤 기쁨도 없는 한때의 갈망에 불과한 것이 되고 말았다.

생각이 여기에 이르자 골드문트는 문득 하나의 얼굴을 보았다. 비록 찰나의 번뜩임에 불과했으나 그것은 생명의 심연 위에 웅크린 인류의 어머니 이브의 얼굴이었다. 그리고 그 얼굴은 희미한 미소를 띠고 아름다우면서도 무서운 시선으로 출생, 죽음, 꽃, 일렁이는 가을 잎새, 예술, 부패, 그 모든 것을 바라보는 것이었다.

그 모든 것이 인류의 어머니에게는 동일한 것으로 그녀의 음험한 미소는 달빛처럼 모든 것 위에 걸려 있다. 우울한 명상에 잠긴 골드문트는 시장 바닥에서 죽어 가는 생선도, 쌀쌀한 처녀 리스벳도, 또한 골드문트의 금화를 노렸었던 빅토르의 뼈다귀도, 그 모든 것이 이브에게는 똑같이 사랑스럽다.

번뜩임은 이내 흔적마저 사라지고 신비로 가득한 이브의 얼굴도 사라졌다. 그러나 그 희미한 빛은 완전히 꺼지지 않고 골드문트의 영혼 속에 남아 생명과 고통과 그리움의 파도가 되어 그의 가슴을 요동치며 흘러내렸다. 아니다. 그가 바란 것은 생선장수들이나 근면한 부락민들이 갖는 행복과 포만이 아니었다. 그런 것이라면 악마가 가로챈다 해도 상관이 없다. 아아, 이지러지는 창백한 얼굴, 완숙한 늦여름과 같은 입, 그 무거운 입술 위로 번지는 이름 없는 죽음의 미소, 그것들은 바람과 달빛처럼 스쳐 사라지고 말았다!

골드문트는 스승의 집 쪽으로 걸음을 옮겼다. 때마침 점심때여서 그는 스승이 일을 마치고 손을 씻고 나올 때까지 기다렸다. 그런 다음 그는 스승이 있는 곳으로 들어갔다.

"스승님, 몇 말씀만 드릴까 합니다. 선생님께서 손을 씻으시고 덧저고리를 입는 시간이면 충분합니다. 저는 단 한 모금이라 할지라도 진실을 맛보고 싶습니다. 지금 제가 드리는 말씀은 어쩌면 지금이 아니고는 영원히 말씀드릴 수 없는 것인지도 모릅니다. 저는 한 사람의 인간과 이야기를 나누어야만 합니다. 선생님은 어쩌면 그것을 이해하실 수 있는 한 분이신지도 모릅니다. 제가 이야기를 나누고 싶은 사람은 유명한 작업장을 갖고 있고 여러 도시와 사원에서 주문을 받고 두 명의 조수를 거느리고 아름다운 집에서 사는 그런 사람은 아닙니다. 제가 원하는 사람은 성당의 성모상, 제가 아는 가운데 이 세상에서 가장 아름다운 그 작품을 만드신 스승님입니다. 저는 그 스승을 사랑했고 존경했으며 그분처럼 되는 것이 이 지상에서 제가 다다라야 할 최고의 목표로 여겼습니다. 저는 이제 요한의 입상을 만들었는데, 스승의 성모상처럼 비록 완전하다고 말할 수는 없지만 그런대로 만족합니다. 저는 다른 작품은 만들 수가 없습니다. 그리고 저에게 강요하여 꼭 만들어야만 할 그런 작품은 이 세상에 존재하지도 않습니다. 오히려 한 차원 높게 존재하는 하나의 성상이 있어 언제인가는 만들어야 하겠지만 지금으로서는 만들 수가 없습니다. 그것을 만들려면 더 많은 경험과 체험을 쌓아야만 합니다. 삼사 년이 걸릴는지, 십 년이 걸릴는지, 그보다 더 오랜 세월이 걸릴는지, 아니 어쩌면 그것은 영원히 불가능할지도 모릅니다. 하지만 그때까지 작업장에서 일을 하거나 제단을 문지르거나 다른 조각가들이 하듯이 돈을 벌거나 쓸데없는 일을 할 수는 없습니다. 절대로 그러지는 않겠습니다. 그러느니 그냥 살아가며 방랑에 나서렵니다. 계절을 느끼고 세상을 겪고 그 아름다움과 무서움을 경험하겠습니다. 굶주림과 갈등을 겪고 제가 스승님으로부터 익힌 그 모든 것을 잊도록 하겠습니다. 언제인가는 스승님의 성모상처럼 아름답고 감동적인 것을 만들게 될 것이지만, 스승님의 삶의 방식을 따라가지는 않겠습니다. 절대로 그렇게 살아가지는 않겠습니다."

스승은 손을 씻고 덧저고리를 입은 다음 몸을 돌려 골드문트를 바라보았다. 그 얼굴은 무척이나 엄격했으나 분노에 찬 얼굴은 아니었다.

"너는 말을 했고 나는 들었어. 그걸로 충분하니 그만두도록 하지. 물론 할 일은 많지만 나는 그런 일을 너에게 시키고 싶진 않아. 나는 너를 조수로 두고 싶지는 않으니까. 그리고 네게는 자유가 필요할 거야. 골드문트, 너와 함께 나눌 많은 이야기가 있지만 오늘 당장은 안 되니 며칠 시간을 두기로 하겠네. 그동안에 자네 하고 싶은 대로 시간을 보내게. 나는 자네보다 나이도 많고 이것저것 경험도 많이 했어. 그래서 자네와는 생각이 다르지만 자네가 하는 이야기에 어떤 뜻이 담겨 있는지는 안단 말이야. 며칠 안으로 시간을 내서 자네의 장래에 대해 의견을 나누도록 하지. 내게는 여러 가지 계획이 있거든. 그때까지는 참고 기다리는 거야. 나는 정성을 다한 작품이 완성됐을 때의 기분을 이해한단 말이야. 그래서 자네의 허탈한 지금 심정을 알 수 있어. 시간이 해결할 걸세."

　골드문트는 불만스러운 마음으로 자리를 떴다. 스승은 그에게 호의를 갖고는 있지만 그에게 어떤 도움을 줄 수 있단 말인가? 그가 자주 가곤 하는 강 언덕이 있었다. 물이 그렇게 깊지는 않으나 교외에 사는 어부들의 집에서 나온 온갖 쓰레기나 잡동사니가 버려져 있는 바닥 위로 물이 세차게 흐르는 곳이었다. 그는 그곳으로 다시 찾아가 강 언덕에 앉아 물을 들여다보았다. 그는 무척이나 물을 좋아해서 어떤 물이든 그의 마음을 끌곤 했었다. 힘차게 흐르는 수정의 실타래 같은 물 속을 들여다보노라니 잘 보이지 않는 밑바닥 여기저기에 마치 금빛처럼 번쩍이는 무엇이 보여 사람의 마음을 잡아끌었다. 분명하게 무엇이라고 말할 수는 없지만 부서진 낡은 쟁반 조각들이나 버린 낫 조각 아니면 유리를 입힌 벽돌 같은 것이었다. 그게 아니라면 연꽃 줄기라든가 모캐 같은 물고기가 물 속에서 몸을 뒤집을 때 햇빛에 반사되는 것인지도 몰랐다. 어느 경우든 그게 무엇인지 알 수는 없지만 검은 물밑에서 순간적으로 반짝이는 황금 조각처럼 거기엔 무언가 신비와 아름다움이 가득했다.

참된 비밀, 진실로 순수한 영혼의 영상은 이런 물의 비밀과 같다는 생각이 들었다. 그것들은 윤곽도 형태도 없고, 멀고도 아름다운 가능성을 예감하게 할 뿐으로 베일에 싸인 불분명한 것이었다 푸른 물밑, 어둑어둑한 가운데서 잠시나마 뚜렷하게 말할 수 없는 홤금색이나 은색 같은 것이 비쳐 올 때, 그것이 설혹 아무것도 아니라 하더라도 어떤 거룩한 약속으로 충만한 것 같았다. 그것은 마치 반쯤 가려진 한 인간의 어렴풋한 프로필이 때로는 말할 수 없는 아름다움이나 슬픔을 알려 주는 것과 마찬가지이다. 혹은 밤길을 달리는 짐마차 뒤에 달린 등불이 굴러가는 마차바퀴의 거대한 그림자를 벽에 그려 줄 때, 그 그림자의 유희는 잠시나마 버질의 작품 전체와 같이 숱한 정경과 비밀과 이야기로 가득해지는 것과 같은 것이었다. 밤에 꾸는 꿈들도 그와 똑같은 비현실적인 마법의 소재로 짜여져 그것은 완전한 무(無)이면서도 세상의 모든 형상을 내포하고 있다. 그것은 물과 같은 것이어서 그 속에 모든 인간과 동물과 천사와 악마의 형태를 지니고 있으며 언제나 깨어나는 가능성을 간직하고 있다.

그는 다시금 물의 유희로 시선을 돌려 자신을 망각하그 흐르는 물을 응시했다. 물밑에서 형태도 없는 미광(微光)이 떠는 것이 보였으며 그것은 왕관이나 나체 여인의 어깨를 연상시켰다. 언제인가 마울브론 수도원 시절, 라틴어나 희랍어의 자모(字母)에서 그 비슷한 형태의 꿈과 변화의 마술을 본 기억이 떠올랐다. 그 당시 그 일에 대해 나르치스와 이야기를 나눈 적이 없었던가? 아아, 그때가 언제쯤이었던가? 몇 백

년 전쯤이 아니었을까? 아아, 나르치스! 그를 만나 단 한 시간이라도 이야기를 나누며 그의 손을 잡고 그의 차분하면서 영민한 음성을 들을 수만 있다면 소중히 간직하고 있는 금화 두 개도 기꺼이 버리리라.

그런 물건, 물밑의 금빛 반짝임, 그림자나 예감, 그 모든 것이 비현실적이고 요정 같은 현상들인데 왜 이토록 아름다울까? 그것들은 예술가들이 만들어 내는 아름다움과 정반대이면서 어찌 그리 아름다울까? 이름도 지을 수 없는 그런 아름다움은 모두 형태가 없고, 완전히 신비 안에서 만들어진 것이지만, 예술가들이 만드는 아름다움은 그 반대로 철저한 형태이며 명확한 것만을 말해 준다. 스케치를 했거나 나무에 새겨진 머리나 입의 선, 그 이상으로 정확한 것은 없다. 그도 니콜라우스 스승이 제작한 마리아상의 아랫입술에서부터 눈썹에 이르기까지 완전히 동일한 것을 만들 수 있을는지는 모른다. 거기에는 애매하거나, 흐릿하거나, 불확실한 것은 아무것도 없었다.

골드문트는 그 생각에 정신을 집중했다. 가장 명확하고 형태가 있는 것이 영혼에 끼치는 영향과 가장 파악하기 힘들고 형태가 없는 것이 끼치는 영향이 같다는 점은 아무래도 알 수 없는 사실이었다. 그것이 어떻게 가능한가? 그런 상념에 싸였으면서도 한 가지 분명한 사실은 어디 비난할 곳 없이 잘 만들어진 숱한 예술품들이 거의 그의 마음에 흡족하지 못하고, 아무리 아름다워도 지루하고 혐오감을 일으킨다는 점이었다. 작업장이나 성당이나 궁전에는 그런 불쾌하기 그지없는 작품들로 가득 차 있어서 그 자신도 그런 몇 점의 작품을 만드는 데 협력을 했었다. 그런 작품들은 지고의 것에 대한 욕구를 불러일으키면서도 그 욕구를 충족시키지 못하기 때문에 심한 환멸을 안겨 주었다. 그리고 무엇보다 거기에는 꿈과 최고의 예술품이 공동으로 가지고 있는 신비라는 주제가 결여되어 있었다.

골드문트의 생각은 계속 이어졌다. 내가 사랑하고 그 흔적을 찾고 있는 것은 바로 그 신비라는 것이다. 나는 이따금 그 신비가 번뜩이는 것을 보았으며 언젠가 그것이 가능하다면 예술가로서 그 신비를 표현하고 이야기를 시키고 싶다. 그것은 위대한 산모(產母), 인류의 어머니, 이브의 자태이다. 그리고 그 신비는 다른 형상들처럼 특별히 풍만하다거나, 수척하다거나, 곱살스럽다거나, 힘차다거나, 우아하다거나 하는 이런저런 세세한 점에 있는 것이 아니라, 결코 융합하지 못할 이 세계의 가장 큰 대립인 출산과 죽음, 선과 악, 생과 사멸에 있다.

내가 그 모습을 생각해 냈다거나 그것이 내 생각의 유희나 야심 가득한 예술가로서의 욕망에 불과한 것이라고 별로 섭섭해야 할 이유도 없는 것이어서 거기에 숨겨진 결함을 알아차리고 쉽사리 잊어버릴 수가 있으리라. 하지만 관념이 아니다. 이브는 생각해 낸 것이 아니라 눈으로 본 것이 아닌가! 이브는 나의 내부에서 살고 있어 언제나 나와 만난다. 언제인가 한겨울밤에 어느 마을에서 해산하던 농부의 아낙네 곁에서 등불을 들고 있었을 그때, 이브의 형상이 처음으로 나의 마음속에서 생명을 갖기 시작했다. 그때부터 그 형상은 나의 내부에서 살아가기 시작했다. 그것은 가끔 멀리 사라져 보이지 않다가도 어느 틈에 다시 나타난다. 마치 오늘처럼 말이다. 한때는 내가 가장 사랑하던 내 어머니의 상이 그 새로운 상으로 송두리째 녹아들어 버찌의 씨처럼 거기에 웅크리고 있었다.

그는 분명히 자신의 지금 상황을 결정하는 데 있어 불안해하고 있다. 나르치스와 수도원을 떠나던 때 못지않게 중대한 인생 행로에 서 있다. 그것은 어머니에게로 다가서는 길이었다. 언제든 그의 손을 통해서 그 어머니의 상으로부터 눈에 확실히 보이는 예술품이 만들어지겠지. 거기에 그의 목표가 있으며 생의 의미가 숨어 있는지 모른다. 그럴는지 모른다. 하지만 그가 확신을 가질 수 있는 단 한 가지, 그 어머니를 따라가고 어머니를 향해 가고 있으며 어머니에게 끌려가고 불려간다는 사실이었다. 그것은 생명이기도 했다. 어쩌면 그 상을 만들 수가 없어 영원히 꿈으로만, 예감으로만, 유혹으로만, 거룩한 신비의 황금빛 빛줄기로만 남게 될는지 모르리라. 하지만 아무튼 지금은 그 어머니를 따라야 했으며 거기에다 운명을 맡겨야 했다. 어머니는 그의 별이었다.

이제는 결단을 내려야 할 시기가 눈앞에 다가왔고 모든 것이 분명해졌다. 예술은 아름다우나 그것이 그의 여신도, 목표도 아니었다. 그가 따라가야 하는 것은 예술이 아니라 어머니의 부름인 것이다. 세련된 기교가 무슨 소용이 있단 말인가? 그것이 향하고 있는 곳은 니콜라우스 스승의 예를 보아도 알 만했다. 그것은 명성과 돈과 안정된 생활로 이르는 길이면서 신비를 터놓는 유일한 길인 내적 감각을 위축시키고 고갈시키는 길로 이른다. 그것은 값비싸고 아름다운 놀잇감을 진열시키는 길이며 갖가지 사치로 이루어진 제단이나 설교단이나 성세바스티안과 아름다운 곱슬머리의 천사상을 만들어 내는 길이다. 아아, 잉어의 눈알에 비치는 황금빛, 나비의 날개 끝에 보이는 부드럽고 넓은 은색의 잔털, 그것이 예술품으로 가득한 사치스런 응접실보다 그 얼마나 아름답고 생명력 있으며 훌륭하단 말인가!

어떤 소년 하나가 노래를 부르며 강둑을 걸어 내려오고 있었다. 노래는 이따금 끊기곤 했다. 소년은 손에 들고 있는 흰 빵을 씹어 먹고 있었던 것이다. 골드문트는 소년에게 빵 한 조각을 얻어 손가락으로 부드러운 쪽을 조금 뜯어내어 그걸로 조그마한 공 같은 것을 만들었다. 그러곤 둑으로 나앉아서 공 모양의 빵을 하나씩 물에다 던지면서 검은 물 속으로 그것이 가라앉으면 잽싸게 모여드는 물고기들의 머리가 빵을 에워싸는 모습을 바라보았다. 그러면 마침내 어느 놈의 아가리 속으로 완전히 사라지는 것이었다. 그는 공 같은 빵 조각이 차례대로 가라앉았다가 사라지는 것에 만족감을 느꼈다.

이윽고 그도 시장기가 느껴져 애인 하나를 찾아 나섰다. 그가 '소시지와 햄의 여왕'으로 부르는 푸줏간 집의 하녀였다. 평소처럼 휘파람을 불어 여자를 부엌 창문으로 꾀어낸 다음 무엇이든 먹을 것을 얻어 주머니에 넣은 다음 강둑 저쪽에 있는 포도밭으로 가서 먹어치울 작정이었다. 포도밭의 기름진 붉은 흙은 살찐 포도덩굴 아래에서 밝게 빛나고 봄이면 은근한 포도 냄새를 풍기는 히아신스가 피게 마련이었다.

하지만 그날은 결의와 각성의 날인 모양이었다. 카트리네트의 포동포동하면서 약간 선머슴 같은 얼굴이 창에 나타나 미소를 지었기 때문에 평소 그가 하듯이 신호를 보내기 위해 손을 뻗었을 때, 별안간 이전에 거기에 서서 여자를 기다리던 기억이 떠오르는 것이었다. 그러곤 다음 몇 분 동안에 일어날 일들이 지루할 정도로 뚜렷한 모습으로 보이는 것만 같았다. 여자가 그의 신호를 알아차리면 금세 사라졌다가 무언가 구운 음식을 손에 들고 뒷문으로 나타난다. 그러면 그는 그것을 받아들고 여자를 약간 쓰다듬어 주면서 여자가 원하는 대로 그녀를 끌어당겨 살며시 안아 준다.

그런데 그런 기계적인 진행이 별안간 상기되어 그가 하는 역할이 말할 수 없이 어리석고 추하게 느껴지는 것이었다. 소시지를 받을 때 힘찬 유방이 지그시 밀려오는 것이 느껴지고 그 대가로 그 유방을 지그시 눌러준다. 그는 별안간 그녀의 약간 선량하고 멍청한 얼굴에서, 다정한 미소 속에서 너무나 자주 보아 온 그 무엇, 무언가 기계적이요, 신비가 결여되어 있는 하찮은 것을 본 것만 같이 느껴졌다. 그는 보통 때처럼 손을 들어 신호를 끝까지 보낼 수가 없었으며 그의 얼굴에서 미소는 얼어붙어 있었다. 그는 아직도 저 여자를 사랑하는가? 아직도 진정 그녀를 탐하는가? 아니다. 그는 너무나 자주 거기에 왔었고 늘 똑같은 웃음을 보아 왔으며 마음에서 우러나오는 어떤 충동도 없이 그 미소에 화답을 했었다. 어제만 해도 별다른 생각 없이 해낼 수 있었던 일이 오늘은 갑작스레 불가능한 일이 되고 말았다.

하녀는 아직 창가에 서서 밖을 내다보고 있었지만 그는 이미 몸을 돌려 골목을 빠져나오면서 두 번 다시 그곳에 들르지 않으리라는 결심을 했다. 어떤 다른 놈팡이가 그 유방을 쓰다듬어 주려면 주라고 하지! 그리고 다른 놈이 그 소시지를 먹으려고 하면 먹어치우라지! 도대체 이 포만한 마을에서 매일을 먹고 낭비만 일삼은 게 아닌가! 살이 피둥피둥한 자들은 왜 그다지 게으르고 타성과 사치에 익숙해 있단 말인가? 그들로 인해 매일매일 그리도 많은 돼지와 암소가 도살되고, 그리도 아름답고 가엾은 물고기들이 강물에서 낚이지 않는가! 그리고 그 자신도 얼마나 사치에 젖어 있고 타락한 신세가 되었으며, 어쩌면 그리도 구역질나는 혐오스런 타락한 자들과 닮았단 말인가! 방랑하던 때, 온통 눈뿐인 벌판에서 먹던 마른 과일 한 개나 빵 껍질이 이곳 안락한 사람들 틈에 끼여 맞이하는 조합의 성찬보다 훨씬 훌륭한 맛이었다.

오, 방랑이여, 자유여, 달빛 비치는 황야여! 그리고 아침이 되어 회색의 아침 이슬이 맺힌 풀밭에서 희미하게 보이던 짐승들의 흔적이여! 이곳 마을의 안주하는 사람들에게는 모든 것이 너무나 하찮고 값싸다. 심지어 사랑마저도 그러하다. 그는 이제 그런 생활에 염증을 느꼈다. 그리하여 별안간 거기에 침을 뱉게 된 것이다. 이곳 생활은 이제 어제의 의의를 상실하고 말았다. 그것은 뇌수가 없는 앙상한 뼈다귀에 지나지 않았다. 스승이 모범이고 리스벳이 공주였을 동안 그 생활은 아름다웠고 모든 가치를 갖고 있었으며, 그가 요한의 상을 제작하는 동안만은 어느 정도 참을 만했었다.

이제는 그것도 종말을 맞이해서 향훈은 사라지고 꽃은 시들어 버렸다. 자주 그를 찾아와 그에게 끝없는 고통을 안겨 주던 무상(無常)의 감정이 다시 파도가 되어 그를 엄습했다. 모든 것은 너무 빨리 시들고 욕망은 고갈되고 끝내 남는 것은 뼈다귀와 먼지일 뿐이다. 그래도 한 가지 남는 것이 있다면 그것은 영원의 어머니, 슬픔과 무서움의 양면을 지닌 미소 짓는 영원의 모상(母像)이었다. 그는 다시금 그 어머니를 보았다. 머리카락에 별을 이고 있는 거인, 세계의 끝에서 꿈꾸듯 앉아서 꽃을 한잎 한잎, 생명을 하나하나 따서 천천히 끝없는 심연으로 던지는 거인.

골드문트가 시든 한 가닥의 생명이 자신의 등뒤로 퇴색해 가는 것을 보고 이별의 슬픈 광기 속에서 그 낯익은 거리를 떠돌고 있을 때, 니콜라우스 스승은 골드문트의 장래를 걱정하여 그 불안정한 손님을 언제까지고 붙들어 두기 위해서 무진 애를 쓰고 있었다. 그는 조합을 설득해서 골드문트에게 면허장을 내주도록 했고, 골드문트를 조수나 부하로서가 아니라 동등한 협력자로서 붙잡아 주어 함께 주문에 대해 상의하고 거기서 얻어지는 이득을 분배할 계획을 세웠다. 그리고 그건 모험일 수도 있었다. 리스벳을 위해서도 그러하고. 그리 되면 젊은이는 곧 그의 사위가 될 터이기 때문이다. 그러나 요한의 상 같은 작품은 그가 지금껏 데리고 있던 그 어떤 조수도 결코 만들지 못하던 것이며, 그 자신도 이제는 노쇠해 착상과 창조력이 빈약해진 터라 그는 자신의 그 유명한 작업장을 너절한 일꾼이 들끓는 수공업 공장으로 전락시키고 싶지는 않았던 것이다. 골드문트와 그 일을 해 나간다는 것은 힘든 일이긴 해도 아무튼 모험을 할 수밖에 없었다.

스승은 그런 식의 조심스런 계획을 세웠다. 골드문트를 위해 뒤채의 작업장을 증축하고 다락방을 치워 주며 조합에 가입시키기 위해 좋은 옷을 만들어 입힐 생각을 했다. 스승은 리스벳에게도 조심스럽게 자신의 의사를 건네 보았다. 리스벳은 며칠 전 점심 식사를 함께 한 이후로 그와 동일한 것을 기대하고 있어서 별다른 이의가 없었다. 그 청년이 안주한 뒤 아버지를 장인(丈人)으로 부른다 해도 그녀로서는 아무런 불만이 없었다. 때문에 그 점에 있어서는 어떤 문제도 없었다. 그 집시를 길들이는 데 있어서 니콜라우스 스승이나 일로는 안 된다 하더라도 리스벳이라면 반드시 성공할 수 있으리라.

이렇게 모든 일이 계획되어 미끼와 새 그물이 교묘히 마련되었다. 그리하여 어느 날, 별로 모습을 드러내지 않는 골드문트를 부르러 사람을 보내 식사에 초대했고, 또 골드문트 쪽에서도 몸단장을 하고 그 아름답고 다소 축제 분위기가 감도는 방에 나타났다. 스승과 그 딸과 더불어 건배를 했으며, 딸이 자리를 비우자 니콜라우스는 자신이 세운 크나큰 계획과 제안을 끄집어냈다.

"너는 내 말을 이해했을 게다." 하고 스승은 뜻밖의 말을 했다. "젊은 나이에 일정한 수업 연한도 마치기 전에 스승의 자리에 나아가 따뜻한 둥지에 안주한다는 것은 어려운 일이야. 자네도 그건 알 만하겠지. 골드문트, 이건 자네의 행운이네."

놀라고 답답한 마음으로 골드문트는 스승을 쳐다보며 아직도 반쯤 남은 술잔을 옆으로 밀쳐 놓았다. 그는 며칠씩이나 모습을 보이지 않고 돌아다니느라 스승에게서 욕을 얻어먹고 앞으로 조수로서 거기에 남아 있으라는 제안을 받게 되리라 생각했었는데, 일이 이렇게 되고 말았다. 그는 스승과 자리를 함께 한다는 것이 슬프고 답답했다. 그는 얼른 대답을 할 수가 없었다.

스승은 자신의 제안이 즉시 기쁨과 겸양으로 수락되리라 예상했다가 그렇지 못하자 얼마쯤 긴장되고 실망한 얼굴로 자리에서 일어났다.

"뜻밖의 제안이기 때문에 우선 생각할 시간이 필요하겠지. 하지만 썩 유쾌한 기분은 아니군. 자네가 크게 기뻐하는 모습을 생각했었는데. 하지만 나는 괜찮으니 여유를 갖고 생각하도록 하게나."

"선생님!" 골드문트는 쥐어짜듯 말했다. "너무 섭섭한 생각은 갖지 마십시오. 저는 진심으로 선생님의 친절과 또 저 같은 녀석을 제자로 맞아 준 선생님의 인내심에 감사를 드립니다. 베풀어 주신 이 은혜는 결코 잊지 않겠습니다. 하지만 생각해 볼 시간은 필요치 않습니다. 저의 결심은 이미 그 이전에 확고히 섰으니까요."

"결심이 섰다고?"

"그렇습니다. 선생님이 저를 부르시기 전에 선생님의 이 친절한 호의를 듣기 이전에 저는 이미 결심을 했습니다. 저는 더 이상 여기에 남아 있지 않을 것입니다. 방랑길에 오를 작정입니다."

니콜라우스는 창백해진 얼굴로 골드문트를 슬픈 듯이 바라다보았다.

"스승님!" 골드문트는 애원하듯 말했다. "절대로 선생님의 마음을 상하게 할 생각은 없습니다. 그저 저의 결심을 말씀드렸을 따름입니다. 그리고 그 결심은 확고한 것입니다. 저는 떠나야 합니다. 자유를 찾아 나그네가 되어 떠나야 합니다. 다시 한 번 감사드립니다. 제발 서로 좋은 모습으로 헤어졌으면 싶습니다."

그는 스승을 향해 손을 내밀었다. 눈물이 금방이라도 쏟아질 듯했다. 그러나 니콜라우스는 그의 손을 뿌리치고 창백한 얼굴에 분노에 찬 발걸음으로 방안을 서성거리기 시작했다. 스승의 그러한 모습은 처음 보는 것이었다.

그러다가 스승은 갑자기 멈추어 서서 억지로 쥐어짜는 듯한 목소리로 골드문트를 외면한 채 소리를 질렀다.

"좋다, 그렇다면 얼른 나가! 당장에 나가란 말야! 두 번 다시 너의 낯짝을 보지 않도록 말야! 그리고 나중에 내가 네게 한 말을 후회하지 않도록 어서!"

다시 한 번 골드문트는 손을 내밀었으나 스승은 손을 잡기는커녕 그 손에다 침이라도 뱉을 그런 모습을 하고 있었다. 그래서 골드문트는 재빨리 빠져나와 모자를 집어 쓰고 계단을 내려오면서 목각의 기둥을 쓰다듬어 보았다. 그러곤 뒤쪽에 있는 작업장으로 들어가 작별을 고하기 위해 자신이 만든 요한의 상 앞에 잠시 머물렀다가 그 집을 떠났다.

그 이전 기사의 성과 불쌍한 리디아로부터 떠날 때 입었던 것보다 더한 마음의 상처를 입고서 집을 나섰다.

'어쨌든 빨리 진행되어 다행이었어! 최소한 쓸데없는 말은 주고받지 않았으니까!' 유일한 위안이라면 이것뿐이었다. 문을 열고 밖에 나가니 골목길과 마을이 별안간 낯선 모습으로 변한 듯이 느껴졌다. 인간의 마음은 눈익은 것들과 이별을 할 때면 그런 감정으로 들러싸이는 법인가 보다. 그는 눈을 돌려 이제는 낯설어 들어갈 수 없는 스승의 집 대문을 바라보았다.

자신이 기거하던 방에 들어가 골드문트는 떠날 채비를 했다. 채비라고 하여 특별히 할 것은 없었다. 벽에는 그가 그린 그림이 한 장 걸려 있었다. 마리아상이었다. 그리고 그의 소유물들이 여기저기 흩어져 있었다. 외출용 모자, 댄스용 신발 한 켤레, 한 꾸러미의 도화지, 조그마한 기타, 몇 점의 점토로 빚은 조각품들, 그리고 여인들로부터 받은 조화(造化) 다발, 빨간 루비 술잔, 하트형의 오래된 사탕과자와 그 밖의 잡다한 것들이었다. 그 하나하나가 모두 의미와 사연을 간직한 다정스러운 것들이었으나 이제는 짐스러운 잡동사니가 되고 말았다. 가져갈 수 없는 까닭에. 그는 루비 술잔을 주인에게 주는 대신 사냥에 쓰는 칼을 얻어 숫돌에 갈아서 날을 세웠으며, 사탕과자는 부스러기로 만들어 이웃집 닭장에 넣어 주었고, 마리아상은 안주인에게 선물하고 그 대신 필요한 물건을 받았다. 가죽으로 만든 낡은 여행용 가방과 비상 식량이었다. 그는 가방에다 속옷 몇 가지와 조그마한 스케치와 식량을 꾸려 넣었으며 나머지 잡동사니는 남겨 두어야 했다.

이 마을에는 작별을 해야 할 여자들이 몇몇 있어서 그중의 한 여자와는 전날 밤도 잠자리를 함께 했으나 자신의 계획에 대해서는 한마디도 언급하지 않았었다. 떠나려니 걸리는 것이 한두 가지가 아닌 법이나 그런 것들을 진지하게 생각할 수는 없는 노릇이었다. 그는 주인 내외말고는 그 누구에게도 떠난다는 말을 하지 않았다. 그것도 새벽에 일찍 떠나기 위해서 저녁에 미리 해두었다.

그런데도 다음날 새벽, 그가 몰래 집을 떠나려 할 때 누군가가 자리에서 일어나 그를 부엌으로 불러들여서 따뜻한 우유 수프를 먹이는 것이었다. 주인집 딸인데 열다섯 먹은 계집아이로 관절염을 앓아서 걸음은 부자유스러우나 눈매만은 무척 고운 마리라는 이름의 아가씨였다. 마리는 밤을 새워 창백해진 얼굴이었으나 단정한 옷차림에 머리를 다듬고 그에게 따뜻한 우유와 빵을 먹이면서 그가 떠나는 것을 무척이나 슬퍼하는 눈치였다. 그는 마리에게 감사의 표시로 그 조그마한 입에 작별의 키스를 했고, 아가씨는 눈을 감고 조용히 키스를 받아들였다.

방랑 속에서

　골드문트는 새로운 방랑 생활이 시작되자 다시 찾은 자유를 마음껏 음미하며 우선은 고향도 시간도 잊은 나그네의 생활 방식을 다시 배워야만 했다. 방랑자들은 누구에게도 복종하지 않으며, 어떠한 목표도, 그 무엇도 소유하지 않고, 하늘을 지붕 삼아 날씨와 계절에만 좌우되고, 우연에 대해서는 자신을 몽땅 드러내놓고 어린애 같은 용감한 생활, 불쌍하면서도 강한 생활을 한다.

　그들은 낙원에서 쫓겨난 아담의 후예들이며 순진 무구한 동물들의 상전들이다. 그들은 하늘로부터 시간의 흐름에 따라 부여되는 것을 받을 뿐이다. 해와 비, 안개와 눈, 더위와 추위, 안락과 고통을 받는 것이다. 그들에게는 시간도 역사도 노력도 없으며, 집을 가진 자들이 맹목적으로 신봉하는 발전이라든가 진보라든가 하는 기묘한 우상도 없다.

방랑자는 약하든 거칠든 능숙하든 우둔하든 용감하든 겁쟁이든 간에 언제나 그 마음은 어린아이요, 항상 첫날과 같이 세계 역사의 시작 이전처럼 생활하며, 그 생활은 단순한 본능과 필요에 의해 인도된다.

그 사람이 영리하든 어리석든 방랑자는 일체의 생활이 그 얼마나 나른하고 무상한가를, 또한 살아 존재하는 모든 것이 그의 따뜻한 피로써 얼음장같이 차디찬 세계를 근심에 차서 참아 가고 있다는 것을 깨닫거나, 혹은 가련한 위장의 명령에 어린아이처럼 침을 흘리며 살아가는 그들은 언제나 소유한 자나 안주한 자들의 적대자이며 원수지간이다. 소유하고 안주한 인간은 존재의 무상함이라든지 생명의 끊임없는 쇠퇴라든지 온 누리에 가득 차 있는 얼음장같이 차디찬 용서 없는 죽음 같은 것이 회상되는 것을 싫어하기에 방랑자를 미워하고 멸시하고 두려워한다.

방랑 생활의 천진성, 어머니의 혈통, 규율과 정신으로부터의 격리, 단념, 남몰래 죽음으로 달려가는 태도, 모든 것들이 전부터 골드문트의 영혼을 붙들고 그 특색을 이루고 있었으나 정신과 의지는 그의 가슴속에 굳게 자리잡고 있었다. 그가 예술가였다는 사실은 그의 생명에 풍부함과 괴로움을 동시에 가져다 주었다. 어떤 생활이든 분열과 모순에 의해 기름지고 꽃피는 법이기에 도취를 알지 못하는 이성이나 냉정이란 도대체 무엇이란 말이며 죽음을 등뒤에 가지고 있지 않은 감각적인 쾌락은 무엇이란 말인가? 그리고 성(性)의 영원한 적수가 없는 사랑이란 도대체 무엇이란 말인가?

여름과 가을이 지나갔다. 골드문트는 암울한 몇 달을 간신히 보낸 다음 감미롭고 향기로운 봄을 정신나간 사람처럼 보내 버렸다. 계절은 화살같이 흘러 높은 여름의 태양은 서산으로 기울어 갔다. 한 해, 또 한 해가 지나갔다. 골드문트는 이 지상에 굶주림과 사랑과 이 조용하고 끔찍한 사계의 빠른 변화 이외에 그 무엇이 있다는 것을 망각한 사람 같았으며 모성 본능적인 원시 세계에 가라앉고 만 것 같았다. 그러나 꿈속에서 헤매든, 꽃이 피고 지든, 골짜기를 바라다보며 사색에 잠긴 휴식 속에서 헤매든 그는 관조에 잠긴 예술가였다. 그리하여 사랑스러우면서도 허무하고 무의미한 인생을 정신의 힘으로 의미 있는 것으로 바꾸려는 동경으로 괴로워했다.

빅토르와의 피투성이 모험 이후 줄곧 혼자 헤매고 다니던 그는 어느 날 한 사람의 친구를 만나게 되었는데, 그 친구는 아는 듯 모르는 듯 골드문트를 줄줄 따라다니며 좀처럼 떨어질 생각을 하지 않았다. 그러나 그 친구는 빅토르 같은 인물은 아니어서 로마 순례자로 순례복을 걸치고 모자를 깊숙이 내려쓴 젊은이였다. 보덴 호반 출신의 로베르트라는 사나이로 수공업자의 아들이었다. 한때 성갈루스 수도원 학교에 다녔으며 어릴 때부터 로마 순례를 소망해 왔던 이 소년이 그것을 실행에 옮길 최초의 기회를 얻은 것은 아버지의 죽음 때문이었다.

아버지의 생전에는 아버지의 일터에서 가구사로서 일을 도왔었다. 그리하여 아버지의 장례 후 그는 대뜸 어머니와 누나에게 그 이야기를 했다. 그의 용솟음치는 감정을 진정시키기 위해, 또한 그의 죄와 아버지의 죄를 참회하기 위해 즉시 로마로 순례를 떠나는 일을 결코 단념할 수가 없다고 하면서, 여자들이 아무리 울면서 나무라고 달래도 아무런 소용이 없었다. 그는 계속 고집을 부려 어머니와 누나 생각을 하기는커녕 어머니의 축복도 받지 않고 누나의 분노로 가득한 욕설을 들으며 방랑길에 나섰다.

그를 충동질한 것은 무엇보다 그의 방랑에 대한 기쁨이어서 일종의 표면적인 신앙심과 결부되어 있었던 것이다. 이를테면 성당 근처나 종교적인 행사가 거행되는 근처를 헤매고 다니는 것을 좋아하며, 예배나 세례나 장례나 미사나 향 냄새나 성촉 따위를 좋아하게 된 것이었다. 라틴어를 약간 할 줄 알았지만 천진한 그의 영혼이 지향하는 바는 학문이 아니라 성당의 아치형 천장 그늘에서 명상에 잠겨 무아경에 젖어드는 것이어서 어릴 때는 미사의 동자(童子)로서 열성적인 봉사도 했었다. 골드문트는 그에 대한 진지한 생각은 하지 않았으나 그래도 싫어하지는 않았으며 타향을 헤매 다닌다는 충동적인 본성에서는 얼마간 상통한 감정을 지녔다.

로베르트는 그때까지 아무 불만 없이 방랑을 계속해서 로마까지 다녀왔었다. 그는 수많은 수도원이나 성당에서 과객 신세를 졌으며 남쪽 나라도 구경했고 로마의 성당이란 성당은 대부분 들어가 보았다. 성사(聖事)에 참례해서 흐뭇한 마음을 갖기도 했으며 수백 가지 미사에도 참례했다. 유명하다는 곳, 신성하다는 곳에서 예배를 보고 성례(聖禮)를 받았는데, 그의 보잘것없는 젊음의 죄와 아버지의 죄를 참회하기 위해서 필요 이상의 향 냄새를 맡은 셈이다.

그리하여 한 해 이상이나 방황하다가 결국은 돌아와서 아담한 옛집에 발을 들여놓았을 때, 가족들은 성서에 나오는 탕아처럼 그를 맞아주지는 않았다. 집을 비운 동안 누나는 집안일의 의무와 권리를 마음대로 행사했다. 부지런한 직공을 고용해서 그와 결혼하여 집안과 일터를 좌지우지했다. 때문에 집에 돌아온 로베르트는 얼마간 집에서 살다가 자기는 이 집에서 없어도 괜찮은 존재인 것 같으니 다시 나그네길에 오르고 싶다는 이야기를 꺼냈을 때 아무도 그를 붙잡지 않았다. 그렇다고 그는 섭섭하게 생각지는 않았다. 그래서 어머니에게 약간의 푼돈을 얻어 다시 순례복 차림으로 새로운 영지(靈地) 순례에 나섰다. 뚜렷한 목적도 없이 방랑자가 된 것이다. 그리하여 영지의 기념 메달이나 정성 들인 묵주가 그의 순례복에서 짤랑거릴 뿐이었다.

거기서 그는 골드문트를 만나게 되어 하루 낮을 그와 같이 걸어가면서 방랑자의 경험담을 나누었다. 그러곤 바로 다음 마을에서 헤어졌으나 또 이곳저곳에서 만나 결국은 합세해서 서로를 돌보아 주는 길동무가 되었다. 골드문트는 그가 마음에 들었다. 그는 약간의 수고로 골드문트의 호의를 얻으려고 애썼으며 골드문트의 학문이나 대담성이나 정신을 부러워했으며, 건강이나 힘이나 공명심도 좋아했다.

골드문트도 천성이 나쁜 사람이 아니기에 둘은 무척 친해졌다. 단지 한 가지 로베르트의 마음에 들지 않는 것이 있다면 골드문트가 비애나 명상에 잠기는 날이면 입을 벙긋도 하지 않고 길동무 같은 게 언제 있었더냐는 듯이 무시해 버리는 것이었다. 그럴 때는 대화를 하거나 위로해 주어서는 안 되며 그가 하는 대로 내버려둘 수밖에 없었다. 로베르트도 그것을 이내 알아차렸다. 골드문트가 라틴어의 시나 노래를 상당히 잘 암송할 수 있다는 것을 안 뒤부터, 또 성당의 현관 앞에서 골드문트가 석상(石像)을 설명해 주는 것을 들은 후, 또한 흰 담에 기대어 쉴 때 골드문트가 붉은색 분필로 벽에 자기 크기만한 데생을 하는 것을 본 후, 그는 골드문트를 하느님의 총아라고, 아니 마법사라고까지 믿게 되었으며 또한 여자들이 골드문트를 좋아한다는 것도 알았다. 눈초나 미소 한 번만으로도 많은 여자를 녹일 수 있다는 것도 알았다. 그것은 썩 좋은 일이라 할 수는 없었으나 그래도 놀라지 않을 수가 없었다.

그런 어느 날, 의외의 사건으로 그들의 여행은 중단되었다. 그들이 어느 마을 어귀에 접어들었을 때 한 무리의 농부들이 몽둥이와 막대기와 도리깨 따위로 무장하고 그들을 지키고 있었다. 지휘자가 좀 떨어진 곳에서 얼른 돌아가라, 얼른 사라져 버려라, 그렇지 않으면 때려죽인다고 고함을 쳤다. 골드문트가 도대체 무슨 일인가 알아보려고 할 때, 그들이 던진 돌이 가슴을 때렸다. 얼른 뒤를 돌아보니 로베르트는 이미 쏜살같이 도망치고 있었다. 농부들이 험악한 기세로 밀려와 골드문트는 도망치는 로베르트를 뒤따를 수밖에 없었다. 로베르트는 들판 한가운데 서 있는 십자가 밑에서 떨면서 그를 기다리고 있었다.

"넌 잘도 도망쳤구나." 하고 골드문트는 웃었다. "하지만 저 돌대가리들이 무슨 일로 저렇게 험악할까? 전쟁이라도 터졌나? 무장한 보초들을 마을 어귀에 세워 놓아 아무도 들여보내지 않으니! 무슨 이유지? 아무래도 이상한걸."

두 사람 다 까닭을 알 수 없었다. 겨우 이튿날 아침이 되어서야 그들은 어느 외딴 농가에서 그 까닭을 짐작할 수 있었다. 그 집은 오두막이 하나, 외양간과 헛간이 둘, 키 큰 과일나무가 서 있는 녹지에 둘러싸였는데 묘하게도 인기척 하나 없이 모두가 잠이 든 것만 같았다. 사람의 목소리나 발소리, 아이들의 울음소리나 낫을 가는 소리 같은 것도 들을 수 없었다. 풀밭에 서 있는 암소 한 마리가 울고 있어 젖을 짤 시간이라는 것을 알 수 있을 뿐이었다.

둘은 집 앞에 가서 문을 두드렸으나 아무런 대답이 없었으며 활짝 열린 외양간도 텅 비어 있었다. 헛간의 짚 지붕 위에서는 연한 초록색 이끼가 햇볕에 반짝일 뿐 여전히 사람의 모습은 보이지 않았다. 허물어진 그 집을 보고 놀랍고 어이가 없어 둘은 다시 안채로 돌아와 또다시 주먹으로 대문을 두드려 보았으나 마찬가지였다. 골드문트가 문을 열려 하자 뜻밖에도 문은 잠겨 있지도 않아서 그대로 밀고 어둠침침한 방으로 들어갔다.

"실례합니다." 하고 큰 소리로 불렀다. "누구 안 계십니까?"

그래도 여전히 조용했다. 로베르트는 대문 앞에 그냥 서 있었으나 골드문트는 호기심에 끌려 자꾸만 안으로 밀고 들어갔다. 오두막 안에서는 가슴이 턱턱 막히는 이상하고 지독한 냄새가 풍겼다. 아궁이에는 재가 가득 쌓여서 입김으로 불자 아직 불똥이 남아 있었다. 그때 아궁이가 있는 곳, 뒤쪽 어두컴컴한 곳에 누가 앉아 있는 것이 보였다. 누가 의자에 앉은 채 잠든 모양이었다. 할머니 같아 불러 보았으나 기척이 없었다. 마치 집 전체가 귀신에 홀린 것만 같았다. 앉아 있는 노파의 어깨를 가만히 톡톡 쳤으나 꼼짝도 안 해서 자세히 살펴보니 노파가 앉아 있는 곳은 거미줄투성이여서 거미줄이 그 여자의 머리칼과 무릎에도 단단히 붙어 있었다. 죽었구나, 생각되자 두려웠으나 확인을 위해 그는 불을 피우기 시작했다. 이리저리 뒤적이며 불어대니 불이 피어올라 기다란 막대기에 불이 붙었다. 그리하여 그는 그것으로 죽은 노파의 얼굴을 비춰 보았다. 백발 밑으로 푸르뎅뎅한 시체의 얼굴이 보이고 희멀겋게 치켜 뜬 한쪽 눈도 보였다. 노파는 의자에 앉은 채 죽은 것이다. 이제는 다른 방법이 없었다.

활활 타오르는 막대기를 손에 든 골드문트는 계속 살피며 들어갔다. 뒷방으로 이어지는 문지방 위에서 또다른 시체가 발견되었다. 일고여덟 살쯤 되어 보이는 소년으로 퉁퉁 부어오른 찌푸린 얼굴에 속옷 바람으로 문지방 모서리 위에 엎어져 두 주먹을 단단히 쥐고 있었다. 두 사람째구나 하고 골드문트는 생각했다. 악몽 속을 헤매고 있듯이 계속해서 뒷방까지 들어갔다. 거기에는 열린 창문 사이로 밝은 빛이 새어 들어오므로 조심스럽게 불을 꺼 숯불을 마룻바닥에 문질렀다.

뒷방에는 침대가 세 개 놓여 있었는데, 하나는 비어 낡은 회색 이불 밑으로 짚이 그냥 드러나 보였고, 두 번째 침대에는 또 한 사람이 쓰러져 있었다. 털보 사내가 반듯이 드러누운 채 머리를 뒤로 젖히고 턱과 수염을 곤두세우고 있었다. 이 집 주인임에 틀림없었다. 움푹 들어간 얼굴은 근접하지 못할 죽음의 빛이 서려 있었고 희부연 광채를 발산하고 있었으며 한쪽 팔은 바닥에까지 축 늘어져 있었다. 거기에 뚝배기 물통이 나동그라져 쏟아진 물이 아직 바닥에 완전히 스며들지 않아서 한 군데 고여 있었다. 또다른 침대에는 튼튼하고 키 큰 여자가 리넨 이불에 묻혀 누워 있었는데, 침대에 파묻힌 얼굴 사이로 까슬까슬한 금발이 밝게 빛났다. 그 옆에는 여자를 부둥켜안고 리넨 이불에 싸인 어린 소녀가 누워 있었는데, 소녀의 머리칼 역시 금발로 얼굴에는 청회색 주름이 있었다.

골드문트의 눈은 시체에서 시체로 옮겨갔다. 소녀의 얼굴은 벌써 알아보기 힘든 모습이었으나 단말마의 고통이 역력했다. 침대에 되는대로 푹 파묻혀 있는 어머니의 목덜미와 머리칼에도 분노와 불안과 달아나겠다는 표정을 읽을 수가 있었다. 완고한 머리칼은 아무래도 죽을 수 없다는 듯 빳빳하게 서 있었다. 농부의 얼굴에는 반항과 참고 견딘 고통이 서려 있었다. 그는 죽기가 어려웠으나 사나이답게 죽은 것 같았다. 털이 무성한 얼굴은 전장에서 쓰러진 병사의 그것과 같이 허공을 향해 반듯이 누워 있었는데, 조용하면서도 빳빳한 그 자세는 아름다웠다. 이런 죽음을 맞이한 사나이는 맥도 못 추는 비겁한 인간은 아니었으리라. 문지방에 엎어져 있는 소년의 조그만 사체는 애처로웠다. 소년의 얼굴은 아무런 말도 하고 있지 않았지만 문지방 위의 그 위치는 움켜진 조그만 주먹과 함께 두려움 가득한 고뇌와 고통에 대한 속절없는 저항 따위를 말해 주었다. 그의 머리 바로 옆으로는 고양이가 드나드는 구멍이 보였다.

골드문트는 그 모든 것을 세밀히 관찰했다. 두말할 필요도 없이 그 오두막집 속에 전개된 광경은 지독한 시체 냄새와 함께 너무나 흉측스러웠다. 그러면서도 그 모든 것이 골드문트를 끌어당기는 크나큰 힘을 가지고 있어 위대함과 운명에 가득 차 있었다. 그다지도 진지하며 거짓 하나 없는 그 속의 무엇인가가 그의 사랑을 물고늘어져 영혼 속으로 밀고 들어왔다.

그러는 동안 바깥에서는 로베르트가 초조하고 겁이 난 나머지 소리를 지르기 시작했다. 골드문트는 로베르트를 좋아했지만 그 순간, 불안과 호기심과 아무것도 아닌 일에 정신을 가누지 못하는 로베르트가 시체들과 비교해서 너무나 어린애 같다는 생각이 들었다. 그래서 그는 로베르트한테 대답을 하지 않았다. 예술가만이 가질 수 있는 진정한 공감과 냉혹한 관찰이 뒤섞인 묘한 감정으로 시체들을 살펴보았다.

드러누워 있는 모습, 앉아 있는 모습, 머리, 손, 움직이다가 그대로 뻣뻣해진 모습, 귀신이 나올 듯한 이 집은 왜 이리도 조용한가! 왜 이렇게 역겹고 구역질나는 냄새가 났을까! 아궁이의 불똥이 아직도 희부옇게 살아 있는 이 조그만 오두막에는 주검이 살고, 주검이 차 있어 이렇게도 무섭고 슬프구나! 얼마 가지 않아 뻣뻣한 사체의 뺨에서 살점이 떨어지고 쥐새끼들이 그 손가락을 물고늘어지리라. 다른 사람들이라면 관이나 무덤 속에 감추어져 비밀스럽게 이루어지는 최후의 가장 모멸스런 파멸과 부패를 여기 이 다섯 사람은 자기 집에서, 문도 잠그지 않고, 부끄럼이나 저항도 없이 당하고 있는 것이었다. 벌써 골드문트는 몇 번이나 시체들을 본 적이 있지만 죽음이 이처럼 가차없이 밀려든 광경은 처음이었다. 그는 그것을 마음속 깊이 받아들였다.

현관 앞에서 울부짖는 듯한 로베르트의 고함 소리에 그는 결국 밖으로 나갔다. 친구는 벌벌 떨며 그를 쳐다보았다.

"무슨 일이야?" 공포에 질린 로베르트는 목소리까지 낮추며 물었다. "안에 아무도 없어? 왜 그런 눈으로 바라보는 거야? 제발 이야기 좀 해보라고!"

골드문트는 여전히 쌀쌀한 눈으로 그를 쏘아보았다.

"들어가서 네 눈으로 봐. 이상한 농가야. 나중에 저기 있는 암소 젖이나 짜자고. 그럼 들어가 봐!"

로베르트는 한동안 망설이다가 집안으로 들어갔다. 아궁이 있는 곳으로 더듬어 들어가 앉아 있는 노파를 발견했고 그것이 시체라는 것을 알자 소리를 질렀다. 그는 눈을 휘둥그렇게 뜨고 얼른 밖으로 나왔다.

"아이고! 죽은 여자가 아궁이 옆에 앉아 있단 말이야. 어떻게 된 거야? 왜 아무도 옆에 없는 거야? 왜 묻어 주지 않지? 아이고, 냄새야."

골드문트는 빙그레 웃었다.

"넌 말이야 대단한 영웅이야, 로베르트. 하지만 너무 조급했어. 죽은 할머니도 저렇게 의자에 앉아 있으면 정말 볼품이 있는데, 몇 발짝만 가면 더 볼 만한 것이 있을 거야. 다섯이야, 로베르트. 침대에 셋, 그리고 문지방 한가운데에는 어린아이가 죽어 있단 말이야. 전부 죽었어. 온 가족이 죽은 거야. 이 집은 주검밖에 없어. 그래서 아무도 저 암소의 젖을 짜지 않았던 거야."

로베르트는 어이가 없었는지 골드문트를 뚫어지게 쳐다보다가 갑자기 숨이 막히는 목소리로 소리쳤다.

"그랬구나. 이제야 알겠어. 농부들이 어제 우리들을 쫓아냈던 이유를 알았어. 옳아, 이제야 모든 것을 확실히 알겠어. 페스트야! 틀림없어. 맹세하지만 이건 확실히 페스트야. 골드문트, 너는 한참이나 안에 들어가 있었으니 틀림없이 시체를 만졌을 거야! 저리로 비켜! 내 옆에 오지 마! 틀림없이 병균이 묻었어. 골드문트, 섭섭하지만 난 떠나야겠어. 네 옆에 있을 수가 없단 말이야."

골드문트는 도망치는 그의 옷깃을 단단히 붙들고 무언의 비난 속에서 준엄하게 그를 바라보며 바동대는 그를 단단히 붙들었다.

"요 젊은 놈아!" 그는 정겨움과 멸시가 섞인 어조로 말했다. "넌 보기보다 영리하구나. 네 말이 옳을 수도 있어. 요다음 집이나 마을에 가면 확실해지겠지. 아무래도 지금 이 지방은 페스트가 휩쓸고 있는 것 같아. 우리가 아무 일 없이 이곳을 빠져나갈 수 있을는지 곧 알게 되겠지. 하지만 나는 너를 놓아줄 수가 없어. 이봐, 나도 피눈물이 있는 놈이어서 내 마음은 너무나도 약하단 말이야. 너는 저 집안에서 전염되었을지도 몰라. 되풀이해서 말하지 않을 테니 똑똑히 들어 둬! 만일 여기서 너를 놓치고 만다면 너는 어느 이름 모를 들판에 쓰러져서 쓸쓸하게 죽어 갈 거다. 그렇게 되면 너의 눈을 감겨 주는 사람도, 너의 무덤을 파 줄 사람도, 흙을 덮어 줄 사람도 없을 게다. 안 돼, 로베르트. 난 불쌍해서 숨이 막힐 지경이다. 그러니 다시 한 번 말해 두겠는데, 정신을 똑바로 차리란 말이다. 우리 둘은 똑같은 위험 속에 처해 있는 거야. 네가 당할는지 내가 당할는지는 알 수 없지만 말이야. 그러니 같이 있는 거야. 우리는 같이 죽거나 같이 이 저주받은 페스트를 빠져나가든가 해야 할 거야. 네가 전염으로 죽게 되면 내가 묻어 준다. 꼭 그렇게 한다. 그리고 내가 죽게 되면 어떡하든 상관없다. 나를 묻어 주든 도망쳐 버리든 나로서는 아무런 상관도 없어. 하지만 그전에는 놓치지 않는단 말이야. 명심해 두라고! 지금 우리에겐 서로가 필요하단 말이야. 그러니 아무 말 말고 있어. 나는 아무 말도 듣기 싫어. 어디 외양간에서 통이나 찾아보겠어. 소젖이나 짜자고. 그렇게 할 수 있겠지!"

그들은 그대로 했고 그때부터는 골드문트가 명령하는 사람이 되고 로베르트는 복종하는 사람이 되었다. 그래서 둘 다 불편 없이 지냈으며 로베르트도 더 이상 도망치려고 하지 않았다. 다만 변명하듯 말하곤 했다.

"난 그때 네가 무서웠어. 네가 그 집에서 나왔을 때의 그 얼굴이 싫었어. 페스트를 짊어지고 나왔구나 하고 생각했던 거야. 하지만 페스트가 아니더라도 네 얼굴은 달라졌었어. 그런데 그 안에서 본 것이 그렇게 참혹한 광경이었니?"

골드문트는 조금 망설이다가 대꾸했다.

"그렇게 무섭지는 않았지만 내가 거기서 본 것은 너한테도 나한테도, 아니 모든 사람한테 절박한 그 무엇이었어. 우리가 페스트에서 무사히 살아 남는다 해도 말이야."

계속되는 방랑 속에서 두 사람은 그 지방을 휩쓸고 있는 페스트에 부딪혔다. 외지 사람들을 들여놓지 않는 마을도 적지 않았으나 어떤 마을에서는 아무 방해도 없이 출입할 수가 있었다. 텅 비어 버린 집들도 많았으며 수많은 시체들이 밭이나 방에서 그대로 썩고 있었다. 외양간에서는 암소가 젖을 짜 주지 않아, 아니면 배가 고파서 울부짖기도, 또 가축들이 들판에 웅성거리기도 했다. 두 사람은 몇 번이나 암소와 염소의 젖을 짜고 먹이를 주었으며 또한 숲 기슭에서는 염소 새끼나 돼지 새끼를 잡아 구워 먹고 주인이 없는 지하실에서 포도주나 과일주를 꺼내 실컷 마시며 멋진 생활을 보냈다. 어디에 가든 먹을 것은 지천에 깔려 있었으나 맛은 별로 없었다. 로베르트는 자꾸만 페스트를 겁내 시체만 보면 구역질을 하고 공포로 실신한 적이 한두 번이 아니었다. 몇 번이나 전염에 대한 공포로 머리와 손발을 모닥불 속에 집어넣기도 했다(그것이 그 병에 효험이 있기 때문이었다). 그리고 심지어는 자다가도 손발이나 어깨에 종기가 났다고 온몸을 비비기도 했다.

골드문트는 몇 번이나 로베르트를 나무라고 멸시까지 했으나 로베르트는 공포와 구역질로 어쩔 수 없는 것 같았다. 골드쿤트는 거대한 주검의 광경에 압도되어 영혼은 거대한 가을을 덮고, 가슴은 장송곡에 무겁고 긴장되어 침울한 마음으로 죽음의 나라를 지나갔다. 그에게는 가끔 영원한 어머니의 형상이 나타났는데, 그것은 고통과 죽음으로 가득한 웃음을 띤 메두사의 거대한 얼굴이었다.

어느 날 두 사람은 조그만 도시를 찾아갔다. 그곳의 성벽은 단단해 보였고 성문에서 성벽 전체에 걸쳐서 집 높이만큼 빙 둘러 망루가 서 있었으나 한 사람의 보초도 눈에 띄지 않았으며 성문도 활짝 열려 있었다. 로베르트는 마을로 들어가는 것을 두려워해서 골드문트한테 들어가지 말라고 애원했다. 그때 종치는 소리가 들리고 십자가를 든 신부가 성문 밖으로 나왔다. 뒤를 이어 세 대의 짐수레가 따라 나왔는데, 두 대는 시체가 차곡차곡 쌓여 있었다. 몇 사람의 하인이 괴상한 외투를 입고 얼굴을 두건으로 싸서 감추고 수레 옆으로 따라오며 수레를 끄는 말과 소를 몰고 있었다.

로베르트는 얼굴빛이 창백해지더니 곧 자취를 감추고 말았다. 골드문트는 적당한 거리를 두고 그 수레 뒤를 따랐다. 거기서 얼마 가지 않아 묘지도 아닌 들판에 커다란 구덩이가 나타났는데, 삽으로 세 번쯤 판 깊이였으나 홀처럼 넓었다. 골드문트는 거기에 서서 막대기나 쇠갈퀴를 든 하인들이 수레에서 시체를 끌어내려 구덩이에 처넣는 것을 보고 있었다. 신부는 그 위에서 중얼거리며 몇 마디 한 후 십자가를 흔들며 떠나가 버렸고, 하인들은 편편한 무덤 사방에다 불을 놓고도 아무 말도 없이 마을로 달아났다. 누구 하나 무덤을 덮으려 하지도 않았다. 들여다보니 50구 이상의 시체가 처박혀 차곡차곡 쌓였는데, 대부분이 알몸뚱이 시체로 굳어 버린 채 애원하듯이 손발을 허공으로 쳐든 모습이었다.

그가 돌아오자 로베르트는 서둘러 떠나자고 애원했다. 그가 그러는 것을 나무랄 수도 없었다. 그는 골드문트의 방심한 시선 속에서 그가 너무나 잘 아는 명상에 잠긴 느낌과 무서운 것에 대한 집착과 공포스런 호기심을 보았기 때문이다. 하지만 결국은 친구를 붙들어 놓지 못했다. 골드문트는 혼자서 마을로 들어갔다.

보초가 없는 성문을 지나면서 길바닥에 울리는 자신의 발소리를 듣노라면 지금까지 그가 지나온 부락들과 성문들이 기억에서 되살아났다. 아이들의 울음소리, 소년들의 장난, 여인들의 다툼, 대장간의 망치 소리, 덜커덩거리는 수레바퀴 소리, 그 밖의 수많은 소리들이 그들을 맞이해 주었으며 부드러운 소리, 딱딱한 소리들이 그물처럼 얽히고 설키어 인간의 노동이나 환희나 일, 사교 등을 알려 주는 것이었다. 하지만 지금 여기 텅 빈 대문과 인적 없는 오솔길에는 웃음소리도, 울음소리도 들리지 않았다. 모든 것이 죽은 듯이 침묵 속에 잠겨 있고 펑펑 솟는 샘물의 노랫소리만 너무도 높고 크게 울려왔다. 활짝 열어 놓은 창문 저편에 여러 가지 빵이 진열된 한가운데 빵장수의 모습이 보였다. 골드문트가 고급의 밀가루 빵을 가리키자 사나이는 기다란 집게로 조심스럽게 빵을 꺼내어 주고는 골드문트가 값을 치르기를 기다렸다. 그러나 낯선 나그네가 값을 치르지 않고 빵을 물어뜯으며 가 버려도 사나이는 아무런 말도 않고 그냥 창문만 쾅 닫아 버리는 것이었다.

어느 아담한 집 창문 앞에 점토 화분이 줄을 지어 서 있어 여느 때면 거기에 꽃이 가득 피어 있었을 텐데 지금은 고개를 숙인 까슬까슬한 잎새들뿐이었다. 어떤 집에서는 어린아이들의 흐느낌과 울음소리가 들려 왔으나 다음 골목에서 위층 창문 뒤에서 빗질을 하고 있는 예쁘장한 처녀를 보았다. 그 여자가 그의 시선을 느끼고 내려다볼 때까지 그는 그 여자를 쳐다보기만 했다. 그가 여자에게 미소를 던지자 여자의 붉어진 얼굴에 서서히 희미한 웃음이 번져 나갔다.

"빗질은 금방 끝나나?"

그가 위를 쳐다보고 소리치자 여자는 생글거리며 밝은 얼굴을 창문 사이로 내밀었다.

"병은 들지 않았지?" 그가 묻자 그녀는 고개를 저었다. "그렇다면, 나하고 이 죽음의 도시에서 도망치자. 숲 속에 들어가서 재미있게 살자고."

여자는 무슨 생각을 하는 듯한 시선이었다.

"뭘 생각하는 거야? 정말인데. 아버지하고 어머니하고 함께 있나? 그렇지 않으면 이 집에서 품일을 하는 건가? 남의 집이군. 그렇다면 나와. 늙은 사람은 내버려두고. 우리는 젊고 몸도 튼튼하니 한참은 재미있게 지낼 수 있을 거야. 내려와! 아름다운 아가씨! 이건 농담이 아니라고."

아가씨는 망설이며 그를 뚫어지게 내려다보았고 그는 슬슬 물러나 인적 없는 골목길로 들어갔다가 다시 돌아 나왔다. 처녀는 아직 창 밖으로 고개를 내민 채 서 있었다. 그가 돌아와 주어 무척 반가운 모양이었다. 처녀가 그에게 눈짓을 했고 이내 그와 한데 어울렸다. 조그만 보따리를 손에 들고 빨간 수건을 쓰고 있었다

"이름이 뭐야?"

"레네. 당신과 같이 갈 테야. 이 마을은 정말 지독해. 모조리 죽어요. 그만 가요."

성문 근처에서 로베르트가 불쾌한 얼굴로 땅바닥에 웅크리고 앉아 있다가 골드문트가 오자 벌떡 일어났으나 처녀를 보고는 눈이 동그래졌다. 이번만큼은 그도 물러서지 않았다. 불평 끝에 끝내는 말다툼이

벌어졌다. 저주스런 페스트의 소굴에서 사람을 데리고 나와서 길동무가 되라고 한다는 것은 미친 짓이다, 그것은 하느님을 시험하는 거다, 싫다, 이제는 같이 가지 않겠다, 나도 참을 만큼 참았다, 마지막이다, 로베르트는 그렇게 화를 냈다.

골드문트는 그가 침착해질 때까지 저주를 하건 울부짖건 가만히 내버려두었다.

"그래, 너는 충분히 잠꼬대를 늘어놓았어. 이제는 같이 가는 거야. 아름다운 길동무가 생긴 걸 너도 기뻐하게 될 거야. 레네라는 아가씨인데, 내 옆에 있을 거다. 하지만 너에게도 기쁜 일을 마련해 주지. 로베르트, 우리는 잠시 쉬었다가 건강한 생활을 하는 거야. 페스트를 피해서 빈 오두막집이 있는 조용한 장소를 찾거나 아니면 오두막을 세우든가 해서 거기서 난 레네와 같이 부부생활을 할 테야. 그리고 너는 친구로서 같이 지내는 거고. 이제는 좀 편하고 다정하게 살아 보는 거야. 알아듣겠어?"

로베르트도 승낙했다. 레네와 악수를 하라거나 옷자락을 만지라고 하지 않는다는 조건이라면 괜찮다고 했다.

"물론이지. 그런 요구는 하지 않아. 오히려 레네한테 손이라도 대는 날은 각오하라고. 그런 건 생각지도 말아!"

세 사람은 짝이 되어 계속 걸어갔다. 처음에는 별로 말이 없었으나 처녀는 조금씩 입을 열기 시작했다. 다시 하늘과 나무와 초원을 보게 된 것이 얼마나 기쁜가. 페스트의 도시, 그 두려움을 어떻게 말해야 좋을는지 모르겠다고 했다. 처녀는 이야기를 해서라도 목격해야만 했던 비참하고 슬픈 정경에서 자신의 마음을 해방시키려 했다.

여러 가지 기가 막힌 이야기를 했다. 조그만 마을은 지옥임에 분명했다. 두 명의 의사가 있었는데 한 사람은 죽고, 다른 한 사람은 부잣집에만 간다는 것, 그리고 집집마다 시체가 쌓여 있어도 실어 내는 사람이 없어 썩어 간다는 것, 어떤 집에서는 시체를 갖다 묻는 일꾼들이 도둑질과 온갖 추행을 저지르고 어느 때는 시체와 함께 아직 목숨이 붙은 병자를 침대에서 끌어내어 수레에 던져 넣어 시체와 함께 구덩이에다 버린다는 것, 처녀는 그런 이야기를 했다. 그 외에도 여러 가지 지독한 이야기를 했었는데, 두 사람은 처녀의 이야기를 가로막지는 않았다.

로베르트는 놀라면서도 열심히 들었으며 골드문트는 아무런 감정도 느끼지 못하는 듯 무표정했다. 그는 지독한 이야기를 마음대로 하라고 내버려두고 아무 이야기도 하지 않았다. 무슨 말을 한단 말인가! 결국 레네도 지치고 말았으며 격류는 지나가고 말도 다 하고 만 것이다. 그러자 골드문트는 느릿느릿 걸으면서 노래를 부르기 시작했다. 한절 한 절 노래를 부르는 그의 목소리는 목청을 돋우어 갔다. 레네는 방긋이 웃었고 로베르트는 이상스레 느끼면서도 즐겁게 듣고 있었다. 골드문트가 여태껏 노래부르는 것을 듣지 못했었다.

골드문트는 못하는 일이 없었다. 걸어가면서 노래를 부른다. 이상한 사람이다! 기묘하고 맑은 노래이지만 낮게 깔리는 목소리. 두 번째 노래는 레네도 조용히 따라 부르다가 이내 목청을 돋우어 합창했다. 저녁 무렵이어서 멀리 황무지 너머로 까만 숲이 보이고 그 건너에는 푸르고 낮은 산들이 있었다. 산들은 안쪽에서 점점 푸르러 가는 것 같았다. 걸음을 옮겨놓는 박자에 따라서 그들의 노래는 때론 즐거운 듯이 때론 숙연하게 들려 왔다.

"오늘은 기분이 꽤 좋은가 보군."

로베르트가 말했다.

"그럼, 즐겁고말고. 오늘은 이렇게 예쁜 애인을 발견했으니까. 오, 레네. 시체 치우는 일꾼 놈들이 너를 나에게 남겨 두었다니 정말 고마워해야겠군. 내일쯤은 아담한 보금자리를 발견할 수 있겠지. 그러면 좀더 즐거운 생활을 보낼 거고 서로가 아직 젊다는 것을 기뻐하게 될 거야. 레네, 가을날 숲 속에서 달팽이가 제일 좋아하는 식용 버섯을 본 일이 있니?"

여자가 깔깔거리고 웃었다.

"보고말고요. 그것도 여러 번 보았는걸요."

"너의 머리칼도 그것과 똑같은 갈색이란 말이야. 레네, 냄새도 똑같이 좋아. 노래를 또 부를까? 배가 고픈가? 자루 속에 먹을 게 좀 있을 거야."

다음날, 그들은 찾던 것을 발견했다.

백화나무 숲 속에 통나무로 세운 오두막집이었다. 아마 그전에 나무꾼들이나 사냥꾼들이 세운 것이리라. 안은 텅 비었고 문짝도 부서졌으나 로베르트는 아담한 오두막이며 그곳은 페스트가 없는 곳이라 생각했다. 오는 길에는 목동도 없이 서성대는 염소 떼를 만나 그중에서 통통한 암놈 한 마리를 끌고 왔다.

"자, 로베르트, 목수가 아니더라도 전에 자넨 가구사였으니 우리들 왕궁에다 칸막이 벽을 만들어 주게나. 방이 두 개 되도록 말이야. 레네와 내가 쓸 방 하나, 너와 염소가 쓸 방 하나를 만드는 거야. 먹을 것도 별로 없으니 오늘은 염소 젖만으로 만족해야겠어. 할 수 없는 노릇이지. 그러니 너는 벽을 세워 잠자리를 만들고 내일은 모두가 먹을 것을 구하러 나가자고."

세 사람은 곧 일을 시작했다. 골드문트와 레네는 잠자리에 필요한 짚이나 덩굴이나 이끼를 찾으러 나섰으며 로베르트는 벽을 만들 나무를 자르려고 돌에다 칼날을 갈았다. 하지만 그 공사는 하루 만에 끝낼 수 있는 일은 아니어서 로베르트는 저녁때는 바깥으로 자러 갔다. 골드문트는 레네가 아직 남자 경험이 없는 숫처녀라는 것을 알았으나 애정이 풍부한 여자라는 것도 알았다. 레네가 피곤으로 잠든 지 오랜 뒤에도 그는 레네를 어린애 다루듯 가슴에 안고 오랫동안 심장의 고동을 듣고 있었다.

여인의 갈색 머리칼 냄새를 맡으며 힘차게 끌어당기면서 그는 그 편편한 시체 구덩이를 생각했다. 얼굴을 가면으로 가린 악마들이 몇 대의 수레에 가득 찬 시체를 집어 던지던 구덩이. 살아서 존재한다는 것은 아름답다. 행복은 아름답고 덧없으며 젊음은 아름답지만 곧 시들어 버린다.

오두막의 칸막이 벽은 그럴듯하게 완성되었다. 나중에는 세 사람이 함께 달라붙어서 공사를 했다. 로베르트는 그의 솜씨를 보이고 싶어서 대패 같은 연장이라든가 못만 있다면 만들지 못할 것이 없다고 중얼거리며, 있는 것은 칼과 손뿐이어서 백화나무를 한 다스쯤 잘라서 그걸로 오두막 마룻바닥에 단단한 울타리를 만들어 두는 정도로 만족해야겠다고 했다. 그리고 칡덩굴로 얽어매어서 사이를 막는 수밖에는 없겠다고 덧붙여 말했다. 그것은 다소 시간이 걸리는 일이었지만 즐겁고 재미나는 일이어서 셋이서 함께 해 나갔다.

잠깐잠깐 레네는 딸기를 찾고 염소를 보러 갔으며 골드문트는 주위를 살펴 먹을 것을 찾아서 이것저것 가지고 돌아왔다. 일대에는 아무도 없었으므로 특히 로베르트가 안심을 했다. 전염에 대해서도, 적대감에 대해서도 안전하였으나 먹을 것이 부족하다는 불리한 점도 있었다. 그러나 근처에 빈 농가가 있었는데, 거기에는 시체가 없으니 골드문트는 그들의 통나무집 대신에 그곳을 숙소로 정하면 어떠냐고 제안했으나 로베르트는 벌벌 떨면서 반대했다. 그리고 골드문트가 그 빈집에 들어가는 것을 싫어해서 거기서 갖고 나오는 것은 무엇이든 하나하나 불에 그을려서 소독을 하기 전에는 손도 대려 하지 않았다. 골드문트가 거기서 가지고 온 것은 대단치는 않았으나 작은 의자가 둘, 젖통이 하나, 뚝배기가 몇 개, 도끼가 하나였다.

어느 날 그는 들에서 닭을 두 마리 잡았다. 레네는 사랑에 빠져 행복했다. 셋이서 아담한 고향을 건설하여 매일 조금씩 보기 좋게 만들어 가는 것이 즐거웠다. 빵이 없는 대신에 또 한 마리의 염소를 키웠으며 당근을 갈아 놓은 조그만 밭도 발견했다. 하루하루가 지나갔고 칡덩굴로 엮은 벽도 완성되었으며, 잠자리를 다시 고치고 아궁이도 만들었다. 가까운 곳에 냇물도 있었으며 물은 맑고 달콤했다. 일을 하면서도 그들은 노래를 불렀다.

어느 날, 같이 우유를 마시면서 다정스런 분위기에 싸였을 때 레네가 갑자기 꿈꾸듯 말했다.

"하지만 겨울이 오면 어떡하지요?"

대답하는 사람이 없었다. 로베르트는 웃었으며 골드문트는 앞만 바라보았다. 누구도 겨울 걱정을 하지 않았다는 것, 오래도록 거기에 정주한다는 것을 정말로 심각하게 생각하지 않았다는 것을 레네는 알았다. 고향이라고 하지만 참다운 고향은 아니며, 자신은 한낱 방랑의 길동무에 지나지 않는다는 것도 그녀는 깨달았다. 그래서 레네는 고개를 숙였다. 그러자 골드문트가 어린애를 달래듯 농담과 격려의 말을 섞어 가면서 말했다.

"넌 말이야, 농사꾼의 딸이니까 앞일을 걱정하는 거야. 걱정할 것 없어. 페스트가 지나간 후면 집에 갈 수 있을 거야. 영원히 계속될 것은 아니니까. 그러면 너는 부모한테 가든지 딴 친척한테 가든지 하는 거야. 아니면 마을로 돌아가 일을 해서 빵을 버는 거야. 그러나 지금은 여름이야. 어느 곳이든 단지 죽음만이 기다리고 있을 뿐이야. 그래도 여기는 깨끗하고 우리하고 편하게 지내잖아. 그러니 마음이 내킬 때까지 여기에 있는 거야."

"그 다음에는요?" 레네가 소리쳤다. "그 다음은 그냥 끝인가요? 당신은 떠나고 말 건가요? 그리고 나는 어떻게 되는 거지요?"

골드문트는 그녀의 댕기머리를 가만히 잡아당겼다.

"바보 같은 꼬마야, 너는 시체 버리는 인부도, 집안 사람이 다 죽어 없어진 가정도, 불이 훨훨 타고 있는 마을 밖의 크나큰 구덩이도 다 잊어버렸니? 그 구덩이에 드러누워 내의가 피에 젖는 것을 면한 것만도 감사드려야 할 판이야. 도망쳐서 손발이 토실토실하고 행복하게 노래 부를 수 있는 신세를 고맙다고 생각해 봐."

그래도 여자는 좀처럼 만족스럽게 여기지 않았다.

"하지만 난 여기서 떠나고 싶은 마음은 없어요." 레네는 힘없이 중얼거렸다. "당신을 놓치기도 싫고. 곧 모든 것이 끝나 버린다는 것을 생각하면 즐겁지도 않은걸요!"

골드문트는 정답지만 위협하듯 다시 한 번 나지막하게 말했다.

"레네, 그 점에 대해서는 지금껏 모든 성인 군자가 다 골머리를 앓아 왔어. 영원히 계속되는 행복이란 없는 거야. 만약에 지금 우리들이 갖고 있는 것이 만족스럽지 못하다거나 기쁨을 주지 않는 거라면 나는 당장에라도 이 오두막에다 불을 질러 버리고 각자가 제 갈 길을 가는 거야. 레네, 그 이야기는 이걸로 그만하도록 하자고."

거기서 그 이야기는 끝나고 레네는 말을 들었으나 그녀의 기쁨에는 검은 그림자 하나가 드리워졌다.

주검의 대열에서

여름도 채 끝나기 전에 오두막집 생활은 그들이 생각지도 못했던 전혀 다른 형태로 끝장이 나고 말았다. 어느 날, 골드문트는 새 잡는 활을 들고 무엇인가를 잡으려고 그 근처를 어정거렸다. 먹을 것이 별로 없었던 것이다. 레네는 가까이에서 딸기를 따고 있어서 그는 가끔 레네가 있는 곳을 지나치면서 덤불 너머로 리넨 내의 밑으로 내다보이는 목덜미 위로 솟아 있는 레네의 고개를 바라보기도, 또 그녀의 노랫소리를 듣기도 했다. 때로는 레네의 딸기를 몰래 훔쳐먹으며 앞으로 나갔다가 뒤를 돌아보지 않는 때도 있었다. 그는 그리움과 권태의 마음을 번갈아 느끼며 레네를 생각하는 중이었다. 레네는 다시 겨울이나 장래 이야기를 끄집어내면서 임신을 한 것 같다고도 하고, 그를 놓치지 않겠다고도 했다.

이제는 끝장이야. 그는 그런 생각을 했다. 조금만 더 있으면 싫증이 날 거야. 그러면 로베르트도 남겨 두고 혼자 떠나겠어. 올겨울은 대도시의 니콜라우스 스승한테 가 거기서 겨울을 보내고 이듬해 봄에는 좋은 신발이나 사서 뛰쳐나와 마울브론 수도원을 찾아 나르치스한테 인사라도 하자. 아마 한 십 년쯤 그를 못 보았을 거야. 하루나 이틀이라도 좋으니 그를 만나 보아야지.

그 순간 날카로운 비명 소리로 인해 그의 상념이 깨지고 말았다. 그제야 그는 오만가지 사념과 원망으로 벌써 멀리 와 있다는 것을 깨달았다. 그는 정신을 차리고 귀를 곤두세웠다. 그 불안에 찬 비명 소리가 되풀이되었다. 틀림없는 레네의 목소리였다. 레네가 그를 불러대는 것에 화가 치밀었지만 그는 소리가 들리는 쪽으로 달려갔다. 그리고 그것은 의심할 바 없는 레네의 목소리로 위기에 처한 듯 그의 이름을 불러대는 중이었다. 그는 여전히 얼마간 분을 터뜨리며 발걸음을 재촉했다. 레네의 비명 소리가 반복되는 것을 듣자니 마음속에 동정심과 근심이 일었다. 겨우 그녀를 발견하고 황급히 달려갔다. 그녀가 무릎을 꿇고 갈기갈기 찢긴 내의 바람으로 그녀를 덮치려는 어떤 사나이와 격투를 벌이고 있었던 것이다.

그리하여 그의 마음속의 울화며 불안이며 슬픔이 미칠 듯한 분노가 되어 낯모르는 그 괴한에게 폭발하고 말았다. 놈이 레네를 완전히 땅바닥에 눌러 덮치려는 순간, 골드문트는 놈을 불의에 습격했다. 벗겨진 레네의 젖가슴에서는 피가 흐르고 있었다. 낯선 자가 탐욕스럽게 레네를 끌어안았던 것이다. 골드문트는 놈을 잡고 분노에 찬 두 손아귀로 놈의 목을 졸랐다. 만져 보니 말라빠져서 뼈만 앙상하고 털만 자란 놈이었다. 골드문트는 희열을 느끼며 계속 목을 졸랐고 놈은 레네를 놓고 맥없이 뻗고 말았다. 그래도 그는 손의 힘을 풀지 않고 기절한 사나이를 비어져 나온 회색 바위가 있는 곳으로 몇 걸음 끌고 갔다. 거기서 그는 꽤 무겁긴 했지만 놈을 두세 번 일으켜 세운 다음 머리통을 날카로운 바위에다 쥐어박았다. 그러곤 목이 부러진 몽둥이를 들어 던졌다. 그의 분노는 아직도 가시지 않아 계속 쥐어박을 참이었다.

레네가 얼굴을 반짝이며 그를 바라보고 있었다. 가슴에서는 여전히 피가 흐르고 아직도 전신을 부들부들 떨며 고통스러운 듯 헐떡거리면서도 이내 일어나 쾌감과 경탄에 찬 황홀한 시선으로 믿음직한 애인이 괴한을 처치하는 모습을 바라다보았다. 맞아 죽은 뱀처럼 시체는 사지를 쭈욱 뻗고 넘어져 성긴 수염과 듬성듬성한 머리칼을 가진 희부연 얼굴이 참혹한 모습으로 거꾸러져 있었다.

레네는 환호성을 지르며 일어서서 골드문트의 가슴에 안겨 왔으나 갑자기 창백해지고 말았다. 아직도 공포는 레네의 전신에 남아 있었던 것이다. 구역질이 날 것 같아 그녀는 풀밭에 쓰러지고 말았다. 그러나 그녀는 곧 골드문트와 함께 오두막으로 걸어서 돌아갈 수 있었다. 골드문트는 할퀴어진 레네의 젖가슴을 씻어 주었는데, 한쪽 유방에는 치한의 이빨 자국이 보였다. 로베르트는 그 모험 같은 사건에 굉장히 흥분해서 격투에 관해서 자세하게 열을 올리며 물었다.

"목이 뎅그렁 부러졌다고? 굉장하군, 골드문트! 모두가 무서워해야겠는걸."

그러나 골드문트는 더 이상의 이야기를 하고 싶지가 않았다. 지금은 그도 어느 정도 냉정해졌다. 그리고 시체에서 떠나올 때 벌써 불쌍한 노상 강도 빅토르와 또 이번 사건으로 자기 손으로 살해한 사람이 둘이라는 사실을 생각지 않을 수 없었다. 그는 로베르트한테서 물러나기 위해 이렇게 말했다.

"하지만 너도 무언가를 좀 해보지 그래? 시체를 처리하는 것이 어떨까? 구덩이를 파기가 힘들거든 갈대 숲에다 버리거나 돌이나 흙으로 덮어 주든가 하지."

그런 부당한 요구는 즉시 거절당했다. 로베르트는 시체 만지는 것을 아주 싫어했다. 어떤 시체든지 페스트균이 묻어 있다는 것이었다.

레네는 오두막 안에 누웠다. 유방을 깨물린 상처가 조금 쓰라렸으나 지금은 많이 나아진 것 같아 자리에서 일어나 불을 피우고 저녁 식사에 쓸 우유를 데웠다. 레네는 몹시 흥분된 기분이었지만 일찍 자리에 들어가야 했다. 레네는 골드문트한테 탄복했으므로 어린양처럼 시키는 대로 고분고분했다. 골드문트도 우울한 기분인지 침묵을 지키고 있었으므로 그 증상을 아는 로베르트는 가만히 내버려두었다.

골드문트는 밤이 이슥한 다음 잠자리에 들면서 레네에게로 허리를 굽혀 귀를 기울였다. 레네는 잠들어 있었다. 그는 마음이 불안해져서 빅토르를 생각하며 불안과 방랑의 충동을 느꼈다. 고향을 그리는 마음도 이제는 마지막이라는 생각이 들었다. 그러나 특이한 한 가지 사실로 그는 상념에 젖어들었다. 그가 이미 숨이 끊어진 치한을 들어 던졌을 때 그를 바라보던 레네의 시선을 뚜렷하게 기억했다 그것은 기묘한 눈초리여서 결코 기억에서 지워지지 않을 것 같은 생각이 들었다. 그렇게 놀라움으로 당황한 시선에도 자랑과 승리감이 빛나고 있었으며 복수와 살해를 함께 기뻐하는 열정은 처음이었다. 그는 그런 모습을 여자의 얼굴에서 본 적도, 예감한 적도 없었다. 만약 그 시선이 없었더라면 레네의 얼굴은 나중에 시간이 흐르면 잊혀지게 될 거라고 생각했다. 이 시선이 농사꾼의 딸 같은 그 여자의 얼굴을 크고 아름답고 무섭게 해주었다. 수개월 전부터 그의 눈은 '이런 것을 그려야겠다.' 하는 소망에 들뜬 적이 없었지만, 그 눈초리를 보았을 때 그는 일종의 공포와 함께 그 소망이 다시 내비치는 것을 느꼈다.

잠이 오지 않아 그는 다시 몸을 일으켜 오두막에서 나왔다. 바깥은 시원했으며 백화나무 가지는 바람으로 살랑대고 있었다. 어둠 속을 이리저리 거닐다가 그는 뜰에 나와 앉아서 명상에 잠겨 깊디깊은 비탄에 젖어 들어갔다. 빅토르가 불쌍하게 생각되었다. 오늘 때려죽인 놈도 불쌍했고, 자신의 순진한 동심이 사라져 가는 것을 슬퍼했다. 수도원에서 도망치고, 나르치스를 버리고, 니콜라우스 스승을 화나게 하고, 아름다운 리스벳을 단념한 것이 이렇게 황무지를 잠자리로 하고 주인 없는 가축을 기웃거리며 불쌍한 사나이를 때려죽이기 위해서였던가? 그가 한 일에 무슨 의미와 가치가 있었던가? 무의미와 자학으로 괴로웠다.

그는 길게 드러누워 팔다리를 뻗고 희부연 밤구름을 쳐다보았다. 오랫동안 그렇게 쳐다보고 있노라니 생각하던 모든 것이 사라져 하늘의 구름을 쳐다보고 있는 것인지, 자신의 마음속에 있는 구름 낀 세계를 보고 있는 것인지 알 수가 없었다. 그리하여 돌 위에서 그냥 잠이 든 순간, 달음박질쳐 가는 구름 속에서 번갯불처럼 커다란 얼굴이 나타났다. 이브의 얼굴이었다. 베일로 가려진 그 얼굴은 별안간 눈을 크게 떴다. 육욕과 살인의 쾌감으로 가득 찬 눈이었다. 골드문트는 이슬에 젖을 때까지 계속 잤다.

이튿날, 레네의 상태는 아주 좋지 못했다. 그녀를 누워 있게 했다. 할 일이 많았다. 로베르트가 아침에 숲에서 양 두 마리를 보았으나 놓치고 말아서 골드문트를 데리고 갔다. 둘은 그중 한 마리를 잡는 데 반나절이나 걸렸다. 저녁 무렵에 양을 끌고 왔을 때 그들은 피로에 지쳐 있었다. 레네의 병세는 몹시 나빴다. 골드문트가 자세히 만져 보니 아무래도 페스트 종양 같았다. 그는 그 사실을 말하지 않았으나 의심 많은 로베르트는 레네가 아직도 앓는다는 말을 듣자 오두막집에 있으려 하지 않았다. 그는 밖에 잠자리를 찾고는 염소도 데리고 나갔다. 염소도 병에 전염될 수 있다고 그는 말했다.

"그렇다면 나가라고!" 골드문트는 화가 나서 소리를 질렀다. "너란 인간을 다시는 상종하기 싫다."

그는 염소를 붙들어 측백나무 벽 위쪽으로 끌고 갔고 로베르트는 자취를 감추었다. 로베르트는 공포와 두려움에 견딜 수 없었던 것이다. 페스트에 대한 공포, 골드문트에 대한 공포, 외로움과 밤에 대한 공포. 그는 오두막 근처에 드러누웠다.

골드문트가 레네에게 말했다.

"난 네 곁에 있을 테야. 아무 걱정도 하지 말아. 틀림없이 다시 건강하게 될 테니까."

레네는 고개를 저었다.

"당신도 전염되지 않도록 조심하세요! 이제는 옆에 와서는 안 돼요. 날 달래려고 애쓰지 마세요. 나는 죽을 수밖에 없어요. 나중에 당신에게서 버림을 받기보다는 차라리 지금 죽는 게 나아요. 아침마다 떠나지 않았는가 하고 얼마나 애를 태웠는지 몰라요. 차라리 지금 죽는 게 나아요."

 이튿날 아침 레네의 병세는 더 나빠졌다. 골드문트는 레네한테 물을 먹이고는 잠깐 눈을 붙인 것이 겨우 한 시간 정도였다. 날이 훤하게 밝아 오자 레네의 얼굴에 죽음이 드리워진 것을 분명히 알 수가 있었다. 이미 시들어 버린 얼굴이었다. 그는 잠시 바깥에 나와 숨을 깊이 들이마시며 하늘을 쳐다보았다. 숲 기슭, 구부정한 몇 그루의 적송나무가 햇살을 받아 반짝이고, 공기는 맑고 감미로운 향내로 가득했다. 멀리 보이는 언덕은 아직도 아침 구름에 뒤덮여 제대로 보이지 않았다. 그는 약간 걸음을 옮기다 지친 팔다리를 뻗고 심호흡을 했다. 이 슬픈 아침의 세계는 여전히 아름다웠다. 다시 방랑이 시작되리라. 이별의 시간이 다가온 것이다.

 숲 근처에서 로베르트가 그를 불러 물었다. 레네의 병세는 어떤가? 페스트만 아니면 자기도 그냥 있겠다, 골드문트가 화를 내지만 않는다면 그 동안에 양을 지키고 있겠다는 말을 했다.

 "양을 데리고 지옥으로 꺼져!" 골드문트가 소리를 질렀다. "레네는 다 죽어 간다. 나도 전염되었다."

 마지막 말은 거짓이었다. 로베르트를 떨쳐 버리기 위한 거짓말이었다. 이 로베르트는 괜찮은 녀석이기는 했으나 골드문트는 싫증이 났던 것이다. 놈은 너무 소심하고 치사했다. 이런 숙명적인 시기에는 너무나 부족한 사나이였다. 로베르트는 거기서 떠나 버리고 그 후로는 다시는 나타나지 않았다. 해가 밝게 떠올랐다.

 레네에게로 돌아오자 그녀는 자고 있었다. 그도 다시 잠들었다. 꿈 속에서 그는 지난날 그의 말 블레스와 수도원의 탐스런 밤나무를 보았다. 그는 끝을 알 수 없는 먼 나라와 황무지에서 잃어버린 아름다운 고향을 되돌아보는 기분이었다. 눈을 뜨자 갈색 수염이 난 뺨에 눈물이 흘러내리고 있었다. 생기 잃은 작은 목소리로 레네가 중얼거리는 소리가 들려서 자기를 부르는 소리라 믿고 잠자리에서 일어났으나 레네는 누구를 향해서 말을 하는 것이 아니라 사랑의 말, 비탄의 욕지거리를 무의미하게 혼자서 중얼대는 것이었다. 킬킬대고 웃다가는 하늘이라도 꺼질 듯이 한숨을 쉬고 흐느껴 울다가는 이내 잠잠해졌다.

골드문트는 일어나 찡그린 레네의 얼굴 위로 허리를 굽히고는 죽음의 입김 밑에 비참하게 흩어진 선(線)을 쓰디쓴 호기심으로 지켜보았다. 사랑하는 레네여, 귀여운 아기여, 너도 나를 버리려는 거냐! 너도 벌써 나한테 지쳤느냐 말이다! 달아나고 싶다. 걷고 또 걷고 행진하고, 공기를 마시고, 지치고, 새로운 형상을 볼 수가 있다면 마음이 한결 가벼워지고 우울함도 사라지련만. 하지만 그럴 수는 없었다. 여기에다 이 여인을 혼자 죽게 내버려둔다는 것은 불가능한 일이다. 맑은 공기를 마시기 위해 두세 시간마다 잠시잠시 밖으로 나갈 수도 없었다.

이제 레네는 염소의 젖을 마시지 못하기 때문에 그가 실컷 마셨으나 그 밖에 달리 먹을 것도 없었다. 염소를 몇 번 바깥에 데리고 나가서 풀을 뜯게 하고, 물을 마시게 하고 운동을 하게 한 다음, 다시 레네의 잠자리 옆에 있었다. 정답게 이야기도 해주며 그 얼굴을 지켜보고 있었으나 레네는 조금씩 죽어 가고 있을 뿐이었다. 그녀의 의식은 가시지 않아서 간혹 잠이 들었다가 조금씩 눈을 뜨곤 했다. 눈꺼풀은 처지고 맥이 없어져서 젊은 아가씨도 눈과 코의 가장자리가 차츰 나이 들어가는 듯했다. 물이 뚝뚝 떨어질 듯 부드러운 목덜미 위로 시들어 가는 할머니의 얼굴이 얹혀져 있었다. 레네는 이따금 한마디씩 '골드문트'라든지 '귀여운 이'라고 말할 뿐 부어오른 입술을 축이고 싶어했는데, 그때마다 그는 그 입술에다 물방울을 떨구어 주곤 했다.

그날 밤, 레네는 죽었다. 울거나 슬퍼하지도 않고 죽었다. 약간 몸을 움찔했을 뿐 이내 숨을 멈추고 말았다. 피부 위로 입김 같은 무엇이 스쳐 지나가 그 광경을 보는 그의 가슴은 파도쳤다. 생선 시장에서 볼 때마다 불쌍하다고 생각한 빈사 상태에 빠진 생선 생각이 났다. 생선이 죽어 가는 모양도 바로 이러했다. 움찔했다가 고통의 소름이 피부 위를 지나가면 광택도 생명도 그만이었다.

그는 한참이나 레네 옆에 무릎을 꿇었다가 바깥으로 나가 싸리 덤불 속에 앉았다. 염소 생각이 나서 또 한 번 안으로 들어가 염소를 데리고 나왔다. 염소도 풀을 좀 찾아내자 땅바닥에 주저앉았다. 그는 염소 옆구리에 머리를 얹고 날이 샐 때까지 잤다. 그러곤 다시 오두막에 들어가 불쌍한 레네의 얼굴을 마지막으로 보았다. 아무래도 죽은 사람을 거기에 그대로 놓아둘 수는 없었다. 그는 바깥으로 나가 한아름 마른 나무와 시든 잔가지를 주워서 오두막에 집어 던지고 불을 질렀다. 오두막에는 점화 도구말고는 모두 그냥 그대로 두었다. 순식간에 바싹 마른 칡덩굴 벽이 빨갛게 타올랐다.

그는 바깥에 서서 불빛에 얼굴을 그을리며 불길에 휩싸인 지붕과 내려앉고 있는 용마루를 바라보았다. 염소가 겁을 먹고 울면서 내쳐 뛰었다. 염소를 죽여 그을려 먹으면 생기를 찾을 것 같았으나 그렇게는 할 수가 없었다. 그는 염소를 들로 내쫓고 자리를 떴다. 숲의 꽤 먼 곳까지도 화장터의 연기가 따라왔다. 이런 비참한 심정으로 방랑길에 오르기는 처음이었다.

　그러나 그를 기다리고 있는 현실은 생각보다 훨씬 좋지가 않았다. 처음 만난 농가나 마을부터 시작해서 가면 갈수록 상황이 나빠져 갔다. 그 지방 곳곳이 죽음의 구름, 전율과 불안과 영혼의 음울한 베일에 싸여 있었다. 소름 끼치는 것은 폐허가 된 마을들, 사슬에 매인 채 죽어 썩어 가는 개, 묻히지도 않은 시체들, 거지 행각에 나선 어린아이들, 교외의 총총한 무덤들…… 그런 것들만 아니었다. 더욱 지독한 것은 공포와 죽음의 불안을 짊어지고 눈이나 영혼마저 상실한 듯이 살아 있는 사람들이었다.

　방랑자는 어디에서나 기괴하고 흉악한 것을 보고 들었다. 아들과 마누라가 병들면 부모는 아들을, 남편은 마누라를 버렸다. 시체 치우는 인부들과 병원지기들은 사형 집행인처럼 마냥 날뛰었다. 그들은 사람이 죽어 텅 빈 집에서 강탈을 하고, 제멋대로 시체를 매장하거나 아직도 숨이 붙어 있는 병자를 병상에서 끄집어내려 시체 운반차에 싣기도 했다. 사람들은 공포에 떠는 도망자가 되어 고독하게 참혹함과 인간과의 접촉을 피하며 죽음의 마수에 내쫓기어 헤매고 있었다. 그런가 하면 어떤 놈들은 한데 휩쓸려서 얼토당토 않는 향락에 빠져 주연을 벌이고, 사신(死神)이 탄주하는 바이올린을 반주로 춤과 애욕의 향연을 베풀었다. 그런가 하면 무덤 앞이나 텅 빈 집 앞에서 광란의 눈초리로 웅크리고 앉아 말리는 사람 하나 없이 통곡하는 자들도 보였다.

　그리고 무엇보다 어이가 없는 것은 어쩔 수 없는 그 불행에 대해서 책임질 누군가를 찾고 있다는 것이었다. 누구나 그 전염병에 책임이 있는 극악 무도한 자는 이러이러한 자라고 주장을 한다는 사실이었다.

악마와 같은 인간이 페스트의 시체에서 병균을 옮겨 벽이나 문의 손잡이에 발라 놓거나 우물에 독을 넣거나 가축들에게 독을 먹여 죽음을 퍼뜨리고 타인들의 불행을 고소하게 생각한다는 것이었다. 이러한 의심을 받는 사람은 경고를 받고, 달아날 틈이 없으면 그것으로 끝장이었다. 재판소나 폭도들에 의해 즉각 처형되었다. 부자는 가난뱅이한테 죄를 뒤집어씌웠으며 그 반대인 경우도 있었다. 또한 유태인이나 남쪽 나라 사람이나 의사들의 소행이라고도 했다. 어느 고을에서 골드문트는 유태인 거리가 불타는 것을 보고 너무나 마음이 아팠다. 사람들은 그곳을 둘러싸고 울부짖으며 달아나는 사람을 무기의 힘으로 화염 속에다 처넣었다.

불안과 분노로 눈이 뒤집혀 도처에서 죄 없는 사람이 살해되고 추방되고 고문대에 올랐다. 골드문트는 온 세상이 시궁창으로 변해 가는 꼴에 분노와 구역질이 났다. 순진도 사랑도 환희도 이제는 사라져 버린 것만 같았다. 간혹 그는 향락가의 격심한 향연으로 몸을 피했다. 죽음의 사자가 켜는 바이올린 소리가 들리지 않는 곳은 어디에도 없었다. 그도 곧 그 소리에 익숙해지고 자주 자포자기에 빠진 연회에 끼어들어 기타를 치거나 관솔불 밑에서 무더운 밤을 함께 춤추고 노래하며 지새우기도 했다.

그에게 두려움이란 없었다. 겨울밤 전나무 밑에서 빅토르의 손가락이 그의 목을 졸랐을 때, 고생스러웠던 방랑 시절의 추위와 굶주림 속에서 죽음의 공포를 맛본 적이 있었지만 그것은 대항할 수 있는 죽음이며 방비할 수 있는 죽음이었다. 그리하여 그는 떨리는 손발과 쓰린 위와 지친 사지로 싸워서 이겼으며 거기서 도망칠 수가 있었다. 그러나 이 저주스런 페스트와는 싸울 도리가 없어 제멋대로 날뛰도록 내버려두고 거기다 몸을 맡기는 수밖에 없어 골드문트는 이미 진작부터 그렇게 했다. 그는 무서워하지 않았다. 타오르는 오두막에다 레네를 남겨 두고 온 이래, 죽음에 의해서 짓밟힌 땅을 매일 헤매 다닌 이래로 목숨 같은 것은 어떻게 되든 상관없는 것 같은 생각이 들었다.

하지만 커다란 호기심이 그를 충동해서 긴장시켰으며 생명을 베어 내는 주검을 보아도 지치지 않았으며 인생무상의 노래를 들어도 싫증이 나지 않았다. 어디에서도 물러섬이 없었고 어떠한 곳에서도 거기에 관여하여 눈을 똑바로 뜨고 지옥을 뚫고 지나간다는 정열에 사로잡혔다. 죽음으로 폐가가 된 집에서 곰팡이가 슨 빵을 먹었으며 광인들의 술자리에서 노래도 부르고 술도 마셨다. 그리고 곧 시들어 버릴 쾌락의 꽃을 땄으며, 아낙네들의 취한 듯 응시하는 시선을 들여다보았고, 죽어 가는 자들의 꺼져 가는 눈초리와 주정꾼들의 희멀건한 눈초리도 보았다. 뿐만 아니라 열이 올라 절망적인 상태의 여인들을 사랑했으며 한 쟁반의 수프를 위해 시체를 날라 주었고 몇 푼의 돈을 위해 벌거벗은 송장에다 흙을 덮어 주기도 했다. 세상은 암흑과 공포로 가득했고 그 사실을 흐느끼며 죽음의 노래를 불렀으나 골드문트는 귀를 바짝 대고 정열을 불사르며 그 모든 소리를 들었다.

그의 목적지는 니콜라우스 스승이 거주하는 마을이어서 내심의 목소리가 그를 그리로 이끌었다. 길은 멀었고 어디에나 죽음과 쇠약과 임종이 가득했다. 그는 슬프게 그리로 이끌려 갔다. 죽음의 노래에 취하고, 세상의 울부짖는 고뇌에 자신을 던지고, 슬프면서도 행복스럽게, 오관을 활짝 열고 그리로 끌려갔다.

어떤 수도원에서 새로 완성된 벽화를 구경했는데 그것은 죽은 자의 춤추는 광경을 표현한 것으로 오래도록 자세히 관찰했다. 거기서는 뼈가 앙상한 죽음의 사자가 왕이나 주교, 수도원장, 백작, 기사, 의사, 농부, 하인 등 누구든 가리지 않고 받아들여 춤을 추면서 저승으로 데려가고 뼈다귀만 앙상한 악사들이 움푹 팬 뼈다귀를 악기 삼아 연주했다. 골드문트의 호기심 어린 시선은 그 그림을 깊숙이 빨아당겼다. 이름 모를 어느 예술가가 페스트에 대한 혼신의 노력으로 그려 낸 것이리라. 그리하여 피할 수 없는 죽음에 대해 가차없는 설교를 사람들의 귀에 울리도록 외치는 것이다. 훌륭한 그림이며 멋진 설교였다. 그 얼굴 모르는 동료의 관찰이나 화법은 나쁘지 않아 그 과격한 그림에서는 흉측한 음향이 울려 나오는 듯했다.

그러나 그것은 골드문트 자신의 체험과는 사뭇 달랐다. 거기에 그려진 것은 준엄하고 가차없는 죽음이었다. 그러나 골드문트라면 다른 그림을 원했으리라. 죽음의 사자가 부르는 노래는 그의 가슴속에서는 완전히 다른 가락을 탄주했다. 그것은 뼈만 앙상하지도 않고 존엄하지도 않으며 오히려 달콤하고 유혹적이며 고향으로 홀리는 듯하는 가락이며 어머니와 같은 가락이었다. 죽음이 그의 생명을 향하여 손을 뻗쳤을 때, 그것은 매서운 가락을 도전적으로 탄주할 뿐만 아니라 사랑스러우며 결실의 가을처럼 기름진 가락을 울리기도 했다. 죽음이 가까울수록 생명의 희미한 등불은 오히려 밝고 절실하게 타는 것이었다. 죽음은 다른 사람에게는 병사요, 판관이며, 간수이고, 엄격한 아버지였을지 모르나 적어도 그에게는 어머니인 동시에 애인으로 느껴졌다.

죽음이 부르는 소리는 사랑의 유혹이요, 죽음과의 접촉은 사랑의 몸부림이었다. 골드문트가 죽음의 무도화를 다 보고 나서 걸음을 옮겼을 때는 알 수 없는 새로운 힘이 스승이 있는 데로, 창작이 기다리는 데로 그를 몰아갔다. 그러나 도처에서 새로운 광경과 체험이 그를 기다려 그는 지체할 수밖에 없었다. 떨리는 콧구멍으로 죽음의 공기를 들이마셔야 했고, 도처에서 동정과 호기심이 한 시간이나 하루를 희생하라고 그에게 요구했다.

울기만 하는 농가의 조그만 사내아이를 사흘이나 데리고 몇 시간씩이나 업어주었으며, 굶주림에 허덕이는 대여섯 살 되는 아이 때문에 진땀을 빼다가 간신히 숯 굽는 여자에게 아이를 맡기기도 했다. 그 여자는 과부였으므로 어린아이라도 데리고 있으려 했기 대문이다. 또 며칠 동안 주인 잃은 개 한 마리가 그를 따라와서 개를 먹여 살려야 했는데, 잠잘 때는 그의 몸뚱이를 따스하게 해주었으나 어느 날 아침에 없어지고 말았다. 그는 무척 서운했다. 개와 이야기하는 버릇이 있어 곧잘 반 시간쯤 시간을 내어 개에게 명상적인 이야기를 해주곤 했기 때문이다.

인간의 사악함에 대해서, 신의 존재에 대해서, 예술이 대해서, 젊은 시절에 알고 지냈던 기사의 딸 율리에라는 처녀의 유방과 엉덩이에 대해서……. 골드문트도 죽음의 방랑을 거듭하는 동안 무척이나 이상스런 감정을 지니게 되었지만 페스트가 만연하는 지방에 사는 사람들은 모두가 얼마쯤은 정신이상자였으며 완전히 미친 사람도 많았다. 그 가운데 유태계의 젊은 아가씨 레베카도 정신이 약간 이상한 모양이었다. 이글이글 타는 듯한 눈을 가진 까만 머리의 그 아름다운 처녀 때문에 그는 이틀이라는 시간을 허비하고 말았다.

그는 어느 소도시 교외의 들판에서 레베카를 처음 보았었다. 그 여자는 까맣게 숯이 된 불탄 자리에 웅크리고 앉아 슬피 울면서 자기 얼굴을 때리며 까만 머리칼을 쥐어뜯고 있었다. 그 머리칼을 보자 그는 불쌍한 마음이 들었다. 그만큼 아름다운 머리칼이었다. 그는 여자의 떨리는 손을 꽉 잡고 이야기를 건네 보니 얼굴도 자태도 무척이나 아름다운 처녀라는 것을 알았다. 그 여자는 관청의 명령으로 열네 명의 유태인과 함께 불타 죽은 아버지 때문에 우는 것이었다. 여자는 그곳에서 도망칠 수가 있었으나 이제는 자포자기에 빠져 다시 돌아와서는 자신도 함께 타 죽지 못했다고 원통해서 우는 중이었다.

골드문트는 여자의 손을 단단히 잡고 다정한 목소리로 타이르며 동정과 보호의 속삭임도 해주었고 나중에는 도움을 주리라는 제안까지 했다. 그렇다면 아버지를 묻어 주는 일을 도와 달라고 처녀가 말해서 두 사람은 아직도 뜨듯한 잿더미에서 뼈를 모조리 주워 담아 사람들의 눈에 띄지 않는 곳에다 묻어 주었다. 그러는 동안 날이 어두워졌으므로 골드문트는 잠자리를 찾았으며 어느 참나무 우거진 숲 속에다 처녀를 위한 잠자리를 마련해 주었다. 자기는 망을 보겠노라 약속을 하고 귀를 곤두세우고 있으려니 여자는 누워서도 울다가 그것이 흐느낌으로 변하고 이어 잠이 들어 버리는 것이었다. 그도 잠시 눈을 붙였다.

날이 밝자 그는 여자를 달래기 시작했다. 너는 혼자서는 지낼 수가 없다, 유태인이라는 것이 발각되면 맞아 죽을 게다, 사나운 방랑자들은 너를 납치해 갈 것이고 숲 속에는 늑대나 집시가 너를 기다리고 있을 거다, 그는 처녀에게 그렇게 말했다. 하지만 그러면 같이 데리고 가겠다, 늑대나 인간으로부터도 지켜 주겠다, 여자가 불쌍하기 때문이다,

또한 얼마든지 귀여워도 해주겠다, 자기는 머리에 눈이 제대로 박혀 있으므로 무엇이 아름다움이란 것을 알고 있기 때문이다, 이렇게 예쁜 눈꺼풀과 탐스러운 어깨가 짐승한테 잡아먹히거나 장작더미 위에서 타 버리는 것을 나는 결코 보고만 있을 수 없다, 그는 그렇게도 말했다. 그러나 우울한 얼굴로 듣기만 하던 여자는 별안간 뛰어 일어나 달아나고 마는 것이었다. 이야기를 계속하자면 우선은 여자를 뒤쫓아가 잡아야만 했다.

"레베카, 내가 너한테 나쁜 마음을 가지고 있지 않다는 것은 너도 알 게다. 너는 아버지의 죽음으로 인한 슬픔에 가득 차서 사랑 같은 건 염두에도 두지 않지만 내일이나 모레나 아니면 시간이 좀 흐른 후 네 마음을 알아볼 테니 그때까지만 내가 너를 지키고 먹을 것을 가져다 주겠다. 너의 몸에는 절대 손대지 않을 테니 마음이 편안해질 때까지 실컷 울도록 하라고. 내 옆에 있을 때는 슬퍼하든 즐거워하든 나는 상관 않겠으니 언제든 내키는 대로 하란 말이다."

이런 말도 아무런 소용이 없었다. 여자는 이를 깨물며 미친 사람처럼 이런 식의 말을 했다. 자기를 즐겁게 해주는 것은 무엇이든 싫다, 차라리 고통을 느낄 수 있는 일을 하고 싶다, 기쁨 같은 것은 절대로 생각지도 않겠다, 늑대한테 물리는 것이 빠르면 빠를수록 좋겠다, 그러니 이제는 가 달라, 그런 이야기는 아무리 해도 소용이 없다…….

"이거 보라고, 너는 이곳 어디에도 죽음뿐이라는 것, 그을마다 집집마다 사람들이 죽어 가고 있다는 것, 모두가 비탄에 잠겨 있다는 것을 모른단 말이냐? 네 아버지를 태워 죽인 바보들의 울분도 괴로움과 비탄 이외에 그 무엇도 아니란 말이냐? 다들 크나큰 괴로움들을 겪어 온 탓이야. 우리들도 죽음한테 붙잡혀 들판에서 썩어 갈 거야. 그러면 두더지들이 우리들의 뼈다귀를 가지고 골패를 놀겠지. 그렇게 되기 전에 생을 즐기고 서로 사랑이나 하자니까. 아, 너의 그 애처로운 흰 목덜미와 예쁜 발에 나는 더 이상 못 견디겠어! 귀엽고 아름다운 아가씨! 나랑 동행하자고. 네 얼굴이나 쳐다보고 너의 시중이나 들어줄 테니."

그는 긴 시간을 그렇게 애원했지만 이유를 따져 설득한다는 것이 얼마나 부질없는 짓인가를 별안간 의식했다. 그래서 입을 다물고 하염없는 눈으로 여자를 쳐다보았다. 거만스러운 여자의 얼굴은 거부의 표정으로 굳어 있었다.

"당신들은 그런 사람이군요." 여자는 드디어 증오와 멸시뿐인 목소리로 말했다. "당신들 기독교도들은 겨우 그런 사람들이군요! 처녀가 그 아버지를 장사지내는 것을 도와 주었어요. 그 아버지도 당신들이 죽인 거지만요. 그리고 당신 같은 사람이야말로 우리 아버지의 손톱 끝만한 가치도 없는 사람이에요. 장사를 치르자마자 대뜸 처녀에게 제 것이 되라느니, 오입을 하자느니 하는군요. 당신들은 그렇고 그런 사람들이에요! 처음에는 당신을 좋은 사람으로 생각했는데 잘못이었어요. 그런데 뭐가 좋은 사람이에요? 당신네들은 돼지예요!"

여자의 말이 끝날 동안, 골드문트는 여자의 눈을 들여다보았다. 증오심과 그 이면에 불타고 있는 무엇이 있어 그것이 그를 감동시키고 참회하게 하고, 내심 그 깊은 곳으로 파고 들어가게 했다. 여자의 눈에 보인 것은 죽음이었다. 그러나 죽어야 한다는 체념이 아니라 죽고 싶다는 소망이었으며, 대지의 어머니의 부름에 조용히 따르고자 하는 헌신이었다.

"레베카, 네 말이 옳을는지도 몰라. 나는 네게 선의를 가지고 있었으나 결코 좋은 인간은 아니었어. 용서해. 이제야 비로소 깨달았어."

그는 모자를 벗고 여왕에게라도 하듯 정중하게 인사를 한 다음 무거운 마음을 안고 그곳을 떠났다. 여자를 운명에 맡기는 수밖에 없었다. 그의 슬픈 마음은 오래도록 가시지 않아 아무하고도 이야기를 나누고 싶지 않았다. 그리 닮은 점은 없었으나 고집 센 유태계의 가련한 처녀는 어딘지 모르게 기사의 딸 리디아를 연상케 했다. 이런 여자를 사랑한다는 것은 괴로움을 가져다 주는 근원이었다. 잠시나마 불쌍하고 겁많은 리디아와 사람을 싫어하는 차디찬 유태계의 처녀, 그 두 여인 이외의 다른 어떤 여자와도 사랑을 나눈 적이 없었던 것 같은 그런 느낌마저 들었다.

그 후에도 며칠을 그는 그 까만 머리칼의 이글이글 타는 듯한 처녀를 생각했으며 그 날씬하고 불꽃 튀기는 듯한 몸매의 아름다움을 꿈꾸었다. 행복과 꽃다움으로 운명이 정해진 것 같았으나 벌써 죽음으로 다가가고 있는 아름다움. 아아, 그 입술과 유방이 '돼지들'의 밥이 되고 들판에서 썩어 가야 한단 말인가! 그 소중한 꽃을 구할 힘과 마력은 없을까? 아니, 그런 마법은 있다. 그녀로 하여금 그의 영혼 속에서 살며 그에 의해 형성되고, 간직되어 가는 길이 바로 그 방법일 수 있다.

그의 영혼 속을 가득 채우고 있는 형상들은 과연 얼마나 많은가? 죽음을 뚫고 헤맨 그 오랜 방랑을 통해 그의 마음에는 그 얼마나 많은 형상이 그려졌는가. 그는 그것에 공감하고, 경이와 황홀감을 느끼지 않을 수 없었다. 그의 내부의 충만감은 얼마나 긴장을 느끼게 하였으며 그 충만감을 조용한 가운데 생각하고 흐르도록 해서 영원히 지속되는 형태로 변화시키기를 얼마나 애타게 갈망했던가! 그는 강렬하면서도 조심스럽게 계속 추구해 나갔으며, 여전히 눈을 똑바로 뜨고 호기심에 가득 찬 감각을 갖고는 있었지만 종이와 화필, 점토와 통나무, 일터와 제작에 대한 열렬한 동경으로 가득 차 있었다.

여름은 갔다. 사람들은 가을이나 초겨울쯤에는 전염병도 사라져 가리라 말했다. 어떤 쾌락도 없는 가을이었다. 골드문트가 지나다닌 지방에는 과실을 거두어들일 사람이 아무도 없었기 때문에 나무에서 떨어진 과실들이 풀밭에서 그대로 썩었으며 어떤 곳에서는 도시에서 밀려온 부랑배들이 과실들을 마음대로 노략질했다.

골드문트는 조금씩 목적지에 근접해 갔다. 마지막 무렵쯤에는 목적지에 다다르기 전에 혹시 페스트에 걸려 어느 집 외양간에서 비참한 죽음을 맞이할지도 모른다는 공포에 사로잡히기도 했다. 이제는 죽기가 싫었다. 한 번 더 일터에 나가 제작에 몸과 마음을 바치는 행복을 맛보고 싶었던 것이다. 이제야 세상은 너무나 넓고 독일 제국은 너무도 크게 생각되었다. 어떤 아름다운 고을도 그의 휴식을 불러일으키지 못했으며 아무리 예쁜 농사꾼의 딸도 하룻밤 이상 그를 붙들어 둘 수 없었다.

그런 어느 날, 그는 어느 성당 옆을 지나가다가 그 현관 옆 벽감(壁嵌 ; 벽 일부를 오목하게 파서 조각들을 세워 두는 곳) 속에 고대의 수많은 석상들이 서 있는 것을 보았다. 천사들의 석상, 순교자들의 석상들로서 지금껏 흔히 볼 수 있었던 그런 석상들이었다. 그리고 마울브론 수도원에도 이런 종류의 석상들이 많았었다. 그가 젊은 시절에도 그런 석상들을 자세히 관찰하기는 했지만 별다른 열정을 갖고 감상한 것은 아니었다. 아름답고 품위가 있어 보이기는 하나 지나치게 정중하고 다소 경직되며 구식의 냄새가 난다고 생각했던 것이다.

그 후 처음의 방랑 생활이 끝날 무렵, 그 감미롭고 슬픔에 찬 니콜라우스 스승의 마리아상에 충격을 받고 매혹당한 이후로는 그런 장중한 석상은 지나치게 무겁고 딱딱하고 서먹서먹하다고 생각했었다. 그리하여 그런 작품들에 대해선 하찮게 생각했다. 스승의 새로운 수법으로 이루어진 작품들이 훨씬 더 생기 있고 내면적이며 영감에 찬 작품이라 여긴 탓이었다.

그런데 오늘날, 갖가지 새로운 형상들로 마음이 충만되고, 모험과 체험의 상처로 영혼은 갈기갈기 찢기고, 명상과 새로운 창작에 대한 고통스러울 만치 격렬한 그리움을 안고 속세에서 돌아와 보니 그런 고대의 존엄한 석상들이 별안간 거대한 힘으로 그를 제압하고 있었다. 그는 경건한 마음으로 신성한 석상들 앞에 섰다. 태고의 마음이 그 석상에서 아직도 생을 계속하고 이미 오래전에 자취를 감춘 종족들의 불안과 도취가 몇 세기 뒤에 돌에 엉켜 굳어져 있는데도 여전히 인생 무상에 대한 저항을 나타내 주었다. 메말라 버린 그의 가슴속에는 삶에 대한 외경과 헛되이 소비한 삶에 대한 두려움이 소름 끼치도록 부글부글 끓어올랐다. 그는 오랜만에 참회를 하고 벌을 받기 위해 고해석을 찾았다.

성당에는 고해석이 있기는 했으나 어느 곳에서도 신부를 볼 수는 없었다. 신부들은 죽었거나, 병원에 누웠거나, 아니면 전염에 대한 공포로 도망쳤을 것이다. 텅 빈 성당에는 골드문트의 발소리로 석조의 아치형 천장에 메아리쳤다. 그는 텅 빈 참회석에 꿇어 엎드려 눈을 감고 창살을 향해 속삭이듯 말했다.
"거룩하신 하느님, 제가 어떻게 되었는가를 보옵소서. 저는 속세에서 돌아왔습니다. 흉악하고 쓸모 없는 인간이 되고 말았습니다. 저는 젊은 시절을 방탕자처럼 공허하게 보냈으며 이제 그 젊음도 얼마 남지 않았사옵니다. 저는 사람을 죽이고, 도둑질을 하고, 간음을 하고, 게으름을 피웠으며, 다른 사람의 빵을 가로채서 먹었습니다. 거룩하신 하느님, 왜 당신은 우리를 이렇게 만들어 이런 행로를 걷게 하셨습니까? 우리는 당신의 아들들이 아니란 말입니까? 당신의 아들은 우리들을 위해 죽지 않았습니까? 우리를 인도하시는 성자와 천사는 없사옵니까? 아니면 그런 모든 것들이 지어낸 거짓말이어서 아이들에게나 들려줄 이야기이며 신부 자신이 웃음거리로 여기는 장난이란 말입니까? 하느님, 저는 당신을 알 수가 없습니다 당신은 세상을 사악하게 만드셨고 부당한 질서 속에 내버려두었습니다. 집집마다 골목길마다 시체로 가득한 것을 보아 왔고, 부자들은 자신들의 집을 단속하거나 도망치거나 하는 것을 보았으며, 가난한 자들은 형제들의 시체를 묻지도 않고 유태인들을 짐승처럼 때려죽이는 것을 보았습니다. 그리고 아무 죄 없는 수많은 사람이 괴로워하고 멸망해 가는 것을, 악인들이 안락에 젖어 헤엄치듯 살아가는 것을 똑똑히 보아 왔습니다. 당신은 우리들을 완전히 잊어버렸나이까? 당신의 창조물에 대한 염증을 느끼시어 저희들을 멸망케 하시렵니까?"

그는 크게 한숨을 쉬며 높다란 출구로 걸어 나갔다. 구겨진 예복을 입고 수척한 모습으로 침묵을 지키고 있는 천사와 성자들의 석상들이 인간의 손과 정신에 의해 만들어졌으나, 이를 수 없는 곳에 초인간적인 모습으로 꼼짝 않고 서 있는 것을 보았다. 석상들은 어떤 소원과 물음에도 의연하게 비좁은 자리에 서 있지만 위험과 아름다움 속에 서서 죽어 가는 인간들의 세대를 초월해서 그렇게 자리한 모습은 무한한 위안이며 죽음과 의심에 대한 승리였다.

  아아, 여기에 불쌍하고 아름다운 유태계의 처녀 레베카가, 오두막과 함께 불타 버린 가련한 레네가, 우아한 리디아와 니콜라우스 스승이 함께 서 있다면 얼마나 좋겠는가! 그들은 언제든 여기에 서 있게 되리라. 그리고 그는 그들을 여기에 자리잡게 하리라. 그리하여 오늘 그에게 있어서 사랑과 고뇌와 불안과 열정을 의미하는 그들의 모습들은 후세 사람들 앞에, 비록 이름도 이야기도 알 수 없다고 하더라도 인간사에서 고요히 무언의 상징으로 서 있게 되리라.

변한 것과 변하지 않은 것

마침내 목적지에 이르렀다. 골드문트는 몇 해 전 스승을 찾기 위해서 걸어 들어왔던 성문을 지나 동경의 도시에 다시 들어왔다. 주교가 사는 그 마을에서 나오는 여러 가지 소식을 그는 오는 길목에서 벌써 들었다. 거기에도 페스트가 대단했었다. 어쩌면 그때까지도 전염병은 아직 만연되고 있으리라는 이야기를 들었으며, 백성들의 소요를 들었고, 황제가 총독을 파견해서 질서를 바로잡고 긴급명령을 내려서 시민들의 재산과 생명을 보호하기 위해서 필요한 조치를 취했다는 이야기도 들었다. 주교는 페스트가 돌기 시작하자 바로 시내를 떠나서 먼 시골에 있는 성으로 도피했기 때문이었다. 하지만 그런 소식을 방랑자는 전혀 염두에 두지 않았다. 도시가 그대로 있고 일을 할 수 있는 작업실만 있다면 바랄 것이 무엇이겠는가! 그 밖의 것은 어떻게 되든 아무런 상관이 없었다. 그가 이 도시에 도착했을 때는 이미 페스트는 사라져 있었고 사람들은 주교가 귀환하고 총독이 물러가 다시 옛 생활로의 귀환을 즐거운 마음으로 기다리는 중이었다.

이 마을을 다시 보았을 때 골드문트의 가슴속에는 재회와 향수에의 정이 격렬하게 용솟음쳐서 억지로 자제하느라 일부러 엄격한 표정을 지어야만 했다. 아아, 모든 것이 그대로구나! 성문도, 아름다운 우물도, 대성당의 그 낡고 볼품없는 탑도, 마리아 성당의 날씬한 새 탑도, 그리고 성로렌츠에서 울려 오는 종소리와 햇살에 눈이 부신 넓은 시장 바닥도 모두가 그대로구나! 그 모든 것이 그를 기다려 주었구나! 거기로 오는 도중에 도착해 보면 모든 것이 변하고 파괴되고 폐허가 되었거나 새로운 건물이 들어서 반갑지도 않은 괴상한 표지판이 붙어 있어 무척이나 낯설게 느껴지리라는 상상을 하지 않았던가? 한집 한집 지나며 골목을 들어설 때 눈물이 글썽거렸다. 아담하고 정다운 집에서, 만족스러운 소시민 생활 속에, 고향을 갖고 안방과 일터에 앉아서, 처자와 하인들과 이웃들과 함께 살아가면서, 고향을 가졌다는 안정감 속에서 안주하고 있는 사람들은 결국은 볼수록 부러운 존재들이 아닌가?

오후도 한 고비가 지난 때였다. 햇살이 비치는 쪽으로 가정집이며 음식점이며 조합의 간판들이 보이고 조각을 한 대문들과 화분들이 따뜻하게 햇볕을 쬐고 있어서 이 마을이 광란의 죽음과 사람들의 공포감으로 음울했었다는 것을 생각케 하는 것은 아무것도 없었다. 쿵쿵 울리는 아치형의 다리 밑으로 시원한 맑은 물이 밝은 녹청색으로 흘러가고 있다. 골드문트는 잠깐 둑 위에 앉았다. 여전히 수정 같은 물 속에서는 환영 같은 까만 물고기들이 달리거나 코를 물결에 거슬리며 가만히 있었으며, 여전히 검은 물밑 여기저기에서 여린 금빛이 반짝거리며 많은 것을 약속하고 꿈을 일깨워 주었다. 타지에서 흐르는 물에도 그런 것은 있으며 어느 다리 밑이나 부락에도 그런 구경거리는 있겠지만, 그는 이미 그런 것을 본 기억이나 느꼈던 감정이 까마득한 일로 생각되었다.

두 사람의 푸줏간 집 총각들이 킬킬거리며 송아지를 몰고 가면서 빨래를 널고 있는 어떤 하녀와 연방 농담과 시선을 주고받는다. 아아, 모든 것은 참으로 빠르게도 지나가는구나! 얼마 전만 해도 거기에는 페스트의 불길에 휩싸여 병원의 조수 녀석들이 판을 쳤었는데, 이제는 모든 삶이 원점으로 돌아가 웃고 농담을 하는구나. 그 역시 마찬가지였다. 그는 거기에 앉아 재회의 기쁨에 들떠 고마움을 느끼고 비참이라든가 죽음 같은 것도, 레베카라는 유태인 처녀도 없었다는 듯 안주하는 사람들을 부러워하지 않았던가.

그는 웃음 띤 얼굴로 걸음을 옮겼다. 그리고 스승의 집이 있는 골목에 가까워져 이전에 매일같이 일터로 가던 그 길을 걷기 시작했을 때에야 그의 가슴은 어떤 불안으로 두근거렸다. 그는 걸음을 서둘렀다. 그날 중으로 찾아 뵙고 사정을 알아 두고 싶었다. 내일까지 기다린다는 것은 도저히 참을 수가 없을 것만 같았다. 스승은 아직도 화가 나 있을까? 벌써 시간이 꽤 흐른 일이라 대단치는 않으리라. 그리고 설사 스승이 화를 낸다고 해도 참아야겠지. 스승만 있고 작업장만 그대로 있다면 그걸로 족하니까. 마지막 순간에 이르러 놓치게 될지도 모르겠다는 듯 그는 걸음을 서둘러 그 낯익은 집으로 걸어갔다. 그러나 문의 손잡이에 손을 댄 순간 그 집의 대문이 잠겨 있는 것을 보고 소스라치게 놀랐다. 예전에는 밝은 대낮에 문이 잠기는 일은 결코 없었다. 그는 허둥대며 요란하게 문을 두드렸다. 갑자기 불안한 마음이 들었다.

이전에 그가 처음으로 그 집에 들어섰을 때 맞아 주던 바로 그 늙은 하녀가 나타났다. 하녀는 추해지지는 않았으나 더 늙고 무뚝뚝해져서 골드문트를 알아보지도 못했다. 여자는 수상쩍다는 시선으로 그를 멍청히 쳐다볼 뿐이었다.

"스승이라니요? 여기는 그런 사람은 없어요. 얼른 사라져요. 아무도 들여놓지 않으니까."

노파가 그를 문밖으로 밀어내려 했으므로 그는 노파의 팔을 잡고 소리를 질렀다.

"마르그리트, 무슨 말을 그렇게 하는 거야? 골드문트라니까! 나를 모르겠소? 니콜라우스 스승을 만나야 한다니까!"

노파의 푹 꺼진 눈매에는 반가운 기색이라곤 전혀 없었다.

"니콜라우스 스승은 더 이상 여기 계시지 않아요." 노파는 여전히 냉랭하게 말했다. "그는 죽었어. 어서 돌아가라니까. 여기 서서 마냥 떠들 수만은 없으니까."

마음속에서 모든 것이 산산이 부서지는 느낌으로 골드문트는 노파를 밀치고 컴컴한 복도를 지나 작업장으로 달려갔다. 노파는 뒤를 따라오며 소리를 질러댔다. 울부짖으며 욕을 해대는 노파한테 쫓기며 계단을 뛰어 올라가 어두컴컴하기는 해도 눈에 익은 작업장에서 니콜라우스가 모아 놓은 목상들이 서 있는 것을 보았다. 그러곤 큰 소리로 스승의 딸 리스벳의 이름을 불렀다.

방문이 열리고 리스벳이 나타났다. 그는 두 번씩이나 다시 쳐다보고 그녀가 리스벳이라는 것을 알자 그 모습에 가슴이 메어지는 듯했다. 문에 자물쇠가 채워진 것에 놀랐던 그 순간부터 그 집안의 모든 것이 유령이라도 나올 듯 심상치 않았고, 답답한 꿈이라고 꾸는 듯했지만 막상 리스벳의 모습을 보자 정말로 등골이 오싹해지는 것이었다. 그렇게도 예쁘고 자만심에 가득 찼던 그녀가 이제는 허리가 구부정한 겁먹은 노처녀가 되어 얼굴은 완연한 병색을 띠고 아무런 장식도 없는 검은색 옷에 눈초리도, 자세도 불안정했다.

"용서해요." 그가 말했다. "마르그리트가 들여보내지를 않는군요. 골드문트를 모르겠소? 답답하니 무슨 말이든 해봐요. 아버지가 돌아가셨다는 게 사실인가요?"

여자의 시선으로 보아서 그녀가 그를 알고 있다는 것, 또 그가 그 집에 좋은 인상을 남기지 못했다는 사실을 그는 짐작할 수가 있었다.

"그래, 골드문트라고요?" 그렇게 말하는 여자의 음성에서 옛날의 그 오만기가 다소나마 느껴졌다. "애써서 왔지만 안됐군요. 아버지는 돌아가셨는걸요."

"그럼 작업장은 어떻게 되었소?"

"작업장이라고요? 자물쇠가 채워졌어요. 일을 찾을 작정이거든 다른 곳으로나 가 보시지요."

그는 정신을 가다듬기 위해 애를 썼다.

"리스벳, 나는 일을 찾으러 온 게 아니오. 스승님과 당신의 안부가 궁금했을 뿐이오. 그런데 이런 소식을 접하게 되다니 정말 슬프기 그지없소. 고생을 많이 한 모양이구려. 아버지를 고맙게 생각하는 이 제자에게 무슨 부탁이라도 있다면 망설이지 말고 말해 보시오. 무엇이든 기쁘게 생각하겠소. 아아, 리스벳, 이런 고생을 하는 걸 보니 가슴이 메어지는 것 같아요."

하지만 여자는 방으로 들어가며 망설이듯 말했다.

"고마워요. 이제는 아버지나 저를 도울 일이 아무것도 없군요. 마르그리트가 밖으로 안내해 줄 거예요."

여자의 목소리는 정상이 아니었다. 악에 받친 것도 같고 불안스러워하는 것도 같은 목소리였다. 어쩌면 그녀가 용기라도 있었더라면 욕지거리를 해서 그를 내쫓을 것으로 느껴졌다. 그는 벌써 아래층에 내려서 있었으며 노파가 등뒤에서 빗장을 질렀다. 빗장을 지르는 우악스러운 소리가 마치 관 뚜껑에 못을 박는 소리처럼 느껴졌다.

그는 어슬렁거리며 강둑이 있는 곳으로 되돌아와 먼젓번에 앉았던 자리에 다시 주저앉았다. 해는 이미 서산으로 넘어가 물위를 타고 차디찬 바람이 불었으며 그가 앉아 있는 들에도 냉기가 느껴졌다. 강둑으로 이어지는 골목길도 조용해져서 강물만 교각에 부딪혀 차디찬 소리만 낼 뿐이었다. 물밑은 어두워져 황금의 옅은 빛조차 사라져 버렸다. 아아, 여기 강둑에서 넘어져 물에라도 빠져 버린다면!

한 시간이 지나갔고 어스름은 이내 침울한 밤으로 변했다. 비로소 눈물이 흘렀다. 그는 거기에 그대로 앉은 채 울었다. 손과 무릎 위로 따뜻한 눈물이 방울져 똑똑 떨어졌다. 그는 죽은 스승을 위해서 울었고, 리스벳의 사라진 아름다움을 위해서 울었으며, 레네를 위해, 로베르트를 위해, 레베카를 위해 울었으며, 헛되이 소모해 버려 시들어 버린 자신의 젊음을 위해서 울었다.

밤이 깊어서야 그는 예전에 친구들과 가끔 술잔을 기울이던 목로주점으로 들어갔다. 여주인은 그를 잊지 않고 있어 그가 원하는 대로 빵을 내주었고 친절하게도 포도주도 한잔 권해 주었다. 하지만 그는 빵도 술도 입에 대지 않고 가게 안의 의자에 앉아 그날 밤을 새웠다. 다음날 아침, 여주인이 그를 깨우자 그는 감사의 인사를 하고 밖으로 나와 걸어가며 그 빵을 먹었다.

그는 어시장으로 가서 그전에 방을 빌렸던 집을 찾아냈다. 우물가에서 생선장수 아낙네들이 살아 있는 생선을 팔고 있어서 통 안에서 반짝이는 곱다란 물고기들을 들여다보았다. 그전에도 간혹 생선 구경을 한 적이 있었다. 그리하여 생선을 동정하면서 아낙네들과 장사꾼들에 대한 분노를 삼켰던 일이 생각났다. 그리고 어느 날 아침에는 그곳을 어정거리다가 생선을 보고 감탄도 하고 동정도 하면서 무척이나 슬픈 기분에 빠졌던 기억도 났다. 그 이후로 오랜 시간이 지나갔고 강물도 많이 흘러갔다. 그때의 그 슬픔의 기억은 남아 있으나 그 슬픔의 이유는 남아 있지 않았다. 그렇다, 슬픔도 고통도 또 절망도 기쁨처럼 지나가고 색이 바래져 그 깊이와 값어치를 잃게 되고 결국에는 그것이 무엇인가 생각조차 나지 않는 시기가 오게 마련이다. 괴로움도 마찬가지로 시들고 만다. 그가 지금 느끼는 비탄의 감정도 시간이 흐르면 시들어 무의미하게 되고 말겠지. 스승은 죽었으며 그에 대한 원한을 품고 죽었다는 절망감, 또한 작업장도 열려 있지 않아 창조의 행복이나 영혼의 즐거움을 맛볼 수 없다는 절망감도 결국은 그렇게 되고 말 것이 아닌가. 그렇다, 이런 괴로움도 이런 쓰디쓴 괴로움도 틀림없이 낡고 소용없는 것이 되어 기억 속에서 사라지고 말리라. 그 어떤 것도 영속하지 않는다. 고통 또한 마찬가지이다.

생선을 들여다보며 그런 생각에 잠겨 있을 때, 누군가가 나직한 목소리로 그의 이름을 다정하게 부르는 소리가 들려 왔다.

"골드문트."

그 목소리는 수줍은 듯 그를 불렀고 그가 돌아다보았을 때, 거기 검은 눈에 창백한 얼굴의 어린 처녀가 서 있었다.

"골드문트시지요?" 여전히 수줍은 음성으로 처녀가 재차 물었다. "언제 오셨어요? 나를 기억 못하시겠어요? 마리예요."

그래도 그는 그 처녀를 기억할 수 없었다. 그래서 처녀는 그가 전에 세들어 살던 집주인의 딸이라는 것, 그가 새벽에 이 마을을 떠날 때 부엌에서 따뜻한 우유를 주었던 일을 이야기해 주어야 했다. 그 이야기를 하면서 처녀는 얼굴을 붉혔다.

그렇다, 마리였다. 다리를 절며 걷는 어린아이로 그에게 무척이나 상냥했고 잘 대해 주었었다. 그제야 그는 모든 기억이 떠올랐다. 그 아가씨는 어느 새벽에 그를 기다렸다가 그가 떠나는 것을 무척이나 섭섭하게 생각하여 우유를 데워 주었었다. 그러곤 그가 키스를 해주자 마치 성례라도 받는 듯 경건하게 그 키스를 받아 주었었다. 그 이후로 그는 그 처녀를 생각해 본 적이 전혀 없었다. 그 당시 처녀는 아직 어린 아이에 지나지 않았으며 이제는 눈이 서글서글한 아가씨로 성장하였으나 여전히 다리를 절룩거려 동정심이 갔다. 그는 처녀와 악수를 나누었으며 이 마을에서 그를 알아보고 좋아하는 사람이 있다는 것에 마음이 즐거웠다.

마리가 그를 데리고 갔다. 그도 그리 마다하지는 않았다. 집에 돌아와 그는 마리의 양친이 거처하는 방에서 점심 식사를 대접받았는데,

그 방에는 아직도 그가 그린 그림이 걸려 있었고, 난로 위 선반에는 그의 루비 술잔이 보였다. 그들은 며칠 쉬어 가라고 권했다. 다시 만나게 되어 기쁘다는 것이었다. 거기서 그는 주인의 입을 통해 니콜라우스의 집에서 보았던 일들을 자세히 알게 되었다. 니콜라우스의 죽음은 페스트 때문이 아니었다. 페스트에 걸렸던 쪽은 오히려 리스벳이었는데 아버지가 거의 죽음 직전에 있는 딸을 간호하다가 그 딸이 완전히 낫기도 전에 죽었다는 것이었다. 그리고 딸은 생명을 구했으나 아름다움을 잃고 말았다고 했다.

"작업장은 비어 있어요." 주인이 말했다. "솜씨 있는 조각가에게는 좋은 보금자리가 되겠지. 돈도 넉넉하게 받을 수 있을 테고. 골드문트, 어떤가? 아마 리스벳도 싫다고는 안 할 걸세. 이러고저러고 할 처지가 아니니까."

골드문트는 그 밖에도 페스트가 휩쓸던 때의 이야기를 이것저것 들었다. 처음에 폭도들이 병원에 불을 지르고, 부잣집을 몇 집 골라서 약탈을 했고, 주교의 도피로 마을은 무법천지가 되었다고 했다. 마침 황제가 가까운 곳에 계셨으므로 총독으로 하인리히 백작을 파견했는데, 백작은 과단성 있는 행동으로 몇 명의 기사와 군인으로 짧은 시일에 마을의 질서를 회복시켰다는 것이었다. 그러나 이제는 총독의 통치가 끝날 때쯤 되어 사람들은 주교가 돌아오기를 기다리고 있으며, 백작은 백성들에게 너무나 과중한 부담을 강요하고, 그의 애첩 아그네스도 이제는 사람들에게 신물이 나게 한다고 했다. 어떻든 그들은 물러가게 될 것이며, 시의 참사회는 선량한 주교 대신 군인인 총독의 통치에 벌써 질색을 하고 있었다. 게다가 황제의 총애하는 신하인 총독은 매일처럼 군왕이나 된 듯 공사(公使)니 대사니 하는 사람들을 맞고 보낸다는 것이었다.

이제는 골드문트 쪽에서 그의 체험을 이야기할 차례였다.

"아아, 그건 이야깃거리도 되지 않아요. 저는 그저 걷고 또 걷기만 했으니까요. 어느 곳이든 전염병이 만연되어서 시체투성이였지요. 사람들은 공포로 인해 제정신을 잃고 악독해지기만 했고요. 저는 용케 생명을 건졌지만 그 모든 것을 언제인가는 또 잊게 되고 말 테지요. 좌우간 이제 돌아와 보니 스승은 이미 고인이 되고 말았군요! 며칠만 댁에서 묵도록 해주시면 쉬었다가 곧 길을 떠나겠습니다."

그가 거기에 머문 것은 휴식을 위한 것이 아니었다. 너무나 큰 상심으로 결단을 내릴 수가 없었기 때문이었으며 이곳에 대한 행복스러웠던 추억들이 그의 마음을 사로잡아 주었으며 불쌍한 마리의 사랑이 고마웠기 때문이었다. 그는 그 사랑에 보답할 방법은 아무것도 없어 고작해야 그것은 우정과 동정만이 전부였다. 그러나 그녀의 다소곳하고 겸손한 사랑은 그의 마음을 훈훈하게 해주었다. 그리고 무엇보다 그를 거기에 붙잡아 두는 것은 설사 작업장도 없고 당장에 아쉬운 것이 많다고는 하지만 그래도 다시 한 번 예술작품을 만들고 싶다는 열망 때문이었다.

골드문트가 며칠 동안이나 거기에서 한 일은 스케치뿐이었다. 마리가 종이와 펜을 마련해 주어서 그는 방안에 틀어박혀 그리고 또 그렸다. 그리하여 시간이 흐를수록 종이에는 대강 아무렇게나 서둘러서 그린 스케치나 아름답고 곱살한 입상으로 가득 찼다. 말하자면 내심의 그림책을 종이 위에 옮겨놓은 셈이었다. 그는 수차례나 레네의 얼굴을 그렸다. 겁탈자가 죽은 뒤에 만족감과 사랑과 복수심으로 미소 짓던 그 얼굴, 마지막 밤이 되어 이미 표정도 녹아들어 대지로 되돌아가려 하던 그 얼굴을 그렸다. 그는 또한 양친의 시체 옆에서 두 주먹을 불끈 쥐고 문지방 위에 숨겨 있던 시골 농가의 사내아이 얼굴을 그렸으며 시체를 가득 실은 짐마차를 끌고 가는 세 마리의 호랑이와 검은 마스크 틈으로 음흉한 눈을 번뜩이며 긴 막대기로 시체를 치우는 시체 운반부들을 그렸다. 그는 또한 날씬하고 검은 눈의 유태계 아가씨 레베카의 얼굴을 여러 번 그렸다. 가냘프고 거만스러운 입, 고통과 분노로 이글거리던 얼굴, 사랑을 하기에는 너무나 훌륭한 몸매, 오만스럽도록 쌀쌀한 그 입을 그렸다.

그는 또한 자신의 모습을 스케치했다. 방랑자로서, 애인으로서, 다가오는 죽음에서 도망치는 자로서, 생명의 갈등에 허덕이는 자들의 뒤편에서 춤추는 자로서 자신을 스케치했다. 흰 도화지에 매달려 그는 예전의 기억 속에 남아 있는 리스벳의 거만한 얼굴, 마르그리트 노파의 찡그린 얼굴, 다정하면서도 무섭던 니콜라우스 스승의 얼굴을 그렸다. 그리고 몇 번인가 가느다란 선으로 커다란 대지의 모상을 그렸다. 두 손을 무릎에 올려놓고 우수에 잠긴 눈 아래 미소의 흐느낌을 풍기고 있는 여인의 자태. 그렇게 그려 가는 동안 그의 마음은 물결치고 손에는 감정이 넘쳤으며 그 얼굴에는 자제의 기쁨이 번뜩였다. 며칠 사이에 그는 마리가 마련해 준 종이를 가득 채웠으며 마지막 남은 종이 한 조각을 잘라서 거기에다 마리의 얼굴을 조심스럽게 그려 그녀에게 주었다. 아름다운 눈과 체념으로 다져진 마리의 입.

스케치를 하는 동안, 우울한 마음과 넘치는 감정이 어느 정도 가라

앉아 홀가분해졌다. 그림을 그리는 그 순간만큼은 그가 지금 어디에 있는지를 잊고 지냈다. 그의 세계는 책상과 흰 종이뿐이었으며 어둠이 오면 거기에 촛불이 더해졌다. 그제야 최근의 일이 생각나고 새로운 방랑길이 눈앞에 다가왔음을 알고 재회와 이별이 반반씩 뒤섞인 모순된 감정을 안고 시내를 배회했다.

그런 길목에서 그는 한 여인을 만났으며 그 여인을 보는 순간, 방만했던 그의 감정에 새로운 중심점이 생겨났다. 말을 탄 여인으로 탐내는 듯하면서도 서늘한 눈매에 곧은 몸매와 향락의 힘, 자만심과 관능의 욕구로 가득 찬 얼굴의 키가 큰 금발 미녀였다. 밤색 말을 탄 거만한 모습으로 남을 부리는 데 익숙하면서도 딱딱하거나 무뚝뚝하지가 않고 쌀쌀한 눈 아래에서는 온 세계의 냄새를 향해서 탐욕스럽게 코를 벌름대는 그런 여인이었다. 그리고 그 큰 입은 받는 것도 주는 것도 능히 할 수 있을 것 같았다. 골드문트가 그 여자를 보는 순간 그의 의식은 완전히 깨어 그 여인을 손아귀에 넣어 보자는 욕정이 지배했다. 그 여자를 정복하는 것이 고귀한 목표처럼 여겨졌으며 그녀를 손에 넣으려다 목이 떨어진다 해도 그다지 흉한 죽음은 아닐 것 같았다. 그리고 그는 그 금발의 여인이 관능과 영혼에 넘치는 것이 사자와 비슷하며 어떤 물결도 받아들이고 또한 맹렬하면서도 섬세해서 어떤 욕정에도 정통했으리라는 것을 동시에 느낄 수가 있었다.

여자는 말을 타고 지나갔고 그는 그 뒷모습을 배웅했다. 금발의 곱슬머리와 푸른 비로드의 옷깃 사이로 여자의 단단한 목이 보이고 튼튼하고 거만스러우면서도 어린아이같이 보드라운 피부가 돋보였다. 아무래도 그 여자는 그가 이제까지 보아 온 여자 가운데서 가장 아름다운 것 같았다. 목덜미를 손으로 움켜쥐고 그 눈에서 푸르도록 시린 비밀을 캐내어 보리라. 그 여자의 정체를 알아내기는 그리 어려운 일이 아니었다. 그는 곧 그 여자가 성내에 거주하고 있는 총독의 애첩인 아그네스라는 것을 알아냈고 그것을 알고도 별로 놀라지 않았다. 그 여자가 설사 황후라도 놀랄 건 없었다. 그는 우물가에서 걸음을 멈추고 물에 비치는 자신의 모습을 보았다. 그 모습은 그 금발 미녀와 무척이나 닮았으나 꽤나 거칠었다. 그는 곧 아는 이발사를 찾아가 좋은 말로 꾀어서 머리와 수염을 깎고 말끔하게 빗질을 했다.

추적은 이틀이나 계속되었다. 아그네스가 성에서 나왔을 때는 낯모르는 금발 청년이 벌써 성문 곁에 섰다가 흠모의 시선으로 쳐다보고 있었다. 아그네스가 성벽을 돌아 말을 몰면 오리나무 수풀에서 낯선 사나이가 걸어 나왔다. 대장간에 들렀다 나오면 또 그 낯선 사나이가 보였다. 여인은 위압하는 듯한 시선으로 그를 잠시 노려보았는데, 그럴 때 그녀의 코 언저리가 실룩거렸다.

다음날 아침, 말을 타고 나오자마자 또 그 사나이가 기다리고 있는 것을 보자 도전적으로 그를 바라보며 미소를 지었다. 골드문트는 총독의 모습도 보았다. 당당하고 용감해 보이는 사나이로 쉽게 보아 넘길 인물은 아니었으나 이미 머리는 반백이 되었고 얼굴에는 수심이 가득해서 골드문트는 그쯤이면 별 문제가 없다고 생각했다.

그 이틀 동안 그는 무척이나 행복해서 그의 얼굴은 되살아난 젊음으로 빛났다. 그 여자에게 나타나 도전을 한 것에 마음이 후련해졌으며 그 도전에 생명을 건다는 느낌도 멋진 자극이라 생각되었다.

사흘째 되는 날 아침, 아그네스는 시종을 거느리고 성밖으로 나왔다. 추적자를 바라보는 그녀의 시선은 도전적이면서도 흥분을 감추지 못했다. '틀림없구나. 사나이가 벌써 와 있구나.' 그녀는 시종에게 심부름을 시켜 다른 곳으로 보내 버리고 혼자서 서서히 말을 몰면서 성문을 지나 다리를 지나갔다. 거기서 다시 한 번 뒤를 돌아다보고 낯선 사나이가 여전히 뒤쫓고 있다는 것을 알았다. 순례 사원인 성바이트로 이르는 길은 무척이나 고즈녁하여서 거기서 사나이를 기다렸다. 여자는 반 시간이나 기다리지 않으면 안 되었다. 낯선 사나이는 천천히 걸었다. 숨을 헐떡거리며 가기가 싫었던 것이다. 사나이는 붉은 열매가 달린 나뭇가지를 꺾어서 입에 물고 밝게 웃으며 걸어왔다. 여자는 말에서 내려 말을 매어 놓은 다음, 험한 돌담의 담쟁이덩굴에 기대어 추적자를 맞이했다. 눈을 마주 바라보며 사나이는 모자를 벗었다.

"왜 뒤를 밟는 거예요? 내게 무슨 볼일이 있는 거죠?"

"오, 나는 당신한테 무얼 받기보다는 주고 싶습니다. 당신에게 나 자신을 바치고 싶습니다. 아름다운 부인, 그 다음에는 마음대로 나를 처분하십시오."

"좋아요, 당신이 어떻게 처분되는가 보도록 합시다. 하지만 이런 바깥에서 아무런 위험도 없이 꽃을 꺾을 수 있다고 생각지는 말아요. 내가 사랑할 수 있는 사나이는 위기에 목숨을 내던질 수 있는 그런 사람이에요."

"당신은 저에게 어떤 명령이라도 내릴 수 있습니다."

여자는 목에서 금 목걸이를 풀어 그에게 넘겨주었다.

"이름이 뭐지요?"

"골드문트입니다."

"좋아요, '골드문트.' 당신의 그 '황금의 입'이 얼마나 달콤한지 맛보겠어요. 그리고 내가 하는 말을 잘 들어요. 저녁때 이 목걸이를 성에 갖고 와서 주운 것이라 말하는 거예요. 이걸 손에서 놓치지 말아요. 내가 스스로 당신 손에서 받아 줄 때까지 말이에요. 지금 그 차림 그대로 오는 거예요. 그러면 사람들이 거지라고 여길 거예요. 종복들이 뭐라고 윽박질러도 그대로 있어요. 성안에서 내가 믿을 수 있는 종복은 단지 둘뿐이에요. 마부 막스와 시녀 베르타예요. 그 둘 중에 어느 한 사람 손에 닿기만 하면 내게로 안내를 받을 수 있어요. 백작은 물론 성내의 모든 사람들에 대해서도 조심해야 해요. 그들은 모두 적이에요. 미리 알려 두지만 자칫하면 목숨을 잃을지도 모르니까요."

여인이 손을 내밀자 그는 미소를 지으며 그 손을 잡고 손에다 가벼운 입맞춤을 한 다음 손을 끌어다 그의 뺨에 살짝 문질렀다. 그는 목걸이를 집어 넣고 거기에서 떠나 언덕길을 내려가 강과 마을 쪽을 향해서 걸었다. 포도덩굴은 벌써 벌거벗어서 한두 잎의 노란 잎새만이 바람에 나부꼈다. 골드문트는 웃으면서 머리를 흔들었다. 그리고 마을을 내려다보았을 때 이 마을이 정답고 사랑스럽다는 생각이 들었다.

며칠 전만 해도 그토록 슬펐으며 고통과 괴로움의 무상함까지도 슬퍼했었는데, 이제는 그 괴로움이 정말로 덩굴에서 떨어지는 황금 잎새처럼 자취를 감추고 말았다. 그 여인에게서처럼 사랑이 그렇게 찬란하게 빛난 적은 지금까지 없었다. 그 여인의 고귀한 자태와 황금빛의 화려하고 미소 짓은 생명은 어린 시절 마울브론에 있을 때 그의 가슴을 가득 채웠던 어머니의 영상을 상기시켜 주었다. 그저께만 하더라도 세상이 이처럼 즐거움으로 가득하고 생과 환희와 젊음의 물결이 그의 피를 용솟음치게 하리라고는 생각지도 못한 일이었다. 아직도 살아 있다는 것, 그리고 그렇게 공포스러웠던 죽음의 몇 달 간을 견뎌 왔다는 것이 그 얼마나 행복한 일이란 말인가!

그날 저녁 무렵, 그는 성에 나타났다. 성의 안마당은 활기에 차고 떠들썩했다. 말에서 안장이 벗겨지는가 하면 심부름꾼들이 바쁘게 달려가기도 했다. 신부들이나 고위 성직자들의 조그마한 행렬이 하인들의 인도를 받아 안쪽 문을 지나 계단으로 올라갔다. 그도 그 뒤를 따라 들어가려고 했으나 문지기한테 붙들리고 말았다. 골드문트는 금 목걸이를 꺼내 보이면서 그것을 마님이나 시녀의 손에 직접 넘겨주라는 분부를 받았노라 말했다. 그래서 어떤 하인 하나가 그를 안내했는데, 그들은 복도에서 한참이나 기다려야만 했다. 이윽고 예쁘장한 여인 하나가 나타나 조용한 음성으로 골드문트인지 확인하고는 따라오라는 눈짓을 했다. 그러곤 그 여자는 어떤 문안으로 사라졌다 잠시 후에 다시 나타나 들어오라고 눈짓을 했다.

그가 들어간 곳은 조그마한 방이었는데, 모피와 짙은 향수 냄새가 코를 자극했으며 나무 못마다 옷가지나 외투, 부인용 모자가 줄을 이어 걸려 있고 빼죽이 열린 장롱에는 온갖 구두가 보였다. 그는 거기에서 반 시간쯤 기다리며 향수 냄새를 풍기는 옷가지에 코를 대고 냄새를 맡기도 하고 손으로 모피를 쓰다듬어 보기도 하면서 거기에 아무렇게나 널려 있는 예쁜 물건들을 호기심 있게 바라보기도 했다.

이윽고 안쪽 문이 열렸다. 이번에는 시녀가 아니라 아그네스 자신이었다. 여인은 흰 모피 깃이 달린 밝은 하늘색 옷차림이었다. 그녀는 천천히 한 발짝씩 기다리고 서 있는 사나이에게 다가오며 그 서늘하고 푸른 눈으로 그를 마주 쳐다보았다.

"오래 기다렸죠?" 여자가 먼저 입을 열었다. "하지만 이제 안심하세요. 백작은 교단에서 사신이 왔으니까 그들과 식사도 하고 이것저것 협상할 일이 많을 거예요. 성직자들과의 모임은 언제나 시간이 걸리는 일이거든요. 이제는 우리들만의 시간이에요. 잘 왔어요, 골드문트."

여인은 몸을 굽히며 그에게로 다가왔다. 목말라하는 여인의 입술이 그의 입술로 다가와 두 사람은 아무 말 없이 우선 가벼운 키스로써 첫 인사를 나누었다. 그리고 그는 서서히 여인의 목덜미를 휘감았다. 여인은 그를 촛불이 환한 침실로 인도했다. 식탁에는 식사 준비가 되어 있어서 그들은 함께 식탁에 앉았다. 여인이 조심스럽게 빵과 버터를 내놓고 약간의 고기와 푸른색의 예쁜 술잔에다 백포도주를 따라서 내밀었다. 그들은 똑같은 푸른 잔으로 술을 마시고 고기를 먹었다. 그러는 동안 그들의 손은 서로를 애무했다.

"당신, 도대체 어디에서 날아왔어요? 나의 예쁜 새여, 당신 군인인가요, 광대인가요, 아니면 그저 불쌍한 나그네인가요?"

"나는 당신이 바라는 그 모든 것이오." 그가 웃으며 말했다. "나는 완전히 당신의 소유요. 당신이 그러기를 바란다면 나는 광대요. 그리고 당신은 나의 달콤한 기타요. 내가 당신의 목에 손가락을 얹어 그 악기를 켜면 천사가 노래하는 소리가 들립니다. 이리로 와요. 당신이 내놓은 맛있는 과자를 먹고 당신이 따라 주는 백포도주를 마시려고 여기에 온 것은 아니오. 나는 단지 당신 때문에 여기에 온 것이란 말이오."

골드문트는 여인의 목에서 그 긴 모피를 살짝 풀어내고 여인의 몸에서 옷을 벗겼다. 밖에서는 정신(庭臣)들과 수도사들이 의논으로 분분하든 종복들이 발소리를 죽여 걸어 다니든 희미한 반월이 수목 뒤로 사라지든 말든, 한 쌍의 연인은 아무것도 느낄 수 없었다. 그들에게서는 낙원이 꽃피어 올라 서로 끌어당기어 껴안으며 향훈 짙은 낙원의 어둠 속으로 사그라져 들어갔다. 그리고 낙원의 흰 꽃 비밀이 흘러내리는 것을 보며 사랑과 감사의 정이 얽힌 손으로 목말라 그리워하던 금단의 과실을 땄다. 광대가 그런 악기를 타 보기도 처음이었으며, 또 그 악기가 그렇게 힘차고도 정확한 손끝으로 울려 보기도 처음이었다.

"골드문트." 여인이 허덕거리며 그의 귀에다 대고 속삭였다. "오, 당신은 마술사 같군요! 달콤한 황금의 물고기, 당신의 아이를 갖고 싶어요. 아니, 그보다 차라리 당신 곁에서 죽고 싶어요. 나를 모조리 마셔요. 나를 녹여 줘요! 날 죽여 줘요!"

여자의 서늘한 눈에서 응고된 것이 녹아 힘이 사그라지는 것을 보았을 때 그의 목, 그 깊은 곳에서 행복의 음조가 울려 나왔다. 애욕에 못 참는 몸부림과 죽음처럼 그 여자의 두 눈동자에서 소름이 스쳐 지나갔다. 죽어 가는 생선의 표피에 은빛 소름이나 강물 깊은 곳에서 명멸하는 희미한 금빛 미광처럼 그것은 사라져 갔다. 그는 인간에게만 허용된 모든 희열이 그 순간에 한군데로 응결된 것 같다는 생각을 했다.

여자가 아직도 눈을 감은 채 몸을 떨면서 누워 있는 동안 그는 살짝 일어나서 옷을 입었다. 그리고 한숨이 섞인 음성으로 여자의 귀에다 속삭였다.

"아름다운 내 사랑이여, 이젠 당신 곁을 떠나야겠어. 죽고 싶은 마음은 없으니까. 백작한테 맞아 죽고 싶지는 않거든. 그보다 오늘처럼 한 번 더 행복하게 해주고 싶어. 단 한 번만이라도. 아니, 몇 번이라도 말이오!"

여자는 그가 옷을 입는 동안 침묵 속에 누워 있었다. 그는 가만히 이불을 덮어 주며 여자의 눈에다 입을 맞추었다.

"골드문트, 오! 가지 않으면 안 되나요? 내일 또 오세요! 위험하면 미리 알려 주겠어요. 또 오세요. 내일 말예요!"

여자가 요령 줄을 잡아당기자 의상실 문에서 아까 그 시녀가 그를 성밖으로 안내했다. 그 시녀에게 금화 한 개라도 주고 싶었으므로 바로 그 순간만큼은 가난이 부끄러웠다.

자정쯤 될 무렵에야 어시장 앞에 선 채 거처하는 집을 쳐다보았다. 너무 늦은 시각이어서 모두가 잠들어 있을 것 같았다. 그렇게 되면 밖에서 밤을 지새울 수밖에 없으리라. 그런데 뜻밖에도 대문이 열려 있어서 살며시 들어간 다음 문을 잠갔다. 방으로 들어가자면 부엌을 지나가야만 했다. 그런데 부엌에는 불이 켜져 있고 조그마한 등잔불 옆에 마리가 앉아 있었다. 두세 시간을 기다렸으므로 마리는 깜박깜박 졸다가 그가 들어오자 깜짝 놀라 벌떡 일어났다.

"오! 마리, 아직도 자지 않았나?"

"네, 자지 않았어요. 잤더라면 돌아오시더라도 문이 잠겨 있을 테니까요."

"미안해, 마리. 너무 늦었어. 화를 내지는 말아 줘."

"골드문트, 화는 안 내요. 조금 슬플 뿐이에요."

"슬퍼하면 안 돼. 왜 슬펐지?"

"아, 골드문트, 나도 다른 여자처럼 건강하고 아름다웠으면 좋겠어요. 그러면 밤에 당신이 낯선 집을 찾아 다니며 다른 여자들을 사랑하지 않아도 될 테니까요. 그리고 내 곁에 남아서 나를 조금쯤은 사랑해 줄 게 아니겠어요."

그녀의 부드러운 목소리에는 희망이라고는 흔적조차 없었다. 슬픔만이 있을 뿐이었다. 어찌할 바를 모르고 그는 그 여자 옆에 서 있었다. 그는 조심스럽게 여자의 머리를 안고 머리칼을 쓰다듬어 주었다. 그녀는 가만히 서서 머리칼에 그의 손길이 느껴지자 몸을 떨며 흐느껴 울었다. 그러곤 몸을 일으키며 수줍은 듯 말했다.

"이젠 주무시도록 하세요. 바보 같은 소리를 했어요. 나도 졸려요. 그럼, 안녕히 주무세요."

남아 있는 열매

골드문트는 하루를 행복과 초조로 언덕 위에서 보냈다. 말을 가지고 있었더라면 스승의 마리아상이 있는 성당으로 당장 달려갔을 것이다. 그 마리아상을 한 번이라도 다시 보고 싶었다. 그리고 간밤에 스승을 꿈에서 본 것 같아 그곳을 찾아가면 꿈을 재현하는 게 되련만.

아그네스와의 사랑의 행복이 아무리 짧다 하더라도, 그리고 그것이 악으로 향한 길이라 하더라도 오늘은 그것이 꽃피는 날이라 아무래도 놓쳐 버리고 싶지는 않았다. 그는 오늘만큼은 혼자서 조용히 부드러운 가을하늘 아래에서 나무와 구름과 함께 하루를 보내고 싶었다.

그래서 시골길을 마음대로 돌아다녀 보고 싶다, 밤이 깊어서야 돌아올 작정이다, 그러니 빵이나 좀 싸 주고 밤늦도록 자기를 기다리는 일 따위는 하지 말아 달라고 말해 두었다. 그 말에 마리는 대꾸를 하지 않고 빵과 과일을 가득 싸 주면서 그녀가 첫날 꿰매 준 덧저고리를 깨끗하게 손질해 주었다. 그녀는 그렇게 그를 보내 주었다.

그는 강을 지나 텅 빈 포도밭을 통과하여 산마루로 올라가면서 산정에 이를 때까지 전혀 쉬지 않았다. 거기에는 앙상한 나뭇가지들 사이로 햇볕이 희미하게 비쳐 들고 조그마한 티티새들이 그의 발소리에 놀라 숲 속으로 날아가 웅크리고 앉아서 그 반짝이는 까만 눈으로 그를 바라보았다. 그리고 멀리 발밑으로 활 모양을 그리며 푸른 강물이 흘러가고 마을이 장난감처럼 누워 있는 게 보였으며 오직 기도 시간을 알리는 종소리만이 들릴 뿐이었다. 거기 산정에는 또한 무성한 잡초들이 있는 조그마한 언덕 같은 것들이 있었는데, 그것은 옛날 이교도 시대의 유물인 성벽이거나 보루였을 것이다.

그는 거기 바짝 말라 버석거리는 가을 풀밭에 앉아서 멀리 보이는 계곡과 강 건너의 산과 언덕을 바라보았다. 산과 언덕은 첩첩이 쌓여 끝내는 하늘과 맞닿아 나중에는 어디까지가 산이고 하늘인지 분간이 가지 않을 정도로 푸르게 푸르게 녹아드는 것이었다.

그 넓은 땅과 눈이 미치지 못하는 훨씬 더 넓은 땅을 그는 헤매고 다녔으므로 이제는 추억 속에만 남아 있는 그 땅들이 한 번은 현실로서 가까이에 있던 것들이었다. 그런 숲에서 그는 수많은 밤을 지새웠으며 딸기로 굶주림을 달랬고 추위에 떨었었다. 그리고 그 산언덕과 들판을 방랑하면서 즐거운 때도, 슬픈 때도 거기서 원기를 얻은 때도, 또한 피로에 지친 때도 있었다.

시야에 닿지 못하는 저 멀리, 그 어디엔가 사랑스런 레네의 불에 탄 뼈가 있을 것이며, 만약에 페스트로 죽지 않았다면 그의 벗 로베르트는 아직도 여전히 방랑을 하고 있겠지. 그리고 거기 어디엔가 죽은 빅토르가 누워 있을 것이며, 어린 시절을 보냈던 수도원이 마술처럼 아득하고 머나먼 곳에 서 있을 것이고, 아름다운 두 딸을 데리고 살아가는 기사의 성이 있고, 도망치다가 살해되었을 가련한 유태인 레베카가 있으리라.

그렇게도 멀리멀리 따로 흩어져 있는 여러 장소, 초원과 숲, 마을과 마을, 성과 사원들, 그리고 아직도 살아 있거나 죽어 버린 그 모든 인간들이 그의 내부에 웅크리고 앉아 그의 추억 속에, 사랑 속에, 후회와 동경 속에 서로서로 묶여 있다는 사실을 그는 잘 알고 있었다. 그리하여 내일 당장이라도 그가 죽음을 맞이하게 된다면 여자들과 사랑과 여름의 아침과 방랑의 밤들만이 가득한 그 그림책 전부와 그의 추억 속에 존재하는 모든 것들이 와해되고 소멸되고 말 것이다. 오오, 지금이야말로 무언가 영생할 것을 만들어 뒤에 남겨야만 될 바로 그때가 아닌가.

이런 생활 가운데서, 이런 방랑에서, 이 세상을 구석구석 살펴보기 시작한 때부터 오늘에 이르기까지의 그 세월에서 남아 있는 열매라곤 거의 없었다. 만약에 있다면 그가 그 옛날 작업장에서 만들었던 요한상을 비롯한 한두 점의 조각품과 그 다음의 그림책, 그의 머리 속에 있는 비현실적인 세계, 아름다움과 고통으로 얼룩진 추억의 그림책 같은 세계일 뿐이었다. 그런 내적인 세계에서 몇 가지만이라도 구해 내어 밖으로 표현할 수는 없을까? 아니면 과거의 생을 그대로 이어 나갈 것인가? 언제나 새로운 도시들, 새로운 풍경, 새로운 여자들, 새로운 체험, 새로운 영상들을 차곡차곡 쌓이면서 거기서 남는 것은 불안과 고통과 아름다움이 담긴 내심의 충만뿐이라 하더라도 괜찮다는 말인가? 생활로부터 바보 취급을 당한다는 것은 모멸적인 일이어서 웃고 싶기도, 울고 싶기도 한 노릇이 아닌가!

생활을 즐기며 관능의 유희에 빠져 이브의 젖가슴을 질리도록 빨아 본다거나 할 수는 있겠지만 무상함을 막을 수는 없을 것이다. 그렇다면 사람은 숲 속에 자라는 버섯처럼 오늘은 아름다운 색깔로 뽐내겠지만 내일이면 썩어 버리고 만다. 또한 뒤로 물러앉아서 작업장에 틀어박혀 덧없는 생명을 위해 기념비를 세울 수도 있다. 그렇게 되면 생활이란 것은 포기할 수밖에 없으며 비록 영원한 것을 위해 봉사한다고는 하지만 거기서 시들어 버려 생활의 자유와 충만과 기쁨을 잃어버릴 수밖에 없다. 그것은 스승 니콜라우스의 경우로 알 수 있다.

아아, 이 전체적인 생활은 그 두 가지가 다 같이 얻어지고 그런 멋없는 양자택일에 의해 분열되지 않을 경우에만 의미가 있는 것이 아닌가! 생활이란 범주 내에서의 창조, 창조의 고귀함이 충만한 생활, 그것은 도저히 불가능하다는 말인가! 그것을 가능케 만든 사람도 존재할 수 있으리라. 하지만 성실을 지키기 위해 관능의 쾌락을 잃지 않았던 남편이나 가장이 있었으며, 자유와 위험을 잃을 염려로 가슴을 시들도록 내버려둔 안주자가 있었을까? 아마 그럴 수 있을지도 모르지만 그는 아직 그런 사람을 보지는 못했다.

이 지상의 모든 존재에 관한 한 그와 같은 이원적 대립에 그 근본이 있는 것이다. 여자가 아니면 남자이고 떠돌이가 아니면 안주자며 이성적이 아니면 감정적이었다. 숨을 들이마시면서도 내뱉고, 남자이면서도 여자가 되고, 자유를 원하면서도 질서를 바라고, 충동적이면서도 정신적이 된다든가 하는 그런 이원적인 것을 동시에 충족시킨다는 것은 불가능한 일이었다. 한 가지를 위해서는 다른 것을 잃어야만 하는 희생이 있으며, 또한 그 한 가지는 다른 것만큼 중요하고도 열망할 가치가 충분히 있는 것이 아닌가!

그 점에 있어서 여자는 남자보다 훨씬 쉽기는 하다. 여자의 경우에는 스스로 그 쾌락으로 하여금 열매를 맺도록 했으며 사랑의 행복으로부터 아이가 태어나도록 자연이 창조해 주었다. 하지만 남자의 경우에는 그런 것 대신에 영원한 동경만을 주었을 뿐이다. 그 모든 것이 신의 의지대로 된 것이라면 신은 짓궂거나 적의에 차서 자신의 창조물에 대해 고소하다고 웃고 있을까? 그렇지는 않으리라. 그가 만약에 사슴 새끼나 수사슴, 물고기와 새, 숲과 나무나 사계를 창조했다고 한다면 결코 짓궂을 리는 없으리라. 하지만 신의 창조물이 실패이든 불완전하든, 신이 인간의 결함과 동경에 대해 특별한 관심을 갖든 그렇지 못하든 또 그것이 적의 씨앗인 원죄이든 어쨌든 신의 창조물에는 결함이 있었다. 그렇다고 이런 동경과 불만이 원죄라 해야 마땅하다는 말인가? 그리고 인간이 창조해서 신에게 제물로 드린 모든 미적인 것과 성스러운 것이 모두 그 원죄에서 비롯된 것이 아니었던가?

그런 생각으로 골치가 아파 온 그는 시선을 돌려 마을을 내려다보았다. 그리고 거기에 시장과 어물전이며 다리며 성당이며 관청 건물을 두루 살펴보았다.

지금은 비록 하인리히 백작이 다스리고 있지만 당당한 주교의 궁전이 있는 성도 있었다. 그 궁전의 탑들과 긴 지붕 아래에서 그렇게 거만스럽기는 하지만 사랑에 관한 한 자신을 완전히 잊고 몸을 내맡길 줄 아는 그의 사랑하는 아그네스가 살고 있을 터였다. 그는 그 여자에 대한 즐거움과 감사와 기쁨으로 지나간 밤을 돌이켜보았다. 그 놀랄 만한 여자를 행복하게 해줄 밤의 행복을 체험키 위해서는 그의 생명 전부가 필요했었다. 여자들에게서 배운 갖가지 기술이며 그가 체험한 온갖 방랑과 논란으로 지새웠던 눈 오는 밤들, 우정, 동물·나무·꽃·물·물고기·나비 등 모든 사물들과의 친교가 필요했었다. 거기에다 또한 위험 속에서 예민해진 감각이며 고향을 잃어버린 생활, 여러 해에 걸쳐 그의 내부에 새겨진 그림의 세계가 있어야 했다. 그의 생활이 아그네스 같은 마술의 꽃이 피는 정원에 있을 동안에는 그는 비탄에 잠길 필요가 없었다.

그는 가을이 완연한 언덕 위에서 소요하고 휴식을 취하고 빵을 먹고 아그네스와 함께 맞이한 밤을 생각하며 하루를 보냈다. 어둠이 깔리기 시작하자 그는 다시 시내로 와서 성으로 다가갔다. 서늘한 기운이 맴돌고 집집마다 고요하고 붉은 불빛이 창문으로 흘러나왔다. 그는 홍당무를 막대기에 매달고 거기에다 얼굴을 그려 넣고 촛불을 꽂아 노래를 부르며 행진하는 소년들의 행렬과 마주쳤다. 그 조그마한 가장행렬에서는 겨울의 내음이 풍겨 왔다. 골드문트는 빙그레 미소 지으며 그 행렬의 뒷모습을 바라보았다. 그는 한참이나 성 앞에서 서성거렸다. 성에는 아직도 교구의 사신들이 돌아가지 않았는지 여기저기 창문에서 그들의 모습이 보였다.

그는 마침내 안으로 숨어드는 데 성공했고 거기서 힘들게 시녀 베르타를 만났다. 그는 다시 의상실로 안내를 받아 아그네스가 나타날 때까지 몸을 숨기고 기다렸다.

아그네스는 정말로 정감이 넘치는 모습으로 그를 맞이해 주었으나 그리 밝은 표정은 아니었다. 그 여자는 웬일인지 무척이나 슬픈 표정이면서 불안해했다. 그래서 그 여자를 명랑하게 해주느라 꽤나 노력해야만 했다. 그리하여 키스와 사랑의 속삭임으로 그 여자는 서서히 기분이 좋아졌고 힘을 내기 시작했다.

"당신은 정말로 다정하군요." 여자는 고맙다는 말투로 속삭였다. "당신이 다정스럽게 비둘기처럼 구구거리고 이야기를 하면 당신의 목에서는 그윽한 소리가 나요. 당신은 나의 새예요. 골드문트, 당신에 대한 나의 사랑이 얼마나 깊은지 아세요. 우리 여기서 도망쳐서 멀리 가서 살았으면 좋겠어요! 더 이상 여기서는 견디지 못하겠어요. 그리고 어차피 곧 끝날 테니까요. 백작은 소환되고 얼마 안 있어 그 바보 같은 주교가 다시 올 거예요. 백작은 오늘도 저기압이에요. 주교의 사절들한테 시달렸으니까요. 당신이 그 사람한테 발각되지나 않았으면 좋겠어요! 만약에 발각되는 날이면 그날로 당신은 목숨을 잃을 테니까요."

그의 기억 속에서 거의 없어져 버린 그런 음향이 솟아 나왔다. 그런 말투를 들어 본 기억이 언제던가? 그 옛날 리디아가 사랑과 정감에 싸여서도 그토록 불안하고 슬픈 말투로 그에게 얘기한 적이 있었다. 그 여자는 사랑과 두려움에 싸이고 무섭고 소름 끼치는 정경을 그리면서 밤에 그의 방을 찾아든 적이 있었다. 그리고 그는 사랑하면서도 두려워하는 그런 투의 이야기를 듣는 게 좋았다. 비밀이 없는 사랑이라면 무슨 소용인가! 그리고 위험이 따르지 않는 사랑이 무슨 의미가 있단 말인가!

그는 부드럽게 아그네스를 잡아당겨 머리칼을 어루만지고 그 손을 잡고 사랑을 속삭였다. 그리고 그 눈가에다 입을 맞추었다. 여자가 그를 위해서 걱정해 주는 게 고마워 황홀하기까지 했다. 여자는 그의 애무를 받아들이고 격정에 몸부림쳤지만 어쩐지 명랑해지지는 않았다.

그때 갑자기 그 여자가 소스라치게 놀랐다. 가까이에서 문 여닫는 소리가 들리고 빠르게 다가오는 발소리가 들렸다.

"어머나! 그이에요!" 여자가 절망적으로 말했다. "백작이에요! 얼른 숨어요. 의상실로 통해 나가는 길을 알지요? 얼른요. 제발, 내가 들키지 않도록 해주세요!"

여자는 벌써 그를 의상실로 밀어 넣어 그는 혼자서 머뭇거리며 어둠 속에서 손을 더듬었다. 밖에서 백작이 아그네스와 큰 소리로 말하는 게 들렸다. 그는 조심스럽게 옷 사이로 더듬거려 빠져나가며 한발 한발 출구를 향해서 나아갔다. 그리하여 복도로 통하는 문이 있는 곳에 이르자 가만히 문을 열어 보았다. 그러나 그제야 그 문이 밖에서 잠겨 있다는 것을 알고 소스라치게 놀라 고통으로 가슴이 사납게 뛰기 시작했다.

그가 거기에 잠입한 이후에 누가 그 문을 잠가 버린 것은 우연일 수도 있겠지만 그는 그렇게 믿지는 않았다. 그는 덫에 걸린 몸이 되어 이제는 끝장이리라. 누구인가 그가 몰래 숨어 들어오는 것을 보았을 것이다. 그리고 영락없이 목숨을 잃을 판이었다.

그는 어둠 속에서 몸을 떨었고 그러는 순간 아그네스의 마지막 말이 떠올랐다. '제발, 내가 들키지 않도록 해주세요!' 그렇다, 그는 절대 그 여자에게 배신감을 주지는 않으리라. 그의 가슴은 사정없이 뛰었으나 굳은 결심을 하고는 이를 악물었다.

그 모든 것이 일어난 것은 실로 한순간이었다. 저쪽에서 문이 열리고 아그네스의 방으로부터 백작이 한 손에는 촛불을 켜들고 다른 한 손에는 비수를 빼들고 의상실로 들어왔다. 바로 그 순간 골드문트는 얼른 가까이에 걸린 옷가지 몇 점과 외투 따위를 팔에 걸쳤다. 잡히는 경우 도둑처럼 보이기 위해서였다. 그리고 그것은 어쩌면 구제책이 될 수도 있었다. 드디어 그를 발견한 백작이 서서히 접근해 왔다.

"누구냐? 여기서 무얼 하는 거냐? 얼른 대답을 하거라. 아니면 찔러 죽이고 말 테다."

"용서하십시오." 골드문트는 기어 들어가는 목소리로 대꾸했다. "소인은 가난뱅이이옵니다. 어르신께서는 부자이기도 하시군요! 훔친 것은 다 돌려 드리겠습니다! 보십시오!"

그러고는 그가 팔에 걸었던 옷가지들을 바닥으로 내려놓았다.

"그렇다면 도둑이라 그 말인데, 하지만 이런 헌 옷가지에다 목숨을 걸다니 바보 같은 녀석이야. 네 놈은 이곳 백성인가?"

"아닙니다, 나으리. 떠돌이일 뿐입니다. 불쌍한 놈이오니 한 번만 봐주십시오."

"닥쳐라! 내가 알고 싶은 것은 네 놈이 부인을 욕보일 만큼 뻔뻔스러운지 하는 거야. 어차피 죽을 처지이니 알아볼 필요도 없겠지. 도적질로도 충분하니 말이다."

백작은 요란스럽게 문을 두드리며 소리를 질렀다.

"거기, 누구 없느냐? 문을 열란 말이다! 문을!"

밖으로부터 문이 열리고 칼을 뽑아든 세 명의 부하들이 서 있었다. 백작은 조롱과 오만이 뒤섞인 음성으로 소리를 질렀다.

"이놈을 잘 묶도록 해라. 여기서 도적질을 한 부랑자다. 잘 가두어 두었다가 내일 아침에 교수형에 처하도록!"

골드문트는 아무런 저항도 없이 손이 묶인 채 긴 복도를 지나 계단을 내려와 안마당으로 끌려갔다. 초롱불을 든 부하가 앞장서서 걸었다. 그들은 쇠창살이 쳐진 어떤 둥근 문 앞까지 걸어와서는 이말 저말이 오가고 욕지거리가 요란해졌다. 문을 따는 열쇠 하나가 없어졌기 때문이었다. 부하 하나가 열쇠를 찾으러 간 사이에 그들 무장한 세 사람과 손이 묶인 골드문트는 거기 문 앞에서 기다렸다.

불을 들고 있던 녀석 하나가 호기심에서 죄수의 얼굴 쪽으로 불빛을 비추어 보았다. 그리고 마침 그때 성에 사자로 와 있던 두 명의 성직자들이 그들 앞을 지나다가 걸음을 멈추고 세 명의 부하들과 손이 묶인 한 명의 사나이가 서서 기다리는 그 밤의 정경을 주의 깊게 들여다보았다.

골드문트는 그 성직자들이나 그를 지키고 있는 하인도 볼 수가 없었다. 눈앞에서 흔들리는 불빛에 눈이 부셔서 아무것도 보이지가 않았던 것이다. 어둠을 채워 주는 불빛 뒤에서 그는 두려움에 싸여 형태가 없는 무엇을, 어마어마하고 유령 같은 것을 보았을 뿐이었다. 그것은 심연임과 동시에 끝장이고 죽음이었다. 그는 엉겨붙은 눈으로 아무것도 보지도 듣지도 않았다. 성직자 가운데 한 사람이 가끔 부하 하나와 대화를 주고받았다.

"이 사나이는 죽어 마땅합니다. 도둑질을 했습니다."

"그렇다면 고해를 했는가?"

"아닙니다. 방금 현장에서 잡혔습니다."

"그렇다면 내일 아침 미사 시작 전에 내가 와서 이 사람의 참회를 들어주도록 하겠네. 그전에 처형하지는 않겠지. 백작님과는 오늘 중으로 이 문제를 상의하도록 하겠네. 이 사나이가 설사 도둑이라 할지라도 기독교도로서 참회할 권리는 있을 테니 말일세."

그 부하들도 감히 반대하지는 않았다. 그들은 그 성직자들을 잘 알고 있었다. 백작한테 오는 사신들 가운데 하나로 백작과 함께 식사를 하는 모습을 자주 본 적이 있기 때문이었다. 그리고 이런 불쌍한 떠돌이에게 참회의 기회를 주는 것도 그리 나쁠 것은 없지 않은가?

성직자들은 자리를 떠났고 골드문트는 온몸이 뻣뻣한 채 서 있었다. 이어 죄수는 지하실로 끌려가 비틀거리며 몇 개의 계단을 내려갔다. 거기 지하실에는 이곳저곳에 등받침도 없는 삼각 의자 서너 개가 굴러다녔으며 책상 하나가 놓여 있었다. 포도주 저장고의 곁방으로 쓰는 곳이었다. 부하들은 그 책상에다 의자 하나를 끌어다 붙이고는 그에게 앉으라고 말했다.

"내일 아침에 신부님이 오실 게다. 참회쯤은 할 수가 있겠지."

그들 중의 하나가 그렇게 말한 후 그들은 그곳을 떠나며 철문에 굳게 자물쇠를 채웠다.

"여보십시오, 불은 놔두고 가십시오."

"그럴 수는 없어. 그랬다가 무슨 짓을 할지 모르거든. 얌전히 앉아서 마음이나 단단히 먹고 있어. 그리고 불을 놔두고 간다고 해도 몇 시간이나 가겠는가? 기껏 한 시간쯤이나 갈까? 그러면 잘 자게나."

이제 그는 어둠 속에 혼자 남아 머리를 책상에 얹고 앉아 있었다. 그렇게 앉아 있는 것이 너무나 처량했다. 오랏줄에 묶인 손이 아팠으나 그것도 한참이나 지나서 의식을 했다. 그는 그저 교수대에 머리를 얹어 놓듯 책상에 머리를 올려놓고 피할 수 없는 운명에 몸을 맡겨 버리고 죽지 않으면 안 된다는 생각으로 미칠 것만 같았다.

그는 영원처럼 기나긴 시간을 언제까지나 그렇게 비참한 몰골로 앉아 자신에게 닥쳐온 이 일을 숙명으로 받아들이고 그것을 가지고 자신을 채우려고 노력했다. 아직은 저녁때이지만 곧 밤이 될 것이며 이 밤의 종말과 함께 그의 종말도 오리라. 그는 그 사실을 받아들여야만 했다.

내일 아침이면 벌써 이 세상 사람이 아니다. 교수대에 목매인 하나의 물체가 될 것이며, 그 위에 새들이 앉아서 쪼아 먹게 될 것이며 니콜라우스 스승이나 불타 버린 오두막에서 함께 타 버린 레네처럼 되거나 시체를 운반하는 수레 위에 실려 가던 숱한 시체들처럼 되리라. 그것을 이해하고 그것을 스스로의 의지로 인식한다는 것은 무척이나 힘든 일이었다. 아직도 헤어지지 못한 것, 아직도 영원의 이별을 고하지 못한 것들이 너무나 많았다. 그리고 그 밤은 이제 그런 일을 위해 주어진 것이었다.

먼저 아름다운 여인 아그네스와 작별을 해야 했다. 그녀의 그 큰 몸집, 반짝이는 머리칼, 오만하면서도 크고 푸른 눈, 향기로운 살결 위에 보이는 달콤한 잔털, 그 모든 것을 이젠 보지 못하게 되리라. 잘 있거라, 그 푸른 눈이여! 잘 있거라, 그 달콤하고 촉촉한 입술이여! 그 입술에 키스하게 되기를 얼마나 바랐던가. 오늘도 언덕 위에서 늦가을 햇볕 속에 얼마나 그 여자를 많이 생각했으며 그 여자를 그리워했던가! 하지만 이제는 그 언덕과도 이별을 고해야만 된다.

태양과 흰 구름이 떠도는 푸른 하늘, 나무와 숲, 방랑과 시간, 그리고 철따라 변화하는 계절, 그 모든 것과 이별을 해야만 한다. 마리는 지금도 부엌에 앉아 있겠지. 다정하고 사랑스러운 눈을 갖고 있는 마리. 하지만 다리를 저는 그 불쌍한 마리는 지금도 앉아서 기다리다가 지쳐 부엌에서 그대로 잠이 들고 또다시 깨어나 기다리지만 여전히 골드문트는 돌아오지 않는구나 하고 생각하겠지.

아아, 종이와 화필과 지금부터 만들 작정이었던 수두룩한 작품에 대한 희망도 모조리 사라지고 말았구나! 그리고 나르치스와 다시 만나게 될 희망도, 사랑하는 사도 요한의 입상과 만나고 싶다는 희망도 모조리 포기해야만 되는구나.

그는 자신의 두 손과 두 눈에도, 배고픔과 목마름에도, 먹는 것과 마시는 것에도, 사랑과 슬픔에도 이별을 고하지 않으면 안 되었다. 아침이 되면 새 한 마리 창공을 차고 날겠지만 그는 그것을 보지 못할 것이며, 어떤 창가에서 소녀 하나가 노래를 부르겠지만 그 노랫소리를 들을 수 없으리라.

강물은 흐르고 물고기들이 묵묵히 헤엄을 친다. 바람은 불고 낙엽은 흩날리고 태양은 빛나고 별이 총총한 하늘은 빛난다. 무도회장을 향한 젊은이들의 긴 행렬이 있고 먼산에는 첫눈이 내린다. 그리고 모든 것이 그렇게 이어진다. 주위에 드리워진 나무 그늘 사이로 사람들은 그 생생한 눈으로 기쁘나 즐거우나 사물을 바라보며, 개들은 짖고 마을의 외양간에서는 암소들이 운다. 그런데 그 모든 일들이 그를 제외하고 진행되며 그 모든 것들이 이제는 그의 것이 아니다. 어디에서나 그는 제외되고 만 것이다.

그는 황야의 아침이 가져다 주는 향훈을 흠뻑 들이켰다. 달콤하고 싱싱한 포도주와 단단한 호두를 맛보았다. 한 줄기 추억이 흐르고 화려한 채색의 세계가 눈부시게 반사되어 그의 가슴을 뚫고 흘렀다. 아름다우면서도 혼돈스런 생활 전체가 가라앉듯, 이별을 고하듯 반짝이며 그의 오관을 뚫고 지나갔으며 그는 하염없는 슬픔으로 몸을 움츠리고 눈물이 쉴새없이 흐르는 것을 느꼈다. 흘러내리는 눈물과 한없는 슬픔과 격동에 자신을 맡겼다.

오오, 계곡이여, 수풀에 싸인 산이여, 녹색의 오리나무 숲 사이로 흐르는 시냇물이여, 소녀들이여, 다리 위의 달밤이여, 그대 아름다운 그림의 세계여, 내 어찌 그대들을 버릴 수가 있단 말인가! 그는 흐느끼면서 어쩔 수 없는 어린아이마냥 책상에 쓰러졌다. 그리고 그 괴로운 가슴에서 한 줄기의 비탄이 새어 나왔다. 오오, 어머니! 오오, 어머니.

그리고 그 마법의 이름을 부르는 순간 기억의 아득한 곳에서 하나의 영상, 어머니의 영상이 그에게 답을 해왔다. 그것은 그의 사념이나 예술가로서의 꿈으로 형상화된 어머니의 모습이 아닌 그 자신의 어머니였다. 수도원 시절 이래 한 번도 본 적이 없는, 살아 있는 듯한 아름다운 어머니의 영상. 그는 그 어머니에게 호소했으며 죽어야만 하는 운명의 참을 수 없는 고통을 울음으로 호소했다. 그는 어머니에게 몸을 완전히 맡겨 버렸다. 숲과 태양, 두 눈과 두 손, 그의 존재와 생명, 그 전부를 어머니의 손에 맡겨 버린 것이었다.

눈물을 흘리다가 어느덧 그는 잠이 들었다. 피로와 졸음이 어머니처럼 그를 안아 준 것이었다. 한 시간이나 두 시간쯤 자고 나면 그 비참함으로부터 벗어날 수가 있으리라.

다시 깨어났을 때 그는 심한 통증을 느꼈다. 손목을 묶은 밧줄이 주는 통증이 등과 목덜미로 타고 흘러내렸다. 겨우 몸을 일으키자 제정신이 들어 자신의 처지가 다시금 인식되었다. 주위는 어두워서 몇 시간을 잤는지, 또 살아 있을 수 있는 시간이 얼마나 남은 것인지 짐작할 도리가 없었다. 당장에라도 그들이 나타나 형장으로 끌고 갈 수도 있는 일이었다. 그러자 신부가 찾아온다던 약속이 생각났다. 하지만 그런 성사(聖事)가 어떤 도움을 준다고는 생각지 않았다. 완전한 방면과 사죄도 그를 천당으로 인도할 것 같지는 않았다. 그리고 천당이나 아버지이신 하느님이나 심판이나 영원이라는 것이 과연 존재하는가도 의심스러웠다. 그런 것에 대한 확신은 이미 오래전에 잃어버렸던 것이다.

영원이라는 것이 있든 없든 그는 그것을 바라지는 않았다. 그가 바란 것은 오직 불확실하고 덧없는 생명, 피부에 안주하고 있는 호흡, 그것뿐이어서 그저 살아 있다는 그 사실만을 탐했을 뿐이었다.

그는 미친 듯 몸을 일으켜 비틀거리며 더듬어 벽 있는 데까지 걸어가 벽에 기대어 다시 생각해 보기 시작했다. 어떤 식의 구원이라도 있어야만 했다! 어쩌면 그 신부가 구원일 수도 있다. 신부로 하여금 그가 죄가 없다는 것을 확신시켜서 그를 위해 좋은 말을 해주어 연명이나 도주를 하는 데 도움을 받을 수 없을까?

그는 자꾸만 그런 생각으로 빠져들었다. 비록 그것이 아무런 소용이 없다고 하더라도 그는 단념하고 싶지 않았다. 승부에 졌다고 포기하고 싶지도 않았다. 우선 신부를 내 편으로 만드는 데 애를 쓸 것이고, 그 다음에는 그를 매혹시켜 그에게 진지한 마음을 갖도록 해볼 것이다. 그의 도박에 있어서 신부만이 유일한 카드였고, 그 밖의 모든 가능성은 모두가 꿈같은 것이었다.

물론 우연이라는 것도 있을 수는 있다. 형리가 갑작스런 복통을 일으킨다거나 형틀이 부러질 수도 있고 의외의 도주 가능성이 생겨날지도 모른다. 어떤 경우든 골드문트는 죽는다는 것을 거부했다. 죽음을 운명으로 감수하려고 아무리 애를 써보았으나 너무나 억울하였다. 그러니 끝까지 저항해 싸우는 수밖에 없다. 간수의 다리를 걸어 넘어뜨리고 형리를 때려눕혀 마지막 순간까지 생명을 지킬 것이다. 아, 그 신부가 그를 도와 주어 손목이라도 풀게 해준다면! 그렇게만 되어도 어떻게든 될 텐데.

그동안에도 그는 고통은 생각지도 않고 이빨로 밧줄을 풀려고 애써 보았다. 있는 힘을 다해서 어느 정도 느슨하다고 여겨질 때까지 밧줄을 늦추었다. 그는 헉헉거리며 캄캄한 어둠 속에 섰다. 부풀어오른 팔과 손에 통증이 왔다. 다시 숨을 쉴 수가 있게 되자 그는 벽을 더듬어서 습기찬 벽을 만져 가면서 모서리 같은 곳이 없을까 하고 찾아보았다. 마침내 그는 비틀거리던 계단 생각을 하고서 그것을 찾아내고 말았다. 그는 거기에 무릎을 꿇고 앉아서 밧줄을 모서리에 대고 문지르기 시작했다. 그러나 밧줄 대신에 손목이 모서리에 닿아 불처럼 뜨거운 통증이 오고 피가 흐르는 것 같았다. 그러면서도 그는 멈추지 않았다.

그리하여 문과 문지방에 희미하나마 새벽의 여명이 새어들기 시작할 때 그는 드디어 그 일을 마쳤다. 밧줄이 끊겨서 풀어 버릴 수가 있게 된 것이었다. 손이 자유로워졌구나! 그런데 손가락을 움직일 수 없고 손은 부풀어오르고 팔은 어깨에서부터 굳어져 도저히 움직일 수가 없었다. 그래서 손과 팔이 움직여지도록 이리저리 운동을 했더니 피가 다시 돌기 시작했다. 그때 그는 괜찮은 생각 하나를 떠올렸다.

신부에게서 도움을 못 받을 경우에는 잠시라도 그들 단둘이 있는 때를 노려 그를 죽이지 않으면 안 된다. 의자 하나로도 충분하리라. 목을 졸라서 죽일 수는 없는 일이었다. 그러기에는 그의 팔 힘이 너무 부족하다. 어쨌든 그를 때려죽이고 얼른 신부의 옷차림으로 바꾸어 입은 다음에 거기에서 도망치는 것이다! 다른 자들이 신부의 시체를 발견했을 때쯤에는 그는 이미 성을 빠져나간 뒤여야 한다. 그러고는 도망치고 또 도망치는 거다. 마리라면 그를 숨겨 주겠지. 한번 해볼 만한 계획이고 가능성도 있는 일이었다.

그의 생애에서 아침의 여명을 그렇게 애타게 지켜본 적도 없었고 또 그때만큼 두려움에 떤 적도 없었다. 결단과 긴장에 숨을 죽이면서 그는 포수 같은 눈초리로 차츰차츰 문틈을 비집고 들어오는 아침을 지켜보았다. 그러곤 자리로 되돌아가 두 손을 무릎에다 끼우고 밧줄이 풀렸다는 것을 눈치채지 못하도록 의자에 웅크리고 앉았다. 손이 자유로워진 때부터 그는 이미 죽음을 믿지 않았다. 그 때문에 세상 전부가 산산이 조각난다 해도 그는 무슨 수를 써서라도 도망칠 결심이었다. 어떤 일이 있더라도 살아야만 했다. 그의 몸은 자유와 생명에의 욕망에 떨고 있었다.

그리고 혹시 그에게 도움을 줄 누군가가 밖에서 기다리고 있을지도 모를 일이 아닌가? 아그네스는 여자의 몸이라 어떤 도움도 줄 수는 없겠지. 그리고 그 여자가 그를 저버린다고 해도 여자의 용기로서는 별 수없는 노릇 아닌가? 하지만 그를 사랑했으므로 어쩌면 무슨 수를 쓸 수도 있으리라. 혹시 밖에 그녀의 시녀 베르타가 기다리고 있을 수도 있고, 그녀가 믿을 만하다고 말하던 마부가 숨어 있다가 탈출하는 일을 도와 줄 수도 있으리라.

만약에 그에게 도움이 될 조그마한 징후도 보이지 않는다면 서슴지 않고 자신의 계획을 그대로 이행할 것이다. 그 계획이 실패하는 경우에는 의자를 갖고 지키는 놈을 해치우는 거다. 둘이든 셋이든, 혹은 더 많은 수가 되든 닥치는 대로 해치우고 살아 남아야만 한다. 확실히 한 가지 유리한 점은 있었다. 그는 어둠 속에 오래도록 있어서 그의 눈은 어둠에 익숙하지만 갑자기 그리로 오는 자들은 아무것도 보지 못할 것이 아닌가.

열에 들떠 그는 책상에 쭈그리고 앉아서 신부를 자기 편으로 끌어들이기 위해서는 무슨 말을 해야 될까 신중하게 생각해 보면서 문틈으로 새어드는 새벽빛을 애타게 지켜보았다. 얼마 전까지만 해도 그렇게도 두려워하던 그 순간이 지금은 애타게 기다려져 더 이상 기다릴 수가 없었으며 무서운 긴장감과 초조감에 더 이상 지탱할 수가 없었다. 그리고 체력도, 주의력도, 결단력도 점차 감퇴되어 갔다. 보초를 대동한 신부가 얼른 나타나 주어야만 한다. 이러한 초조와 탈출하겠다는 의지력이 아직도 그의 핏속에서 소용돌이치고 있을 때 말이다.

마침내 밖의 세계도 잠을 깨기 시작했다. 그리하여 적들이 가까이 다가왔다. 마당의 자갈길을 걷는 발소리가 들리고 이어서 자물쇠를 여는 소리가 들려 왔는데, 그 소리는 오랜 죽음의 정적 뒤에 찾아오는 것이어서 마치 천둥 소리처럼 요란스러웠다.

이어 육중한 문이 조금 열리면서 삐걱거리는 경첩 소리가 들려 왔다. 그리고 신부가 보초도 없이 혼자서 나타났다. 신부는 혼자의 몸으로 초가 두 개 꽂힌 촛대에 불을 켜들고 나타났다. 그것은 죄수가 지금까지 생각해 왔던 장면과는 전혀 다른 장면이었다.

그리고 얼마나 기이하고 감동적인 장면이란 말인가! 거기에 들어온 신부의 옷차림은 마울브론 수도원의 그것이며, 그 옛날 다니엘 원장이나 안젤름 신부나 마르던 신부가 입고 있던 것과 같은 것이어서 얼마나 친근감을 주고 있는가!

그 광경은 그에게는 진정으로 충격이어서 그는 눈을 돌리지 않을 수가 없었다. 그 종단의 제복을 입은 사람이 나타났다는 것은 어쩌면 좋은 징후일 수도 있었다. 하지만 결국은 그를 때려죽이는 도리밖에는 다른 방법은 없지 않겠는가. 그는 이를 악물었다. 종단의 형제를 때려죽이는 일은 아무래도 힘든 일이었다.

재회

"예수 그리스도께서는 찬양받으시라!"

신부는 그렇게 말하며 촛대를 책상 위에다 올려놓았고 골드문트는 시선을 아래에다 두고 입 안에서 중얼거리며 대답했다.

신부는 그 외의 어떤 말도 않고, 골드문트가 불안해진 나머지 눈을 들어 쳐다볼 때까지 서 있기만 했다.

당황한 골드문트가 쳐다본 그 남자는 마울브론 수도원의 신부들이 입는 복장 차림인 데다 더구나 원장의 표적을 달고 있었다.

그리하여 골드문트는 원장의 얼굴을 쳐다보았다. 윤곽이 뚜렷하고 확실한 얼굴, 약간 수척한 모습에 아주 얇은 입술을 하고 있었다. 그것은 낯익은 얼굴이었다. 골드문트는 귀신에 홀린 듯 정신과 의지로 가득 찬 그 얼굴을 쳐다보았다. 그러곤 떨리는 손으로 촛대를 집어들고 그 눈을 좀더 자세히 보기 위해서 가까이 다가갔다. 그는 그 눈을 보았으며 촛대를 다시 제자리에 놓을 때 그것은 그의 손안에서 흔들리고 있었다.

"나르치스!"

골드문트는 겨우 들릴 정도로 말했다. 주위에 있는 모든 것이 빙빙 돌기 시작했다.

"그래, 골드문트 나는 나르치스였다네. 오랜 옛날에 나는 그렇게 불렸지만 벌써 그 이름은 잊고 말았지. 서품을 받을 때부터는 요한이라는 이름을 쓰게 되었으니까."

골드문트는 가슴 밑바닥까지 흔들렸다. 별안간 온 세상이 변했으며 초인간적인 긴장이 별안간 뒤집혀 숨이 막힐 지경이었다. 그는 경련을 일으키고 현기증으로 머리가 어지러웠으며 위는 오그라붙는 듯했다. 눈 한구석에서 흐느낌 같은 것이 불타올랐다. 흐느껴 울며 정신을 잃고 실신을 하게 되는 그 순간에 그가 느낀 것은 단지 그렇게 되고 싶다는 사실뿐이었다.

그러나 나르치스와의 만남으로 인해 어린 시절에 가졌던 추억의 그 밑바닥에서 하나의 경고가 떠올랐다. 소년 시절, 이 아름답고 엄격한 얼굴 앞에서, 무엇이든 알고 있는 이 검은 눈동자 앞에서, 그는 울면서 온몸을 맡겨 버린 일이었다. 그런 일을 되풀이할 수는 없었다. 그의 생애에서 가장 절박한 순간에 이제 그 나르치스가 다시 나타난 것이었다. 그의 구제자로 나타난 것이다. 그런데 그가 보는 앞에서 다시 흐느껴 울거나 실신을 해도 좋다는 말인가? 안 된다. 그럴 수는 없다. 그는 힘들게 견디어 나갔다. 그는 마음을 굳게 다지고 위를 졸라매고, 머리에서 현기증을 몰아냈다. 절대로 나약한 모습을 보여서는 안 된다. 골드문트는 억지로 꾸민 목소리로 이렇게 말할 뿐이었다

"자네를 여전히 나르치스라고 부르는 것을 용서해 즈지 않겠나."

"마음대로 하게. 그건 그렇고 악수라도 하지 않겠는가?"

골드문트는 다시 정신을 바짝 차렸다. 그러곤 학생 시절처럼 고집과 조롱이 뒤섞인 어조로 쥐어짜듯 대답을 했다.

"용서하게, 나르치스." 그는 약간 싸늘하고 딱딱한 어조로 말을 이었다. "보아하니 자네는 원장 신분인데, 나는 여전히 부랑자란 말일세. 게다가 유감스럽지만 우리들의 이 대화도 오래 끌 수는 없게 되었다네. 아무튼 나는 교수대에 목이 매달릴 신세이니 말일세. 한 시간, 혹은 그전이 될는지도 모르겠지만. 상황을 분명히 해두고 싶어서 하는 말이네."

나르치스는 얼굴빛 하나 변하지 않았다. 친구의 소년다운 허풍이 웃음을 자아내게 하면서도 감동적이었다. 울면서 그의 가슴에 안기고자 하는 골드문트의 마음, 그 배후에 자존심이 있어서 그렇게 할 수 없다는 사실을 나르치스는 마음으로 이해했다. 그 역시 이런 식으로 만나리라고는 결코 생각지 못했으나 어쨌든 이 희극적 상황이 이해가 되었다. 골드문트로서는 이보다 더 쉽게 그의 마음에 들게 하는 방법은 없으리라.

"어떻든 좋아." 하고 말함과 동시에 그는 아무렇지 않다는 표정을 지었다. "교수형에 대해서는 걱정하지 않아도 좋을 걸세. 자네는 사면을 받았어. 자네에게 그걸 알리고 자네를 여기서 데리고 가도록 부탁을 받고 왔네. 자네는 이곳에서는 더 이상 체류할 수가 없게 되었어.

좌우간 이런저런 이야기를 나눌 시간은 넉넉해진 셈이야. 어떤가? 이제는 악수를 해주겠나?"

그들은 서로 손을 잡고 한동안 쥔 손을 놓지 않고 감회에 잠겨 있었다. 그러나 그들의 대화에는 아직도 희극적인 분위기가 감돌고 있었다.

"좋아, 나르치스, 그렇다면 이 불쾌한 숙소는 이제 떠나자고. 나는 자네 일행에 한몫 끼겠네. 마울브론으로 돌아갈 텐가? 그렇다고? 그렇다면 됐어. 그런데 어떻게 돌아간다? 말을 타고 간다고? 그것도 괜찮지. 그렇다면 내가 탈 말을 어떻게 구하느냐가 문제겠군."

"말은 얻게 될 걸세. 우리는 두 시간 안에 출발해야만 하네. 그런데 자네의 손이 왜 그런가? 저런! 벗겨지고 부르터서 피투성이가 아닌가! 어떤 대접을 받았기에 이 모양인가?"

"괜찮아. 내가 한 짓이니까. 손이 묶여서 그걸 풀어야 했으니까. 꽤나 힘든 일이었지만 말일세. 그건 그렇고, 자네의 용기는 대단하군. 수행원도 거느리지 않고 혼자서 여기를 들어오다니 말일세."

"용기라니? 위험 같은 것은 없었네."

"아, 나한테 맞아 죽는 조그마한 위험 말일세. 나는 그렇게 되리라 상상했었다네. 신부가 나한테 온다는 이야기를 듣고 나는 그 신부를 죽인 다음 신부의 복장을 하고 도망칠 작정이었어. 썩 괜찮은 계획이었지."

"그렇다면 자네는 죽고 싶지 않았다는 말인가? 죽음에 저항할 작정이었나?"

"물론이었지. 물론 자네가 그 신부라는 사실은 상상조차 못했지만 말이야."

나르치스는 망설이며 대꾸했다.

"하지만 그건 좋은 착상이 아니었어. 자네는 정말로 자네한테 찾아오는 고해 신부를 때려죽일 수가 있었겠나?"

"물론 자네야 죽일 수가 없었겠지. 그리고 마울브론의 예복을 입은 신부라면 누구라 하더라도 죽일 수가 없었을 거야. 하지만 다른 신부라면 나는 그 계획대로 했을 걸세." 그의 음성이 별안간 슬픔에 잠겼다. "그것은 내가 행한 최초의 살인이 아니었을 걸세."

잠시 침묵이 흘렀다. 두 사람이 다 같이 괴로운 심정이었다. 거기서 나르치스는 약간 냉담한 어조로 입을 열었다.

"그것에 관해서는 다음에 이야기하세. 자네는 언제든 원하기만 하면 내게 참회할 수 있네. 혹은 그 밖에 자네의 생활에 대해 이야기해도 좋아. 나도 자네에게 이런저런 이야기를 해야 할 것이 있네. 기꺼이 기다리겠네. 이제 나가겠나?"

"잠깐만! 지금 생각난 사실인데, 나는 자네를 한때 요한이라 부른 적이 있었다네."

"모르겠는데……."

"물론 자네가 알 리 없지. 벌써 여러 해 전이었는데, 그때 나는 자네에게 요한이라는 이름을 붙여 보았다네. 아마 그 이름은 언제까지나 변치 않을 걸세. 그전에 나는 조각가 노릇을 한 적이 있는데, 앞으로도 그럴까 생각하네. 그래서 그때 내가 만든 제일 좋은 형상은 자네의 키와 비슷한 목조의 청년으로 자네의 형상이었지. 십자가 밑의 사도 요한이라는 이름을 붙였다네."

그는 일어나서 문 있는 데로 갔다.

"그렇다면 자네는 여태껏 나를 생각했었단 말인가?"

나르치스가 나지막하게 물었고, 이어 그 역시 낮은 목소리로 이렇게 대답했다.

"오, 나르치스! 언제나 자네를 잊지 않고 있었어. 언제까지나."

그가 육중한 문을 밀치자 희뿌연 아침 햇살이 새어 들어왔다. 그들은 더 이상 아무 말도 없었다. 나르치스가 그를 객실로 안내했다. 거기에서는 그를 수행해 온 젊은 수도사가 여장을 준비하느라 분주했다. 골드문트는 식사를 하고 손을 씻은 다음 붕대를 감았다. 이어 말이 준비되었다. 말에 오르자 골드문트가 말했다.

"부탁이 하나 있는데, 어시장 쪽으로 길을 잡아 주었으면 어떻겠는가? 볼일이 좀 있어서……."

그들은 출발했다. 골드문트는 혹시 아그네스의 모습이 보이지 않을까 해서 성안의 창문들을 모조리 훑어보았으나 찾아볼 수가 없었다. 그들은 어시장을 지나갔다. 마리가 무척이나 걱정을 하면서 그를 기다리고 있었다. 골드문트는 그녀와 그녀의 부모에게 작별을 고하면서 수없이 고맙다는 인사를 하고 언제든 다시 들르겠노라 약속을 했다. 그리고 그들이 떠나자 마리는 그들의 모습이 시야에서 사라질 때까지 지켜보다가 절룩거리며 느릿느릿 집안으로 들어갔다.

일행은 모두 넷이었다. 나르치스와 골드문트를 비롯해서 수도사 한 명과 무장한 마부가 한 명이었다.

"수도원 마구간에 있던 블레스란 말을 아직도 기억하겠나?"

골드문트가 물었다.

"물론이지. 하지만 지금은 없다네. 자네도 그놈이 아직 있으리라 기대하고 있지는 않을 테지. 처분한 지가 벌써 칠팔 년은 됐는걸."

"자네도 기억하고 있었군!"

"물론 기억하고 있지."

골드문트는 블레스의 죽음에 대해서도 슬픈 기색이 없었다. 그는 오히려 짐승에 대해서는 별로 관심이 없어 수도원에 있는 어느 말도 그 이름을 기억해 내지 못하던 나르치스가 블레스에 대해 이토록 자세하게 알고 있는 것에 대해 기쁘게 생각했다. 그는 다시 말했다.

"자네는 내가 수도원에 대해 가장 궁금했던 것이 그 가여운 말이었다니, 나를 비웃을 걸세. 사실은 다른 것, 특히 다니엘 원장님의 안부를 물어 보고 싶었으나 그 사람이 죽었다는 것을 알게 되었어. 자네가 그 후계자가 됐으니 말일세. 죽음에 대한 화제는 우선은 피하고 싶었거든. 지난밤의 일도 있고 또 여러 곳을 휩쓸었던 페스트 때문에 그런 이야기를 할 때가 아니란 생각에서였지. 하나 어차피 굴어 보고 넘어가야 할 일이니 물어 보겠는데, 도대체 다니엘 원장께서는 언제 어떻게 돌아가셨나? 나는 그분을 진정으로 존경했었어. 그리고 안젤름 신부님과 마르틴 신부님은 아직 생존해 계신지 알려 주기. 어떤 끔찍한 이야기라도 들을 각오가 되어 있네. 그건 그렇고 자네가 페스트에 걸리지 않고 살아 남아서 기쁘네. 물론 자네가 죽었으리라고는 전혀 생각지도 않았지만. 언제나 다시 만나게 되리라 굳게 믿었다네. 그러나 믿음이 빗나간다는 것을 직접 체험하기도 했었어. 조각가인 니콜라우스 스승께서 돌아가셨으리라고는 꿈에도 생각지 않고 그분 곁에서 다시 일을 하려 했었는데, 돌아와 보니 그분은 돌아가셨으니 말일세."

"그렇다면 대강 이야기를 하지. 다니엘 원장님은 팔 년 전에 이렇다

할 병도 고통도 없이 돌아가셨어. 나는 그분의 후계자는 아니었네. 내가 원장이 된 지는 겨우 일년 전일세. 그분의 후계자는 우리들의 교장 선생님이었던 마르틴 신부였어. 그분은 지난해 일흔을 채우지 못하고 돌아가셨어. 말년에는 걷는 것도, 누워 있는 것도 큰 고통이었다네. 수종증(水腫症)이었거든. 페스트로 우리 수도원도 큰 피해를 입었지! 그 이야기는 그만두도록 하세나! 그 밖에 또 물어 볼 게 있는가?"

"물론 많지. 무엇보다 자네가 어떻게 해서 이곳으로 오게 되었나?"

"얘기를 하자면 길지. 그리고 들어 봐야 지루할 걸세. 정치에 관한 이야기거든. 백작은 황제의 총신으로 여러 가지 문제에서 황제의 전권을 위임받아 현시점에서 우리 종단과 황제 사이에서 여러 가지를 조정하고 있네. 종단은 그 백작과의 협상을 위해 나를 파견한 것이고. 별 큰 성과는 없었네."

그는 거기서 입을 다물었으나 골드문트는 더 묻지 않았다. 어젯저녁, 나르치스가 백작에게 골드문트의 생명을 구하기 위해서 협상에서 얼마나 양보했을까 하는 점은 묻지 않아도 알 만한 일이었다.

그들은 계속 말을 몰았으며 골드문트는 이내 피로를 느껴 안장에 앉아서도 겨우 견디었다. 한참 후에 나르치스가 물었다.

"자네가 도둑질을 하다가 잡혔다는 게 사실인가? 백작의 주장은 자네가 내실에 숨어들어 도둑질을 했다는 거였네."

골드문트는 껄껄거리고 웃었다.

"도둑놈으로 보였겠지. 하지만 실은 백작의 애첩과 관계가 있었어. 백작도 틀림없이 알고 있을 텐데 나를 석방시켜 주었다니 놀라운 일이야."

"그야 그도 꽉 막힌 사람은 아니니까."

그들은 계획했던 하루의 여정을 끝낼 수가 없었다. 골드문트가 너무 피로해서 말을 탈 수가 없었던 탓이다. 그들은 어느 마을에서 숙박을 했는데, 자리에 눕자마자 골드문트의 신열이 약간 높아져 다음날도 누워 지낼 수밖에 없었다. 그들은 그 다음날에야 다시 출발했다.

두 손이 곧 쓸 만해지자 골드문트는 승마를 즐기기 시작했다. 말을 타 본 게 얼마만인가! 그는 생기가 돌고 갑자기 젊어진 듯 마부와 경주를 하기도 하고 중간중간 친구에게 질문 공세를 퍼붓기도 했다. 나르치스는 기꺼이 그런 질문에 응해 주었다. 다시 골드문트에게 혹해져서 친구의 정신력과 현명함에 무한한 신뢰감을 느껴 그런 과격하면서도 어린아이 같은 질문을 좋아하게 된 것이었다.

"또 하나 물어 보세. 나르치스, 자네들은 유태인들을 불에 태워 죽인 적이 있나?"

"유태인들을 태워 죽인다고? 어째서 우리가 그런 짓을? 우리들이 있는 곳에는 유태인은 없는걸."

"맞아, 그거야. 하지만 자네가 유태인을 태워 죽일 수가 있겠는가 하는 말일세. 어떤 경우라도 그런 것을 생각할 수가 있겠는가?"

"아니, 내가 왜 그런 짓을 한단 말인가? 자네는 혹시 나를 광신자로 생각하고 있나?"

"용서해 주게, 나르치스! 자네는 어떤 경우에 유태인들을 죽이라는 명령을, 혹은 그렇지 않더라도 그걸 승인할 수가 있겠는가 하는 말일세. 그런 명령을 내린 고관이나 시장이나 주교나 관헌들이 얼마든지 있으니까."

"난 그런 명령을 내리지는 않겠지만 그 잔인함을 방관해야 하는 경우가 생길지도 모르지."

"그걸 방관할 수가 있을까?"

"아마도 내게 그 명령을 저지할 권한이 없다면 그럴 테지. 골드문트, 자네는 유태인들을 태워 죽이는 것을 본 적이 있었나?"

"있어."

"그런데 자네는 그걸 저지시켰는가? 아니라고? 그것 보라니까."

골드문트는 거기서 레베카의 이야기를 이리저리 설명하면서 열을 올려 흥분했다. 그러곤 과격하게 결론을 내리듯 말했다.

"우리들이 살아 나가지 않으면 안 될 이 세상은 도대체 어떤 세상인가? 혹시 지옥이 아닐까? 고통으로 가득한 지옥 말일세."

"옳아. 세상은 확실히 그렇게 되고 말았어."

"그렇게 되고 말았다고!" 골드문트는 화를 내며 소리를 질렀다. "자네는 그 옛날, 세상은 거룩하다, 그것은 크나큰 원의 조화를 이루어 그 가운데 조물주가 군림하고 계신다, 산다는 것은 좋다, 그런 식으로 몇 번이나 주장하지 않았았나? 아리스토텔레스의 글에도 그런 말이 있다거니, 성토마스의 글에도 그런 말이 있다거니 하면서 말일세. 지금 그 모순에 대한 자네의 반론이 무척 듣고 싶네."

나르치스는 웃었다.

"자네의 기억력은 경이롭긴 하네만 약간 착각을 한 것 같아. 나는 물론 언제나 조물주에 대해선 완전하다고 존경하지만 피조물도 그렇다고는 생각하지 않았어. 그리고 이 세상에 존재하는 악을 부정한 적은 결코 없었네. 진정한 사색가라면 이 지상의 삶은 조화롭고 정당하다니니, 인간은 선량한 존재라니 하는 주장은 하지 않을 거야. 오히려 성서에는 인간의 마음이 악하다고 말하고 있네. 그리고 우리들은 언제나 그것을 증거할 수가 있어."

"좋아, 이제야 자네들 학자들의 생각을 알겠군. 인간은 사악하며 이 지상의 삶은 범속과 더러움으로 가득 차 있다는 사실을 자네들도 인정하는 거야. 하지만 자네들의 사상과 교리의 그 배후 어디엔가는 정의와 완전함이 도사리고 있어서 그걸 증명할 수 있으면서도 그걸 선용하려고는 하지 않는 거야."

"자네는 신학자들에 대해 굉장한 반감을 갖고 있군. 하지만 자네는 아직도 사색가로서 완성되지 않아 모든 것을 뒤죽박죽으로 생각하고 있어. 좀 공부를 해야겠네. 대관절 무슨 까닭으로 자네는 우리들이 그 정의의 사상을 선용하지 않는다고 말하는 건가? 우리들은 매일, 매시간마다 그렇게 하고 있는데 말일세. 이를테면 나는 원장이어서 수도원을 관리하지 않으면 안 되는데, 그 안에도 바깥 세상이 그런 것처럼 완전하지도 못하고 죄악을 벗어나지도 못하네. 그러나 우리들은 정의의 관념에 의해 원죄와 싸우며 우리들의 생활을 측정하고 악을 시정하며 우리들의 생활을 하느님과 결부시키려 애를 쓴다네."

"아아, 나르치스, 내가 하는 말은 자네에 대해서나 자네가 훌륭한 원장이 아니란 그런 뜻은 아닐세. 나는 지금 레베카를 생각하는 거야. 불에 타 죽은 유태인이라든가, 대량의 죽음이라든가, 페스트로 앓아 누워 냄새를 풍기는 골목길이나 방안, 폐허, 혼자 남은 아이들, 그리고 끈에 묶여서 속절없이 굶어 죽어 가는 집 지키는 개들, 이런 모든 것을 생각하며 그 장면들을 연상할 때마다 말할 수 없이 마음이 아프다네. 그럴

지와 사랑 339

때면 우리의 어머니들은 우리를 이 소름 끼치는 악마 같은 세상에다 낳아서 내버려둔 것만 같아. 차라리 그러지 않았더라면 하고 바랄 때가 많다네. 그리고 하느님은 이 세상을 만들지 말고 구세주는 이 세상을 위해 십자가에서 헛되이 피를 흘리지 않았으면 하는 생각이 들어."

나르치스는 친구에게 정답게 고개를 끄덕거렸다.

"자네의 말은 진실로 옳다네. 말해 보게나. 어떤 것이든 상관 말고 다 말해 보라고. 하지만 자네는 한 가지 점에서는 오류를 범하고 있네. 지금 말하고 있는 것을 자네는 사상이라고 생각하고 있다는 점이야. 하지만 그건 사상이 아니고 감정이란 말일세! 존재의 공포에 고통스러워하는 한 인간의 감정이야. 그러나 그 절망적인 슬픈 감정에 대해 전혀 다른 감정들이 대립되어 있다는 사실을 잊지 말게나! 만일 자네가 유쾌한 기분으로 말에 앉아 아름다운 지방을 여행하거나 마음도 가볍게 백작의 애첩을 즐겁게 해주기 위해 어둠을 타서 성안에 잠입할 때라든가, 그런 때에는 세상이 전혀 딴판이었을 걸세. 그럴 때라면 불에 타 죽은 유태인이라든가 페스트가 득실거리는 집들이나, 그런 모든 것이 자네의 쾌락을 구하는 데 아무런 방해도 되지 않을 걸세. 안 그런가?"

"물론이지. 이 세상이 죽음과 공포에 뒤덮여 있기 때문에 나는 늘 나의 마음을 위로하고 이 지옥의 한가운데 피어 있는 아름다운 꽃을 꺾으려 시도하는 거야. 내가 쾌락을 발견하게 되면 그 잠시 동안은 공포도 잊어버려. 그렇다고 공포가 감소되는 것은 아니지만."

"그럴듯한 말이군. 세상이 죽음의 공포로 가득 차 있어서 거기서 도망치려고 쾌락으로 뛰어들지만 오래 지속할 수는 없다, 세상 사람들은 다시 자네를 황무지로 쫓아 버린다, 그런 말이로군."

"그래, 그것이 사실이야."

"대개의 사람들도 마찬가지야. 단지 자네처럼 그걸 강렬하게 느끼는 사람이 드물 뿐이야. 그리고 그 감정을 의식하려는 욕구를 가진 사람 또한 많지 않을 뿐이야. 그러나 자네는 쾌락과 공포 사이를 왔다갔다 하고 쾌락과 죽음의 감정 사이에서 줄다리기를 하는 것달고 어떤 다른 길을 시도해 본 적은 없었나?"

"물론 있었지. 그 시도는 예술을 통한 것이었지. 어떤 사람의 문하에서 예술가가 되었었다는 말은 이미 했었지. 내가 바깥 세상으로 나가서 삼 년쯤 되던 어느 날이었어. 그동안은 계속된 방랑 생활뿐이었지. 그러던 어느 날 어느 성당에서 너무나도 아름다운 목각의 성모상을 보았다네. 너무나 감동적이어서 그것을 만든 사람을 알아내어 찾아갔다네. 그분은 유명한 장인이었는데, 나는 그의 제자가 되어 몇 년 동안 거기서 일을 했었다네."

"그 이야기는 시간이 나면 하기로 하세나. 그런데 예술이 자네에게 무엇을 가져다 주었는가? 어떤 의미를 주었단 말인가?"

"그것은 무상의 극복이었어. 인간 생활의 어리석은 유희와 죽음의 무도에서 살아 남는 것이 무엇인가를 깨닫게 된 것이지. 그건 예술작품이었네. 물론 예술품도 불에 타거나 망가지거나 부서져서 언젠가는 영원히 사라질지라도 그래도 그것은 세대와 세대를 뛰어넘어 영속하면서 순간의 피안에다 형상과 신성의 고요한 나라를 세우는 거야. 그래서 거기에 협력하는 것이 내게는 소중하고 위안이 된다는 생각이 들어. 그것이 바로 무상한 것을 거의 영속화시키기 때문이지."

"골드문트, 옳은 말일세. 자네가 앞으로도 아름다운 작품을 많이 만들기 바라겠네. 예술에 대한 나의 믿음은 크다네. 자네가 마울브론 수도원에서 오랫동안 손님이 되어 내가 자네의 일터를 마련해 주고 싶다네. 우리 수도원에는 벌써 오랫동안 예술가가 없었어. 하지만 자네의 정의는 아직도 예술의 기적에는 미흡한 것 같아. 예술의 기적이 돌이나 나무의 색채에 의해, 존재 후의 사멸을 죽음에서 빼앗아 보다 오랫동안 존속시키는 점에만 있는 것이라곤 생각지 않네. 지금껏 성자나 마리아를 모델로 한 허다한 예술품을 보아 왔지만 그들이 단순히 한때의 삶을 가졌던 인물을 충실히 그린 것이라고는 믿어지지가 않더군. 말하자면 현존했던 인물의 형태나 색채를 예술가가 전달한 것은 아니란 말일세."

"옳은 말이고말고!" 골드문트는 열을 내어 소리를 높였다. "자네의 예술에 대한 조예가 이렇게 깊은 줄 몰랐네. 훌륭한 예술품의 원형은 실존 인물은 아닐세. 물론 그것이 동기가 되었을는지는 몰라도 말일세. 원형은 살과 피가 아니라 정신일세. 그것은 예술가의 영혼 속에 잠재해 있는 하나의 형상이야. 나르치스, 나의 내부에도 언제인가 그것을 표현해서 자네에게 보여 주고 싶은 그런 영상들이 있어."

"정말로 훌륭해! 골드문트, 지금 자네는 자신도 모르게 철학의 한가운데를 뚫고 들어가 그 비밀의 하나를 이야기했네."

"자네는 나를 놀리는군."

"천만에 그런 게 아니야. 자네는 지금 '원형'에 대해 이야기했고 또한 창조적인 정신 분야 이외에는 아무데도 존재치 않으나 그것이 물질 속에서 실현되고 구체화될 수 있는 형상들에 대해 말했네. 예술이 작품으로 하나의 완성된 모습으로 구체화되기 이전에 이미 예술가의 영혼 속에 형상으로 존재한다 그 말일세! 그 형상, 이를테면 그 '원형'이 옛 철학자들이 '이데아'라 부르던 그것과 동일한 것이란 말일세."

"그렇군. 들고 보니 그런 것 같군."

"그렇다네. 자네가 이데아를 알고 원형을 인식하게 되었다니 자네는 정신적인 세계, 우리 신학자들과 철학자들의 세계에 들어와 있기도 하면서 혼란과 괴로움의 난장판에, 육체적인 존재가 갖는 무의미하고 목적도 없는 죽음의 무도, 그 한복판에도 창조적인 정신이 존재하고 있다는 사실을 인정한 걸세. 보게나, 자네가 소년 시절 내게로 찾아왔을 때 나는 늘 자네 내면의 그 정신에 대해 호소해 왔었네. 자네에게 깃든 그 정신은 사상가의 그것이 아니고 예술가의 그것일세. 그것은 감각 세계의 그 혼돈과 쾌락과 절망 사이에 존재하는 끝없는 흔들림 속에서 자네에게 길을 제시해 주는 정신이라네. 자네로부터 그런 고백을 듣게 되다니 기쁘네. 내가 기다렸던 것은 바로 그것이라네. 자네가 스승이었던 나르치스를 버리고 자네 자신이 되고자 하는 용기를 갖게 되었을 때부터 말일세. 이제야 우리들은 다시 새로운 친구가 되었어."

그 순간, 골드문트는 그의 삶이 하나의 큰 의미를 얻은 것 같았다. 그리고 위에서 내려다보듯 그 삶이 세 가지의 큰 단계로 분명해졌다. 그것은 나르치스로부터의 독립과 해방, 자유와 방랑의 시절, 성숙과 수확이 시작되는 귀환, 그 세 단계였다.

환상은 다시 사라졌다. 그리고 그는 지금이야말로 나르치스에 대해서 의존적인 관계가 아닌 자유와 상호적인 관계를 발견하게 되었다. 나르치스가 예술가로서의 그를 인정해 주었기에 비굴하지 않게 대등한 자로서 손님이 될 수가 있었다. 자신을 드러내 보이고 내면 세계의 영상들을 작품으로 만들어 그에게 보여 주게 되기를 그는 여행하는 동안 즐겁게 고대하게 되었다. 그러면서도 간혹 일어나는 의혹을 감출 수 없었다.

"나르치스, 자네가 지금 수도원으로 데리고 가는 인물이 어떤 인물인지 모르는 것 아닌가? 그것이 두렵네. 나는 수도사도 아니지만 또 수도사가 되려 하지도 않는 자일세. 나는 물론 세 가지 맹세를 알고 있어서 가난하게 사는 것은 이해하지만 순결과 복종은 그다지 좋아하지 않네. 어쩐지 그 두 가지 덕성은 사나이답지가 않은 것 같아. 게다가 내게는 신앙심이란 조그마한 찌꺼기도 남아 있지 않아서 벌써 수년 전부터 참회를 하거나 기도를 드린 일도, 성찬을 받은 적도 없다네."

나르치스는 태연했다.

"자네는 아주 이교도가 된 것 같네만 거기에 대해선 염려하지 않네. 자네의 그 많은 죄악에 대해 뽐낼 필요는 없어. 자네는 지금껏 죄 많은 세상사를 겪어 왔고 방탕한 자식처럼 아무렇게나 자라와 이제는 규율이라든가 질서가 어떤 것인지도 알지 못하네. 자네라면 정말 망나니 수도사가 되겠지. 하지만 내가 자네를 초대한 것은 자네를 종단에 입단시키려는 게 아니라 자네를 우리들의 손님으로 맞이하여 일터를 마련해 주기 위해서야. 그리고 또 한 가지 잊어서는 안 될 것은 젊은 시절 자네를 각성시켜 세상으로 내보낸 그 장본인이 나라는 점일세. 자네가 잘되었든 못 되었든, 내게 책임이 있어. 나는 자네가 어떻게 변했는지를 보고 싶네. 자네는 언어로써, 생활로써, 또 작품으로써 그걸 내게 보여 주게 될 걸세. 자네가 그 모든 것을 보여 주고 또 우리 수도원이 자네가 머물기에 적당하지 못하다는 것을 알게 되는 날에는 내가 자네더러 수도원을 떠나 달라고 부탁하겠네."

골드문트는 그의 친구가 원장으로서 행동하며 조용하고 확고하게 세속의 사람들과 세속적인 이야기를 하는 그 태도에 경탄의 마음이 가득했다. 나르치스가 어떤 인물이 되었는가 하는 것이 분명히 보였기 때문이다. 나르치스는 당당한 사나이가 되었다. 곱살스러운 손과 학자의 얼굴을 갖고 있는 성직자이면서도 확신과 용기에 찬 사나이, 책임을 질 줄 아는 지도자. 나르치스라는 이 사나이는 이제 그 옛날의 젊은 이도 아니고 부드럽고 열의 있는 사도 요한도 아니다. 사나이답고 기사다운 그 새로운 나르치스를 그는 자신의 손으로 형상화시키고 싶었다. 그를 기다리는 수많은 형상들이 있다. 다니엘 원장, 안젤름 신부, 니콜라우스 스승, 아름다운 레베카와 아그네스, 그리고 수많은 다른 친구들과 적대자들, 살아 있는 사람들과 이미 세상을 떠난 사람들. 그는 종단의 한 사람이고 싶지도 않았으며 경건한 사람들이나 지적인 사람들 사이에 끼고 싶지도 않았다. 그가 원하는 것은 오직 작품뿐이었다. 그리고 그 옛날 젊은 날의 고향이 이제 그 작품의 고향이 되리라는 생각이 그를 행복하게 해주었다.

그들은 서늘한 늦가을을 뚫고 낙엽이 져서 앙상한 나무에 서리가 하얗게 내린 어느 날 아침, 사람이 잘 드나들지 않는 허허로운 늪지대를 지나갔다. 긴 능선이 낯설지 않은 풍경으로 다가왔다. 이어 높다란 물푸레나무 숲과 냇물과 곡물 창고가 나타났다. 그 광경이 눈에 들어오는 순간 골드문트의 가슴은 흐뭇한 불안감으로 두근거렸다. 그는 그 언덕을 기억해 냈다. 그것은 기사의 딸 리디아와 함께 말을 달리던 언

지와 사랑 345

덕이었으며, 거기서 추방되어 슬픔 속에서 눈발을 뚫고 헤매 다니던 황야였다. 오리나무 숲과 물방앗간과 기사의 저택이 나타났다. 그는 어찌할 수 없는 괴로움을 안고 서재의 창문을 바라보았다. 그 옛날, 전설 같은 젊은 시절, 기사가 순례 행각을 하던 이야기를 듣고 그의 라틴어 문장을 고쳐 주곤 하던 그 서재. 그들은 말을 몰아 그 저택의 안마당으로 들어섰다. 그곳은 그들 여정에 들어 있는 숙박처였던 것이다. 골드문트는 원장에게 부탁해서 거기서는 그의 이름도 부르지 말고 하인들 사이에 끼여 식사를 하게 해달라고 했다. 그리고 그의 부탁대로 진행되었다. 이제는 노기사도 리디아도 없었으나 사냥꾼과 하인 몇이 아직 있었다. 그리고 집안에는 한 사람의 아름다우면서도 오만한 귀부인 율리에가 남편 곁에서 온 집안을 지배했다. 그 여자는 여전히 아름답고 짓궂어 보였다. 그녀도 하인들도 누구도 그를 기억해 내지 못했다. 식사 후 그는 저녁의 어스름을 뚫고 정원을 지나면서 텅 빈 화원을 거쳐 마구간으로 숨어들었다. 그러곤 거기 짚단 위에서 마부와 함께 잠을 잤다. 추억의 무서운 짐으로 가슴이 답답해 그는 밤새 몇 번이나 소스라쳐서 눈을 떴다. 아아, 그의 지나간 생활은 왜 이토록 조각조각 부서져 아무런 열매도 맺지 못했는가! 화려한 영상은 풍부하나 산산이 조각나서 가치도 애정도 없었다.

아침이 되어 그 저택에서 떠나며 그는 다시금 두근거리는 가슴을 안고 창문을 쳐다보았다. 율리에의 얼굴을 다시 한 번 볼 수 있을까 해서였다. 얼마 전에는 주교의 성 앞마당에서 아그네스의 모습이 보이지 않을까 해서 창문마다 쳐다본 적이 있었다. 아그네스도, 율리에도 나타나지 않았다. 그의 일생은 이별과 도망과 망각, 빈주먹과 떨리는 가슴으로 허망하게 서 있는 것, 그것이 전부인 것 같았다. 종일토록 그 생각에 쫓겨 한마디도 입을 열지 않고 묵묵히 말을 몰았으며 나르치스도 그러는 그를 그냥 내버려두었다.

 이제 그들은 목적지에 거의 가까워 왔으며, 며칠 후면 도착할 수 있었다. 수도원의 탑과 지붕이 눈에 들어오기 직전, 그들은 자갈밭을 지나갔다. 아, 얼마나 오랜 시간이 흘렀는가! 그는 거기서 안젤름 신부를 위해 약초를 찾았으며 그 집시의 여인 리제에 의해 사나이가 되었었다. 이윽고 그들은 마울브론의 정문을 지나 남국의 밤나무 밑에서 멈추어 말에서 내렸다. 골드문트는 그 나무를 애정이 담긴 손길로 어루만지고 시들어 땅바닥에 떨어진 갈색의 밤송이를 집으려고 허리를 굽혔다.

두 가지 세계

 골드문트는 처음 며칠간은 수도원의 객실에 머물다가 그 다음에는 그가 바라던 대로 너른 마당을 마치 시장터처럼 둘러싸고 있는 부속 건물에 따로 마련된 숙소에서 지냈다. 그곳은 대장간 맞은편이었다.
 그 자신도 가끔 놀랄 정도로 그들의 재회는 강렬한 마력으로 그의 마음을 사로잡았다. 원장을 제외한 누구도 그를 알지 못했다. 수도사든 속인이든 모두가 엄격한 질서 속에서 분망하게 지내는 터였으므로 그가 어떤 사람인가에 대해 궁금증도 가지지 않을 뿐더러 간섭도 하지 않았다. 그러나 정원의 나무들이나 원주나 창문들, 물방앗간과 물방아, 보도에 깔린 포석이나 회랑의 장미, 곡물 창고와 식당 위에 매달린 황새 둥지를 그는 기억하고 있었다. 그 어느 구석에서도 그의 과거가, 그의 젊은 시절이 달콤하고 감동적인 향기로 다가왔고, 사랑이 모든 것을 다시 보고 모든 소리를 다시 듣도록 그를 일깨워 주었다. 저녁의 종소리, 일요일의 종소리, 이끼 낀 좁다란 돌담 안에서 돌아가는 어둑어둑한 물방아 소리, 돌을 깐 포도를 지나는 신발 소리, 저녁이 되어 문지기 수도사가 문을 잠그러 갈 때 열쇠 꾸러미의 철렁대는 소리, 사랑은 그 모든 것을 듣도록 충동질하고 있었다. 속인들 식당 지붕에서 떨어지는 낙숫물을 받는 돌로 된 홈통 옆에는 여전히 잡초가 무성했으며, 대장간 마당에 자라는 해묵은 사과나무는 여전히 그 퍼진 가지들이 뒤틀려 서 있었다. 그러나 그를 가장 크게 감동시킨 정경은 학교 종이 울리고 휴식 시간이 되어 학생들이 떼지어 층계를 몰려 내려올 때의 모습이었다. 소년들의 얼굴은 어쩌면 저렇게도 순진하고 철없고 귀여운가? 그 자신도 저토록 어리고 순진하고 귀엽고 천진했던 시절이 있었던가.

그러나 그런 낯익어 정든 모습 이외에도 전혀 미지의 것을 발견했다. 그것은 처음 며칠 동안 벌써 그의 시선을 끌었으나 점차 그 중요성이 더해 가서 이미 알고 있는 정든 것과 서서히 결합되어 갔다. 거기에는 새로운 무엇이 더해지지는 않아 모든 것이 그의 학창 시절이나 수백 년 전부터 똑같은 모습으로 서 있었으나 그것을 보는 그의 눈은 이미 학생의 눈이 아니었기 때문이다. 그는 그 건축의 규모, 성당의 천장, 옛날 그림, 제단이나 원주에 새겨진 석상이나 목각들을 보고 느꼈다. 그 옛날에 거기에 존재하지 않던 새로운 것이 있는 것은 아니었으나 그는 이제야 마침내 그들의 아름다움과 그것들을 만든 정신을 볼 수 있게 된 것이었다.

위층에 있는 예배당에 세워진 석조의 마리아상을 보았다. 소년 시절에도 그 작품을 즐겨 스케치해 본 적이 있었지만, 이제야 눈을 똑바로 뜨고 그 작품이 그의 가장 성공적인 작품으로도 능가할 수 없는 걸작품임을 알았다. 그런 걸작품이라면 얼마든지 있었다. 그리고 그것들은 각기 그것들 자체만으로 서 있는 우연이 아니라 똑같은 정신으로 만들어져 낡은 담벽이나 원주나 아치형 천장 사이에서 자연스러운 질서 속에 놓여 있는 것이다. 거기에서 수백 년 동안 세워지고, 새겨지고, 그려지고, 살고, 생각되고, 알게 된 것은 하나의 전통이며 정신이어서 마치 한 그루 나무에서 뻗어 나온 가지처럼 서로 조화되고 얽혀져 있었다.

이런 세계, 조용하고 힘찬 통일의 세계, 그 한가운데에서 골드문트는 자신의 왜소함을 느껴야만 했다. 그리고 그의 친구 나르치스가 요한 원장으로서 그 힘차면서도 조용하고 다정한 질서를 지배하고 다스려 나가는 것을 보았을 때처럼 그 자신이 그토록 보잘것없이 여겨진 적은 없었다. 얇은 입술을 가진 학자풍의 요한 원장과 단순하고 소박한 다니엘 원장 사이에는 개인적으로 큰 차이가 있겠으나 같은 사상, 같은 질서에 봉사함으로써 지위를 얻고 자신을 헌신한다는 점에서 두 사람은 똑같았다. 그리하여 수도원의 복장이 꼭 같듯 그것이 그들 둘을 닮게 만들었다.

수도원에서 본 나르치스의 모습은 무척이나 크게 보였다. 나르치스와 다정하게 우정을 나누는 사이로서, 손님을 대하는 주인으로서 변한 것은 없었지만 어쩐지 그 친구를 '나르치스'라고 부르며 '자네' 하고 말을 해서는 안 될 것 같다는 생각이 들었다.

한 번은 나르치스에게 이런 말을 한 적이 있었다.

"요한 원장, 나는 될 수 있으면 자네의 새로운 이름에 익숙해져야 할 거야. 여기는 정말 마음 편히 지낼 수 있는 곳이라는 걸 얘기해 둬야겠어. 자네에게 참회를 하고 회개를 한 다음 속계의 수도자로 받아 주도록 청하고 싶을 때가 있단 말이야. 하지만 그랬다가는 우리들의 우정은 끝이 나겠지. 자네는 원장이고 나는 속계의 수도사이니 말일세. 그렇다고 자네 곁에서 자네가 하는 일이나 보면서 정작 나 자신은 무위도식한다는 게 참을 수가 없네. 나도 무언가 일을 해서 내가 어떤 사람이며 무엇을 할 수 있는가를 보여 주어 교수형을 면하게 해준 보답을 해야겠어."

"그것은 반가운 일이야." 나르치스는 그렇게 말한 다음 어느 때보다 더욱 명확하게 말을 이었다. "언제든지 작업실을 장만해도 좋다니까. 시작만 한다면 즉시 목수와 대장장이를 쓰도록 하겠네. 그리고 여기에 있는 재료로서 쓸 만한 것이라면 자네 마음대로 하게나. 밖에서 들여올 것이 있으면 운반부들한테 시킬 테니 목록을 작성해 주게나. 그건 그렇고 이제는 내가 자네와 자네의 의도에 대해 어떤 생각을 가지고 있는지 그걸 좀 들어 보게나! 그러자면 내게 시간을 좀 주어야겠네. 나는 학자인 까닭에 내 사상의 세계에서 사실을 표현해 보고 싶어. 그 밖에는 다른 말을 모르니 말일세. 그러면 그 옛날처럼 참고서 나를 따라와 주게나."

"따르도록 하겠네. 어서 말이나 해보게."

"학창 시절에 내가 자네에게 종종 하던 말이 생각나나? 나는 그 당시 자네가 예술가가 될 것이라 말했었지. 아무래도 나는 그때 자네를 시인으로 바라보았지. 자네는 읽는 것과 쓰는 것에서 개념적인 것과 추상적인 것에 대해 반감을 갖고 있었고, 언어에 있어서는 감각적이며 시적인 말과 음을 각별히 좋아했었어. 말하자면 그것에 의해 머리 속에 무엇이 그려질 수 있는 단어를 좋아한 거야."

거기서 골드문트가 말을 가로챘다.

"용서해 주게. 그러나 자네가 특히 좋아하는 개념적인 것과 추상적인 것도 역시 마음에서 그려지는 심상이나 형상이 아닌가? 그렇지 않다면 자네는 사색을 위해 아무것도 심상화될 수 없는 언어를 쓰고 사랑한다는 건가? 무엇이든 마음으로 그리지 않고도 생각을 할 수 있을까?"

"좋아, 잘 말해 주었네. 그러나 사람은 확실히 심상에 의존하지 않고도 생각할 수가 있어! 사색은 상상과는 어떤 연관도 없어. 사색은 형상에서가 아니라 개념과 공식에 의해서 이루어진다네. 형상의 종결이 곧 철학의 시작이라는 말이네. 이 점이 바로 우리들이 전에 자주 논쟁을 하던 점일세. 이를테면 자네의 세계는 영상으로 이루어졌고 나의 그것은 개념으로 생긴 것이라는 말이네. 나는 늘 자네는 사색가로서는 자질이 없다고 말했고 또한 그것이 자네의 결함은 아니라고 했네. 그 대신 자네는 영상의 영역에서 지배자 노릇을 하기 때문이네. 이 점을 알아주게. 나는 그걸 자네에게 명백히 하고 싶네. 자네가 그 당시 뛰쳐나가 방랑 생활을 하지 않고 사색가가 되었더라면 불행을 자초한 꼴이 되었을는지 모를 일이야. 어쩌면 신비주의자가 되었을지도 모르네. 그런데 신비주의자란 쉽게 말해서 심상에서 떠날 수가 없으므로 사색가라고는 할 수가 없네. 그들은 말하자면 시를 쓰지 않는 시인이며, 화필이 없는 화가이고, 음이 없는 음악가일세. 그들 가운데에는 재능이 뛰어나고 고귀한 천분을 갖고 있는 사람이 많으나 예외 없이 모두가 불행한 사람들일세. 자네도 그런 인물이 되었을 거다, 그런 말이지. 그러나 다행히 자네는 예술가가 되어 형상의 세계를 다스리게 되었으며 창조자가 되고 지배자가 되었네. 사색가로서 불만족스런 세계에 머무는 대신에 말일세."

"심상이 없이 사색할 수 있는 자네의 사색 세계를 나로서는 도저히 이해가 되지 않는다네."

"천만의 말씀을. 곧 가능할 걸세. 들어 보게. 사색가는 논리를 통해 세계의 본질을 이해하고 표현하려고 노력한다네. 사색가가 우리들의 이성(理性)과 그 이성의 도구인 논리학이 불완전한 기계라는 사실을 알고 있듯 마찬가지로 현명한 예술가라면 그의 화필이나 조각칼이 천사나 성인의 그 빛나는 본질을 형상화하기에는 너무나 불완전하다는 것을 알고 있네. 그럼에도 예술가나 사색가는 각기 그 나름대로의 방법으로 시도를 하는 걸세. 그들로서는 그렇게 하는 길 이외에는 어쩔 도리가 없으니 말일세. 인간은 자연으로 받은 천분을 갖고 자신을 구체화하려 할 때는 그가 할 수 있는 지고의 것과 가장 의미 깊은 일을 할 수 있기 때문이지. 그래서 나는 그전에 자네에게 가끔 이런 말을 한 적이 있었지. 사색가나 금욕주의자가 되기 위해 노력하지 말고 자네 자신이 되어 자신을 실현하는 데 애쓰라고 말일세."

"대강 짐작은 가는 것 같네. 그런데 자신을 구체화한다는 말은 도대체 무엇을 의미하는가?"

"그것은 철학적인 개념이므로 달리 표현할 수는 없어. 우리들 아리스토텔레스와 성토마스 학파의 제자들에게는 모든 개념의 지고는 완전한 존재일세. 완전한 존재는 신(神)이네. 존재하는 그 외 일체의 것은 그 반의 존재며 부분적인 존재여서 생성되어 가는 과정에 있고 여러 가지 가능성으로 혼합된 존재일세. 그러나 신은 혼합된 존재가 아닌 단 하나의 존재며 가능성의 존재가 아니라 현실, 바로 그 자체이네. 그러나 우리들은 덧없는 존재며 생성되어 가는 존재며 가능성을 갖고 있는 존재이네. 우리들에게는 완전성도, 완전한 존재도 있을 수가 없어. 우리들이 힘에서 행위로, 가능성에서 실현을 향해 나아갈 때 우리들은 진실한 존재에 참여하며 완전성과 신성에 조금이라도 접근할 수 있는 것이네. 그게 말하자면 자신을 구체화하는 것일세. 자네는 그 과정을 자네의 체험으로 인식해야만 하네. 자네는 예술가로 많은 작품을 만들었네. 그런 상이 진실로 성공된 작품이며 한 인간의 상이 우연에서 해방되어 순수한 형태로써 완성되었다면 자네는 예술가로서 인간의 상을 구체화한 셈이 되네."

"이해하겠어."

"이보게, 골드문트, 보다시피 나는 자신을 구체화하기에 내 천분에 가장 적당한 장소와 직위를 얻은 사람일세. 내게 아주 잘 어울리기도 하거니와 내게 도움을 줄 전통과 단체 속에 지금 내가 살고 있다는 건 자네도 알 걸세. 수도원은 천국이 아니네. 불완전함으로 가득 차 있는 곳이지. 하지만 그래도 계속해서 수도원 생활을 한다는 것이 나 같은 사람에게는 바깥 세상보다는 얼마나 유익한지 모른다네. 나는 지금 도덕을 강론하려는 건 아니지만 내가 익히고 가르쳐야만 할 순수한 사색은 실은 어느 정도는 이 속세에 대한 보호를 필요로 하네. 그런데 여기에 있는 것이 집에 있는 것보다 나 자신을 실현시키는 데 훨씬 효과적이라네. 그러나 자네는 그런 보호처가 없으면서도 스스로 길을 찾아내어 예술가가 될 수 있었네. 나는 그 점이 경이롭기도 하고 기쁘기도 하네. 자네가 그렇게 되기까지는 엄청난 고생 이후의 일이었을 테니."

골드문트는 그런 칭찬에 당황스럽고 기쁜 마음에 얼굴을 붉히며 화제를 돌리려고 그의 말을 가로막았다.

"자네가 하려는 말을 대강은 이해하겠는데, 애매한 것이 하나 있다네. 바로 자네가 말하는 '순수한 사색'이란 대목일세. 그건 이를테면 형상이 없는 사색이며 그것으로 그려 낼 수 있는 것은 아무것도 없는 언어의 조작이 아닌가?"

"수학이라는 한 가지 예로 분명해질 걸세! 숫자는 어떠한 심상을 포함하고 있는가? 플러스나 마이너스 기호는 어떤가? 방정식은 어떤 심상을 내포하고 있는가? 거기에는 내포되어 있는 것은 아무것도 없다네! 자네가 기하나 대수 문제를 푼다면 자네는 심상의 도움이 없이 자네가 배운 사고 방식의 테두리 안에서 형식적인 문제를 완성시키는 것일세."

"나르치스, 그건 그렇지. 자네가 내게 한 줄의 숫자와 부호를 써 준다면 나는 심상의 도움이 없이도 계산을 해낼 수가 있겠지. 플러스와 마이너스, 제곱이나 괄호 따위에 의해 문제를 풀 수가 있어. 물론 전에는 되었겠으나 지금은 어려울 거야. 그러나 그런 형식적인 문제들을 푸는 것이 학생을 위한 지력의 단련말고는 다른 어떤 가치도 없다고 생각하네. 물론 수학을 배운다는 건 권장할 만한 일이지만 인간이 일생 동안 그런 수학 문제만 파고들어서 숫자가 깨알같이 박힌 종이에 덮여 산다고 한다면 그건 유치하기 짝이 없는 무의미한 짓인 것 같아."

"골드문트, 그것은 자네가 잘못 생각한 거야. 자네는 그 부지런한 학생이 교사가 내주는 새로운 문제들을 언제까지나 풀고 있으리라 가정하고 있지만 그 학생 자신이 문제를 낼 수도 있거든. 그런 문제들은 어떤 거역할 수 없는 힘으로 그의 내부에서 생겨날 수가 있는 걸세. 사람들은 사색가로서 공간의 문제에 부딪혀 나가기 이전에 실제의 공간과 가상의 공간을 수학적으로 계산하고 측정해야만 하네."

"물론 그렇지. 그러나 순수한 사색의 문제로서의 공간의 문제는 한 사나이가 평생에 걸쳐 노력할 대상은 아니라는 생각이 든단 말일세. '공간'이라는 말은 성좌(星座)의 공간이라 하는, 실제의 공간을 머리 속에서 그리지 않는 한 내게는 사색의 가치조차 없다네. 물론 그런 공간을 관찰하고 측정하는 것은 가치가 있는 문제라고 생각되지만 말일세."

나르치스가 웃는 얼굴로 끼어들었다.

"골드문트, 자네는 사색이란 소용없는 것이지만 그 사색을 눈에 보이는 구체적이고 세계에 응용하는 것은 좋은 일이라 말하고 싶은 걸세. 우리들의 사색을 응용하고 또 그렇게 하고자 하는 우리들 의지에 부족한 것은 아무것도 없네. 예를 들면 사색가 나르치스는 그의 사색의 결과를 그의 친구 골드문트나 다른 수도사들에게 수백 번이나 응용했고 또 지금도 그렇게 하고 있네. 그러나 그가 그전에 익히고 수련하지 않았더라면 어떻게 그런 응용을 할 수 있단 말인가. 예술가 역시 그의 눈과 공상력을 끊임없이 수련하고 있네. 우리들은 그런 노력이 그의 실제 작품에는 별로 큰 영향력을 미치지 못한다 하더라도 그걸 인정해야만 하네. 자네는 사색 그 자체를 무시할 수는 있겠지만 그 응용은 인정해야만 하네! 그 모순은 분명하네. 그러니 내게 조용히 생각할 시간을 주게. 그리고 내가 그 작품을 가지고 자네의 예술을 비판하듯 자네도 나의 사색을 그 작용에 따라서 비판해 주게나. 자네와 자네 작품 사이에는 아직도 여러 가지 장애가 있어서 자네는 불안해하고 있어. 그 장애를 제거하고 일터를 찾아내거나 새로 지어서 작품을 위해 정진하도록 하게! 그러면 여러 가지 문제가 스스로 해결될 것일세."

그것은 바로 골드문트가 원한 것이기도 했다. 그는 안마당의 문간 옆에 지금껏 사용되지 않던 적당한 장소를 물색해서 그곳을 작업장으로 쓰기로 했다. 그는 제도용 탁자며 다른 도구들을 만들기 위해서 정밀하게 설계해서 목수에게 위임했고, 근처 시장터에서 구할 수 있는 물품의 목록들을 수도원 운반부들에게 넘겨주었다. 그리고 손수 목수의 일터나 숲을 돌아보고 쓸 만한 나무들을 골라 작업장 뒤편의 잔디밭에 쌓아 두고 직접 지붕을 만들어 덮기도 했다. 할 일은 대장간에도 많았다. 그는 대장장이의 아들인 젊은 몽상가를 설득해서 조수로 쓰게 되었다. 그는 그 젊은이와 함께 반나절이나 대장간의 모루나 숫돌 옆에 서서 재목을 다듬는 데 쓰일 곧은 조각용 칼이나 구부러진 칼을 만들었고, 끌이나 송곳이나 짝지칼 같은 것을 만들었다. 에리히라고 부르는 그 대장장이 아들은 스무 살쯤 되는 청년으로서 골드문트의 친구가 되어 어디서나 그를 도와 주었으며 열렬한 관심과 호기심으로 가득 찬 젊은이였다.

골드문트는 젊은이가 소원하는 대로 기타를 가르쳐 주겠다고 약속하고 조각을 하는 것도 허용해 주었다. 수도원이나 나르치스 곁에서는 자신이 불필요한 인간이라는 생각으로 우울해질 때가 있었는데, 그럴 때마다 골드문트는 그를 존경하고 사랑하는 에리히에게서 용기를 얻었다. 청년이 가끔 니콜라우스 스승이나 주교의 마을에 대한 이야기를 들려 달라고 조르면 골드문트는 기꺼이 이야기를 해주면서도 지금 자기가 노인처럼 거기에 앉아 여행담이나 과거의 일을 이야기하고 있구나 하는 생각으로 기분이 이상해질 때가 있었다. 이제 겨우 인생이 시작하려는 때에 말이다.

근래에 와서 그가 무척이나 변해서 나이에 비해 늙어 보인다는 사실을 아는 사람은 아무도 없었다. 예전의 그의 모습을 본 사람이 없었기 때문이다. 그의 그 조로는 방랑 생활의 고초 때문이리라. 공포의 페스트, 끝내는 백작의 저택에서 잡힌 몸이 되어 지하실에서 보냈던 그 밤, 그것이 그를 저 깊은 심연까지 흔들어 여러 가지 잔재를 남긴 것이었다. 갈색 수염에 섞인 하얀 털, 얼굴의 잔주름, 불면에 시달리는 밤들, 때때로 마음속에 감도는 피로감, 환락과 호기심의 쇠퇴, 포만과 만족감에 대한 미지근한 회색빛 감정, 그런 것들이 모두 그 잔재였다. 일을 준비할 때, 에리히와 이야기를 할 때, 목수나 대장장이와 함께 이것저것 돌볼 때는 생기에 넘치고 젊어져 모두가 그를 찬탄하고 좋아했다. 하지만 가끔씩 반 시간이나 한 시간쯤은 피로에 지쳐서 몽상 속에 미소 지으며 무감각과 무관심에 몸을 맡기곤 했다.

이제 남은 문제는 무슨 작품부터 착수할까 하는 것이었다. 일터를 만들어 준 수도원의 호의에 보답하고자 하는 첫 작품은 그저 호기심이나 만족시킬 그런 작품에 그쳐서는 안 된다. 그것은 오랜 옛날부터 전해 내려오는 그 수도원의 여러 예술품들처럼 그 건물과 생활에 혼합되고 그 일부가 되어야만 한다. 그래서 그는 제단이나 설교단을 만들고 싶었으나 그럴 필요도, 또 그걸 비치할 장소도 없었다. 그 대신에 그는 다른 것을 찾아냈다. 신부들이 사용하는 식당의 약간 높직한 곳에 벽감이 있었는데, 식사 때면 젊은 수도사들이 거기서 성인들의 전설을 낭송하는 곳이었다. 거기에는 아무런 장식도 없어서 골드문트는 낭송대 계단에다 설교단과 마찬가지로 반쯤 부각된 목각품 하나와 거의 밖으로 몸을 내밀고 있는 목각들을 만들어 장식하기로 결심했다. 그는 그 계획을 원장에게 말했고 원장은 칭찬하면서 동의해 주었다.

드디어 일이 시작할 때가 되었다. 눈이 쌓이고 크리스마스가 지난 다음이었다. 골드문트의 생활은 또다른 국면을 맞이하게 되었다. 수도원 입장에서 자신의 존재는 이미 사라진 것이나 다름없었다. 아무도 그의 모습을 볼 수가 없었으며 그 역시 이제는 학교가 끝나 떼지어 몰려 나오는 학생들을 바라보거나 숲 속에서 방황하거나 회랑을 거니는 그런 일은 없었다. 그는 이제 물방앗간에서 식사를 하게 되었는데, 그 곳은 이미 그가 학생의 신분으로 그 옛날 그렇게도 자주 드나들던 그런 곳이 아니었다. 그리고 그의 작업장에 드나들 수 있는 사람은 조수인 에리히 한 사람뿐이었는데, 그 조수도 하루 종일 골드문트로부터 단 한마디도 듣지 못하는 때가 많았다.

첫 작품인 낭송대에 대해서는 오랜 숙고 끝에 다음처럼 계획을 짰다. 그 작품은 속세를 표현하는 부분과 신성한 언어의 세계를 표현하는 두 부분으로 구성하였다. 아랫부분은 탄탄한 참나무에서 자라나 용트림을 하면서 피조물인 자연의 갖가지 상과 족장(族長)들의 단순한 생활상을 표현하기로 하고, 윗부분은 네 명의 복음서 저자(著者)들의 상으로 떠받칠 작정이었다. 그중에서 복음서 저자의 한 사람은 고 다니엘 원장의 모습을, 다른 한 사람은 그의 후계자인 고 마르틴 신부의 모습을, 루카스상에는 스승 니콜라우스를 형상화하기로 했다.

거기서 그는 의외로 어려운 난관에 부딪혔다. 그 난관이 그를 괴롭혔지만 그건 달콤한 걱정이기도 했다. 쌀쌀한 여인의 사랑을 구하듯 그는 그 작품에 몰두되어 자신을 잊어버리고 낚시꾼이 커다란 물고기와 싸우듯 그의 작품을 어루만지기도, 싸우기도 했다. 그리하여 모든 저항이 그를 가르쳐 민감하게 만들어 주었다. 그는 다른 모든 것을 잊어버렸다. 수도원도, 나르치스도 잊었다. 나르치스가 몇 번이나 작업장에 발걸음을 했지만 눈에 띄는 것은 스케치밖에 없었다.

그런 어느 날, 골드문트가 참회를 들어 달라고 해서 나르치스는 놀라지 않을 수 없었다. 골드문트는 이런 고백을 했다.

"지금까지는 어쩔 수가 없었어. 나 자신이 너무도 하잘것없이 여겨졌었어. 그런데 이제는 마음이 한결 나아졌네. 지금은 일을 손에 잡았고 무위도식하는 자도 아닐세. 나도 수도원에서 함께 지내고 있으니 여기의 질서에 따라야겠다는 말일세."

그는 비로소 눈을 떴고 더 이상 기다릴 수는 없다고 느꼈던 것이다. 처음 몇 주일 동안은 은둔의 생활을 보내며 재회와 청춘의 회상에 젖고, 에리히가 부탁하는 대로 지나간 일들을 이야기해 주는 사이에 그 회고는 그의 생활에다 일종의 질서와 밝음을 가져다 주었다.

나르치스는 평소 자신의 태도 그대로 그의 고해를 받아 주었다. 참회는 두 시간이나 걸렸다. 원장은 얼굴 표정 하나 바꾸지 않고 친구의 모험과 괴로움과 죄악을 듣기도 하고 이것저것 질문도 했으며 골드문트가 하느님의 정의와 선에 대한 신념을 상실해 가는 과정을 고백할 때도 침묵을 지키고 들어주었다. 그는 참회하는 자의 숱한 고백에 마음이 사로잡혀 자신이 지금 얼마나 놀라고 있는지 그걸 분명히 알았다. 그러면서도 그는 다시금 친구의 순수함에 미소 짓지 않을 수 없었다. 자신의 의혹과 사색의 심연에 견주어볼 때는 무의미한 그런 불건실한 사상으로 해서 이 친구가 얼마나 고심하고 있나를 알았기 때문이다.

골드문트가 이상하게 생각한 것은, 아니 놀란 것은 신부가 그의 죄악, 그 자체에 대해선 그다지 중요하게 여기지 않으면서도 그가 기도와 참회와 성사(聖事)를 게을리 했다는 것에 대해서는 용서 없이 경고하고 벌을 내린 것이었다. 신부는 성례를 받기 전에 4주 동안 순결과 정결을 지켜 매일 새벽 미사에 들고, 밤에는 세 번의 기도와 마리아의 찬송을 부를 것을 죄에 대한 속죄로서 부과시켰다.

그 뒤 원장은 그에게 말했다.

"나는 이 참회를 소홀히 여기지 않도록 자네에게 경고하고 또 부탁하네. 아직도 미사의 문구를 암기하고 있는지는 모르겠으나 한마디 한마디를 따라 외우면서 그 의미를 느끼도록 하게나. 오늘이라도 주님의 말씀과 찬송을 이야기해 주면서 그 가운데서 어떤 말과 뜻에 특별한 주의를 기울여야 할지를 가르쳐 주겠네. 성스러운 말을 듣거나 이야기할 때 인간의 언어를 이야기하고 듣듯이 해서는 안 되네. 생각보다 자주 일어나겠지만, 만약에 성스러운 문구를 외우다가 그냥 흘려 버릴 경우에는 지금의 이 시간과 나의 경고를 생각하고 처음부터 다시 그 문구를 외우고 마음에 간직해야 하네. 어떻게 하는지 지금 가르쳐 주도록 하지."

그것이 아름다운 우연이었든지, 아니면 원장의 심령이 그곳까지 미쳤든지, 이 참회와 속죄로 골드문트는 만족과 평온을 느끼고 또한 그를 행복에 젖게 하였다. 일을 하는 동안에 맛보는 긴장과 걱정과 만족 속에서도 그는 밤낮으로 가볍기는 하나 그래도 마음에서 우러나와 행하는 수련에 의해 낮에 가졌던 흥분에서 해방되어 그의 현존 자체가 보다 높은 질서로 이끌려 나갔다. 그리고 그 질서는 창조자의 위험한 고독으로부터 그를 끌어내어 순진한 어린이로 그를 하늘나라로 인도해 주었다. 작품을 위한 싸움에서는 한 사람의 고독자로서 싸워 이겨야 했지만, 기도를 드리는 시간만은 늘 순진한 아이로 되돌아갈 수가 있었다. 일을 하는 동안에는 분노와 초조와 쾌감으로 흥분에 들떠 있었으나, 경건한 수련을 통해서는 차디찬 깊은 물에 침잠하는 것처럼 도취되어 영감에서 벗어나듯 절망에서도 벗어날 수 있었다.

하지만 일이 그렇게만 잘 진행되는 것은 아니었다. 열렬한 작업을 마친 후의 저녁때에는 안정과 침착성을 잃고 몇 번이나 수련을 잊어버리곤 했으며 침착에 대한 노력을 기울여도 그의 기도는 결국 존재하지도, 또 그를 도와 줄 수도 없는 하느님을 찾는 부질없는 노력이라는 생각에 그는 괴롭기 그지없었다. 그래서 그 점을 벗에게 하소연해 보기도 했다. 나르치스는 이렇게 대답해 주었다.

"계속하게. 자네가 약속한 일이니 지켜야 하네. 하느님이 자네의 기도를 들어주실지 어떨지, 혹은 자네가 상상하는 하느님이 실존하는지 아닌지 하는 그런 생각을 해서는 안 되네. 그리고 자네의 노력이 허사가 아닌가 하는 생각을 해서도 안 되네. 우리들의 기도가 행해질 수 있는 것에 비한다면 우리들이 하는 행위는 모두가 공허한 것일세. 수련을 할 때는 이런 어리석고 유치한 생각들을 말끔히 지워 버려야 하네. 하느님의 말씀과 마리아의 송가를 말해 보고 그 말들로 충일해야만 하네. 노래를 부를 때나 기타를 칠 때, 어떤 현명한 생각이든 회의이든 그 모든 사념들을 추구하지 않고 오히려 순수하고 완전하게 음과 손가락을 놀리듯 말일세. 사람이 노래를 부를 때는 그 노래가 유익할지 어떨지, 또 자신이 노래를 부르고 있는 것인지 아닌지 하는 생각은 갖지 않는 법일세. 자네도 그렇게 기도를 드려야 하네."

일이 다시 잘되어 갔다. 긴장되고 열중된 그의 자아는 또다시 아치형의 질서 속에서 사라져 갔고 성스러운 문구는 별처럼 그를 스쳐 넘어갔다. 원장은 골드문트가 참회와 성례의 기간을 마친 뒤에도 일상의 수련을 몇 주일이고 몇 달이고 지속해 나가는 것을 보고 무척이나 만족스러워했다.

그러는 동안에도 그의 일은 잘 진행되었다. 두터운 나선형의 제단에서 식물과 동물과 인간의 형상을 담은 조그마한 세계가 부풀어올랐으며 그 중앙에는 포도덩굴과 포도송이 사이에 서 있는 노아와 그림책, 창조주의 찬가와 그 아름다움이 자유롭게 유희를 하는 듯하면서도 비밀스런 질서와 규율에 의해 이끌려 나갔다. 그 몇 개월 사이에 그 작품을 본 사람은 에리히 한 사람뿐이었다. 젊은이는 손을 빌려 달라는 청을 받고 그 자신도 예술가가 되겠다는 일념만을 갖고 있었다. 그러나 그 역시 작업장에 들어가지 못하는 날이 많았다. 그렇지 않은 날에는 골드문트가 그를 불러들여서 가르쳐 주기도, 습작을 시키기도 하면서 자신을 추종하는 한 제자를 가졌다는 것을 기뻐했다. 그 작품이 성공적으로 완성되면 젊은이의 아버지에게 청해서 그를 영구히 제자로 삼을 생각이었다.

복음서 저자들의 상을 제작하는 날은 모든 것이 조화를 이루어 의혹의 그림자가 한 점도 없는 가장 좋은 날을 택했다. 그중 다니엘 원장의 모습을 본뜬 상이 그에게는 제일 훌륭하게 보였다. 그 얼굴에는 순수와 선의지가 빛나고 있었다. 그는 그 상을 제일 사랑했다. 에리히는 제일 잘되었다고 경탄했지만 니콜라우스 스승을 본뜬 상은 아무래도 불만족스러웠다. 그 모습은 분열과 슬픔을 나타내고 있었다. 창조자의 높은 의도로 가득한 상처럼 보이면서도 창조의 공허에 대한 절망적인 지식과 잃어버린 통일과 순진성에 대한 비탄만이 가득 찬 그런 상이었기 때문이다.

다니엘의 목상이 완성되는 날, 그는 에리히를 시켜 작업장을 청소한 다음 다른 작품에는 모두 천을 두르고 그 작품만 밝은 빛에 드러나도록 했다. 그러곤 나르치스를 찾아갔으나 바쁜 듯이 보여 다음날까지 인내를 가지고 기다렸다. 다음날 점심때 그는 벗을 작업장으로 데리고 와서 그 목상 앞으로 안내했다.

나르치스는 가만히 서서 바라보았다. 그는 학자다운 세심한 표정으로 한참 동안 그 작품을 바라보았으며 골드문트는 그의 뒤에 침묵을 지키고 서서 배심의 격동을 가라앉히려고 노력했다. 그는 이런 생각을 했다. '아아, 만약 여기에서 두 사람 가운데 한 사람이라도 이해를 못하면 큰일인데……. 내 작품이 훌륭하지 못하거나 친구가 이해를 못하거나 한다면 내 작품은 여기에서는 어떤 가치도 찾을 수 없게 되겠지. 좀더 기다렸어야 했는데.'

그 몇 분의 시간이 그에게는 몇 시간이나 되는 것 같았다. 그는 니콜라우스 스승이 그가 최초로 그렸던 스케치를 손에 들고 바라보던 때를 생각해 보았다. 그러곤 긴장감으로 축축해진 두 손을 꽉 잡았다.

나르치스가 드디어 골드문트를 돌아보았다. 그리고 그 순간 골드문트의 긴장은 탁 풀렸다. 친구의 그 조그마한 얼굴에서 꽃피는 무엇을 본 것이었다. 그것은 소년 시절 이후로는 보이지 않던 그 무엇이었다. 그것은 정신과 의지로 충만된 거의 수줍다고 할 미소였으며 사랑과 헌신의 미소였고, 그 얼굴의 고독과 자랑의 균형이 한순간 깨어지고 사랑에 가득 찬 마음 외에는 아무것도 생겨나지 않은 듯했다.

나르치스는 나직하면서도 여전히 한마디 한마디를 음미하듯 말했다.

"골드문트, 자네는 내가 예술에 통달한 자라고 생각해서는 안 되네. 내가 그런 사람이 될 수 없다는 것은 자네도 잘 알고 있네. 자네의 예술에 대해 내가 뭐라 한다면 자네는 나를 우습게 여길 걸세. 그러나 이것 한 가지만 이야기하도록 허락해 주게. 나는 첫눈에 이 복음서 저자의 상은 다니엘 원장이라는 것을 알아보았네. 아니 그분일 뿐만 아니라 그 옛날 그분이 우리들에게 의미했던 권위와 선과 단순성, 그 모든 것을 나타낸 것임을 알았네. 그 다니엘 원장이 우리가 젊었을 때 외경의 대상이었듯 그분이 이제 내 앞에 다시 서게 되었네. 예전부터 우리들에게 성스러웠으며 시간이 흘러도 기억에 남을 모든 것과 더불어 말일세. 자네는 이 순간 내게 풍요로운 선물을 나누어 주었네. 우리들의 다니엘 원장을 다시 주었을 뿐더러 자네 자신을 처음으로 열어 보인 것일세. 이제야 자네를 이해할 수 있겠네. 그 이야기는 여기서 그만두세나. 이야기를 할 필요도 없고. 골드문트, 이런 시기가 오다니 그 얼마나 반가운 일인가!"

널찍한 작업장은 고요로 숙연해졌다. 골드문트는 벗이 얼마나 감동하고 있나를 알았으며 무언가 부담스러워 답답해졌다.

"그래." 그는 짤막하게 대꾸했다. "나도 기쁘네. 그건 그렇고 이제는 점심 식사를 하러 갈 시간이 되지 않았는가."

나르치스의 번뇌

골드문트는 2년에 걸쳐 그 작품을 제작했다. 그리고 그 2년째부터는 에리히를 완전히 조수로 쓸 수가 있게 되었다. 계단의 목각에는 조그마한 낙원을 새겼는데, 그는 아주 만족스러운 마음으로 나무라든가 포도덩굴이라든가 잡초 따위가 자라는 들판을 새겼으며 나뭇가지 사이로 새들이 노니는 광경을 묘사했다. 그리고 그 사이사이로 동물들의 움직임이나 머리통이 여기저기 보이도록 했다. 또한 그 평화가 움트는 낙원의 한복판에다 족장들의 생활에서 몇 가지 장면을 따서 표현했다.

그동안에는 부지런한 그의 생활이 중단되는 일이 드물었다. 제작이 중단되는 일도 없었으며, 마음이 들뜨거나 짜증이 나서 작품에 싫증을 내는 날도 드물었다. 그런 날에는 조수에게 완전히 일을 맡겨 버리고 시골로 말을 몰아 숲 속에서 자유와 방랑의 향기로운 냄새에 취하거나 이곳저곳 농사꾼의 딸들을 찾아가거나 사냥을 하거나 푸른 풀밭에 몇 시간이고 누워서 덩굴과 잎으로 이루어진 아치형 천장 같은 것이나 양치류나 금작화로 뒤덮인 황야를 바라보기도 했다. 그렇다고 그는 하루나 이틀 이상 작업장을 비운 적은 없었다. 그러곤 다시 새로운 열정을 갖고 일을 시작했다. 황홀한 감정으로 무성하게 자라는 식물을 조각했으며 사랑과 애정을 가지고 통나무로 사람의 두상을 만들었고 입과 눈과 수염을 그려 냈다. 나르치스와 에리히만이 그 작품에 대해 알고 있는 유일한 사람들이었다. 나르치스는 가끔 그리로 찾아왔다. 이제는 그 작업장이 온 수도원을 통틀어 그에게는 제일 사랑스러운 장소가 되었다. 기쁨과 경탄으로 그는 제작 과정을 지켜보았다. 거기에는 그의 친구가 불안과 자랑과 어린아이다운 순진성으로 피워 내는 꽃이 있었다. 하나의 창조물, 샘솟는 하나의 조그마한 세계가 꽃피어 자리잡고 있다. 그것 역시 유희에 지나지 않을 수 있으나 논리학이나 문법이나 신학을 갖고 노니는 유희에 비해 결코 뒤진다고는 할 수 없는 유희였다.

  그는 생각에 잠겨 이런 말을 한 적이 있었다.

  "골드문트, 나는 자네에게서 많은 것을 배우고 있네. 이제야 예술의 본질을 이해할 수 있게 되었어. 전에는 예술이란 사색이나 학문에 비해 심각하게 받아들일 만한 가치가 없다고 생각했었지. 인간이란 정신과 물질로 되어 있는 불안정하고 의심스러운 혼합물이어서 정신은 영원한 것에 대한 인식을 열어 주는 데 반해, 물질은 오히려 인간을 무상한 데로 끌어내려서 묶어 놓는 것이어서 생활을 고양하고 생활의 의무를 부여하기 위해서는 가능하면 감각으로부터 떠나서 정신적인 것으로 향하도록 노력해야 한다고 말일세. 내가 예술을 존중한다고 했지만 그것은 습관에서 그런 것일 뿐 실은 경시했던 걸세. 그러나 이제는 인식으로 통하는 길은 수없이 많다는 것을 알게 되었어. 그리고 정신의 길이 유일한 것이 아니며, 또 그것이 최상의 길이 아니라는 것도 깨닫게 되었어. 나는 물론 그 길에 남게 되겠지만 자네는 그 반대의 길, 감각을 통하는 길에서 사색가들과 마찬가지로 똑같이 존재의 비밀을 캐내고 그것을 훨씬 더 생생하게 그려 낼 수가 있단 말일세."

"그렇다면 심상이 없는 사색이란 것에 대한 나의 불완전한 이해에 대해 자네는 이제 알게 되었단 말인가?"

"이미 알고 있었다네. 우리들의 사색은 끊임없는 추상이며, 감각적인 것에 대한 외면임과 동시에 순수한 정신적인 세계의 건설을 위한 시도일세. 그러나 자네는 변하는 것과 유한한 것도 가슴에 받아들여 세계의 의미를 무상한 데에다 알려 준다네. 자네는 무상한 것에서도 외면하지 않고 그것에 헌신하는데, 자네의 그런 헌신에 의해서 그것은 지고의 것으로도 될 수가 있고 영원의 비유로도 될 수가 있네. 우리들 사색가는 하느님과 세계의 분리를 통해 하느님에 가까워지지만, 자네는 하느님의 피조물을 사랑하고 그것을 창조함으로써 하느님에게로 가까워지는 것일세. 물론 그 두 가지 길이 다 같이 인간이 하는 일이어서 무상하지만 사심이 없는 쪽은 예술이 훨씬 더 낫다고 생각하네."

"나르치스, 나는 알 수 없네. 인생을 종결 짓거나 절망을 막는 데는 자네들 사색가가 훨씬 성공하기가 쉬울 것 같네. 나는 이미 오래전에 자네의 학문을 부러워하지 않게 되었지만, 자네의 그 침착성과 평정이라든가 그 평온을 부러워해 왔다네."

"골드문트, 나를 부러워할 것은 없네. 자네가 생각하는 그런 평온은 존재하지 않아. 물론 평온이란 것이 있기는 하지만 우리들 내부에서 지속적으로 거주하며 우리들을 떠나지 않는 평온이란 없는 법일세. 항상 부단한 매일의 투쟁으로 얻어지는 평온만이 있을 뿐이거든. 자네는 나의 투쟁과 고뇌를 알지 못해. 자네는 연구할 때의 나의 투쟁이나 기도실에서의 투쟁을 몰라. 자네가 그걸 모른다는 게 다행이지만 말일세. 자네가 알고 있는 것은 내가 기분에 휩쓸리지 않는다는 것뿐인데, 자네는 그것을 평온이니 평화니 하고 부르는 거야. 하지만 그것은 모든 올바른 생활이 그러하고 자네의 생활이 그러하듯 투쟁이며 희생일 뿐이네."

"그 점에 대한 논쟁은 그만두도록 하세나. 자네 역시 내가 겪는 투쟁을 다 본 것은 아니니 말일세. 그리고 여기 일의 종결에 대해 내가 어떤 식으로 생각하고 있는지 자네가 이해하는지 모르겠네. 작품이 끝나면 다른 데로 실려 가서 놓일 자리에 자리를 잡게 되겠지. 그러면 나는 사람들로부터 몇 마디의 칭찬을 듣게 될 테고. 나는 어떻게 되겠나? 텅 빈 작업장으로 돌아오는 거야. 나의 작품 가운데서 수많은 미비한 점과 다른 사람들이 볼 수 없는 결점 때문에 허탈한 마음을 안고 돌아오는 거야. 그렇게 되면 내 마음은 작업장처럼 텅 비어 약탈이라도 당한 기분이겠지."

"그럴 수도 있겠지."

"우리들 가운데 상대에 대해 완전히 이해할 수 있는 사람은 아무도 없네. 하지만 선의를 갖고 있는 모든 사람들의 공통점은 바로 여기에 있다고 생각하네. 말하자면 우리들은 종국에 이르러서는 우리들의 작품을 부끄럽게 여겨야 한다는 것, 또한 언제나 새로운 희생이 있어야 한다는 사실일세."

　그로부터 몇 주일 뒤에 골드문트의 대작이 완성되어 비치되었다. 이어 그가 이미 경험했던 일들이 반복되었다. 그의 작품은 타인들에게 넘어가 관찰되고 비판되고 칭찬을 받았으며, 사람들은 그를 칭찬하고 그에게 존경을 표했지만, 그의 마음과 작업장에 남은 것은 허탈뿐이었다. 그리고 그는 그 작품이 과연 그가 바친 희생에 부응할 수 있는 것인지도 알 수가 없었다. 제막식 날 그는 신부들의 식탁에 손님으로 초대되었는데, 잔치 음식과 수도원에서 제일 오래된 포도주가 나왔다. 그는 좋은 포도주와 생선을 양껏 먹었다. 그러나 오래된 포도주보다 그의 마음을 따뜻하게 해준 것은 나르치스가 그의 작품에 대해 보인 관심과 기쁨이었다.

　원장의 희망과 주문에 의해 벌써 새로운 일거리가 생겼다. 그 수도원에 소속되어 있는 노이첼의 예배당에다 제단을 꾸미는 일이었다. 그 예배당에서 봉직하는 신부 역시 마울브론 수도원 출신 신부이기도 했다. 골드문트는 거기에다 마리아상을 만들어 그의 젊은 시절의 잊을 수 없었던 아름답고 겁 많은 기사의 딸 리디아를 영원화시키려 했다. 그러나 그 일이 그리 중대하게 여겨지지 않아서 골드문트는 에리히에게 맡기는 게 좋겠다고 생각했다. 에리히가 그 일을 잘 해내기만 한다면 언제까지나 그 제자를 협력자로 생각할 작정이었다. 그렇게 되면 에리히는 그를 도와 주기도 할 것이며 그 혼자서만 마음속에 품고 있는 작품을 제작할 자유를 줄 것이다. 그는 에리히와 더불어 제단에 쓸 목재를 구해서 에리히로 하여금 손을 보도록 했다. 그러곤 자주 에리히 혼자 일할 수 있도록 작업장에 남겨 두고 그는 다시금 방랑길에 나서기도 하고 때로는 꽤나 먼 곳까지 돌아다니기도 했다. 어느 날은 그가 방랑에 나서서 여러 날이 지나도 돌아오지 않았으므로 에리히는 그 일을 원장에게 보고했고, 원장은 그가 다시는 돌아오지 않을까 걱정하기도 했다. 그러나 그는 다시 돌아와 리디아상의 제작에 일주일 간의 시간을 보낸 후 다시 방랑길에 나섰다.

그에게는 근심거리가 있었다. 대작의 완성 뒤에 그의 생활은 다시 무질서해졌다. 그래서 아침 미사를 게을리 하고 공연한 초조와 불안에 시달렸다. 그는 니콜라우스 스승을 생각해 보는 일이 많았으며 자기도 이내 그 스승처럼 근면하고 충실하지만 자유와 젊음을 잃어버리지나 않을까 하는 근심에 휩싸였다. 최근에 있었던 조그마한 체험이 그로 하여금 그런 사려에 잠기게 한 것이었다.

방랑길에서 그는 어떤 나이 어린 시골 처녀를 발견했는데, 무척이나 마음에 드는 아가씨여서 처녀를 유혹해 보려고 지난날의 구애의 기술을 다 발휘해 보았으나 처녀는 그의 잡담에 즐거워하고 재담에 깔깔거리고 웃기는 했으나 구애만은 거절했다. 그는 처음으로 자신이 젊은 아가씨한테는 노인처럼 보인다는 사실을 느끼게 되었다. 그리하여 다시는 그곳에 가지 않았지만 그것을 기억에서 지울 수는 없었다. 그 시골 처녀 프란치스카가 옳았다. 그는 변모되고 만 것이다. 그리고 자신이 그것을 느꼈다. 희끗희끗한 머리칼과 눈가의 잔주름이 아닌 본질과 정서 속에 있는 그 무엇이었다. 그는 자신이 늙었다는 것을 알았으며 니콜라우스 스승과 너무나 닮았다는 것도 알았다. 그는 자신을 관찰하면서 자꾸만 불쾌해져 갔다. 이제는 자유를 잃고 한 군데 안주하게 된 것이다. 이제는 독수리도, 토끼도 아니고 가축이 되고 말았다. 우울한 심정으로 밖으로 쏘다니면서도 새로운 방랑이나 새로운 자유를 찾는 것이 아니라, 오히려 그전에 가졌던 방랑의 추억이나 그 냄새를 더듬는 것이었다. 그는 사라진 먹이를 다시 찾으려는 개처럼 자신을 찾아 헤매었다. 그리하여 하루 이틀 어정거리며 일을 하지 않을라치면 거부하지 못할 어떤 것에 이끌려 양심의 가책을 느꼈으며, 일터가 그를 기다리고 있다는 느낌을 지울 수가 없었다. 뿐만 아니라 시작해 놓은 제단의 일과 골라 놓은 통나무와 조수 에리히에 대해 책임감을 느꼈다. 이제 청춘도 자유도 없었다. 그리하여 그는 굳은 결심을 했다.

리디아의 상이 완성되는 날에는 다시 한 번 방랑길에 나서서 삶을 시험해 보리라. 수도원에 틀어박혀서 사나이들끼리만 살아간다는 것은 결코 좋은 일이 아니었다. 성직자에게는 모르겠지만 그토선 도저히 만족할 수 없는 생활이었다. 사나이들끼리라면 현명한 대화를 나눈다든지, 예술에 대한 이해를 얻을 수 있다든지 하는 점에서는 가능할지 모르지만 그 밖의 다른 일들, 잡담을 한다든가 애무를 한다든가 유희라든가 사랑이라든가 아무런 생각 없이 그저 빈둥거리는 일 따위는 불가능한 것이었다. 그런 일에는 여자와 방랑이 필요하며 자꾸만 새로워지는 낯선 풍경이 요구된다. 그러나 수도원에서의 그는 회색을 띤 심각하고 무겁고 남성적인 모든 것들로 둘러싸여 있었으며, 그것이 그의 핏속에 스며들었다.

하지만 다시 방랑길에 나서겠다는 결심에 다소 위로가 되었다. 좀더 빨리 자유를 되찾기 위해서는 열심히 일을 해야 한다고 생각했다. 그리하여 통나무로부터 리디아의 모습이 점점 그를 향해 밀려 나오고 그녀의 그 고귀한 무릎으로부터 옷주름이 생겨남에 따라 그 영상 속에서, 아름답고 수줍은 처녀의 모습 속에서 그 옛날과 첫사랑과 첫 여행과 젊음에 대한 고통과 열렬한 기쁨과 우수에 찬 사랑이 그를 황홀하게 했다. 그는 경건한 마음으로 제작을 해 나가며 그 목상이 그의 내부에 도사린 최상의 것, 그의 젊음, 그의 그 짜릿짜릿한 추억과 일체가 되는 것을 느꼈다. 그녀의 갸우뚱한 목과 다정하면서도 슬픈 입, 우아한 손, 그 가느다란 손가락, 불룩 솟아오른 아름다운 손톱, 그 모든 것을 만들어 나갈 수 있다는 것은 여간 행복한 것이 아니었다. 에리히도 경탄과 사랑으로 그 목상을 관찰했다.

완성 단계에 이르자 그는 작품을 원장에게 보였다. 그것을 보자 나르치스는 이렇게 말했다.

"이것은 자네가 만든 작품 가운데서 가장 아름다운 것일세. 전 수도원에 있는 어느 작품에도 비할 수 없이 아름다운 것일세. 최근 몇 달 동안 자네 때문에 무척 걱정했었던 것을 고백해야만 하겠네. 자네가 불안해하고 괴로워한다는 것을 나는 알아. 자네가 자취를 감추고 그날로 돌아오지 않아 걱정을 한 것이 한두 번이 아니었어. 다시는 돌아오지 않을지도 모른다 하고 말일세. 그런데 지금 자네는 이런 훌륭한 작품을 만들었네. 자네를 생각하면 기쁘기도 하고 자랑스럽기도 하네."

"그렇네. 이 작품은 훌륭하게 되었네. 하지만 내 말을 좀 들어주게나, 나르치스! 이런 훌륭한 작품이 완성되기까지 나의 모든 청춘을 바쳤네. 나의 방랑과 사랑과 여자들에 대한 구애를 모두 희생했던 걸세. 이것은 우물이야. 그 우물도 이내 말라 버리고 내 가슴도 텅 비겠지. 이 마리아상이 완성된 후 나는 잠시 휴가를 받을까 하는데, 오랫동안 돌아오지 않을지도 몰라. 나는 내 젊음과 그 옛날 내가 사랑하던 모든 것을 다시 찾아볼 작정이네. 내 말을 이해하겠나? 나는 이곳 손님이네. 그리고 여기서 내가 한 일에 대해서 아직까지는 한 번도 보수를 받지 않았네만……."

"보수를 받으라고 내가 그렇게 권하지 않았는가!"

"그랬었지. 그것을 지금 줄 수 없겠나? 보수란 다름이 아니라 새 옷이나 한 벌 맞추어 주었으면 하는 거야. 옷이 다 되면 말 한 필과 잔돈푼이나 좀 얻어서 세상 밖으로 나갈 작정일세. 나르치스, 아무 말도 하지 말게. 그리고 불쾌하게 생각지도 말고. 여기가 마음에 들지 않아서가 아니니까. 그리고 어디를 가든지 여기보다 더 좋은 곳이 있겠는가. 이건 완전히 별개의 문제일세. 내 소원을 들어주겠는가"

거기에 대해선 더 이상 이야기하지 않았다. 골드문트는 수수한 사냥복 한 벌과 장화를 만들어 달라고 했다. 그리고 그해 여름이 다가왔을 때 마리아상을 완성했다. 그 작품이 마치 자신의 마지막 작품이나 되는 듯 그는 정성을 들여 마리아상의 두 손과 얼굴과 머리에 마지막 손질을 했다. 그는 출발을 망설여 연기하고 있는 듯, 그 미묘한 최후의 일에 이끌리는 듯 보이기도 했다. 그리하여 하루하루가 지나갔고 그는 여전히 이것저것 정리했다. 나르치스는 눈앞에 닥친 이별을 쓰디쓰게 느끼면서도 여전히 골드문트가 마리아상에 대한 애착 때문에 선뜻 떠나지 못하는 모습을 미소 지으며 바라보았다.

그런 어느 날, 골드문트의 갑작스런 이별에 그는 놀라지 않을 수 없었다. 밤새 결심을 굳힌 것이었다. 새 옷차림과 모자를 쓰고 나르치스를 찾아와 작별을 고했다. 얼마 전에 참회도 하고 성례도 치른 뒤여서 이제는 잘 있으라는 인사와 함께 여행의 축복을 받으러 온 것이었다.

그 이별은 두 사람에게 다 같이 견디기 힘든 고통을 안겨 주었으나 골드문트는 생각 이상으로 아무렇지도 않는 듯한 태도를 취했다.

"또 자네를 만날 수 있을까?"

나르치스가 물었다.

"그야 물론이지. 자네가 마련해 준 이 멋진 말이 내 목을 부러뜨리지 않는다면 말일세. 나 외에 자네를 나르치스라 부르면서 근심하게 만들 사람은 없을 걸세. 그 점에 대해서는 믿어도 좋아. 에리히를 잘 보살펴 주는 것을 잊지 말아 주게. 그리고 아무도 내 목상에 손대지 않도록 해주게나. 그건 내가 말한 대로 내 방에 있어. 열쇠는 그대로 갖고 있겠나?"

"여행이 그렇게 즐거운가?"

골드문트는 두 눈을 깜박거렸다.

"그래, 즐거워. 하지만 막상 작별하려니 생각보다는 헤어지기가 어려워. 나를 비웃을지 모르지만 사실이 그렇다니까. 그리고 이런 집착이 만족스럽지가 않단 말이야. 이런 것은 질병과 같은 것이어서 젊고 건강한 사람들에겐 불필요한 것일세. 니콜라우스 스승도 그랬어. 나르치스, 이런 쓸데없는 소리는 그만두고 축복이나 내려 주게나. 떠나야겠네."

그리고 그는 말을 타고 떠났다.

나르치스는 친구에 대한 근심과 그리움으로 혼란스러웠다. 달아난 그 다정한 사나이는 다시 돌아올 것인가? 기묘하면서도 사랑스러운 그 사나이는 다시금 자유분방한 궤도에 몸을 싣고 어둡고 강한 충동에 이끌려 싫증을 모르는 아이처럼 호기심에 번뜩이며 세상 밖으로 나아갔다. 하느님이 그와 함께 해서 무사히 돌아오게 하옵시기를! 그 나비 같은 사나이는 이제 다시 이곳저곳을 날아다니며 죄악을 저지르고 여자들을 유혹하고 욕정에 사로잡혀 살인과 위험과 감옥에 떨어져 그로 인해 죽음을 맞이하게 될는지도 모른다. 늙어 가는 것을 비탄하면서도 세상을 보는 눈은 아직 어린아이 같은 그 금발의 사나이가 왜 이다지도 염려스럽단 말인가! 그 때문에 얼마나 걱정을 해야 한단 말인가! 그러면서도 나르치스는 골드문트를 생각하며 기뻐하기도 했다. 그 오만스러운 아이는 정말로 제어하기가 힘들었다는 것, 그리고 기분에 따라 다시 뛰쳐나갔다는 것, 그런 사실이 나르치스의 마음 밑바닥에서는 오히려 기쁨으로 자리잡았다.

원장은 하루도 빠짐없이 그에 대해 생각했다. 언제나 사랑과 그리움과 감사와 걱정, 때로는 우려와 자책 속에서 그를 생각했다. 자기가 얼마나 친구를 사랑하며 그가 변하지 않기를 바라는지, 또 그와 그의 예술을 통해 자기의 감성이 얼마나 풍부해졌는가 하는 것을 그에게 고백했어야 하지 않았을까? 그 점에 대해서는 별로 언급하지 않았었다. 아니 지나칠 정도로 언급이 없었다. 만약에 그 친구가 그런 이야기를 들었다면 떠나지 않았을지도 모르는 일 아닌가?

그는 골드문트를 통해서 풍부해지는 한편 더욱 빈약해지기도 했다. 그리고 그런 것을 친구에게 보이지 않은 것은 확실히 다행스러웠다. 그가 살고 있는 세계, 그의 세계, 그의 수도원 생활, 직위, 학식, 사상, 그런 모든 것이 그 친구에 의해 크게 동요되기도 했고 의혹을 품기도 했었다. 그건 의심할 바 없는 주지의 사실이었다. 사실 수도원의 이성과 도덕적인 관점에서 본다면 그의 생활이 보다 좋고 보다 정당하고 보다 지속적이고 보다 질서 있고 보다 모범적이었다. 그것은 질서와 준엄한 봉사의 생활이며, 끊임없는 헌신이며, 명료함과 정당함에 대해 계속해서 새로워지려는 노력이었다. 그것은 또한 예술가, 방랑자, 바람둥이의 생활보다는 확실히 훌륭한 생활이기는 하다. 하지만 하느님의 입장에서 본다면 모범적인 생활의 질서와 규율, 속세와 감각의 쾌락에 대한 포기, 더러움과 피로부터 멀리하고 철학과 신심에 빠진다는 것, 그것이 과연 골드문트의 생활보다 우월한 것이라 말할 수가 있을까? 인간이란 과연 종소리로써 시간과 행사를 알려 주는 규칙적인 생활을 하도록 태어난 것인가? 인간은 정말로 아리스토텔레스나 토마스 아퀴나스에 대한 연구나 희랍어의 학습이나 감각의 기만이나 속세로부터의 도피를 위해 창조된 존재란 말인가? 인간은 하느님이 창조한 그 순간부터 이미 감각과 충동, 피가 뚝뚝 떨어지는 어두움, 죄악과 환락과 절망으로 이어지는 능력이 동시에 주어진 존재가 아닐까? 그 친구를 생각할 때마다 원장의 생각은 언제나 그런 의문점에 맴돌곤 했다.

 그렇다. 골드문트 같은 생활을 해 나간다는 것은 보다 유치하고 인간적인 생활로 그치는 것은 아니리라. 결국에는 보다 용감하고 그 그릇이 큰 생활일지도 모른다. 속세에서 떠나 손을 깨끗이 씻고 허물없는 생활을 하며 아름답게 조화된 사상의 정원에서 조심스럽게 가꾸어 놓은 꽃밭 사이를 걷는 대신 공포스러운 격류와 혼란에 몸을 던지고 죄악을 범하며 그 참담한 결과를 받아들인다는 것은 보다 용감한 생활이 아닐까. 너덜너덜한 신발로 숲을 지나고 시골길을 방랑하며 햇볕을 쬐고 비를 맞으며 굶주림과 궁핍에 시달리고 관능에 유혹되어 고통으로 그 대가를 치른다는 것은 보다 어렵고 보다 용감하며 보다 고귀한 삶이 될는지도 모르리라.

어찌 됐든 나르치스는 골드문트로 인해 이런 사실을 깨닫게 되었다. 고귀한 인간으로 정해진 사람은 정열적이고 도취적인 생활 속에 깊이 파묻혀 먼지와 피로 더렵혀진다고 하더라도 비굴해서는 안 되며 자신의 내부에 깃든 신성을 죽이지 않으며 아무리 칠흑 같은 어둠 속에서 헤맨다고 하더라도 영혼의 그 밑바닥에서 신성한 빛과 창조력은 꺼지지 않는다는 것을 보여 주었었다. 나르치스는 친구의 그 혼란된 삶을 깊이 들여다보았지만 친구에 대한 사랑과 존경심은 줄어들지 않았다. 아니 그뿐이 아니다. 골드문트의 얼룩진 손에서 내적인 형식과 질서에 의해 이상하리만치 조용히 살아가는 목상이 완성되어 가는 것을 본 이래로 영혼에서부터 빛을 발하는 얼굴들과 깨끗한 식물들과 꽃들이 애원하는 듯도 은혜를 받은 듯도 한 두 손이 대담하고 브드러우면서도 거만스럽기도 하고 신성하기도 한 자태들을 만들어 가는 그 과정을 본 이래, 그는 그 예술가와 유혹자의 가슴에는 빛과 신의 은총으로 충만하다는 것을 알았다.

대화를 통해서 그의 규율과 사상의 질서를 내세워 그의 정열에 대립시킴으로써 친구에 대해 우월감을 갖는 것은 쉬운 일이었다. 그러나 골드문트가 제작한 목상의 그 조그마한 자태 하나하나가, 그 눈과 그 입이, 곱슬곱슬한 수염이나 옷주름이 어쩌면 사색가보다 훨씬 더 현실적이며 생생하고 무엇으로 대치할 수 없는 절대적인 것이 아니었을까? 마음에는 저항과 혼돈뿐인 그 예술가가 오늘과 장래에 을 무수한 사람들을 위해 그들의 고난과 노력의 상징적인 영상을 높이 쳐들지 않았던가? 무수한 사람들의 불안과 동경, 기도와 존경의 마음, 그리고 위안과 보증과 힘이 되어 줄 수 있는 영상을 형상화하지 않았던가?

　나르치스는 젊은 시절부터 그 친구를 이끌고 가르치던 장면들을 하나하나 회상하며 만족한 미소를 짓기도, 슬픔에 잠기기도 했다. 그 친구는 언제나 그것을 받아들이는 것에 감사했고 그의 우월성과 인도를 인정해 주었었다. 그러곤 그 친구는 무한한 정적 속에서 채찍질당한 그의 생활의 폭풍과 고뇌에서 태어난 작품들을 만들어 내었다. 어떤 말도, 가르침도, 설명도, 경고도 아닌 순수로 고양된 삶이었다. 그것에 비해 자신의 지식과 규율과 변증법은 그 얼마나 쓸모 없는 것이란 말인가!

　그는 이러한 문제들을 골똘히 생각해 보았다. 여러 해 전에 그가 골드문트의 젊음에 관여해서 그를 각성시켜 그 생활을 새로운 영역으로 옮겨 주었듯 이제 그 친구는 돌아온 이후로 그를 혼란스럽게 하고 그로써 의혹과 자기 검토를 해보지 않을 수 없도록 했었다. 그 친구는 그와 동류가 된 것이었다. 나르치스가 그 친구에게 주었던 모든 것이 그 몇 배가 되어 다시 돌아온 것이다.

　말을 타고 떠난 그 친구는 그에게 생각할 시간을 주었다. 몇 주일이 지났다. 밤나무 꽃은 이미 오래전에 피어 있었고 젖빛 떡갈나무 잎새는 벌써 단단하게 굳었으며 정문에 둥지를 튼 황새들은 새끼들에게 날갯짓을 가르쳐 주었다. 골드문트가 떠난 후 시간이 지나면 지날수록 그 친구가 그에게 얼마나 소중한 존재였나를 다시금 깨달았다. 물론 수도원에도 박식한 신부 몇 사람이 있어 그중의 한 사람은 플라톤의 정통자요, 또 한 사람은 유능한 문법학자였으며 그 밖의 주도 면밀한 신학자 한두 사람이 있었다. 뿐만 아니라 수도사들 가운데에도 언제나 진지하고 성실한 사람이 있었지만 그와 대등한 사람, 성실한 입장에서 대결할 만한 인물은 아무도 없었다. 무엇으로도 바꿀 수 없는 것을 준 사람은 골드문트뿐이었다. 그런데 지금 그것을 또 잃어버려야만 한다는 것은 참으로 견디기 어려운 고통이었다. 생각은 자꾸만 멀리 떠나간 친구를 향해 그리움을 몰고 왔다.

그는 자주 작업장을 찾아가 에리히를 격려해 주었다. 그 조수는 계속 제단 만드는 작업에 열중이었지만 늘 초조한 마음으로 스승이 돌아오기를 기다리고 있었다.

원장은 또한 골드문트가 쓰던 방을 열고 마리아상 앞에 서서 거기에 둘러씌운 천을 벗기고 한동안 들여다보기도 했다. 골드문트가 리디아에 대한 이야기를 해준 적이 없었으므로 그는 그 마리아상의 유래를 알지는 못했다. 하지만 그는 모든 것을 느낌으로 알고 있었다. 이 처녀의 자태는 오래도록 친구의 가슴속을 차지하고 있었다는 것, 그가 그 아가씨를 유혹해서 기만하고 나중에는 버렸을는지도 모르리라. 하지만 그 여자를 언제까지나 영혼 깊숙이 지니고 있어서 충실한 남편 이상으로 지켜 나가 그 여자를 만나 보지 못하고 여러 해를 보낸 다음에 이제 그 아름답고 감동적인 처녀의 목상을 만들어 얼굴과 자태 속에, 또 손안에 사랑하는 사나이의 온갖 정감과 감동과 그리움을 조각했으리라.

그리고 낭독대에 새긴 목상에서도 골드문트의 지나간 생애의 이런 저런 이야기를 읽을 수가 있었다. 그것은 방랑자며 충동에 몸을 맡긴 사나이, 고향을 상실한 자, 부실한 자의 이야기일 수도 있으나 거기에서 남은 것은 살아 숨쉬는 사랑으로 충만한, 선하고 충실한 것들이었다. 그 삶은 왜 그렇게 신비에 차고 그 물결은 왜 그렇게 흐리면서도 조용히 흘러가며 그 결과는 왜 그렇게 맑고 고귀하단 말인가!

나르치스는 자신과의 투쟁에서 이겼다. 그는 결코 자신의 궤도에서 벗어나지 않았으며 준엄한 봉사에 대한 회의도 가지지 않았다. 그러나 그는 벗을 잃은 일로 괴로워했고, 하느님과 직무에만 바쳐야 할 그의 마음이 친구 골드문트에 집착되어 있다는 인식으로 괴로워했다.

골드문트의 죽음

여름이 지나감과 더불어 양귀비꽃, 부채꽃, 선옹초와 과꽃이 시들어 사라지고, 연못의 개구리는 조용해지고, 황새들은 높이 날아 떠나갈 준비를 했다. 그 무렵 골드문트가 다시 돌아왔다.

그는 어느 날 오후, 보슬비를 맞으며 돌아와 수도원으로는 들어가지 않고 정문에서 곧장 작업장으로 향했다. 말은 어디다 두었는지 걸어서 왔다.

그가 들어오는 것을 보고 에리히는 깜짝 놀랐다. 첫눈에 알아보고는 에리히의 가슴은 무척이나 설렜으나 거기에 들어온 사람은 완전히 다른 사람으로 변모해 있었다. 가짜 골드문트, 훨씬 더 나이 들어 반은 꺼진 듯한 먼지투성이의 창백한 얼굴, 수척한 표정, 병에 고통스런 표정, 그러면서도 거기에는 고통의 흔적이 보이기보다는 오히려 사람 좋아 보이는 늙은이의 지긋한 미소만이 보였다. 무척이나 힘이 드는 듯 다리를 질질 끌며 걸어왔는데 아무래도 병들고 지친 것 같았다.

이처럼 변하고 늙어 버린 골드문트는 이상스럽다는 듯 젊은 조수의 눈을 들여다보았다. 그는 돌아왔다고 야단스럽게 굴지도 않고 마치 주욱 거기에 있다가 옆방에서 방금 걸어 나오는 사람처럼 행동했다. 악수를 하기는 했지만 아무 말도 하지 않았으며 인사도, 질문도, 이야기도 하지 않았다. 그저 '잠을 좀 자야겠네.' 했을 뿐이었다. 무척 피곤한 듯 보였다.

그는 에리히를 밖으로 내보내고 작업장 옆방으로 들어갔다. 거기서 모자와 구두를 벗어 던지고 침대로 향했다. 방 한구석에 천으로 둘러놓은 마리아상이 서 있었으나 그는 천을 벗기려고 하지도 않았고 인사를 건네려고도 하지 않았다. 그 대신 창가로 다가가 밖에서 서성대는 에리히를 불러 말했다.

"에리히, 아무에게도 내가 돌아왔다는 얘기를 하지 말아라. 몹시 피곤하구나. 내일까지는 시간이 있으니 말이다."

그런 다음 옷을 벗지도 않고 침대에 누웠다. 하지만 금방 잠을 이룰 수 없어서인지 잠시 후, 다시 일어나 비틀거리면서 조그마한 거울이 걸려 있는 벽 쪽으로 걸어가 거울을 들여다보았다. 그러곤 거울 속에서 마주 바라보는 골드문트를 자세히 살펴보았다.

지치고 늙고 시든 사나이, 수염이 허연 사나이, 흐릿한 거울에 마주 보이는 사람은 초췌한 늙은이였다. 낯익기는 하나 서먹서먹한 사람, 눈앞에 없는, 또 아무런 관계도 없는 사나이 같았다. 그 얼굴은 그가 아는 이런저런 얼굴을 생각나게 했다. 약간은 니콜라우스 스승을 연상케 하고, 약간은 그 언제인가 그에게 시동의 제복을 해 입히던 노기사를 생각나게도 했으며, 또한 조금은 성당에 있는 성야곱을 연상하게도 했으며, 어쩌면 순례 모자를 쓴 고령의 야곱, 수염투성이면서도 명랑하고 사람 좋아 보이는 성야곱 같기도 했다.

  그 낯선 사람에 대해서 자상하게 알아 두는 것이 중요한 일인 것처럼 그는 그 거울 속의 얼굴을 조심스럽게 뜯어보았다. 그리고 그는 그 얼굴을 향해 고개를 끄덕거렸다. 그렇다, 그것은 그 자신이었다. 그리고 그것은 그가 자신에 대해 갖고 있는 감정과 일치했다 지치고 초라한 한 늙은이가 여행에서 돌아온 것이었다. 어느 것 하나 뽐낼 것이 없는 볼품없는 늙은이, 그러면서 그는 그 얼굴에 대해 조금도 반감을 가지지 않았다. 오히려 그 얼굴이 마음에 들었다. 그 얼굴에는 지난날의 아름답던 골드문트에게는 없었던 그 무언가가 존재해 있었다. 피로와 무력함에도 불구하고 평온과 무관심이 깃든 얼굴을 보며 미소 짓자 거울 속의 얼굴도 함께 웃었다. 정말로 멋진 사나이 하나를 여행길에서 집으로 데려왔구나! 형편없이 해진 누더기에 빈털터리로 여행에서 돌아온 것이다. 말도, 짐보따리도, 그나마 돈 몇 푼도 다 잃었을 뿐 아니라 다른 것들 역시 그를 버리고 만 것이다. 젊음과 건강과 자신감, 그리고 홍안과 시력도 그를 버렸다. 그런데도 그는 그 얼굴에 호감이 갔다. 거울에 비치는 늙고 쇠약해진 사나이가 오히려 그가 오랫동안 지니고 다니던 예전의 골드문트보다 훨씬 더 사랑스러웠다. 나이가 더 들고, 더 쇠약하고 볼품없는 사나이지만 악의와 불만이 없고 더욱 가까워질 수 있는 사나이였다. 그는 크게 한 번 웃은 뒤 주름 잡힌 눈꺼풀을 내리고 다시 침대에 누워 잠에 빠졌다.

다음날, 나르치스가 그를 찾아왔을 때 그는 책상에 허리를 굽히고 앉아 스케치를 하고 있는 중이었다. 나르치스는 문 앞에 서서 이렇게 말했다.

"돌아왔다기에 들었네. 돌아와 주어서 얼마나 기쁜지 모르겠어. 나를 찾아 주지 않아 내가 찾아왔지. 일에 방해가 되지는 않겠지?"

나르치스가 가까이 다가오자 그는 종이를 내려놓고 몸을 일으켜 손을 내밀었다. 에리히는 미리 귀띔을 해주기는 했지만 나르치스는 친구의 야윈 모습을 보고 너무나 놀랐다. 그 친구가 다정하게 웃고 있었다.

"그래, 내가 왔네. 잘 있었나, 나르치스? 오랜만이군. 찾아가 보지 않은 걸 용서해 주게나."

나르치스는 친구의 눈을 들여다보았다. 그 역시 그 얼굴에 빛을 잃고 시들어 간다는 것을 보았을 뿐만 아니라 거기서 전혀 다른 것도 보았다. 거기에는 평정과 무관심의 표정도, 노인들의 체념과 선의도 엿보였다. 숱한 사람들의 얼굴을 읽어 온 나르치스였으므로 그 얼굴이 무척이나 변모했다는 것, 그리고 그렇게 변한 골드문트는 이미 현실의 존재가 아니거나, 현실을 멀리 떠난 영혼이 꿈길을 방황하고 있거나, 아니면 천국으로 넘어가는 그 문턱에 서 있다는 것을 느꼈다.

"어디 아픈가?"

나르치스는 조심스럽게 물었다.

"그렇다네. 아프기도 하지. 길을 나선 지 얼마 안 있어 곧 병들었으니까. 하지만 내가 곧장 돌아올 수 없었다는 건 자네도 이해할 걸세. 그렇게 빨리 돌아와 승마용 장화를 벗어 버렸다면 자네들은 비웃었겠지. 아니야, 나는 돌아올 수 없었어. 그래서 계속 방랑을 했었지. 이번 여행이 실패로 끝나 부끄러웠네. 쓸데없는 말을 지나치게 많이 했군. 자네는 현명한 사람이라 벌써 이해했을 거야. 용서하게나. 지금 뭘 물었던가? 도깨비에 홀린 것 같아 무엇이 문제인지, 무엇이 중요한 것인지를 자꾸 잊는단 말이야. 그런데 나의 어머니 이야기인데, 그건 자네가 옳았어. 고통스러웠지만 말일세……."

"골드문트, 우리들이 자네를 다시 건강하게 해주겠네. 자네의 자유를 빼앗지 않겠어. 그건 그렇고, 몸이 아프면 곧 돌아오지 그랬어! 부끄러워할 게 뭐란 말인가? 즉각 돌아왔어야지."

골드문트는 껄껄거리고 웃었다.

"그래, 이젠 알았네. 단지 나는 용기가 없었던 걸세. 면목이 없어서 말이야. 어떻든 이제는 이렇게 돌아왔으니 잘될 걸세. 도 건강도 좋아질 걸세."

"몹시 앓았었나?"

"앓았냐고? 그렇지, 몹시 말야. 하지만 그 고통이란 것이 나를 본연으로 되돌려 놓았다네, 이제는 자네 앞에서도 부끄럽지 않아. 그 당시, 자네가 나의 목숨을 구해 주려고 감방으로 나를 찾아왔을 때 나는 얼마나 부끄러웠는지 혀를 깨물고 싶었지. 이미 지나간 과거의 일이지만 말일세."

나르치스가 그의 팔을 잡자 그는 이내 입을 다물었으며 빙긋이 미소를 지었다. 그는 곧 편안하게 잠에 빠졌다. 원장은 의사의 일을 맡아 보는 안톤 신부에게로 달려가 환자를 봐 달라고 부탁했다. 그들이 돌아왔을 때 골드문트는 책상에 기대어 자고 있었다. 그들은 그를 침대에 눕히고 안톤 신부가 곁에 남았다.

의사는 그의 병이 절망적이라 생각하고 그를 병실로 옮기게 한 다음 에리히로 하여금 간병하도록 조치했다.

그의 마지막 여행에서 겪었던 이야기는 명백히 알 수 없었다. 그의 이야기가 워낙 단편적이어서 그 나머지는 추측에 맡길 수밖에 없었다. 그는 가끔 멍청히 누웠거나 때로는 신열이 대단하기도 했다. 어떤 때는 정신이 오락가락해서 종잡을 수 없는 말을 하는가 하면 어느 때는 정신이 말짱하기도 했는데, 그럴 때마다 그는 나르치스를 불렀다. 골드문트와의 마지막 대화들은 그에게 무척이나 중요하게 생각되었기 때문이다.

골드문트의 보고와 고백의 몇 가지 단편들을 나르치스가 전했고 그 나머지는 조수 에리히가 전했다.

"병에 걸린 게 언제였냐고? 그건 여행을 떠나 얼마 지나지 않았을 때였어. 숲으로 말을 타고 달리다가 말을 탄 채 냇물에 빠져 밤새 찬물 속에 누워 있었던 거야. 그때 갈비뼈가 부러졌고 고통이 시작된 거야. 여기서 그리 멀지 않은 곳이어서 돌아올 수도 있었지만 그러기는 싫었네. 유치한 이야기지만 나를 비웃을 거라고 생각했지. 그래서 계속 말을 달렸고 나중에는 말조차 탈 수 없게 되자 말을 팔아 버리곤 오랫동안 어느 병원에 누워 있었던 것일세. 나르치스, 이젠 여기에 오게 되었으니 모든 게 끝장일세. 더 이상 말을 탈 수도, 방랑을 할 수도, 춤이나 여자들도 모두 끝일세. 아프지만 않았더라도 몇 년이고 좀더 바깥 세상을 방랑했을 텐데. 하지만 이제는 그 바깥 세상도 내게 더 이상의 즐거움을 주지 않는다는 것을 알았을 때 나는 이런 생각을 했던 걸세. '죽기 전에 스케치나 더 하고 작품이나 몇 점 더 만들어야겠다. 어떤 즐거움도 갖고 싶은 게 인간이니까.' 하고 말일세."

나르치스가 대답했다.

"자네가 돌아와 주어 얼마나 반가운지 모르겠네. 자네가 그립고 보고 싶어서 하루라도 자네를 생각하지 않고는 견딜 수가 없었다네. 그리고 자네가 영영 돌아오지 않으면 어쩌나 걱정을 많이 했었다네."

골드문트가 머리를 흔들었다.

"없어졌다 하더라도 대수로운 건 아니었을 걸세."

나르치스는 연민과 애처로움으로 천천히 그에게로 돋을 굽혀 그들의 우정을 맺은 때부터 여태껏 한 번도 하지 않았던 짓을 했다. 골드문트의 머리칼과 이마에 가만히 입술을 댄 것이었다. 골드문트는 처음에는 당황해했으나 이내 그 의미를 알아차렸다.

나르치스는 벗의 귀에다 대고 소곤거렸다.

"골드문트, 자네에게 이 이야기를 좀더 일찍 하지 않았다는 것을 용서해 주게. 감방으로 자네를 찾아갔을 때나 자네의 첫 번째 목상을 처음으로 보게 되었을 때 그 말을 했어야 옳았었네. 내가 자네를 얼마나 좋아하는지, 내게 있어 자네의 존재란 얼마나 소중한 것인지, 또한 자네가 나의 삶을 그 얼마나 풍부하게 해주었는지, 그런 이야기를 오늘은 하도록 해주게나. 하지만 자네에게는 별다른 의미가 없겠지. 자네는 사랑에 익숙한 몸으로 사랑이 별다르지 않을 테니까. 자네는 많은 여자들을 사랑했고 또 그들로부터 고통을 받기도 했었네. 그러나 나와는 달랐단 말일세. 나의 삶에는 사랑이 결여되었지. 말하자면 인생에서 최고의 것이 결여된 걸세. 그래서 다니엘 원장님께서는 나를 너무 오만하다고 말씀한 적이 있었는데, 그 말씀은 옳았어. 나는 사람들에 대해 부당한 대우는 하지 않았고 언제나 바르게 인내로 대하려고 노력해 왔지만 결코 사람들을 사랑한 적은 없었네. 수도원 안에 두 학자가 있다면 그중의 어느 한쪽이 특별히 약하다고 해서 그 학자를 사랑한 적은 없었네. 그럼에도 불구하고 사랑에 대해 약간이나마 알게 되었다면 그것은 자네 때문이었네. 내가 사랑할 수 있었던 사람은 수많은 사람들 가운데 오직 자네뿐이었네. 내 말의 의미를 이해할지 모르겠네만 그건 황야의 샘이며 폐허에 핀 꽃나무이네. 나의 마음이 마르지 않고 거기에 하느님의 은총을 받을 자리가 아직 남았다고 한다면 그건 오로지 자네 덕분일세."

골드문트는 기쁜 듯, 당황하는 듯 미소를 지었다. 그러곤 의식이 또렷할 때 나지막한 목소리로 말했다.

"교수대에서 풀려나 함께 귀로에 올랐을 때, 나는 자네에게 나의 애마 블레스의 안부를 물었는데, 자네는 자세히 알려 주었네. 그때 나는 말이라면 구별도 못하는 자네가 그 말에 대해 자세히 알고 있는 것은 나 때문이었다는 사실을 알았단 말일세. 지금 자네가 진정으로 나를 사랑한다는 것을 깨닫게 되었네. 나르치스, 나도 언제나 자네를 사랑해 왔어. 그리고 내 일생의 반은 자네의 사랑을 구하는 길이었네. 자네 역시 나에게 호감을 갖고 있다는 것을 알고는 있었지만 자네처럼 자부심이 강한 사람이 그걸 말하리라고는 상상조차 하지 못했었네. 그런데 자네는 이제 비로소 그 이야기를 했네. 모든 것이 나에게서 멀어져 간 이 순간에, 방랑과 자유, 세상과 여자들이 나를 버린 이 순간에 말일세. 나는 감사하는 마음으로 그걸 받아들이겠네."

리디아 마리아상이 방 한가운데 서서 그들을 바라보고 있었다.

"자네는 언제나 죽음을 생각하고 있군?"

나르치스가 말했다.

"그래, 언제나 그것말고도 내 인생이 어떻게 되었는가를 생각하고 있다네. 자네가 아직 나의 선생이었을 때, 자네와 같은 정신적인 사람이 되고 싶다는 소원을 품었었는데, 자네는 내가 그런 인간이 아니라는 것을 깨닫게 해주었지. 그래서 나는 삶의 다른 편, 관능의 세계에 몸을 던졌는데, 여자들은 거기서 쾌락을 구하는 것을 도와 주었네. 도와 주었다기보다 자진해서 탐욕스럽게 응해 준 것이지. 하지만 여인들이나 관능의 쾌락에 대해 멸시하고픈 감정은 없다네. 어떻든 나는 무척 행복했었으니까. 그리고 관능적인 것을 정화시키는 것에 있어서 만족감을 느꼈네. 예술은 그것에서부터 비롯되는 것일세. 하지만 이제는 관능의 불꽃도, 예술의 불꽃도 다 꺼지고 말았어. 이제는 관능이 주는 동물적인 행복도 없어졌지만 설사 여자들이 다시 따른다 하더라도 더 이상 그런 걸 원하지 않네. 예술작품을 창조한다는 것도 이제는 별 의미가 없네. 그 수효가 중요한 건 아니지만 지금껏 많은 상을 만들었어. 그러므로 이제는 죽을 순간이 된 걸세. 기꺼이 죽음을 맞이하겠네. 그리고 죽음이 흥미롭기도 하고."

"어째서 그럴까?"

"어리석은 말이겠지만 사실이 그런걸. 나르치스, 그건 절대로 피안 때문은 아니네. 피안에 대해서는 생각해 본 적은 없다네. 그리고 솔직히 말해서 믿지도 않고 말일세. 피안이란 없어. 말라 버린 나무는 영원히 죽고, 얼어 버린 새는 다시 살아나지 못하듯 사람도 한번 죽으면 그만일세. 사라지고 난 후에도 사람들은 당분간은 그를 생각하지만 오래

가지는 않아. 실은 죽음에 대한 내 호기심의 발로는 내 어머니에게로 찾아가고 싶은 나의 믿음과 소망 때문이라네. 죽음이란 크나큰 행복이라고 생각하네. 첫사랑의 충족처럼 그런 커다란 행복 말일세. 나를 받아들여 무(無)와 순수로 인도하는 것은 죽음이 아니라 나의 어머니일 거라는 생각을 아무래도 버릴 수가 없다네."

그 이후로 골드문트는 며칠째 침묵을 지키다가 어느 날 나르치스가 찾아왔을 때 다시 생기를 내어 말도 할 수 있게 되었다. 그래서 나르치스가 물었다.

"안톤 신부의 말로는 자네가 꽤나 고통스러울 거라는데……. 골드문트, 자네는 어찌 그리 태평할 수 있는가? 이제는 평온을 찾은 것 같네."

"하느님과의 평온 말인가? 아닐세. 그것은 못 찾았네. 또 그런 평온을 바라지도 않아. 하느님은 세상을 악하게 만들어 우리들은 그 세상을 찬양할 필요가 없어. 또 찬양에 대해 하느님은 중요하게 생각하지도 않을 걸세. 이 세상을 그렇게 만든 건 하느님이니까. 하지만 가슴속의 고통은 무척 평온해졌다네. 전 같았으면 굉장한 고통을 느꼈을 텐데. 물론 죽는다는 건 그 무엇도 아니란 생각을 한 적도 많았지만 그건 잘못된 생각이었지. 하인리히 백작의 감방에 갇혔을 때 그걸 알았지. 아무래도 간단히 죽을 수는 없더군. 그렇게 죽기에는 너무나 강하고 과격해서 나를 죽이자면 두 번쯤 때려죽여야 했을 거야. 하지만 지금은 상황이 다르네."

말을 함으로써 그는 지쳤으며 그의 음성은 차츰 기력을 잃어 갔다. 나르치스가 무리하지 말라고 당부했다.

"아닐세."

골드문트가 고집을 부렸다.

"자네에게 이야기를 해야 되겠어. 예전 같았으면 부끄러워 말도 못 했을 걸세. 자네는 이야기를 들으면 틀림없이 웃을 걸세. 그 당시 내가 말을 타고 여기를 떠난 것은 아무런 목적이 없는 짓은 아니었네. 나는 하인리히 백작이 돌아왔는데 그의 애첩 아그네스도 함께 있다는 소문을 들었던 것일세. 그건 좋아. 자네에게는 그다지 중요하리라고 생각지 않아. 그리고 지금의 나에겐 어떤 가치도 없는 이야기이네. 하지만 그때는 그 소문이 나를 완전히 압도해 버려서 그녀 생각으로 가득했었네. 그녀는 내가 알고 사랑한 여자들 가운데서 가장 아름다운 여자였어. 나는 그 여자를 다시 만나 그녀와 한 번이라도 행복을 나누고 싶었네. 그래서 나는 말을 타고 길을 떠났고 일주일의 시간이 흐른 다음에야 그 여자를 찾아냈지. 내게 변화가 생긴 건 바로 그 순간이었네. 나는 아그네스를 보았는데, 그 여자는 전과 다름없이 아름답더군. 나는 그 여자에게 나타나 이야기를 할 기회를 잡았다네. 하지만 나르치스, 생각 좀 해보게. 그 여자는 나 같은 건 상종도 하지 않으려는 게 아닌가! 나는 이제는 너무 늙었고 아름답지도, 향락을 충분히 줄 수도 없는 몸이 된 걸세. 그 여자에게 있어 나란 존재는 쓸모 없는 것이었지. 그것으로 나의 여행은 종말이었으나 계속 앞으로 달려갔네. 실망해서 비참한 꼴로 돌아오기가 싫었던 것이지. 그렇게 말을 타고 가는 동안 힘도, 젊음도, 현명함도, 모두 나에게서 떠나 버리고 만 거야. 그랬으니 말을 탄 채 낭떠러지로 굴러 냇물에 빠져 늑골을 다쳐 일어나지를 못한 게 아닌가. 그때 나는 비로소 진실된 고통의 의미를 깨닫게 되었네.

떨어지는 순간, 가슴속에서 무언가가 꺾여지는 것을 느끼고 그 소리를 들었네. 그런데 그 소리가 들리는 게 내겐 말할 수 없는 쾌감이었네. 나는 물 속에 나자빠져 이제는 죽어야 된다는 것을 알았지만 감방에 갇혀 있을 당시와는 모든 게 달랐었네. 죽음에 대해 아무런 반감도 떠오르지 않을 뿐더러 죽음이 그리 나쁘게 생각되지도 않는 거였네. 나는 그 이후로 때때로 심한 아픔을 느꼈는데, 그건 꿈이라고 할는지 얼굴이라 할는지 모를 그런 것이었네. 자네가 부르고 싶은 대로 부르도록 하게나. 나는 거기에 누워 가슴 저리는 고통을 느껴야만 했네. 그래서 저항하며 비명을 질렀으나 어디서 웃는 소리만이 들릴 뿐이었네. 그건 아련한 유년 시절의 기억에 남아 있는 음성, 바로 어머니의 음성이었어. 쾌락과 사랑으로 가득한 여자의 깊은 음성이었다네. 그때 나는 그것이 어머니라는 것을 알았고 어머니가 곁에 있어서 나를 안아 나의 가슴을 열고 손가락으로 늑골 사이를 찔러 심장을 꺼내고 있다는 것을 알았네. 그걸 알았을 때 이미 고통은 나를 떠나 버렸지. 지금도 그 고통이 다시 엄습하지만 그건 고통도 아니며 적도 아닌 나의 심장을 들어내는 어머니의 손가락일 뿐이네. 어머니는 지금 그 일로 바쁘다네. 어머니는 때때로 몸을 숙이며 쾌락의 신음 소리를 내기도 하고 다정한 목소리로 웃으며 소곤거리기도 하지. 어떤 때는 나와는 멀리 떨어져 하늘에 있어서 구름 사이로 그 얼굴이 보이기도 한다네. 구름처럼 크게 말일세. 어머니가 거기서 슬픈 미소를 지으며 빙빙 떠도는데, 그 미소가 나를 빨아당기고 나의 심장을 들어내는 걸세."

그는 그 여자, 어머니에 대한 얘기만 계속하는 것이었다. 마지막 날, 그날은 이런 말을 하기도 했다.

"자네는 아직도 기억하는가? 예전에 내가 어머니를 잊고 지낼 때 자네가 날 일깨워 준 일이 있었지. 그때는 동물한테 내장을 찢기는 것처럼 아팠었네. 그때는 우리들이 아직 젊은 시절이었고 기소년들이었지. 하지만 어머니의 부름은 벌써 그때부터 시작되어서 나는 따르지 않을 수가 없었던 거야. 어머니는 모든 곳에 있었다네. 그 여자는 집시의 여인 리제이기도 하고, 니콜라우스 스승의 아름다운 마리아이기도 하네. 그 여자는 생명이며 사랑이고 쾌락인 동시에 불안과 굶주림과 충동이었네. 지금은 죽음이며 손가락을 내 가슴속에 밀어 넣어 심장을 들어내고 있네."

"여보게, 너무 말을 많이 하지 말게나. 내일 또 하도록 하고."

골드문트는 얼굴에 엷은 미소를 띠며 친구를 쳐다보았다. 그것은 여행에서 함께 갖고 온 미소였으며 너무나 늙고 초췌해 보이기도, 또 약간은 바보스러워 보이기도 하지만 선의와 지혜로 충만된 그런 미소였다.

"여보게, 나르치스, 내일까지 기다릴 수가 없어. 자네와 작별을 하지 않으면 안 되겠는데 작별을 위해 전부 이야기해 두어야겠어. 잠시만 귀를 기울여 들어주게나. 자네에게 어머니의 이야기와 그 어머니의 손가락이 나의 심장을 확 움켜쥐고 있다는 이야기를 하고 싶었네. 어머니의 상을 만든다는 것은 몇 년에 걸친 나의 꿈이었네. 그것은 나의 모든 형상 가운데서 가장 신성한 것이었네. 나는 언제나 그 사랑과 신비에 찬 형상을 지니고 다녔지. 어머니의 상을 만들지 못하고 죽어야 한다는 생각은 얼마 전까지만 해도 견딜 수 없는 고통이었네. 그걸 만들지 않고는 나의 생은 무의미한 것으로 여겨졌었지. 그런데 이제는 이상해졌어. 어머니를 만드는 것은 나의 손이 아니라 어머니의 손이 오히려 심장을 움켜쥐고 그걸 들어내어 나를 텅 비게 만드는 걸세. 어머니는 나를 유혹해서 죽음으로 인도하고 나와 함께 나의 꿈도, 아름다운 상도, 위대한 인류의 어머니 이브의 상도 죽여 버리고 마는 거야. 지금도 그게 보이네. 손에 힘만 조금 있었더라도 그걸 만들 수 있으련만 어머니가 그걸 원하지 않네. 어머니는 자신의 신비가 드러나는 것을 원하지 않아. 오히려 어머니가 바라는 것은 나의 죽음일세. 나는 기쁜 마음으로 죽음을 맞이하네. 어머니가 그것을 쉽게 해주니까."

나르치스는 어쩔 줄 몰라하며 그의 한마디 한마디에 귀를 기울였다. 그는 친구의 말을 똑똑히 듣기 위해 친구의 얼굴 위로 몸을 깊숙이 숙여야만 했다. 더러는 분명치 못하게 들리고 더러는 잘 들리기도 했지만 그 의미를 이해할 수 없는 말이 많았다.

그는 다시 한 번 눈을 떠 친구의 얼굴을 한참이나 쳐다보면서 그 눈으로 친구와 작별을 고했다. 그러곤 무척 그리운 듯한 목소리로 낮게 말을 이었다.

"나르치스, 자네는 어머니가 없다면 어떻게 죽으려는가? 어머니가 없이는 사랑도 할 수가 없고 죽을 수도 없다네."

그리고 또 무어라고 말하기는 했으나 이미 알아들을 수 없는 소리였다. 마지막 이틀 동안 나르치스는 밤낮으로 그 친구의 침대 곁에 앉아 친구의 임종을 지켜보았다. 골드문트가 한 마지막 말들은 그의 가슴에서 불처럼 타올랐다.

작가와 작품 해설

헤르만 헤세의 생애와 작품 세계

두 차례의 세계대전과 세 번의 결혼, 전도 유망한 신학생에서 공장 근로자와 서점 점원 등을 전전했던 혹독한 사춘기, 안정된 일상에서 오는 불안감이 채찍질한 동방으로의 순례……. 헤르만 헤세의 삶은 아름다운 고향 칼브에서의 행복했던 유년 시절과 아름답지 못한 현실의 고단함 사이를 오가는 진자와 같았다.

우리 시대에 자신의 체험을 위해 그보다 더 문학을 필요로 했던 작가는 없었을 것이다. 헤세는 자신의 작품을 통해 인생의 의미를 이야기하고 있지만, 우리가 그의 작품에서 읽는 것은 자기를 찾아가는 고독한 여정 속의 헤세 자신이다.

헤세는 1877년 7월 2일, 독일 남부의 작은 산간 도시 칼브에서 개신

교 목사였던 요하네스 헤세의 장남으로 태어났다. 그가 자란 슈바벤 지방은 네카어 강과 그 지류들이 아름답고 서정적인 풍광을 연출하는, 시인들의 고장이었다. 실러, 횔덜린, 울란트, 하우프 등이 그곳에서 성장했던 것이다. 헤세 역시 4세 무렵부터 자기 나름대로 시를 짓고, 중세 프랑스의 시인 브롱데르의 흉내를 냈다고 한다. 이후 헤세의 꿈은 시인이 되는 것이었으며, 그러한 내면으로부터의 외침은 그의 앞날에 많은 파란을 예고하는 것이기도 했다.

칼브의 자연 환경은 어느 산간 지역이나 그렇듯, 산 너머 미지의 세계에 대한 동경과 자연에 대한 예리한 관찰을 그곳의 어린 거주자들에게 선사해 주었다. 소년 헤세는 계절의 운행과 동식물의 습성, 그리고 낭만적인 방랑을 통하여 자연이 주는 그 모든 풍성함을 흠뻑 즐길 수 있었다. 유년 시절의 아름다웠던 추억은 헤세의 내면에 켜켜이 쌓이게 되었으며, 그러한 정신적 고향에 대한 헤세의 애정도 남달랐다.

헤세의 학교 교육은 칸슈타트 고등학교 1학년 때 끝나고 말았다. 그의 나이 16세 때의 일이었다. 그에 앞서 헤세는 14세 때 슈바벤 주의 국가 시험에 합격하여, 당시로서는 선택된 자만이 들어갈 수 있었던 마울브론 신학교에 입학했었다. 그로써 헤세에게는 화려한 미래가 보장되었던 셈이며, 그를 자신의 뒤를 이어 목사로 만들고 싶었던 아버지 요하네스 헤세의 꿈도 이루어지는 듯했다.

하지만 그것도 잠시, 시인이 되고 싶어하는 내면으로부터의 외침에 헤세는 끊임없이 괴로워해야 했다. 결국 헤세는 신학교의 담장을 뛰어넘었고, 그의 방황은 자살 미수에 이르기까지 극단적으로 치닫게 된다. 이듬해에 칸슈타트 고등학교에 입학하지만 그곳도 일년 만에 그만두고 말았다. 그리하여 헤세의 정규 교육은 그것이 전부가 되었다.

모든 정규 교육을 거부했던 헤세에게 이제 하이네, 아이헨도르프 같은 시인과 고골리, 투르게네프 같은 러시아 작가들이 스승의 역할을 떠맡게 되었다. 하지만 헤세의 짧은 학교 생활은 이후 그의 작품들에서 중요한 소재가 된다. 특히 마울브론 신학교 시절의 체험은 그의 『수레바퀴 아래서』와 『지와 사랑』을 통해 구체화되었다. 이제 헤세의 참다운 문학적 편력이 시작된 것이다.

서점 점원, 출판 조합의 조수, 시계 공장의 견습공 등을 전전하던 헤세는 의외의 곳에서 안정을 찾게 되었다. 18세였던 1895년 헤세는 튀빙겐의 헤켄하우어 서점 점원이 되었다. 낮에는 서점 점원으로서 성실하게 근무하고 밤이면 괴테에 심취하는, 말 그대로 주경야독 끝에 문학에 눈을 뜨게 되었던 것이다.

그로부터 4년 후 처녀 시집 『낭만적인 노래』와 산문집 『자정 후의 한 시간』을 발간했다. 작가로서의 헤세의 삶은 이렇게 출발하게 되었다. 같은 해 헤세는 바젤의 라이히 서점의 조수가 되었고, 그곳에서의 본격적인 문학 수업을 통해 2년 뒤인 1901년에 3편의 산문과 9편의 시를 묶은 『헤르만 라우셔』를 출간했다. 이때까지의 작품에는 유년 시절에 대한 아름다운 자전적인 회상과 다소 비현실적인 유미주의가 주를 이루고 있다. 아직 소년적 이미지와 세기말적 우울에서 벗어나지 못한 인상을 주고 있다.

헤세가 문단으로부터 본격적인 주목을 받게 된 작품은, 1904년 그의 나이 27세에 간행된 『페터 카멘친트』였다. 이 작품을 통해 헤세는 자유 문필가로서 안정된 생활을 얻었으며, 마리아 베르눌리와 결혼할 수 있었다. 그리고 2년 뒤 『수레바퀴 아래서』를 필두로 헤세의 집필 활동이 왕성해졌다. 이 시기의 주요 작품으로는 『수레바퀴 아래서』 외에 『속세의 이야기들』, 『게르트루트』를 들 수 있다. 이러한 작품들 속에서 헤세는 자신의 소년 시절을 회상하고, 그를 통해 순박한 소년에서 성인으로, 하나의 인격이 어떻게 성장하는지를 면밀하게 관찰하고 있다. 하지만 그러한 성장 과정의 기술이 다 밝혀 주지 못하는 인생의 문제는 무척 많다. 그러한 내면적 갈등은 『게르트루트』에 잘 묘사되어 있으며, 헤세에게는 안정된 삶이 가져다 줄 수 없는 새로운 돌파구를 찾아 길을 떠나야만 하는 운명이 주어지게 된다. 그의 선택은 동방이었다.

헤세의 조부모와 부모가 모두 인도에서 포교 생활을 했으며, 그의 사촌 빌헬름 군델트는 일본에 가서 선(禪)을 연구하기도 했다. 따라서 동방은 헤세에게 할아버지 때부터 인연이 있었던 곳임과 동시에, 언제나 산 너머 미지의 세계로 존재해 왔던 곳이기도 했다. 말레이시아, 수마트라 그리고 스리랑카의 여행은 헤세의 가슴의 묵은 체증을 풀어 줄 수는 없었지만, 그에게 중요한 통찰을 제공해 준 여행이 되었다. 즉 그러한 식민지들의 여행은 헤세에게 코즈모폴리턴적 시각을 갖게 해준 것이다.

헤세가 여행에서 돌아온 뒤 『인도 기행』, 『로스할데』, 『크눌프』를 집필했을 때, 세계는 인류 역사상 초유의 사건에 접어들고 있었다. 제1차 세계대전이 바로 그것이다. 동방 여행에서 얻은 코즈모폴리턴적 시각은 비록 소극적이긴 하나 헤세로 하여금 반전론(反戰論)을 펴게 했다. 애국심이라는 미명 아래 자행되는 비이성적인 폭력은, 헤세로 하여금 이성을 잃은 감정이 인간의 정신에 미치는 가공할 힘과 그것이 인간을 얼마나 황폐하게 만드는지를 잘 깨달을 수 있도록 해주었다.

종전 후 발간된 『데미안』의 에밀 싱클레어처럼 인간은 내면에 갈등하는 두 세계를 가지고 있다. 지나치게 물질적 행복을 추구하는 개개인에게 정신적 공허는 어쩌면 필연인지도 모른다. 그러한 공허는 때로는 길을 잃은 절망과 분노로 이끌게 되고, 전쟁은 그러한 비극의 끝에서 맞게 되는 피할 수 없는 운명이 되는 것이다. 따라서 자신의 내면에 귀기울이는 것은, 헤세가 참담한 상황에 처해 고통받고 있는 인류에게 주는 궁극적인 메시지였다.

헤세의 그러한 사고는 『싯달타』에 이르러 결실을 보고 있다. 삶에 대한 번뇌와 구도, 그것을 통한 성도(成道)의 여정을 통해 헤세는 내면으로의 도정(道程)과 개개인 스스로의 각성을 촉구한다. 그것이 인간의 필연적 운명이라 할 생의 모순과 그 내면적 이중성의 고통에 대한 헤세의 처방이었다.

헤세는 『싯달타』 이후 부인과 이혼하고 이어 루트 뱅어, 니논 돌핀과 잇따라 이혼과 재혼을 거듭했다. 이 시기의 작품으로는 『요양객』, 『황야의 이리』, 『뉘른베르크의 여행』, 『지와 사랑』 등이 주목된다. 그리고 1946년에 전쟁과 천박한 물질 숭배만이 팽배했던 당대를 거부하고 새로운 이상향과 인간에 대한 신뢰를 회복시키는 거작 『유리알 유희』가 간행되었다. 종전 후 헤세는 노벨 문학상을 수상하는 등 행복한 말년을 보냈다.

작품 줄거리 및 해설

『지와 사랑』은 1930년 헤세가 53세 때의 작품으로 원숙기에 들어선 헤세의 의욕이 넘치는, 가장 충실함을 보여 주는 작품이다.

뛰어난 젊은 학자인 나르치스와 다정다감한 소년 골드문트와의 만남과 헤어짐이 첫 5장이고, 중간의 10장은 골드문트가 여자를 알고 수도원을 떠나 애욕의 편력을 계속하면서 조각 수업을 하는 시기이다. 그리고 골드문트가 수도원으로 돌아와 다시 두 사람이 우정으로 맺어지고, 골드문트가 지와 사랑을 융합시킨 마리아상을 조각하는 마지막 5장으로 구성되어 있다. 즉, 전 20장을 세 부분으로 나눈 아름다운 소나타 형식을 취하고 있다.

『지와 사랑』의 원제목은 『나르치스와 골드문트』인데, 나르치스는 수도원의 철학자로 지(知)를 상징하고, 골드문트는 애욕의 예술가로 사랑을 상징하고 있기 때문에 『지와 사랑』으로 하여도 좋을 것이다.

나르치스는 세상의 변화로부터 멀리 떨어져 살고 있다. 그는 순수한 정신 세계에 봉사하고 영원한 이념에 몰두하여 살아가는 수학자이다. 그에게는 모든 것이 정신과 결부되어 있으므로 정신을 다음과 같이 말하고 있다.

"정신이란 확고한 것, 즉 이미 형성된 것을 사랑하며 그런 기호에 자신을 내맡길 수 있기를 바란다. 정신은 생성되는 것이 아니라 존재하는 것을 사랑하며, 가능한 것이 아니라 실제적인 것을 사랑한다……. 정신은 자연 속에서 살아갈 수 없으며, 오로지 자연에 대항하여 그 적대자로서만 살아갈 따름이다."

골드문트는 수도원을 나와 바깥 세상으로 통하는 길을 가며, 오랜 방랑에서 자아실현을 완성한다. 그는 고통과 쾌락, 출생과 사망 등에서 세상을 체험하며 무상함을 깨닫는다. 그리하여 그는 결국 예술가가 되었으며, 인생이란 균열과 모순을 통해서 비로소 풍부해지고 꽃이 핀다는 사실을 인식한다.

헤르만 헤세는 방랑자다. 그 방랑자의 마음을, 방랑하는 자의 기쁨과 슬픔을 얼마나 아름답게 그리고 있는가는 이 『지와 사랑』뿐만 아니라, 『페터 카멘친트』나 『크눌프』 등을 읽어 본 사람이면 알 수 있을 것이다.

헤세의 방랑은 결국 정신적 구원을 추구하는 순례의 여정이다. 그 길은 오직 자기 자신의 마음으로 통하고 있다. 그곳에는 구원의 신이 있다. 헤세는 그것을 '내면에의 길'이라 부르며 그 길을 방랑해 간다. 이 방랑에서 시작된 사랑하는 방법과 죽는 방법의 추구가 『지와 사랑』에서는 아름다운 열매를 맺었다. 여기서는 지와 사랑, 진실과 아름다움과의 융합에 의하여 비로소 최고의 것이 창조된다는 것을 암시하고 있다.

헤세가 『지와 사랑』을 발표하고 나서 한참 후에 자신을 다음과 같이 회상하고 있다.

"새로운 창작을 시작할 때에는 새로운 문제와 인간상을 내보일 작정이었으나, 막상 집필이 끝난 다음에 되돌아보면, 나의 장편은 대개 나에게 부합되는 몇 가지 문제와 인간상을 변형시켜 되풀이하고 있는 것에 불과하다는 것을 깨닫는다."

헤세의 작품은 비슷한 주제에 대한 다양한 각도의 천착을 보여 준다. 『지와 사랑』 역시 그 근본 줄기에 있어서는 그의 작품 세계를 일관하는 비슷한 문제들을 담고 있지만, 그의 작품 중에서도 가장 아름다운 작품으로 평가받고 있다.

아마도 이성과 감성의 대립, 선과 악의 갈등을 골드문트를 통해 인간의 욕망과 관능적인 사랑의 편력을 그럼으로써 인간의 참모습을 찾으려 하고 있기 때문일 것이다.

작가 연보

1877년	7월 2일, 독일 남부 슈바벤 지방 뷔르텔베르크의 산간 도시 칼브에서 아버지 요하네스 헤세와 어머니 마리 군데르트 사이의 장남으로 태어남.
1881년(4세)	스위스 바젤로 이사함.
1883년(6세)	아버지 요하네스 헤세가 스위스 국적을 취득함.
1886년(9세)	칼브로 돌아감.
1890년(13세)	괴팅겐의 라틴어 학교에 입학함. 슈바벤 주의 시험에 합격함.
1891년(14세)	마울브론 신학교에 입학함.
1892년(15세)	3월, 신학교를 도망쳐 나옴. 퇴학 후 신경 쇠약으로 자살 기도함.
1893년(16세)	칸슈타트 고등학교에 입학함. 10월, 학업을 중단함. 에스링겐 서점 점원으로 3일간 근무한 후 그만둠.
1894년(17세)	6월, 칼브의 페로트 시계 공장 견습공이 됨.
1895년(18세)	10월, 튀빙겐의 헤켄하우어 서점 점원이 됨.
1899년(22세)	『낭만적인 노래』, 『자정 후의 한 시간』 간행. 가을에 바젤의 라이히 서점으로 옮김.

1901년(24세)　이탈리아를 여행함. 『헤르만 라우셔』 간행.

1904년(27세)　『페터 카멘친트』 간행. 8월, 마리아 베르눌리와 결혼함.

1906년(29세)　『수레바퀴 아래서』 간행.

1907년(30세)　『속세의 이야기들』 간행.

1908년(31세)　『이웃 사람들』 간행.

1910년(33세)　『게르트루트』 간행.

1911년(34세)　시집 『도상에서』 간행. 말레이시아, 수마트라, 스리랑카를 여행함.

1912년(35세)　『우회로』 간행.

1914년(37세)　『로스할데』 간행. 제1차 세계대전 발발함.

1915년(38세)　『크눌프』 간행. 로맹 롤랑과 교류함.

1916년(39세)　『청춘은 아름다워라』 간행. 프로이트·융의 저서를 탐독.

1919년(42세)　싱클레어라는 필명으로 『데미안』 간행.

1922년(45세)　『싯달타』 간행.

1923년(46세)　부인과 이혼함. 스위스 국적 취득함.

1924년(47세)　루트 벵어와 재혼함.

1925년(48세)　『요양객』 간행.

1927년(50세)　『황야의 이리』, 『뉘른베르크의 여행』 간행. 루트 벵어와 이혼함.

1930년(53세)　『지와 사랑』 간행.

1931년(54세)　니논 돌핀과 세 번째 결혼함.

1936년(59세)	스위스에서 고트프리트 켈러 문학상 받음.
1939년(62세)	나치 당국에 의해 출판 용지 배급이 정지되고 독일에서 헤세 작품의 출판이 금지됨.
1942년(65세)	이때까지의 시를 전부 모아 스위스에서 시 전집을 냄.
1943년(66세)	『유리알 유희』 간행.
1946년(69세)	전쟁 및 정치에 관한 평론집『전쟁과 평화』간행. 괴테상, 노벨 문학상(『유리알 유희』) 수상.
1950년(73세)	브라운슈바이크 시가 수여하는 빌헬름 라베상 수상.
1954년(77세)	서독출판협회로부터 평화상 수상.
1956년(79세)	카를스루에 시에서 헤르만 헤세상 제정.
1962년(85세)	8월 9일, 몬타뇰라에서 뇌출혈로 사망함. 이틀 후 루가노 호반의 아본디오 교회 묘지에 안장됨.